ANNE-MARIE REVOL

W0319468

Gaspard ne répond plus

ROMAN

JC LATTÈS

© Éditions Jean-Claude Lattès, 2016.
ISBN : 978-2-253-07053-5 – 1re publication LGF

À Éloïse et Lancelot, mes deux tout-petits.
À Roland, source d'inspiration infinie.

« Il n'y a pas de hasard,
il n'y a que des rendez-vous. »

Paul Éluard

« Le vrai courage ne se laisse jamais abattre… »

Pour tenir, Gaspard s'accrochait à ces mots d'Eulalie. Des mots empruntés à Fénelon, un auteur oublié qu'elle aimait convoquer quand le désespoir pointait.

Gaspard ne baissait les bras qu'à de rares occasions. Mais là, son moral était au plus bas. Il avait mal. Vraiment très mal. Et il se sentait seul. Vraiment très seul.

De douleur, il s'évanouissait à intervalles réguliers. Entre conscience et inconscience, son esprit errait dans des abîmes profonds, plus aérien qu'un duvet. Quand par hasard il se posait, c'était toujours dans des lieux chers à son cœur : le musée Guimet, l'Étoile Pagode Cinéma, le Bistro d'Indochine. Là, douillettement lové au creux de son passé, presque béat, il pouvait enfin souffler. Loin de toute réalité.

Étendu sur le dos dans un profond fossé, Gaspard était dans une pitoyable posture : assoiffé, affamé, les deux jambes brisées, il avait vu la lune se lever, puis se coucher, sans que personne ne vînt lui prêter secours. Un petit groupe d'écoliers, en quête de leur avion de papier, l'avaient bien remarqué, mais son « Hep's les garçons, s'il vous plaît… » n'avait recueilli que rires et moqueries.

Incapable de bouger, ne fût-ce que le plus petit doigt de pied, il s'était résolu, n'y tenant plus, à se faire dessus. Comme un enfant. Il était poisseux. Dégoulinant. Il empestait la peur et les excréments.

« Maudit. » « Pathétique. » Et « humilié ». Ces trois mots résumaient à la perfection l'état d'esprit dans lequel il se trouvait depuis son accident. Pour ne pas hurler, le jeune homme serrait les dents. Les mouches l'agaçaient. Le soleil le brûlait. La poussière lui piquait les yeux. Et le nez. Il aurait donné cher pour retrouver ses équipiers. Prendre ses jambes à son cou. Et… déclarer forfait.

Pour la troisième fois de la journée, un homme, probablement un paysan, était venu faire son marché. Sur lui. Ses mains, usées, l'avaient déshabillé. Pièce par pièce. Avec une infinie délicatesse. Et une belle dextérité.

Spectateur interdit de sa propre déchéance, Gaspard n'avait pu que constater qu'il ne lui restait plus rien de ses anciens oripeaux. À part ses sous-vêtements – qu'on avait eu la bonté de ne pas lui confisquer. Même sa montre, pourtant réduite en miettes, avait été saisie. Bien qu'il n'ait jamais eu d'appétence particulière pour les marques, Gaspard n'avait pu refuser aux sponsors de l'émission le plaisir de le déguiser. La moindre pièce de sa panoplie d'aventurier avait fait l'objet d'un soin singulier. Véritable homme-sandwich, il offrait de quoi tenter le plus opulent des brigands. À noter toutefois que pour chacun des habits qu'on lui avait ôté, un équivalent lui avait été donné. En beaucoup moins seyant. Et beaucoup plus local. De cela, Gaspard leur était infiniment reconnaissant. Nu comme un ver, il aurait fait une cible de premier choix pour les sangsues.

Ses yeux auraient été bridés et son teint plus bronzé, il serait passé pour un véritable… Vietnamien.

Gaspard de Ronsard, vingt-quatre ans, instituteur dans le XXe arrondissement de Paris, n'avait aucune idée de l'endroit où il avait atterri. Aussi loin que son regard pouvait le porter, il ne discernait que des plateaux calcaires. À portée d'oreilles filait un cours d'eau. La rivière Lô. Autour de lui galopaient des rats, voletaient des chauves-souris et coassaient des grenouilles. La seule chose dont il se souvenait, c'était que la veille au soir, après l'épreuve dite de « Survie en milieu hostile » – épreuve dont il s'était honorablement tiré, compte tenu de ses piètres qualités sportives –, il était parvenu à stopper un pick-up japonais pour quitter Ha Giang. Trouver un véhicule qui acceptât de l'embarquer avec sa binôme et son équipe – un cadreur et une journaliste – dans ce petit bourg situé à quatre cents kilomètres d'Hanoï n'avait pas été une mince affaire. Par chance, le charme de Cindy avait une fois de plus opéré sur les locaux : les rousses pulpeuses aux seins refaits n'étaient pas légion dans la région.

Pour ne point risquer la disqualification, Gaspard et Cindy devaient être les premiers à atteindre le village de Yên Minh pour y parapher le « Grand registre du jeu ». D'après les indices qu'ils avaient pu glaner, Maxime Rosenvallon, le directeur de la course, l'avait disposé sur un lutrin, au milieu des étals de cannes à sucre. Juste au-dessous du drapeau vert et or d'*Un jour j'irai à Shanghai avec toi.*

De cette victoire dépendait une nuit dans une pension dotée d'une véritable salle de bains. Un luxe hors de portée des candidats depuis le début du tournage.

Partis de Djakarta le 1er décembre 2013, Gaspard et sa coéquipière étaient parvenus à rejoindre Kuala Lumpur, Bangkok, Phnom Penh, Ventiane et Hanoï sans être éliminés. Ce qui était en soi une belle victoire. Les prochaines escales seraient Hong Kong. Puis Taïwan. Et enfin Shanghai, la perle de l'Orient, point d'orgue de cette course contre le temps.

Dans cette partie excentrée du Vietnam, les routes – quand elles existaient – étaient défoncées. Tout le monde dormait à poings fermés après une dernière étape éprouvante lorsque, passant sur une ornière plus traître que les autres, Gaspard avait été propulsé hors de la cabine arrière.

Comble de malchance, personne ne s'était rendu compte de rien. Et cahin-caha, le pick-up avait poursuivi son chemin.

La chute avait été brutale : blotti dans les bras de Morphée, Gaspard n'avait rien pu faire pour amortir sa cascade. Après un superbe roulé-boulé sur la chaussée, il s'était retrouvé paralysé dans une tranchée, en bordure de rizière, les deux tibias polyfracturés.

D'un naturel plutôt confiant, il s'était persuadé de ne pas paniquer. Ses camarades de jeu allaient s'apercevoir qu'il avait disparu. Ils alerteraient la production. Et les secours ne tarderaient pas à arriver. Qui sait s'ils n'étaient d'ailleurs pas déjà en route ?

En fait de secours, il vit débarquer dans le ravin, où il gisait depuis presque quarante-huit heures, deux beaux garçons au crâne rasé. Une poignée de minutes leur suffit pour le charger dans une charrette tirée par des bœufs. Le transbordement, aussi appliqué fût-il, le fit hurler à la mort.

De douleur, il défaillit.

Ha Giang, vendredi 11 janvier 2013,
6 h 50 (heure locale)

« Allô Paris ? Nous avons un problème… Gaspard ne répond plus. »

Paris, vendredi 11 janvier 2013, 13 heures

Trop pressé pour attendre l'ascenseur pris d'assaut à l'heure du déjeuner, Jean-Édouard de la Taille, directeur général de Sparkle TV, grimpa quatre à quatre les six volées de marches qui conduisaient à l'étage de Marie-France Maréchal. Manquant d'un cheveu de renverser un stagiaire les bras chargés de dossiers, il bredouilla de brèves excuses sans même prendre le temps de se retourner. L'heure était grave. Il n'y avait pas une seconde à perdre. Encore un salon à traverser et le bureau de la présidente de télévision la plus crainte de Paris serait à sa portée.

Jean-Édouard de la Taille était le seul à pouvoir pénétrer dans l'antre de Dieu sans avoir à se prosterner aux pieds de son armée de secrétaires. Leur amitié scellée en Libye bien avant qu'ils ne bâtissent ensemble cet empire lui permettait toutes les audaces.

Il arriva à destination, hors d'haleine et écumant de sueur.

— Marie-France, il y a un gros souci sur le tournage d'*Un jour j'irai à Shanghai avec toi.*

— Gros comment ?

— Gros… comme une montagne de détritus cairotes : Screen a perdu un candidat. Le plus jeune. Ça fait quarante-huit heures qu'ils sont sans nouvelles de lui…

Décontenancée, la présidente de Sparkle TV se couvrit de disgracieuses petites plaques roses. Dix bonnes secondes lui furent nécessaires avant de pouvoir bredouiller un inaudible :

— Poursuis…

— Personne n'a osé décrocher son téléphone pour nous mettre au courant. Je crois qu'ils espéraient venir à bout tout seuls de cet… aléa et exploiter cette péripétie au montage pour en faire une… clé de la narration. Comme tu l'auras compris, ils ont échoué. Ces types sont des incompétents. Et des inconscients. Il faut que je m'assoie, Marie-France. Pourrais-tu me servir un verre d'eau, s'il te plaît ? Je n'arrive plus à respirer.

Le directeur de Sparkle TV vida d'une traite la carafe d'eau fraîche mise à la disposition des invités. Pour signifier qu'elle était de nouveau maîtresse d'elle-même, Marie-France Maréchal se fendit d'un désobligeant :

— Tu devrais te remettre au sport, Jean-Éd'.

— Merci. Ton attention me touche.

— Tu en étais à « inconscients ».

— Tout le monde a été rapatrié à Hanoï. À part Rosenvallon, un traducteur et Alexis Sauvage, le médecin de la course. La production et les candidats embarquent ce soir sur le vol de 19h20. Ils seront à Roissy demain matin. On doit faire une croix sur *Un jour j'irai à Shanghai avec toi* cette année, Marie-France. On est mal. Très mal…

Un fantastique « Putaiiiiiiiiiiiiiiiiiiiiiiiiiiiiin ! » traversa tout le sixième étage. Il s'évanouit cent vingt-quatre mètres plus loin contre une photocopieuse.

Ce sera le « Putain ! » le plus sonore jamais lancé par Marie-France Maréchal, pourtant célébrée pour ses bonnes manières et son parfait français.

— Il faut faire revenir ce gamin dans l'aventure. On ne peut pas stopper le tournage pour si peu : y a beaucoup trop de pognon en jeu. T'as convoqué le patron de Screen Production ?

— Il sera là dans deux heures.

— Il s'appelle comment déjà ce con ?

— Trappier. Augustin Trappier.

— Trappier ? Ça rime avec « calamité ». Tout ça sent le merdier à plein nez…

Deux gros mots en l'espace de trois minutes. Cette journée serait à marquer d'une pierre blanche. Ou noire.

Quelque part, à l'extrême nord du Vietnam

Gaspard retrouva ses esprits à la minute où le convoi s'ébranla.

Ils traversèrent des vallées, des clairières et des forêts. Ils longèrent des rizières, des cours d'eau et des palais. Ils gravirent des cols vertigineux. Franchirent des crêtes. Dévalèrent des pentes escarpées. Plus d'une fois, ils faillirent verser dans de profonds précipices. Ils pouvaient rouler des heures sans croiser âme qui vive et se heurter soudain à l'effervescence d'un village grouillant de mobylettes, de cochons, de volailles et d'enfants. Du fond de sa charrette, Gaspard devait faire fonctionner ses méninges pour deviner où il progressait. C'est seulement quand il parvenait à s'appuyer sur ses coudes qu'il distinguait des paysages. Des paysages inconnus jusqu'ici. Des paysages beaux à couper le souffle. Surtout en fin de journée, lorsque au crépuscule les montagnes s'embrasaient.

Gaspard conçut d'un coup qu'il n'avait que peu profité de la beauté de ces lieux majestueux depuis le début du jeu. Pris dans le feu de l'action, le nez dans le guidon, il avait survolé la compétition sans jamais se donner le temps de regarder la vie autour de lui. Aujourd'hui, c'était comme s'il redécouvrait le pays. Doté d'un piètre sens de l'orientation, pétrifié devant une carte routière, il était incapable d'émettre la moindre hypothèse quant à la direction qu'ils empruntaient. Quelle ânerie qu'Eulalie n'ait jamais voulu qu'il intègre la troupe des scouts de Saint-Pierre-de-Montrouge.

La nuit, ils faisaient halte dans des grottes. Ses compagnons de route déroulaient des nattes mitées. Lui restait étendu à l'arrière de la charrette. Un sac de riz glissé sous la tête. Au petit matin, quand se déposait la rosée, ils déployaient une bâche en plastique pour le protéger de l'humidité. Ils le nourrissaient de riz, de graines et de fruits. Pour apaiser ses douleurs, ils lui faisaient absorber d'infâmes décoctions à base de fleurs fanées. Il n'aurait pas pu affirmer que cela lui faisait grand effet mais c'était offert avec tant de cœur qu'il n'osait pas refuser. Prévenants, les deux jeunes hommes prenaient garde de ne pas trop le secouer et l'aspergeaient d'eau glacée toutes les heures. Cindy serait à ses côtés, elle aurait déclaré avec emphase qu'ils étaient « trop poignants ». « Trop poignant » : c'était son expression préférée lorsqu'elle évoquait devant la caméra qui les filmait vingt-quatre heures sur vingt-quatre « ces hommes et ces femmes si démunis qui les couchaient dans leur lit et remplissaient leur ventre sans jamais rien attendre d'autre en retour qu'un sourire ou un baiser ».

Ils cheminèrent ainsi pas loin d'une semaine, à raison de six heures par jour. Il fallait laisser les bêtes paître et récupérer. Un matin, ils prirent de l'altitude. Beaucoup d'altitude. L'air devint plus respirable. Bien que la communication passât mal entre eux – voire pas du tout –, il parvint à leur expliquer qu'il se prénommait Gaspard et qu'il était français. Ils se présentèrent à leur tour. Le plus jeune, qui avait vingt ans, se prénommait Khôi. Le second, qui en affichait quatre de plus, Duy.

À en juger par leur complicité et leur ressemblance, ils devaient être frères.

Paris, vendredi 11 janvier 2013, 15 h 30

Augustin Trappier, trente-huit ans, était un producteur de jeux plus redouté que respecté sur la place de Paris. Aussi célèbre pour ses succès d'audience que pour ses conquêtes féminines, adepte de la promotion canapé, il se faisait donner du « monsieur le président » par ses deux cent trente-sept employés. S'il ne décrochait pas trois fois par an la une de *Gossip !*, son année était gâchée. Beau gosse, hâbleur à ses heures, il était brûlé aux UV hiver comme été. Tiré à quatre épingles, la coupe nette et les ongles faits, tout le PAF jalousait ses chemises cintrées cousues sur mesure par un tailleur anglais. Commercial-né, toujours à la limite de la légalité, c'était un type à qui on ne la racontait pas. Un type qui s'était fait tout seul à force de calculs et de ténacité.

En dépit de cette belle réputation, Augustin Trappier était dans ses petits chaussons. Et cela faisait longtemps qu'il n'avait pas eu aussi peur d'affronter quelqu'un. Pour être précis, cela remontait à l'année de ses quinze ans. Année où il s'était fait surprendre en train de dealer les havanes de son père à la sortie du lycée. Pour le dégoûter à jamais de pratiquer ce type de commerce, le surveillant principal l'avait obligé à fumer l'intégralité de sa réserve sous le préau. Il en avait vomi tripes et boyaux.

Les colères – froides – de la présidente de Sparkle TV étaient connues pour être ébouriffantes. Ceux qui s'en remettaient se comptaient sur les doigts de la main. Et encore. Dans deux minutes, Marie-France Maréchal, sortie régler un différend avec le patron de la régie publicitaire, serait de retour.

Pour endiguer sa frayeur, Augustin passa au scanner ce lieu mythique où peu de producteurs pouvaient se targuer d'avoir été conviés. Si seulement la conjoncture avait été différente. Maudit coup de fil ! Du sol au plafond, tout était blanc : les moulures, les étagères, les écrans. Le bureau, la table basse, le parquet. Les rideaux, les suspensions, les canapés. Même le lounge chair Charles & Ray Eames sur lequel il s'était assis du bout des fesses était d'un blanc immaculé. Au mur, deux grandes huiles de Poliakoff bleues, noires et rouges se détachaient avec une rare intensité. Quant à la vue sur les Invalides et la Seine… elle était époustouflante.

De tous les bureaux de patrons de télé qu'il avait eu l'honneur d'investir, c'était sans aucun doute le plus somptueux. Dommage d'y venir pour être vilipendé : en temps normal, Augustin aurait savouré sans réserve cet instant privilégié. Il s'en serait peut-être même servi pour se faire mousser auprès de ses équipes. C'était sa spécialité.

La dernière fois qu'il avait échangé avec la présidente de Sparkle TV, c'était en juin 2012, autour d'une bouteille de Dom Pérignon, au soleil, en terrasse, au Murat, porte d'Auteuil. Le but de la manœuvre était alors d'être vus par la concurrence. Pour afficher leur bonne santé ainsi que leur solide amitié. C'était donc avec force effusions qu'ils s'étaient autocongratulés pour les excellents scores de la finale de la première édition d'*Un jour j'irai à Shanghai avec toi*. Ils avaient le vent en poupe. Le petit monde des médias les jalousait. Il fallait oser. Ils l'avaient fait.

Cinq mois déjà.

Ce matin, il était dans une sacrée panade et l'heure des explications avait sonné.

Quand Marie-France Maréchal fit son entrée, le cœur d'Augustin Trappier se serra comme un café. Sans même prendre le temps de le saluer, la présidente de Sparkle TV aboya.

— Qu'est-ce qui s'est passé, Augustin ? Qu'est-ce que vous avez foutu ?

— Un candidat est tombé d'une voiture pendant un déplacement. De nuit. Le véhicule traçait depuis Hanoï et personne ne s'est rendu compte qu'il avait valsé. C'est au petit matin, arrivés aux abords de Yên Minh, que ses équipiers ont découvert qu'il n'était plus à leurs côtés.

— C'est où, Yên Minh ?

— Dans la province de Ha Giang, une région montagneuse et isolée du Nord Vietnam. C'est pas très loin de la frontière chinoise…

— Qu'est devenue sa balise GPS ?

— Elle est restée à l'arrière du pick-up. Elle a dû se détacher de sa ceinture lorsqu'il a basculé. On n'a plus aucun moyen de le repérer…

— Formidable ! Pourquoi nous avoir mis devant le fait accompli, Trappier ? Avant de tout stopper, vous auriez peut-être pu nous mettre dans la boucle, non ? Je ne dis pas que nous n'aurions pas pris la même décision que vous, mais nous sommes associés que je sache ? On n'a pas signé un protocole tous les deux ? Et la pub, et les partenaires, vous y avez pensé ? Vous êtes à côté de vos pompes, jeune homme. Ou alors camé. Comme la moitié de vos congénères.

— Ni l'un ni l'autre, madame. J'ai balisé et pour parer au plus pressé, j'ai agi trop vite. Je sais, c'est nul.

Comme chaque fois qu'elle était horripilée, Marie-France Maréchal fit cliqueter ses faux ongles sur le plateau de son bureau. Pour s'obliger à redescendre, elle prit une profonde inspiration, chassa une guêpe imaginaire et repassa du plat de la main l'ourlet de sa jupe Chanel. Sur un ton qui ne supportait pas la contradiction, elle ordonna qu'il lui parle du candidat.

— Il s'appelle Gaspard, madame la présidente. Gaspard de Ronsard.

— C'est une blague ?

— Non, madame la présidente. Il s'agit du dernier descendant de Pierre de Ronsard… le poète : « Mignonne allons voir si la rose / qui ce… »

— Oui, merci, je situe !

— Il est né le 2 septembre 1989 à Versailles. Célibataire, sans enfants, il est instituteur dans une école maternelle classée ZEP.

— Et il ressemble à quoi ?

— Il est plutôt beau garçon. Un mètre quatre-vingt-dix. Cheveux noirs. Yeux noirs. Un sourire d'acteur plein de dents blanches. Des doigts de pianiste.

— Son tempérament ?

— Disons que ce n'est pas un nerveux : il est posé, innocent, gauche. Lunaire aussi. Plus Hugh Grant que Daniel Craig, si vous voyez ce que je veux dire.

Quand la conversation dériva sur ses prédispositions de globe-trotter, l'atmosphère s'électrisa. Gaspard confondait ambassade et consulat, croyait que les boussoles indiquaient le sud et ne parlait pas un mot d'anglais. « Il a fait allemand-russe au lycée, alors forcément... » Il ne pratiquait aucun sport – « à part le croquet » –, frôlait l'amputation quand il déployait un Opinel et perdait conscience à la vue de son propre sang.

— Pourriez-vous m'expliquer pourquoi vous l'avez distingué ? Vous êtes taré ou vous l'avez fait exprès ? Il ne correspond en rien au profil des compétiteurs-nés que je vous ai commandés ! J'ai pas signé pour ça, moi : j'ai signé pour des lascars robustes, insubmersibles et carrossés !

— Pour le *buzz*, Marie-France, pour le *buzz*, souffla Jean-Édouard de la Taille. Et le pire c'est que ce n'était pas si mal pensé que ça...

— Merci Jean-Édouard, je ne t'ai pas sonné.

Occupé à défendre ses arrières, Augustin Trappier avait manqué l'entrée du patron de Sparkle TV. Tapi dans un coin de la pièce, celui-ci suivait depuis une bonne dizaine de minutes déjà cette joute oratoire qui se déroulait à armes inégales. Réconforté par la remarque du directeur de Sparkle TV, Augustin Trappier tenta de défendre l'idée que Gaspard était la personne idéale à associer à Cindy Lelièvre, une jeune prof de fitness cannoise prête à tout pour alimenter les colonnes des magazines à scandales.

— On trouvait cocasse d'opposer deux personnalités aussi… opposées. On s'est dit que ça ferait le show.

— J'admets que c'est tordant… D'autres loups que vous auriez remisés par-devers vous ?

— Je ne dirais pas qu'il s'agisse d'un loup…

Content de lui, Augustin Trappier révéla que Gaspard était « un pauvre orphelin élevé en famille d'accueil ».

— Je suis censée pleurer ?

— Vous, non. Le public, oui. Et puis, on s'est dit que, pour la presse, ça ferait une belle histoire à délayer. Rapport au *story-telling*, si vous voyez ce que je veux dire…

— Merci Trappier, vous n'allez pas m'apprendre mon métier ! Vous n'étiez pas né que je produisais déjà la moitié des programmes télé !

— Oui, bien sûr, pardonnez-moi. Sinon, il est végétarien, allergique aux piqûres de guêpes et bégaie dès qu'il est déstabilisé. Voire tout le temps. C'est hyper touchant en interview. D'ailleurs, toutes les casteuses de la prod' sont raides dingues de lui. Ce qui est un signe qui ne trompe pas, je crois…

Prête à bondir sur son producteur, la présidente de Sparkle TV fulminait. Ses veines, bleu nuit, saillaient.

Augustin Trappier, sûr de son fait malgré tous ses déboires, ne remarqua rien et s'enhardit à lui proposer de visionner le pré-montage des premiers épisodes.

— N'y a-t-il pas plus urgent que de s'ébaubir devant la télégénie de votre candidat ? Il est question de vie et de mort ici ! Qu'est-ce que j'ai fait au Tout-Puissant pour hériter d'une pareille bande de pieds nickelés ? Quelqu'un pourrait me renseigner ? Circulez, Trappier, avant que je vous déchiquette. Dehors. Du balai. Dégagez !

Au moment de franchir la porte, Jean-Édouard de la Taille glissa à l'oreille du malheureux producteur un : « Disparaissez… mais restez dans le quartier : on est loin d'en avoir fini avec vous. »

Quelque part, à l'extrême nord du Vietnam

Gaspard avait frôlé la mort. Saisi par cette pensée macabre, il repensa à ses parents. À leur accident. Et se convainquit que, sans l'intervention de Duy et de Khôi, il les aurait retrouvés prématurément.

Ethnologues de renom, Georges et Violette de Ronsard étaient adeptes de l'observation de terrain. Compagnons de route de Georges Condominas, ils étaient partis donner une conférence à Saigon sur les liens singuliers qui unissent le peuple Mnong Gar à leur forêt, lorsque leur avion fut pris dans un orage tropical. Le crash fut si violent qu'il n'y eut aucun survivant. On ne retrouva jamais leurs corps. La presse française et vietnamienne se fit l'écho du drame. Il y eut quelques articles élogieux. Un ou deux avis de recherches. Puis ils sombrèrent dans l'oubli.

La dernière fois qu'il avait vu ses parents, Gaspard avait six ans. C'était le 10 septembre 1995. Il venait de leur annoncer qu'il avait obtenu un B en gym, ce qui, en soi, était assez stupéfiant tant il était peu doué pour les activités dites physiques. Pour fêter cet exploit, ils s'étaient rendus à la Grande Pagode du bois de Vincennes – vestige de l'Exposition coloniale de 1931 – pour y brûler trois bâtons d'encens.

Gaspard affectionnait particulièrement cet endroit : bien qu'il n'eût encore jamais voyagé, assis en tailleur aux pieds du grand bouddha doré, les yeux fermés, il se sentait transporté à des milliers de kilomètres de chez lui. Loin, loin, loin de Paris. De ses pigeons. De sa circulation. De ses effluves de diesel aussi.

Subjugué, il écoutait sans comprendre les prédications des moines exaltés tout en étudiant avec attention la danse des fanions qui barraient les allées. Ce jour-là, midi approchant, ils avaient pris place dans un stand du marché cambodgien pour y picorer, assis sur trois petits tabourets en plastique rose, des gâteaux au cœur de palmier et des brochettes de poulet satay.

Pour finir cette journée en beauté, ils avaient fait un tour de barque sur le lac Daumesnil au milieu des cygnes et des bernaches. Les saules pleureurs étaient ses arbres préférés : il s'en était gorgé.

À la nuit tombée, après l'avoir promptement bordé, Georges et Violette de Ronsard l'avaient confié aux mains expertes d'une rousse étudiante irlandaise surnommée Piwi. Cinq minutes plus tard, ils s'engouffraient dans un taxi, direction Roissy.

C'est pour reconstituer les circonstances exactes de la mort de ses parents que Gaspard avait entrepris de postuler à *Un jour j'irai à Shanghai avec toi.*

Il avait découvert ce jeu de téléréalité un soir qu'il avait prévu de dîner avec sa nouvelle petite amie, Sidonie, qui avait préféré lui poser un lapin pour « sortir en boîte de nuit avec une copine d'enfance de passage à Paris » ! Affamé – et dépité –, Gaspard s'était commandé sur Internet des crevettes panées et des bananes au lait de coco caramélisées. Entre deux bouchées, il s'était laissé happer par *Un jour j'irai à Shanghai avec toi.* Persuadé que ce nouveau programme qui se proposait de faire voyager des candidats à travers toute l'Asie avec seulement cent euros en poche avait été créé tout exprès pour lui permettre de fouler du pied le sol où Georges et Violette étaient décédés, il n'eut de cesse de grignoter le cerveau de son colocataire Hippolyte pour qu'il postule avec lui.

Paris, vendredi 11 janvier 2013, 20 heures

Dans la berline qui le conduisait chez Senderens où il devait dîner avec un sage du CSA, Jean-Édouard de la Taille parcourait le formulaire de candidature que Gaspard de Ronsard avait rempli pour les présélections d'*Un jour j'irai à Shanghai avec toi.* Il espérait trouver dans ce document un indice, une clé, un élément qui aurait échappé à la vigilance de la production. Il fallait au plus vite mettre un point final à cette très fâcheuse… comment avait-il dit déjà ? « Péripétie » ?

Avant de passer au crible le questionnaire, le directeur général de Sparkle TV s'attarda sur les clichés joints au dossier. Ils montraient un fort beau jeune homme élancé, brun et racé. Une petite tristesse dans l'œil lui conférait un charme indéniable. Quant à son sourire, à la fois amène et franc, il était désarmant. Un homme-enfant : c'était un homme-enfant. Comme Julien Boisselier, un comédien français sous-employé qui avait tourné dans plusieurs fictions coproduites par la chaîne. S'il n'avait pas été fils unique, ils auraient pu être frères.

Il comprit soudain ce qu'Augustin entendait lorsqu'il affirmait que toutes les petites casteuses de Screen Production étaient « raides dingues de lui ».

FORMULAIRE DE CANDIDATURE

Chaque équipe doit compléter à la main et retourner le dossier de candidature dans la même enveloppe, en l'accompagnant de photos (portrait et en pied) avant le 21 juin 2012 à l'adresse suivante :

UN JOUR J'IRAI À SHANGHAI AVEC TOI
Cedex 4173
70865 Paris Concours

Attention :
* *Les photos envoyées ne seront pas restituées.*
** *Les candidats d'*Un jour j'irai à Shanghai avec toi *doivent se rendre disponibles pour une période de 75 jours de tournage.*

QUESTIONNAIRE CANDIDAT N° 1

Nom : de Ronsard
Prénom : Gaspard, Georges, Pierre
Date de naissance : 2 septembre 1989

Lieu de naissance : Versailles, France
Âge : 24 ans
Profession : Professeur des écoles
Adresse : 12, rue des Envierges, 75020 Paris
Adresse mail : gaspardderonsard@yahoo.fr
Téléphone domicile : Néant
Téléphone portable : 09 10 14 65 78
Situation de famille : Célibataire
Nombre d'enfants : Aucun
Nature du lien avec le candidat n° 2 : Meilleurs copains

Pourquoi désirez-vous participer à *Un jour j'irai à Shanghai avec toi* ?
Mes parents, qui étaient chercheurs, ont disparu au Vietnam quand j'étais enfant. Parce que je n'oserai jamais entreprendre seul ce voyage, l'idée m'est venue de concourir à *Un jour j'irai à Shanghai avec toi* dont l'itinéraire passe par le Vietnam. Cela me permettrait de comprendre ce qui les attirait dans ce pays et surtout de voir la stèle commémorative que l'Université nationale de Hanoï leur a érigée.

Avec qui imaginez-vous partir ? Quels sont vos points forts et vos points faibles ?
J'aimerais faire *Un jour j'irai à Shanghai avec toi* avec mon colocataire Hippolyte Ribot avec qui je partage mon appartement depuis cinq ans. Comme nous nous connaissons – presque – par cœur, nous sommes certains de pouvoir nous supporter l'un l'autre 75 jours durant. Nous nous complétons mieux que Dupont & Dupond (!) et je pense que nos forces et nos faiblesses respectives feront de nous une équipe adaptée à la compétition. La meilleure qui soit...

Décrivez-vous. Présentez-nous votre partenaire.
Hippolyte est blond comme une bière allemande. Moi, j'ai les cheveux noir de jais. Il est séducteur, je suis prude. Il est impulsif, je suis réfléchi. Il est physique, je

hais le sport. Il aime cuisiner, j'aime faire les courses. Il est scientifique (étudiant en pharmacie), je suis littéraire (licence d'allemand). Il est un peu retors, je suis droit. Il a les pieds sur terre, je suis rêveur. Il est désordonné, je suis maniaque. Il est baroudeur, je suis casanier. Il est petit et tout en muscles, je suis grand et épais comme un carrelet. Il aime les blondes aux yeux marron, j'aime les brunes aux yeux bleus. Quand les opposés n'éloignent pas, ils rapprochent !

Quels pays connaissez-vous ? Comment voyagez-vous ? Avec quel budget ? Quelles sont vos activités privilégiées lorsque vous voyagez ?
Je n'ai jamais quitté la France à part pour un séjour linguistique en Allemagne. En revanche, j'ai toujours été féru des émissions de voyages comme *J'irai dormir chez vous, Fourchette et sac à dos* et *Ushuaïa.* Je ne rate jamais *Des trains pas comme les autres* et je connais par cœur l'épisode consacré au Vietnam, que j'ai vu plus de dix fois. Sinon, je suis un grand fan de Georges Pernoud qui illumine, sans exception, tous mes vendredis.

Quel est le plus grand challenge que vous ayez jamais relevé ? Épatez-nous !
Le plus grand défi de ma vie a été de me reconstruire après le décès de mes parents quand j'avais six ans. Dernier descendant de Pierre de Ronsard, je n'ai plus de famille du côté de mon père et ma mère n'avait qu'une sœur, partie les rejoindre deux ans après leur accident.
Avec Hippolyte, nous organisons depuis trois ans, à la maison, le Noël des sans-abri du quartier. Faire en sorte que tout le monde soit content, qu'il n'y ait ni bagarre, ni casse, ni plainte pour tapage nocturne relève chaque fois de l'exploit. Ci-joint l'article avec photos que nous a consacré *L'Échotier du XX*e.

Extrait de *L'Échotier du XXᵉ* :

ÉCHO DE BELLEVILLE

Ils offrent un dîner de Noël aux SDF de leur quartier.

HIPPOLYTE ET GASPARD, DEUX SYMPATHIQUES GARÇONS AU GRAND CŒUR !

par Seb Lefol

Samedi 24 décembre dernier, Hippolyte Ribot et Gaspard de Ronsard – dernier descendant du célèbre poète Pierre de Ronsard – ont ouvert les portes de leur appartement à douze sans-abri du XXᵉ arrondissement. Comme lors des deux précédentes « éditions », les invités ont été encouragés à prendre une douche avant de passer à table. Pour que le plaisir soit parfait, un coiffeur et un barbier à la retraite ont été conviés à exercer leurs talents d'élagueurs. Avec succès ! Des vêtements offerts par les habitants du quartier ont été mis à la disposition de chacun. D'autorité, Eulalie Fleury, la mère adoptive de Gaspard de Ronsard, a distribué, au gré de son inspiration, pantalons, chemises et vestons. Ce qui n'a pas manqué d'engendrer quelques tensions chez ces hommes peu habitués à être commandés… par une femme de surcroît. Plus beaux que des papes et des rois, Dédé, Paul, Erik, Jean-Jacques, Janvier, Momo, Denis, Bébert, Marcel, Alain, Pompon et Pierrot ont été encouragés à défiler sous les regards éberlués des résidents de la petite copropriété.
Après cette joyeuse parade improvisée – dont le jeune Gaspard, grand émotif, s'est désolidarisé –, l'heure est venue de passer aux choses sérieuses, c'est-à-dire au dîner.

Cette année, plutôt qu'un buffet, une grande table prêtée par la Maison de Quartier avait été dressée dans leur cuisine-salon-salle à manger. Au menu : mousse de foie gras, dinde aux marrons, frisée aux lardons et bûche au chocolat. Le tout arrosé de Badoit – l'alcool étant banni de la « carte » pour éviter tout dérapage. En cuisine, les mamans. Au service, Hippolyte et Gaspard en gants blancs. Porcelaine de Limoges, verres à pied, couverts en argent – loués. Tout était savamment pensé pour faire de ce réveillon… un réveillon d'exception.

Après la distribution des cadeaux – des kits gourmands longue conservation et des bouteilles d'Eau de Cologne –, tout le monde a entonné des chants de Noël au karaoké. Vers minuit, une troupe de musiciens russes, passés présenter leurs hommages à Eulalie Fleury, ont pris la main sur la soirée. Dans leur musette, de la vodka de contrebande. Le temps que leurs hôtes prennent conscience du potentiel danger que représentait cet afflux d'alcool fort, la plupart des convives avaient déjà bu plus que de raison. Sans l'intervention musclée d'Hippolyte Ribot, la réception aurait sans doute viré au pugilat.

Vers 3 heures du matin, chacun est allé se coucher rassasié et quelque peu éméché. Qui dans un foyer, qui dans un carton.

Rendez-vous l'année prochaine pour de nouvelles émotions… décoiffantes !

Le directeur de Sparkle TV ne prit pas le temps de lire le formulaire d'Hippolyte Ribot. Augustin Trappier et son équipe avaient jugé intelligent de les dissocier pour jumeler Gaspard avec une inconnue afin qu'ils constituent le désormais fameux BTO : « Binôme que Tout Oppose » – prononcer BiTiO. Il n'y avait donc rien à glaner de ce côté-là.

Qu'est-ce qu'on pouvait aligner comme inepties pour se démarquer de la plèbe ! Ils auraient dû dès le début exclure ce jeune homme qui n'avait pas le profil requis pour l'emporter à part son physique de jeune premier et… son touchant passé qui ne pouvait que susciter la compassion des téléspectateurs. Et donc faire de l'audience. Et donc faire rentrer la publicité.

Jean-Édouard de la Taille se sentit puni par où ils avaient péché.

Quelque part, à l'extrême nord du Vietnam

Gaspard comprit qu'il devait être arrivé lorsque Duy et Khôi le déposèrent sur un matelas à même le sol, dans une vraie maison en bois dotée d'un toit. Ils le saluèrent avec chaleur et s'en allèrent chacun rejoindre leur compagne. Il était en piteux état. L'arrière-train en compote et le dos en capilotade. Quant à sa tête, elle menaçait d'exploser : chaque tour d'essieu avait été un enfer pour ses oreilles. Sans parler de ses jambes : il aurait tué père et mère pour qu'on abrège son supplice. S'ils avaient encore été de ce monde, évidemment.

Un vieillard à la mine renfrognée et à la peau tavelée vint l'ausculter. Ses dents noir goudron et ses lèvres maculées de rouge faisaient peur à voir. Il répéta plusieurs fois qu'il s'appelait Khoa. « Khoa, Khoa, Khoaaaaa. » Bien qu'indisposé, Gaspard ne put réprimer un sourire. Tout en chiquant du bétel, le vieil homme entreprit de lui réduire ses fractures. Trop décharné pour opérer seul, il lança des ordres dans toutes les directions. Ses consignes ne supportant pas la plus petite remarque, chacun obéissait au doigt et à l'œil. Gaspard but un breuvage encore plus ignoble que les précédents. À peine eut-il le temps de se rebeller qu'il s'écroula comme foudroyé et dormit sept jours et sept nuits. Nourri à la becquée, choyé comme un enfant, les femmes du village se relayèrent à son chevet pour l'éponger. L'hydrater. Et l'éventer.

Quand il se réveilla – tiré de son profond sommeil par le cocorico d'un coq suréquipé –, Gaspard était plus reposé qu'un loir au sortir de l'hiver. Le soleil dardait ses premiers rayons entre les planches de bois qui le préservaient du monde extérieur. Par la fenêtre entrait un petit souffle d'air frais. Immobilisées entre quatre branches de bambou, ses jambes ne le faisaient plus souffrir du tout.

À quelques centimètres de lui, Dung, un petit garçon de cinq ans, chapeauté d'une adorable calotte noire brodée, tentait de faire des couettes à sa poupée. Son sourire, immense, réconcilia Gaspard avec l'existence.

Paris, samedi 12 janvier 2013, 10 h 30

Augustin Trappier faisait le pied de grue devant le bureau de Marie-France Maréchal depuis près d'une demi-heure. Cela l'irritait d'autant plus qu'on était samedi et qu'il aurait dû se trouver au golf de Saint-Nom où un tycoon brésilien à qui il désirait racheter les droits d'une telenovela à succès l'attendait depuis 10 heures.

Consigné dans un réduit en attendant d'être sifflé, il avait assisté, désabusé, au défilé des « puissants » : Jean-Édouard de la Taille ; Christiane Froideveau, directrice des programmes de Sparkle TV ; Catherine Barnabé, directrice de la communication du groupe ; Chiara Ponti, attachée de presse d'*Un jour j'irai à Shanghai avec toi*, et Marcel Triballin. Cet ancien de la DST passé chef de la sécurité du groupe lui tapa dans l'œil : taillé en V, la poitrine ample et le verbe haut, il aurait été un candidat parfait pour participer à *Un jour j'irai à Shanghai avec toi* dans la catégorie senior.

Des cris d'effroi avaient fusé. Des « Ho ! » et des « Ha ! » rebondi. Quelques rires nerveux aussi. De toute évidence, le brainstorming avait démarré sans lui.

Enfin la porte s'ouvrit. De sa voix d'hôtesse de l'air, Chiara Ponti, dont la fonction principale consistait à cajoler la presse, convia le patron de Screen Production à se joindre à la discussion.

— Nous avons quelques points à éclaircir avec vous, Augustin. C'est très agaçant ce qui nous arrive. Vous savez que vous nous avez mis dans un sacré pétrin ?

À tout seigneur, tout honneur : une fois de plus, c'est Marie-France Maréchal qui dirigea l'interview. Femme de poigne, la présidente de Sparkle TV avait du mal à déléguer.

— Qui est au courant que Gaspard a disparu ?

— À part nous, sept personnes : Rosenvallon ; Alexis Sauvage, le médecin de la course ; Tran, un traducteur ; Cindy Lelièvre, la coéquipière de

Gaspard ; le cadreur ; la journaliste qui encadrait le binôme et un flic viet à la retraite. Hanoï nous l'avait imposé pour garantir le maintien de l'ordre... et garder un œil sur nous. Il n'y a en théorie pas lieu de se stresser plus que ça : par protocole, ils sont tous tenus au secret. Sans avoir validé cette clause par écrit, personne ne peut participer à *Un jour j'irai à Shanghai avec toi.* Il faut cependant se méfier de Cindy : elle est sans foi ni loi.

— Qu'est-ce qui nous dit que les deux Vietnamiens ne vont pas se répandre ?

— Ils tiennent à leur job et à leur... prime. Pour les vingt-deux candidats et le reste de la production, la version officielle est : Gaspard s'est fait percuter par une moto alors qu'il se soulageait au bord d'une route. Nous l'avons conduit en hélicoptère à Hanoï où il est hospitalisé en réa' dans un état neurologique sévère. Son pronostic vital n'est pour l'instant pas engagé. Mais par égard pour lui et ses proches, on stoppe le jeu. Là aussi le mot d'ordre est : motus et bouche cousue.

— Comment vous êtes-vous organisés pour les recherches ?

— La journaliste s'est rendu compte que Gaspard avait disparu vers 7 heures du matin. Ils abordaient Yên Minh. La dernière personne à lui avoir parlé est sa coéquipière, Cindy Lelièvre : elle s'inquiétait de savoir s'il leur restait des biscuits goût crevette pour le petit déjeuner...

— *Sorry* ?

— Oui... ça peut sembler trivial, surtout « goût crevettes » et au petit déjeuner ! Mais la nourriture fait partie des fixettes des coureurs. Bref. Cindy affirme qu'il était 21 heures quand elle lui a posé la question et que cela faisait au moins deux heures qu'ils avaient quitté Hanoï. Elle l'a lu sur le fronton d'un bâtiment public dans un bled paumé. D'après elle, tout le monde « écrasait sec ». Les routes étant hyper mauvaises, le pick-up roulait à une vitesse moyenne de 50 kilomètres à l'heure. Il a fait des pauses. Au moins cinq pour refroidir le radiateur. Cela signifie que Gaspard a pu tomber sur une distance de… trois cents kilomètres. Je sais, c'est étourdissant. Dès qu'il en a été informé, Rosenvallon a pris sur lui de demander à Tran et Alexis Sauvage de refaire avec lui le trajet en sens inverse avec un 4 × 4 de la production. Ils ont roulé à moins de 30 kilomètres à l'heure pour ne rater aucun indice. Ils ont interrogé tout ce qui bougeait : les villageois, les policiers, les édiles, les chauffeurs de bus, les mendiants, les médecins, les enfants, les paysans. Ils ont passé au crible les dispensaires, les restaurants, les bars à putes, les hôtels, les fumeries d'opium clandestines, les temples, les écoles, les maisons de passe, les tripots, les *guest-houses*… Zéro, que dalle, *nada*. Personne n'a vu de jeune homme blanc bourré, estropié ou errant. Gaspard s'est évaporé dans les airs. Gaspard n'est nulle part.

Silence affligé dans le bureau. Derrière la baie vitrée, un laveur de carreaux juché sur une nacelle sifflota *Summertime*. L'espace d'un instant, tous les regards se braquèrent sur lui. Pour la première fois depuis le début de la réunion, Marie-France Maréchal esquissa un début de sourire.

— Jean-Édouard et Marcel, vous filez à Ha Giang épauler Rosenvallon. Prenez ma carte bleue de société, la ligne de crédit est illimitée. Augustin, vous l'accompagnerez. À vos frais. Compte tenu de la situation, ça me semble plutôt *fair* : tout cela est votre faute après tout. Si vous bordiez un peu mieux votre entreprise, on n'en serait pas là. J'ai joint tout à l'heure un cousin de mon ex-mari, conseiller spécial du ministre des Affaires étrangères. Ils vont dépêcher sur place deux enquêteurs qui possèdent bien le terrain. Dans la plus grande discrétion, c'est entendu. D'ici là, n'en soufflez mot à personne. Même pas à vos conjoints. Me fais-je bien comprendre, mademoiselle Ponti ? Quant à la presse, il faut qu'elle soit tenue à l'écart de tout ça. Rien ne doit transpirer. Vous m'entendez ? C'est un ordre. Si quelqu'un passe l'info à ce fouille-merde de Pastor, on saute tous. Tous ! Vous comprenez ce que cela signific ?

Occupée à répondre à ses mails sur son iPhone, Christiane Froideveau ne saisit pas la pleine mesure de cet avertissement.

— Ce qui signifie, madamc l'hypothétique future ex-directrice des programmes de Sparkle TV, que si les journaleux découvrent le pot aux roses, vous pouvez d'ores et déjà remettre à jour votre CV !

Quelque part, à l'extrême nord du Vietnam

Gaspard n'était pas en mesure de se lever. Il faisait corps avec son « lit » – un matelas posé sur des palettes de bois censées l'isoler des prédateurs. Raides comme des piquets, ses deux jambes étaient incapables de le porter. Et bien qu'il ne souffrît plus, tout déplacement lui était interdit. Il fallait qu'il se repose et surtout qu'il prenne le temps de se remettre sur pied : au propre comme au figuré. Khoa le lui avait bien fait comprendre par gestes, en le menaçant, s'il regimbait, de le ligoter. De toute façon, il n'y avait pas le bout d'une béquille à l'horizon. Et ses hôtes ne se bousculaient pas au portillon pour l'extraire de sa couche.

Pour tromper l'ennui, Gaspard en était réduit à boire du thé toute la journée dans de minuscules tasses en porcelaine noircies. À suivre l'évolution des particules de poussière qui peuplaient les rais de lumière filtrant à travers les planches disjointes de la toiture. Et à observer le ballet des enfants qui entraient et sortaient de sa chambre à longueur de journée. Ces derniers avaient pour consigne de se relayer à ses côtés, tandis que leurs parents vaquaient. Quand ils ne faisaient pas la sieste roulés en boule contre lui, telle une portée de chiots, ils jouaient en silence avec des feuilles, des écorces et des cailloux de rivière. Il était devenu leur baby-sitter attitré. Un baby-sitter bien statique, mais un baby-sitter quand même. Il leur apprit à dire « bonjour », « au revoir » et « merci » en français et leur enseigna comment faire des ombres chinoises à deux mains. Le lièvre, l'élan et le sanglier remportèrent un franc succès. En revanche, Némo le poisson-clown et Scrat l'écureuil les laissèrent plus songeurs. Vivre haut perché avait parfois du bon.

Gaspard ne se lassait pas de regarder par la fenêtre les astres défiler au-dessus des montagnes. Le soleil pénétrait par la droite le matin, disparaissait à midi et revenait par la gauche en milieu d'après-midi. La lune, capricieuse, se baladait au milieu de la voûte céleste, n'occupant jamais la même place que la veille. Lorsqu'il ne la voyait pas, il savait qu'elle était là : la lumière qu'elle répandait dans sa chambre était si blanche qu'il pouvait se permettre d'éteindre sa lampe-tempête.

Jamais de sa vie il ne s'était senti aussi dépaysé. Jamais de sa vie il ne s'était senti aussi libre. Ni aussi vulnérable.

Comment en était-il arrivé là ? Et d'ailleurs, « là », c'était où ?

Gaspard n'en avait pas la moindre idée.

Paris, lundi 14 janvier 2013, 12 heures

Lorsque Marie-France Maréchal – suivie de Catherine Barnabé – poussa la porte capitonnée de l'auditorium de Sparkle TV, la température perdit d'un coup dix degrés.

Les trois personnes qui faisaient face aux concurrents d'*Un jour j'irai à Shanghai avec toi* et à l'équipe de production tout juste débarqués de leur avion affichaient une mine de circonstance. Soit une mine d'enterrement.

L'heure était grave.

— Chers tous, je tiens d'abord à vous remercier pour votre présence ici ce matin. Je sais combien ces derniers jours ont été violents et riches en émotions. J'imagine aussi très bien combien vous devez être jet-lagués. Si j'ai demandé à vous rencontrer quelques heures seulement après votre atterrissage, c'est pour vous annoncer une bien sinistre nouvelle : votre camarade, le jeune Gaspard de Ronsard, a eu un grave accident. Il souffre de multiples fractures et nous avons à déplorer un traumatisme crânien de niveau 3 sur une échelle de 5. Le pronostic vital n'est pour autant pas engagé.

Dans la salle, Cindy poussa un cri d'orfraie. Elle se pâma dans les bras de Jimmy, le plus baraqué des candidats. Amusée, Catherine Barnabé nota dans un coin de sa tête que cette jeune femme était la discrétion incarnée.

Plus irritée qu'autre chose, Marie-France Maréchal fit quérir les pompiers.

— Cette demoiselle a besoin d'attention… Faites le nécessaire pour qu'elle soit déga… redirigée sans délai vers l'infirmerie !

Aussitôt dit, aussitôt fait.

— J'en étais à « traumatisme crânien ». Les circonstances de l'accident demeurent floues mais je tiens à rectifier la première version que nous vous avons, stupidement et… naïvement donnée sous le coup de l'affolement : Gaspard n'a pas été renversé par un deux-roues. Il est tombé de son véhicule lors d'un déplacement. Il faisait nuit. Tout le monde dormait. Personne ne s'est alarmé. Pas même sa coéquipière, Mlle Cindy Lelièvre, que nous venons de faire évacuer. À ce propos et pour rappel, si vous avez besoin de vous confier, nous tenons à votre disposition vingt-quatre heures sur vingt-quatre un psychologue maison qui s'occupe déjà de la moitié des salariés de Sparkle TV.

» Gaspard va donc devoir rester encore un bon bout de temps à l'hôpital français de Hanoï où il a été admis en urgence. Notre directeur général, Jean-Édouard de la Taille, est à ses côtés depuis hier matin. Nous faisons une totale confiance aux spécialistes de cette institution privée qui, j'en suis sûre, mettront tout en œuvre pour le tirer d'affaire. Il faut garder espoir. Contre vents et marées. Vents et marées…

Dans l'assistance, la sidération prédominait.

Ravie de son petit effet, la présidente reprit, sans se presser.

— Il va sans dire que le jeu est annulé. Fini. Plié… Je vais maintenant céder la parole à Catherine Barnabé, directrice de la communication de Sparkle TV. Elle va vous expliquer ce que nous attendons de vous. Vous aurez peut-être remarqué que se tient à nos côtés maître Enguerrand, huissier de justice et garant de l'application des règles d'*Un jour j'irai à Shanghai avec toi*.

L'astuce était 1) de faire peur, 2) de feindre l'intégrité *et* l'humilité. Tout espoir de voir ressurgir Gaspard n'était pas perdu, il fallait coûte que coûte gagner du temps. Le mauvais rôle revenait donc – une fois de plus – à Catherine Barnabé. Tendue comme un arc, elle s'approcha du micro et se racla la gorge. Bien que son timide « bonjour » provoquât un vilain larsen, elle se lança bravement – non sans avoir au préalable replacé derrière ses oreilles deux petites mèches blondes rebelles collées par le gel. Sa voix, plus perchée qu'elle ne l'aurait souhaité, n'était qu'un filet.

— Bonjour à tous. Je dois vous avouer, et vous m'en voyez désolée, que nous ne sommes pas encore parvenus à mettre au point notre plan de communication autour de cet affreux accident, inédit dans les annales de la télévision française. Pour être honnête, nous sommes démunis. À poil, si vous me passez l'expression.

Un bruissement d'étonnement fendit la salle de part en part.

— Ce dont nous sommes sûrs et certains par contre, c'est que si la presse relaie ce qui s'est passé sur le tournage, tout le monde nous tombera dessus et nos actionnaires avec. Et encore, je ne parle pas de la concurrence qui ne manquera pas de se frotter les mains. Les conséquences financières pourraient être cataclysmiques pour la chaîne. D'ailleurs, elles le sont déjà : en termes d'audience, le manque à gagner est considérable. *Un jour j'irai à Shanghai avec toi,* c'est douze *primes* regardés par une moyenne de quatre millions et demi de Français. Vous voyez, on joue franc-jeu avec vous. On est transparents.

Tel un diesel, la directrice de la communication montait en puissance et retrouvait tout son aplomb.

— Parce qu'il est impératif que nous gagnions du temps pour renforcer notre grille de programmes jusqu'à cet été, nous vous demandons de garder le secret jusqu'au 14 juin prochain. Soit quinze jours avant la diffusion du premier épisode de l'édition 2013. Parce que nous tenons à vous dédommager pour le tracas occasionné, nous vous verserons à cette date, et à titre exceptionnel, dix mille euros chacun. En attendant, c'est nous qui gérons seuls – seuls… vous comprenez ce que cela signifie ? – la communication de cet événement. Si on a besoin de vous, on sait où vous trouver. On a toutes vos coordonnées. Nous comptons sur vous pour que l'information ne fuite pas dans la presse et croisons les doigts pour que Gaspard recouvre la santé au plus vite. Vivement qu'il reparle pour nous expliquer ce qui s'est passé. Nous croyons en votre loyauté à l'égard de Sparkle TV et de Screen Production. Sous le contrôle de maître Enguerrand, je me permets de vous rappeler, au cas où vous l'auriez oublié, que vous avez tous signé une clause de confidentialité. Et que tout manquement à vos engagements sera passible de poursuites judiciaires.

Clause qui devenait caduque dès lors que le jeu avait été annulé. Mais, ça, personne n'était censé le savoir.

Quelque part, à l'extrême nord du Vietnam

Gaspard n'avait aucun moyen de savoir où il se trouvait. Se mettre debout pour jeter un œil dehors relevait du fantasme absolu. Quant à se promener dans le village en chaise à porteurs, il valait mieux ne pas y songer…

Converser avec ses hôtes était toujours aussi laborieux. S'il s'aventurait à demander chez qui il résidait ou qui l'avait conduit dans cette maison, on lui opposait de grands yeux ronds et de larges sourires.

Durant les cinq jours qu'avait duré son périple, du fond de sa charrette, Gaspard n'avait pas été en mesure de lire les noms des villages qu'ils avaient traversés. Et puis, il avait beaucoup dormi. La seule chose dont il était sûr était qu'il séjournait en altitude : il faisait moins lourd que dans la vallée et la nuit la température baissait de dix bons degrés. Par la fenêtre, il devinait des sommets, des bosquets de bambous et des rizières en gradins.

L'habitat, construit sur pilotis, était en bois d'iroko – de cela, il était sûr aussi : la question avait été abordée lors d'une épreuve d'*Un jour j'irai à Shanghai avec toi* ! Gaspard avait été installé à l'étage. Sous lui, il entendait circuler – caqueter, meugler, grogner et cancaner – des animaux d'élevage : poules, buffles, cochons et canards. Sa chambre, dotée d'une porte, se situait tout près de la cuisine où mijotaient des plats. À en juger par les effluves d'encens qui venaient lui caresser les narines, un autel domestique devait être dressé non loin de là.

Même s'ils arboraient quelques bijoux en argent rehaussé de pierres blanches, ses hôtes n'étaient pas riches. Ils portaient des tenues simples, sombres, en chanvre tissé par leurs soins. Leurs dents étaient au pire gâtées, au mieux laquées ou argentées. L'électricité ne semblait pas être arrivée jusqu'à eux et autant qu'il s'en souvienne les routes alentour n'étaient pas goudronnées.

Enfermé depuis près de dix jours, il commençait à trouver le temps long. Chaque soir, il recevait les visites de Duy, de Khôi et même de Khoa. À défaut de pouvoir converser, ils se souriaient, accroupis, en dodelinant de la tête. Amusé autant que touché par leur dévouement, Gaspard suivait leur gracieux ballet les yeux écarquillés. Chargées de veiller sur son confort, les femmes du village aéraient son lit chaque matin. Elles vidaient son pot en riant la bouche cachée derrière leur main et balayaient sa chambre à grands coups de bouquets de foin. Pour que son bonheur soit parfait, elles lui préparaient des paniers composés de mets locaux : du riz, du phô, des beignets, des graines et des pêches. C'était sommaire mais goûteux.

En traquant un mulot égaré, elles déplacèrent un jour un grand coffre peint qui, avec son lit, constituait l'unique meuble de la pièce. En le replaçant – avec difficulté – contre le mur, elles le retournèrent par mégarde. Gaspard, qui n'avait rien d'autre à faire que de les observer suer sang et larmes, faillit s'étouffer avec son thé quand il découvrit que ledit coffre était cadenassé par un antivol. Mais pas n'importe quel antivol ! Par un antivol de marque française. Un antivol en tire-bouchon. À code. Jaune et marron. Le même exactement que celui qu'il utilisait à Paris pour attacher son Solex à la gouttière de son immeuble. Rosenvallon aurait surgi de sous son lit, Gaspard n'aurait pas été plus surpris. Il se frotta les yeux avec vigueur pour s'assurer qu'il n'était pas victime d'une hallucination. La coïncidence était énorme. Trop énorme pour être le fruit du hasard.

Pris d'un affreux doute, il scanna l'espace du regard pour vérifier que des caméras n'avaient pas été disposées çà et là pour les besoins d'une caméra cachée. Avec la télé, il fallait s'attendre à tout. Et surtout se méfier de tout. N'ayant rien décelé qui pût laisser croire à un vilain coup monté, il rit tout seul de sa bêtise. Et puis les lieux étaient si dénudés qu'il était impossible de dissimuler le plus petit objectif. Il s'obligea à se calmer, réunit ses neurones et se convainquit que cet antivol était un signe. Mais un signe de quoi ? Il n'en avait pas la plus petite idée.

En temps normal, sa première réaction eût été d'ignorer, de dédaigner, d'oublier ce coffre qui lui faisait de l'œil : il n'était pas à lui et il n'y avait aucune raison qu'il se l'approprie. Pourtant, Gaspard était écartelé entre sa nature respectueuse du bien d'autrui et son instinct de survie qui l'incitait à passer outre ses principes. Ce coffre pouvait tout contenir : un téléphone satellitaire, des fusées de détresse, un talkie-walkie, une balise, un manipulateur-morse, une corne de brume, voire un pigeon voyageur.

La moitié de ses ongles y passèrent mais il tint une journée entière. Ce qui, compte tenu de l'agitation qui l'habitait, était faramineux. Après une deuxième nuit blanche passée à peser le pour et le contre, il remisa ses scrupules au placard, convaincu qu'au fond forcer l'intimité de ce coffre était la meilleure chose à faire : à la guerre comme à la guerre. Incapable de se remorquer seul jusqu'à lui, il s'allia aux petits qui avaient élu domicile au pied de son lit. Le risque était patent mais, dans le cas présent, il n'avait guère le choix. Il attendit que le soleil se couche et que les femmes soient parties pour demander aux garçons les plus dégourdis de l'épauler dans sa conquête. Il fit de ce

« service » un secret et un défi. Ce qui les stimula au-delà de toutes ses espérances. Le coffre était lourd, ils étaient malingres. Mais déterminés.

Moult pauses et force encouragements furent nécessaires pour qu'il soit enfin à sa portée. L'explosion de joie qui s'ensuivit fut à la hauteur de l'effort fourni : colossal ! Le plus dur restait à accomplir : faire sauter le verrou. Avec méthode, sans se laisser distraire, Gaspard enchaîna les combinaisons. 1, 2, 3, 4… 1, 1, 2, 3… 1, 1, 1, 2… 1, 1, 1, 1, etc.

Tard dans la nuit, son opiniâtreté finit par payer et l'antivol céda. Ses doigts saignaient, ses oreilles bourdonnaient, ses yeux le piquaient. Mais ce qu'il découvrit à l'intérieur le laissa pantois.

Paris, mercredi 23 janvier 2013, 16 heures

Marie-France Maréchal finissait son déjeuner dans sa salle à manger privée avec son directeur de l'information, Charles Delondre, lorsque son téléphone mobile vibra. C'était Jean-Édouard en direct de Ha Giang. Il y avait de la friture sur la ligne et la conversation était hachée. Obligée de crier pour se faire comprendre, elle s'éloigna de trois pas pour ne pas être entendue.

— On va rentrer, Marie-France. On est claqués. Basta. Marcel veut rester sur place au cas où, par je ne sais quel tour de passe-passe, Gaspard réapparaîtrait. Mais là, on a fait tout ce qui était en notre pouvoir. La route entre Ha Giang et Yên Minh nous est devenue plus familière que celle entre nos maisons et les bureaux de Sparkle TV. Je pourrais la parcourir les yeux bandés si tu me le demandais. Peut-être est-il en train de refaire sa vie en Chine… Peut-être croupit-il au fond d'un ravin… Peut-être a-t-il été enlevé par des canailles en mal d'argent – mais là, j'avoue, ça dépasse nos compétences. L'ambassadeur de France reste en alerte. Il ne bougera pas le petit doigt sans notre accord. Il peut faire intervenir la police locale, le Premier ministre, mais avec eux on risque l'ébruitement… Dis-moi ce que tu souhaites faire.

— Reviens à Paris, Jean-Édouard. On décidera à tête reposée avec mon contact du Quai d'Orsay. Annonce à Triballin qu'il peut d'ores et déjà se louer un appartement à Ha Giang. Qu'il garde le traducteur à portée de main : il nous coûte *peanuts* ! Je vais lui faire ouvrir en toute discrétion, par la direction financière, un compte à la Mékong Housing Bank. Je crains qu'il ne soit cloué là-bas pour un sacré bout de temps.

Par déformation professionnelle, Charles Delondre ne put s'empêcher de prêter attention aux propos de sa patronne. Prêchant le faux pour savoir le vrai, il se fit plus bête qu'il n'était :

— Alors comme ça, vous partez en vacances au Vietnam, c'est formi…

— Occupez-vous de votre rédaction, Delondre, vous voulez bien ?

Quelque part, à l'extrême nord du Vietnam

Après une courte nuit de sommeil, Gaspard fit comprendre aux enfants venus lui porter son petit déjeuner qu'il désirait être seul : leurs parents étant occupés ailleurs, il avait devant lui deux ou trois heures de tranquillité. Pareille aubaine ne se représenterait peut-être pas de sitôt, il fallait qu'il en profite.

Inventaire à la Prévert des mille et un menus objets découverts dans le coffre d'Hubert Butillon – du nom de son propriétaire scotché à l'intérieur du couvercle dans une pochette plastique transparente :

– Une paire de jumelles

– Un duvet marron à capuche Décathlon et un sac à viande SNCF

– Un réveil solaire

– Une boîte vide de sardines à la tomate Connétable

– Trois livres recouverts de papier kraft issu de sacs pour fruits et légumes

– Une paire de chaussettes Burlington, un pantalon en toile beige, une chemise en lin jaune, un pull en V gris clair sans manches

– Une carte émeraude de la RATP

– Une lampe frontale

– Un walkman Sony sans piles

– Quatre cassettes : *Les Plus Grands Succès d'Albinoni*, *Le Petit Prince* lu par Gérard Philipe, *L'Intégrale de Carlos Gardel* et *Le Meilleur de Cora Vaucaire*

– Une série de photos en noir et blanc

– Une boîte de boules Quiès usagées

– Un sifflet droit en argent

– Un article du *Petit Matin* sur les filières de la prostitution chinoise à Paris

– Un stylo à plume Waterman, une pompe sèche, une bouteille d'encre

– Une étoile de shérif en métal argenté

– Un Set Manucure Luxe 7 pièces Vogt & Barber

– Un fond de bouteille d'eau de toilette de la gamme « Nature » de chez Yves Rocher

– Un porte-clés Hermès en forme d'étrier

– Un bouchon de Dom Pérignon

– Une médaille miraculeuse de la rue du Bac

– Un Opinel en acier inoxydable n° 10

– Un calendrier des PTT 1964, *Voiliers à Saint-Malo*

– Un chausse-pied

– Un *Paris Match* fatigué daté du 6 mai 2007

– Un faire-part de décès au nom d'Edwige Butillon

– Un plan de Paris griffonné au crayon noir

– Un catalogue de *L'Homme moderne*

– Une trousse de première urgence

– Des pinces à linge en bois

– Un jeu de croquet complet

– Un porte-monnaie sabot en cuir bordeaux contenant la collection complète des 11 pièces de 1 euro émises par les 11 pays constituant la zone euro en 1999

– Une cravate bleu marine à pois

– Une série de cartes postales de Paris

– Trois touilleurs de bar : Bacardi, Pampril et Pepsi

– Un zippo

– Un savon Camay

– Un kit de couture d'hôtel

– Un véritable béret Beyssac
– Sept brosses à dents de sept couleurs différentes
– Des mouchoirs en tissu blancs brodés H. B.
– Une médaille de bronze du meilleur danseur de tango – salon Île-de-France, 1967
– Une boîte de punaises dorées
– Un *Guide du routard* du Vietnam 2009
– Une pellicule Kodak, 36 pauses, non développée
– Deux paires d'espadrilles : une marron et une vert kaki
– Un jeu de 52 cartes Grimaud
– Quatre cahiers Clairefontaine, numérotés de 1 à 4

Alors que Gaspard s'apprêtait à ouvrir le premier cahier, Dung, accompagné de quatre copains, se précipita dans sa chambre pour lui signifier de faire disparaître au plus vite ce qu'il avait sorti du coffre. La peur qu'il lut dans ses yeux encouragea le jeune Français à s'exécuter sans piper. Dans la panique, il laissa échapper la boîte de boules Quiès qui se répandit sur le plancher. Ses gestes étaient complètement désynchronisés.

Le coffre était en passe de reprendre sa place contre le mur lorsqu'une petite femme ronde et tassée, au regard dur comme un diamant, fit son entrée en éructant…

Paris, vendredi 25 janvier 2013, 16 heures

D'un commun accord avec sa « cellule de crise », Marie-France Maréchal dut se rendre à l'évidence : il lui fallait de toute urgence alerter les autorités françaises et vietnamiennes. Il était hors de question qu'ils aient un mort sur la conscience. Et puis son poste en dépendait.

Soulagée d'avoir tranché, elle saisit son téléphone pour avertir le ministère des Affaires étrangères. Puis, elle envoya Augustin Trappier au commissariat de police le plus proche pour faire une déclaration de disparition dite « inquiétante ».

Il n'y avait plus qu'à croiser les doigts pour que la rumeur ne s'ébruitât pas.

Pourvu qu'ils n'aient pas trop tardé… et que la police ne balance pas l'affaire au *Petit Matin*.

Quelque part, à l'extrême nord du Vietnam

Contre toute attente, la furie qui bondit dans la chambre de Gaspard parlait le français. Elle s'exprimait avec un fort accent vietnamien mais ne commettait pas une seule faute. Gaspard était si ébahi – et enthousiaste – de rencontrer quelqu'un avec qui il pourrait enfin converser qu'il se foutait comme de sa première chemise d'être crûment chapitré.

À trois pas de là, dans l'embrasure de la porte, s'entassaient, goguenards, une vingtaine d'enfants. Les incidents étaient peu fréquents au village. Et celui-ci, pour le moins incongru, était à ne pas manquer.

— C'est comme ça que vous nous remerciez de vous avoir sauvé la vie ? Savez-vous que, sans nous, vous auriez fini dans le ventre de tigres affamés ? Comment avez-vous osé forcer des êtres innocents à se rendre complices de quelque chose d'aussi vil ! Ça fait des jours qu'on vous lave, qu'on vous soigne, qu'on vous dorlote, qu'on vous nourrit, qu'on vous loge, qu'on vous donne des vêtements, qu'on fait en sorte que vous ne soyez jamais seul. J'ai même été jusqu'à corrompre un fonctionnaire assermenté du Service de l'immigration de Ha Giang pour qu'il vous tamponne en douce le permis requis pour séjourner parmi nous. On est dans une zone ultra-sensible, vous savez. C'est pas donné à tout le monde de vivre ici. Quand je pense que tout ce que vous avez trouvé à faire pour nous remercier, c'est de mettre votre nez dans un coffre qui ne vous appartient même pas, j'ai envie de vous infliger une bonne correction. Où avez-vous pris d'aussi mauvaises manières ? Ne me dites pas que ce sont vos parents qui vous ont ainsi élevé.

Déboussolé par cette attaque en règle, Gaspard fit profil bas.

— Bonjour, madame. Je vous prie de bien vouloir m'excuser. Je ne pensais pas à mal en demandant aux petits de… de rapprocher ce coffre. Il me narguait depuis des heures et j'ai… j'ai fini par craquer. Comprenez : j'ai le même cadenas sur mon Solex à Paris et cela me paraissait tellement improbable que je me suis laissé gagner par la curiosité. C'est mal, mais rester tanqué toute la journée dans cette pièce vide à… à rien faire, ça rend grossier. Pardonnez-moi de m'être montré mal élevé. Et indis… indiscret. Je ne recommencerai plus, je vous le promets.

— …

— Sinon, auriez-vous s'il vous plaît, madame, un té… téléphone à me prêter ? Mobile, fixe ou satellitaire, qu'importe. J'en demande un depuis mon arrivée chaque fois que quelqu'un monte me voir et on me répond toujours par la négative.

— …

— Allô ?

— Cet engin est *persona non grata* au village. Et c'est pour ça qu'on est si bien ici.

— C'est pas vrai : ça n'existe pas de ne pas avoir le téléphone !

— Et pourtant, il va falloir vous y faire, jeune homme. À propos de « jeune homme », c'est quoi votre petit nom ?

Gaspard était si désappointé qu'il faillit s'effondrer. Sa voix n'était plus qu'un filet.

— Gaspard. Gaspard de Ronsard. Et… et vous ?

— My Hiên.

— Ça vous va bien…

— Ça peut : ça signifie « Beauté et Douceur » en vietnamien !

Pour l'amadouer, Gaspard tenta un :

— Votre français est in… incroyable ! Où l'avez-vous appris ?

— À Hanoï au début des années quatre-vingt-dix. Il fallait que je sois capable de subir un entretien pour décrocher un visa pour Paris. J'ai pris des cours intensifs auprès d'un couple de restaurateurs chez qui j'étais serveuse. Néanmoins, c'est surtout grâce à…

Une montée de larmes la submergea soudain. Plus habituée à cacher ses émotions qu'à faire étalage de sentiments, My Hiên, furieuse contre elle-même, renifla bruyamment. Elle s'essuya sans plus de manières le nez et les yeux avec le revers de sa manche.

— Je hais ma faiblesse… Qu'est-ce que je disais déjà ? Ah oui, Hubert ! C'est grâce à lui si je parle aussi bien votre langue : il m'a fait lire plein de romans français et me corrigeait dès que je me trompais. Personne n'était plus tatillon que cet homme.

— C'est qui Hubert ? Je suis cen… censé le connaître ?

Une lueur d'espoir s'alluma dans l'œil de Gaspard.

— Non, enfin oui, un peu : vous venez de violer son intimité.

— Je peux m'entretenir avec lui ? Il est dans les parages ?

— Dans les parages, en effet, c'est le cas de le dire : il réside depuis six mois au cimetière, juste derrière. Il est mort en s'étouffant avec une sardine à la tomate. Une fausse route qui lui a été fatale. Khoa n'a pas réussi à le réanimer.

— C'est atroce !

— Oui… Mais le plus saugrenu est que c'était la dernière sardine de sa dernière boîte. De là à croire qu'il avait programmé son heure… Il avait soixante-quatorze ans. Nous le vénérions. Il était notre sage. Notre père. Notre Dieu.

Paris, dimanche 3 février 2013, 17 heures

Eulalie Fleury était un peu « sorcière ». Lorsqu'elle n'était pas de brocante le dimanche, ce qu'elle aimait par-dessus tout, c'était tirer les cartes, emmitouflée dans un vieux plaid angora rapiécé. Sous la garde de ses deux vieux perroquets, elle carburait au thé et aux biscuits Fossier pour prendre des nouvelles de ceux qui ne lui en donnaient pas… ou plus. En l'occurrence son Gaspard, son fils chéri qui s'était mis en disponibilité de l'Éducation nationale pour s'engager, contre son avis, dans l'aventure d'*Un jour j'irai à Shanghai avec toi.* Mais pourquoi ne l'avait-elle pas dissuadé de participer à ce simulacre de jeu télé ?

Comme elle regrettait le temps où il n'était qu'un petit homme. Époque dorée où elle pouvait encore le mettre sous cloche. Comme lorsqu'elle l'obligeait à porter des chaussettes dépareillées pour le dissuader de sortir seul dans la rue quand elle devait s'absenter pour une livraison. Technique qui fonctionnait plutôt bien puisque Gaspard préférait rester enfermé entre quatre murs plutôt que d'être la risée du quartier. Ce qui, à y regarder de plus près, était peut-être plus dangereux que de se balader seul porte d'Orléans quand on sait que Gaspard, pour s'occuper, démontait tout ce qui lui tombait sous la main – four à micro-ondes, presse-agrume, cafetière, moulinette, grille-pain – en oubliant une fois sur deux de mettre les appareils hors tension.

S'il lui avait bien expliqué qu'il ne pourrait pas l'appeler tout le temps que durerait la course, à aucun moment il ne lui avait dit qu'il pourrait être privé de ses libertés. Depuis maintenant plus d'une heure, les tarots lui répétaient que Gaspard était retenu prisonnier dans un endroit reculé et que, bien qu'en parfaite santé, il n'était pas libre de se rendre où bon lui semblait.

Pour en avoir le cœur net, Eulalie prit la décision de passer un coup de fil à Screen Production. Son petit-protégé-devenu-grand lui avait laissé un numéro à composer en cas d'urgence. Il était plus que temps d'en user. Elle était si tourmentée qu'attendre lundi lui sembla au-dessus de ses forces.

Nous étions dimanche. Elle n'avait guère d'autre choix.

Pour tenir, elle se lança à corps perdu dans le dérouillage d'une centaine de porte-clés publicitaires d'après-guerre achetés une bouchée de pain à un collectionneur peu méticuleux.

Quelque part, à l'extrême nord du Vietnam

My Hiên, soixante et un ans, mesurait un mètre cinquante-huit pour soixante-quinze kilos. Ses yeux, immenses, étaient aussi noirs que ses cheveux coupés très court. Quand elle s'emportait, elle ressemblait à Jack Palance dans *L'Homme des vallées perdues*. Vêtue d'une large tunique bleu marine et d'un ample pantalon indigo, elle portait des claquettes de piscine Arena blanches aux pieds. C'est elle qui avait organisé le rapatriement de Gaspard au village.

Elle venait d'arriver à Yên Minh – où elle était venue se défaire d'une vingtaine de sacs de riz – quand elle avait intercepté une intéressante conversation au marché : un Français participant à un jeu télévisé avait été éjecté d'une voiture en marche. Les deux jambes cassées, il gisait inerte au fond d'un fossé, incapable de se lever. Il portait des vêtements de marque. À condition de le rhabiller, il n'y avait qu'à se servir. En soudoyant deux ou trois commères, elle était parvenue à localiser Gaspard avec exactitude. Attendue à Hanoï, elle avait intimé l'ordre à ses deux acolytes, Duy et Khôi, de le quérir au plus vite pour le coucher dans leur charrette afin de le conduire chez elle. À charge pour eux de l'installer dans la chambre d'Hubert où Khoa pourrait le soigner. Il ne devait manquer de rien. Et surtout pas de compagnie.

Elle n'avait pas tenu à leur expliquer pourquoi elle agissait ainsi. Elle leur avait juste recommandé de ne laisser personne approcher le jeune homme et de brouiller les pistes derrière eux. Quitte à prendre des chemins détournés. Elle ne tarderait pas à les rejoindre. Elle avait, comme tous les mois, une mystérieuse course à faire à la capitale et serait très vite de retour au village.

Duy et Khôi la craignaient trop pour oser lui poser la moindre question. Voire lui opposer la moindre objection. Ils s'exécutèrent sans broncher.

Paris, lundi 4 février 2013, 5 h 45

Convaincue qu'il était arrivé quelque chose d'effroyable à Gaspard, Eulalie n'avait pas fermé l'œil de la nuit. Si sa peur bleue de l'avion ne l'avait pas clouée au sol, elle aurait sauté dans le premier charter pour Hanoï. L'idée même d'être confinée pendant plus de dix heures dans une boîte de conserve géante susceptible d'être balayée par la brise la glaçait. Furieuse contre elle-même, elle reportait sa hargne et toutes ses frustrations sur les gens de la télé en général et Screen Production en particulier. Subodorant qu'ils n'étaient pas des lève-tôt, elle attendit impatiemment 10 heures.

Pour tuer le temps, elle entreprit de nettoyer la cage de Max et Marie, ce qui n'était pas chose aisée quand on était aussi énervée. Par trois fois, les volatiles faillirent s'envoler. Son aigreur étant communicative, ils lui mordirent le gras des bras, les mollets et le bout du nez.

Lorsque son coucou suisse sonna la fin de son chemin de croix, elle se rua, chaude comme la braise, sur son téléphone. Ce faisant, elle se prit les pieds dans un boukhara, se cogna le menton sur un guéridon et voua aux gémonies toute sa maisonnée.

À peine eut-elle le temps de décliner son identité à la jeune femme préposée au standard qu'on la mit en relation avec un dénommé Augustin Trappier, directeur général de Screen Production. Ce dernier lui répondit – un peu trop hâtivement à son goût – que « tout roulait nickel pour Gaspard », qu'il faisait « partie des favoris du jeu », qu'il « cartonnait dans les épreuves sportives » et qu'il se trouvait « quelque part entre Hanoï et Hong Kong ». Allez savoir pourquoi, Eulalie n'en crut pas un mot. Ce type ne savait pas ce qu'il disait. Bien sûr que Gaspard ne pouvait pas faire la course en tête : il était nul en sport ! Incapable de nager où il n'avait pas pied, il crachait du sang dès qu'il piquait un sprint et l'idée d'escalader une corde à nœuds lui provoquait des suées. Et puis d'ailleurs, pourquoi lui avait-on passé un « directeur général » avec un tel empressement ? C'était louche. Si tout « roulait » aussi bien que ça, on l'aurait renvoyée sur un second couteau. Les cartes ne pouvaient pas mentir… Eulalie sentait… Eulalie savait.

— Je vous jure sur ma vie que je n'en resterai pas là ! Je n'ai pas, pendant dix ans, couvé ce môme comme une louve couve ses petits pour que vous me le bousilliez en trois semaines. Je vous harcèlerai jour et nuit tant que vous ne me donnerez pas la preuve que Gaspard est vivant. Si jeudi je n'ai pas de nouvelles de lui… de bonnes nouvelles… d'excellentes nouvelles, j'alerte la presse et il ne vous restera plus que vos yeux pour pleurer !

Eulalie raccrocha si brutalement qu'elle fendit le combiné de son téléphone à cadran.

À l'autre bout de Paris, Augustin Trappier, pâle comme un linceul, trémulait pire qu'un chihuahua.

— Allô, Jean… Jean-Édouard. Un nouvel imprévu vient de nous tomber dessus. Je crois bien que j'ai fait une mini-boulette…

Pour la deuxième fois en moins d'un mois, un immense « Putaiiiiiiiiiiiiiiiiiiiiiiiiiiiiiin ! » fendit le sixième étage de Sparkle TV.

Quelque part, à l'extrême nord du Vietnam

— C'était qui Hubert pour… pour vous ?

— Hubert ? Hubert Butillon ? C'était mon aimé. Mon galant. Ma moitié. Nous nous sommes rencontrés à Paris, il y a dix-sept ans. Place Edmond-Rostand. J'avais quarante-quatre ans. Lui cinquante-sept. Il faisait beau. Le fond de l'air était chaud. C'était le printemps…

Non sans une certaine envie de sourire, Gaspard se surprit à penser que cette femme s'écoutait parler. Les yeux perdus dans le lointain, elle s'adressait à un public imaginaire. Lancée, rien ni personne ne semblait pouvoir l'arrêter.

— Nettement plus mince que maintenant, je faisais encore mon p'tit effet, vous savez. Si j'osais, je dirais même que j'en jetais… Prothésiste ongulaire, je prenais ma pause syndicale sous le couvert d'un platane, quand j'ai repéré Hubert lisant un journal sur un banc. Dans son costume cintré, il était l'élégance incarnée. Chauffeur de maître, il attendait le retour de son patron, un homme politique de renom… Il m'a souri. Je lui ai souri. Et il est tombé sous mon charme. C'est simple, il m'a déclaré sa flamme au premier rendez-vous. Ce fut ce que d'aucuns appellent chez vous le véritable coup de foudre. Nous nous sommes aimés dans la clandestinité pendant sept ans. Marié, il ne voulait pas rompre avec sa femme malade : sclérose en plaques, Alzheimer et Parkinson cumulés. Imaginez… Non, c'est insoutenable ! Quand elle est morte il y a dix ans en dévalant trois volées d'escalier, il m'a ouvert les portes de son appartement. J'y ai vécu mes plus belles et plus douces années.

Pour ménager ses effets, My Hiên s'interrompit quelques secondes. Puis reprit, avec des trémolos dans la voix :

— Le vent a tourné en 2008, quand mes parents sont morts écrasés sous les roues d'un 4 × 4 Mitsubishi. Le chauffeur, un Italien en quête de sensations fortes, était sous drogue. Un vrai zombie. Faute d'argent, de temps, je n'ai pas pu me rendre à leur enterrement. Jamais je ne me pardonnerai cette trahison... Rongée par le remords, j'ai commencé par perdre l'appétit. Je me suis désocialisée, mon caractère s'est gâté, je suis devenue infréquentable. Mon fiancé tentait de me faire admettre que je faisais une dépression mais la chose était impensable. La dépression pour moi c'était un truc de riches, un truc de Blancs. C'est quand je me suis mise à regarder en boucle *Indochine* que j'ai admis que quelque chose ne tournait pas rond : j'avais le mal du pays. Il fallait que je rentre au Vietnam. Que je renoue avec mon passé. Veuf, sans enfants, Hubert m'a suivie sans hésiter. Plus rien ne le retenait en France.

Porté par le récit de son hôtesse, Gaspard, qui était plutôt fleur bleue pour un garçon de son âge, ne put retenir un sifflement d'admiration. Une jubilation intérieure arracha à My Hiên un gloussement d'aise. Curieux de connaître la suite, le jeune homme la relança.

— Il faisait quoi ici, Hubert ?

Avec emphase, la Vietnamienne se mit à lui expliquer que son fiancé jouissait de la vie « sans jamais être un poids pour la communauté ». Prompt à participer à tous les travaux collectifs, il déployait une énergie hors du commun, « toujours dans la joie et la bonne humeur ». Elle en fit un demi-dieu quasi thaumaturge. « Saint Louis guérissant les écrouelles, c'était des queues de cerises à côté ! » Précisant que son plus grand fait d'armes aura été de fédérer le village autour de sa personne, elle reconnut que sans son puissant capital sympathie elle n'aurait jamais été élue chef.

— Madame, puis-je encore vous po… poser une ou de… deux questions ?

— Vous parlez toujours comme un disque rayé ?

— Je… je suis bè… bè… bègue.

— Belge ? C'est dingue, j'aurais parié que vous étiez français.

— Je suis bègue *et* français ! Ça… ça n'a rien à voir. Être bègue, c'est quand… quand on a des troubles émotionnels du lan… langage. Par ex… ex… exemple, quand on est super str… stressé comme je… je le suis main… maintenant, on prolonge in… invo… involontairement les sy… syllabes. Les mots ne sortent pas de… de la bouche comme on le souhaiterait : ils n'en font qu'à leur tête.

— Pardon, Gaspard. Je ne vous savais pas malade.

— Laissez tomber… ber.

Gaspard déglutit, se resservit une tasse de thé et reprit le fil de sa pensée.

— On est où ?

— Loin de tout.

— C'est-à-dire ?

— Vous n'en saurez pas plus.

— Pourquoi ?!

— Parce que.

— Soit… Si vous êtes la chef, c'est donc vous qui… qui m'avez fait monter ici ? Dans quel but ?

— Pour vous soigner, parbleu ! Vous étiez dans un tel état. On ne pouvait quand même pas vous laisser mariner dans votre caca !

Gaspard piqua un fard et se sentit piteux. Il aurait préféré oublier cet épisode honteux.

Déterminé à lui extorquer la vérité, il insista pourtant.

— C'était quoi votre idée derrière la… la tête ?

— Je ne vois pas…

— Allez !

Pressée de clore cette conversation glissante, My Hiên anticipa ses questions. Elle lui expliqua que les garçons qui l'avaient sauvé étaient ses hommes de main, qu'il logeait sous son toit, qu'elle dormait sur une natte derrière la cloison et que la chambre qu'il occupait était celle d'Hubert. « C'est pour ça que vous avez une vraie literie… » Elle lui précisa aussi que les femmes qui prenaient soin de lui étaient ses sœurs et que ça valait mieux pour lui parce qu'elle était souvent en vadrouille, amenée à remplir « des tas de fonctions importantes à l'extérieur du village ».

— Et le vieux type qui me soigne, c'est qui ? Un docteur ? Un… un vrai docteur ?

— Khoa ? C'est le meilleur docteur qui soit. On a même une sacrée veine qu'il se soit posé dans notre village. Sa réputation va bien au-delà des montagnes. Jusqu'en Chine ! On ne compte plus le nombre de vies qu'il a sauvées dans la région. Il était apprenti-boucher à Buôn Ma Thuôt en 1945. La guerre a fait de lui un excellent chirurgien. Il a beaucoup opéré.

Et amputé aussi. Vous ne pouvez être dans de meilleures mains.

Gaspard émit un discret « Gloups ».

— Je vais res… rester encore combien de temps enfermé ?

— Aucune idée. Ça dépendra de la vitesse à laquelle vos os se ressouderont.

— Pourquoi êtes-vous si évasive ? Pourquoi ne m'aidez-vous pas à regagner mon… mon pays ?

— Je n'ai rien contre ce projet, jeune homme. Bien au contraire. Vous êtes pour nous une bouche de plus à nourrir, c'est pesant. Mais figurez-vous que j'ai le sens du devoir, moi, et je ne m'imagine pas vous abandonnant sur un trottoir de Ha Giang avec vos deux jambes brisées.

— Qu'importe ! Je veux… je dois rentrer à Paris. Vous ne soupçonnez pas le nombre de gens inquiets qui m'attendent.

— Votre prétention serait comique si elle n'était pas tragique. Si vous pensez que la télé se soucie de vous, vous vous fourrez le doigt dans l'œil jusqu'au coude. Voire l'omoplate. Vous n'êtes qu'un tout petit petit pion sur un grand échiquier. À l'heure qu'il est, vos amis doivent se faire un paquet de beurre sur votre dos. Des plaquettes entières même ! Vous êtes une super affaire. Une source d'audience mirifique !

— C'est quoi cette méchanceté gratuite ? À quoi vous jouez ?

Ulcérée, My Hiên leva les yeux au ciel et ne daigna même pas répondre.

— En dépit de ce que vous essayez de me faire croire, j'ai l'impression que… que vous n'êtes pas si pressée de vous débarrasser de moi.

Gaspard eut un flash : il entrevit Kathy Bates, l'infirmière psychotique de *Misery*, brisant à coups de marteau les pieds de son idole interprété par James Caan. Il eut soudain très peur.

— Vous me faites flipper. Vous n'êtes pas nette…

— Y a pas de quoi ! Je suis aussi inoffensive qu'un agneau.

— C'est ça ! Je ne crois pas un seul mot de ce que vous me dites. Et pourtant la psy… la psychologie n'est pas mon fort !

— …

— Sans vouloir vous offenser, madame, vous n'avez pas le sentiment de me retenir un peu contre mon gré ? Vous faites tout pour entra… pour entraver ma liberté.

— C'est faux. Seule m'importe votre santé…

— Menteuse !

Furibonde, My Hiên lui planta son regard de feu dans les yeux. Elle quitta la chambre en pestant dans sa barbe et claqua la porte avec une telle violence que les enfants – qui n'avaient pas perdu une miette de la conversation – prirent la poudre d'escampette.

Cinq minutes plus tard, sur ordre de My Hiên, Duy et Khôi s'emparèrent du coffre. Ils le descendirent – non sans mal – au rez-de-chaussée de la maison où ils le dissimulèrent derrière des sacs de riz.

Le pauvre sourire qu'ils lui adressèrent suffit à faire comprendre à Gaspard combien ils étaient gênés.

Paris, lundi 4 février 2013, 15 h 30

Marie-France Maréchal avait demandé à Jean-Édouard de la Taille de reprendre le « Dossier Eulalie » après avoir exigé qu'il passe « *illico presto* un bon savon à cet imbécile de Trappier ».

— Dis la vérité à cette femme, Jean-Éd' : d'après ce que j'ai lu dans votre rapport, elle est comme sa mère. Elle a le droit de savoir ce qu'il est advenu de son fils. Et enrobe-moi ça proprement, tu veux bien ?

Comme promis, Eulalie avait mis sa menace à exécution : avec la régularité d'un métronome, depuis 10 heures elle téléphonait toutes les demi-heures à Screen Production. Avenue de Villiers, de la documentaliste à la directrice des ressources humaines, tout le monde était au bord du suicide.

— Bonjour madame Fleury, Jean-Édouard de la Taille, directeur général de Sparkle TV. Je fais suite aux nombreux coups de fil que vous avez passés à Screen, la société qui produit *Un jour j'irai à Shanghai avec toi*. Accepteriez-vous de venir prendre un verre avec moi au Café de l'Alma ? J'aimerais m'entretenir avec vous au sujet de votre fils et…

— C'est ça. Et vous voulez peut-être aussi que je me mette en frais pour vous ? Si vous avez quelque chose à me dire, bougez-vous. J'ai l'âge d'être votre mère, la police m'a retiré mon permis et j'exècre le métro…

— Comme je vous…

— Et tant que je ne saurai pas à quoi m'en tenir au sujet de Gaspard, je continuerai à marquer au short vos petits copains sans aucun état d'âme. Au risque de faire péter le standard. Me fais-je bien comprendre, monsieur de la Touille ?

— De la Taille, madame… de la Taille.

Jean-Édouard demanda à son chauffeur de le conduire sans tarder rue du Square-Montsouris. Moins d'une demi-heure plus tard, il frissonnait debout comme un pauvret sous la verrière glacée d'Eulalie. Assise devant un bol de bouillon de pot-au-feu fumant, le dos collé au convecteur électrique, elle ne lui proposa même pas de s'asseoir.

— Il fait un froid de canard : ma chaudière a rendu l'âme. Le plombier doit se pointer d'une minute à l'autre. Alors ? Vous vouliez me parler ? J'attends…

Eulalie faisait la revêche mais au fond, elle n'en menait pas large. Son cœur battait si fort qu'elle craignait qu'il ne sorte de sa boîte et ne s'esclaffe par terre.

Jean-Édouard non plus n'en menait pas large. Par contre, chez lui, ça se voyait comme l'obélisque au milieu de la place de la Concorde.

— En premier lieu, je vous prie de bien vouloir nous excuser pour ce mensonge éhonté qui vous a été proféré ce matin par un homme pour qui Pôle Emploi n'aura bientôt plus de secrets. Parce que oui, vous aviez raison : nous avons un problème avec Gaspard. Il est tombé d'un camion le 9 janvier dernier alors qu'il se déplaçait, de nuit, entre deux points stratégiques de la course. Et bien que nous ayons fait tout ce qui était en notre pouvoir pour le retrouver, il est… introuvable. Le Quai d'Orsay, le ministère de l'Intérieur vietnamien, la police provinciale sont sur le pont depuis l'accident. Jour et nuit. Le chef de la sécurité du groupe Sparkle TV est également sur place depuis le 11 janvier. Il mène sa propre enquête. Il s'agit d'un ancien para qui a fait ses classes à la DST avant de venir rejoindre notre groupe. C'est un coriace, vous pouvez me croire. Quand on lui donne un os à ronger, il le réduit en poudre. Il ne lâchera pas. Jamais ! Pour l'instant, et croyez que nous en sommes navrés, nous n'avons relevé aucune trace de votre fils. On a récupéré sur un cireur de chaussures de Sapa sa parka verte mais cela ne nous a pas permis de localiser Gaspard : la nièce de ce type l'avait achetée à un jeune homme qui lui-même l'avait achetée à un autre jeune homme qu'il ne connaissait pas et qui n'était même pas de la région. Rien ne dit qu'il n'est plus de ce monde. Il s'est peut-être refugié dans une grotte oubliée au fond d'une vallée. Il faut accepter de s'en remettre aux gens dont le métier est de chercher et… de trouver : on va vous le rendre votre Gaspard. Je ne sais pas encore quand, ni dans quel état, mais on va vous le rendre. Je m'y engage personnellement…

Exaspérée par ce ton sirupeux qui avait le don de la prendre à rebrousse-poil, Eulalie, les doigts contractés sur son bol de soupe vide, se fit menaçante.

— La Touille, j'espère pour vous que tout ça, c'est pas du bla-bla de communication. Parce que moi, faut pas me chercher. Sinon, on me trouve. Toujours… D'accord ?

— Compris : je saurai m'en souvenir.

— Voilà que vous devenez raisonnable !

— En retour, comme je ne vous ai rien caché et que je me suis montré loyal avec vous, pourriez-vous me promettre de nous faire confiance et de ne pas alerter la presse ? Cela nous aiderait dans nos recherches.

— Pas de pincettes avec moi. Je vous accorde un sursis de quinze jours. Si d'ici là mon Gaspard n'a pas réintégré le bercail, je vous démolis dans les médias. J'ai trop de bouteille pour avoir peur de qui que ce soit. De plus, vos airs de petit fayot me laissent indifférente. Je n'ai même pas de télé ! J'exècre la télé…

Quelques secondes après le départ de Jean-Édouard de la Taille, Eulalie découvrit sur le manteau de sa cheminée un imposant paquet emballé dans du papier doré. Il contenait la réplique exacte du trophée en bois laqué jaune safran que le duo de gagnants d'*Un jour j'irai à Shanghai avec toi* devait remporter à l'issue de la finale du jeu qui aurait dû se tenir le 29 janvier : un Confucius, bedonnant, au regard torve. Dans une enveloppe parfumée, un petit mot écrit à la main : « En espérant que ce cadeau, modeste mais sincère, saura vous mettre du baume au cœur. Avec tous nos compliments. Augustin Trappier, au nom de toute l'équipe de Screen Production. »

Mais pour qui la prenaient-ils ? Suffoquée par tant de fatuité, elle ouvrit grand ses volets. Elle prit son élan et, de toutes ses forces, jeta par la fenêtre l'ignoble trophée. Cet acte de rébellion lui fit un bien fou.

Heureux et fier de s'en être tiré à si bon compte, le directeur de Sparkle TV se précipita sur son téléphone portable pour appeler sa présidente.

— Allô Marie-France ? Comment dire… Disons qu'on va considérer que j'ai sauvé les meubles. C'est pas une commode, tu sais…

Un énorme bruit de bris de glace se fit entendre au même instant. Dans la rue un attroupement se forma aussitôt. Seuls régnaient la sidération et l'amusement.

— Jean-Éd', c'est quoi ce bordel derrière toi ?

— Le pare-brise d'une 407 coupée qui vient d'exploser sous le poids d'un philosophe chinois…

— « Appliquez-vous en toutes choses à garder le juste milieu. »

— Tu peux me lâcher avec Confucius ?

Contente de son petit effet, Marie-France Maréchal rit sous cape et ajouta, bravache :

— Tu devrais retourner voir cette timbrée. Je suis sûre qu'elle apprécierait cettc maxime.

— Je ne crois pas, non : je tiens trop à la vie pour risquer de la perdre.

Quelque part, à l'extrême nord du Vietnam

À l'heure où le ciel vire au rose, My Hiên revint trouver Gaspard. Tenant à être seule avec lui, elle fit déguerpir les petits, occupés à fabriquer un cerf-volant en papier de riz. Un simple regard suffit : mus par la crainte que leur inspirait cette femme au caractère incandescent, ils s'envolèrent comme une nuée de sauterelles.

Les bras chargés de friandises, My Hiên semblait... adoucie. Après avoir réglé son compte à une famille de cafards cuivrés, elle s'agenouilla à ses côtés. Elle voulait parler mais ne savait pas très bien par où commencer. Pour mieux rassembler ses idées, elle nettoya ses ongles avec un cure-dent émoussé. Son travail terminé, elle se lança dans un long monologue, les yeux rivés au plancher.

— Je ne tiens pas à ce que vous sachiez où vous êtes, Gaspard. Et ne comptez pas sur les gens du village pour vous éclairer. Je leur ai expliqué que vous étiez sous ma seule responsabilité et qu'ils avaient interdiction de prendre la moindre initiative. Je suis leur chef : ils m'obéissent. Au doigt. Et à l'œil. C'est ainsi, pas autrement.

» Pour votre gouverne, apprenez que notre village est perché à près de neuf cents mètres d'altitude, au nord-est du pays, à quelques kilomètres de la frontière chinoise. Nous vivons sur ces hauts plateaux depuis des décennies, à l'écart de tout. Il n'y a rien d'autre d'utile à savoir. Retenez qu'il est très difficile voire impossible de se repérer dans nos montagnes. Surtout quand on n'est pas d'ici : nos sentiers se ressemblent tous, la végétation est dense et le paysage accidenté. C'est pire que votre maquis corse.

» Vous êtes ici dans un village habité par une ethnie fière et indépendante descendue du Yunnan, il y a plus de trois siècles, pour sauvegarder ses mœurs et ses coutumes. Nous sommes près de cinq mille à vivre dans la région en deux groupes bien distincts. Nous avons notre propre dialecte et il est notre fierté. Nous chérissons la paix, la nature, l'amitié et nous nous faisons un devoir de rester entre nous pour préserver nos traditions et notre identité. Il est inconcevable que nous nous mélangions. Les Chinois voulaient nous assimiler jadis, nous étions et… nous sommes aujourd'hui toujours farouchement contre. Même avec les Vietnamiens. Tant que nous resterons soudés, solidaires, bienveillants les uns avec les autres, nous demeurerons invincibles. La cohésion est le ciment de notre communauté. Cela nous demande beaucoup d'énergie, de sacrifices et d'abnégation.

» Notre clan englobe une trentaine de familles. Elles sont réparties entre ce hameau et les crêtes brunes que vous apercevez par la fenêtre. Nous vivons de la culture du riz et de l'élevage des porcs. Nous les faisons se reproduire puis nous les engraissons pour nourrir nos enfants ou les vendre au marché.

» Notre village, du fait de son extrême isolement, a été assez bien préservé pendant les guerres d'indépendance. Bien que nous soyons dans une zone du pays longtemps contrôlée par le Viet Minh, perchés dans nos montagnes, à quelques kilomètres de la Chine, nous avons toujours été tenus à l'écart du conflit. Les bombes des Américains, le napalm, l'agent orange, ont plu sur le sud de la péninsule mais pas ici. Nous remercions chaque jour les divinités pour leur clémence. C'est un prodige que nous soyons sortis indemnes de trente ans de conflit.

» Je suis née dans cette maison. J'y ai grandi. J'y ai appris la vie. Et puis un jour, je me suis entichée d'une personne qui ne me voulait pas que du bien. J'ai dû fuir pour laver mon honneur ainsi que celui de mes parents. Mes fautes expiées, je suis partie vivre à Hanoï puis à Paris. J'ai fait le grand saut à trente-six ans. Un coup de tête... bête. Avant de connaître Hubert, ma vie en France relevait du cauchemar. Je n'ai jamais été prothésiste ongulaire. Je préférerais me faire décapiter plutôt que de l'avouer à mes pairs mais, croyez-moi, j'ai pris cher. Au-delà du soutenable.

» Je voudrais que mon martyre serve à quelque chose. Nos jeunes ne doivent pas reproduire les erreurs que j'ai commises. Ils n'y résisteraient pas. Ils sont trop tendres. Pas assez cuirassés. Je me refuse à admettre l'idée qu'ils puissent, eux aussi, un jour déserter nos contrées, persuadés que l'herbe est plus verte ailleurs. C'est faux. Archi-faux. Et puis, notre peuple n'y survivrait pas...

Gaspard, peu habitué à l'accent vietnamien, avait du mal à suivre le réquisitoire de My Hiên. Convaincu qu'elle était son unique planche de salut, il s'accrocha pourtant. Pour l'encourager à ralentir son débit, il lui fit signe de décélérer avec les mains. Ce qui n'eut pas le moindre effet : lorsqu'il s'agissait de défendre son peuple, la Vietnamienne était pire que Castro. Rien ni personne ne pouvait endiguer le flot de ses paroles.

Électrisée, elle reprit de plus belle.

— Parce que j'ai démocratiquement été élue chef, je me dois de protéger mon clan. C'est donc en toute connaissance de cause que j'ai décidé, seule, de rejeter en bloc le soi-disant progrès incarné par l'asphalte et l'électricité. Si l'État construit des routes pour monter jusqu'ici, les 4 × 4 qui ont assassiné mes parents emporteront nos descendants. Le tourisme pervertira jusqu'aux bébés dans le ventre de leur mère. J'ai l'intuition que même ceux qui sont le plus attachés à notre souveraineté succomberont à la tentation : ils se déguiseront en petits autochtones « tellement typiiiiiiques » pour satisfaire les routards et monnayeront le privilège de se faire photographier avec eux. Il faudra peigner nos cochons et ratisser devant nos maisons. Rien que d'y penser, j'ai des pulsions de meurtre. Les nouvelles générations rejetteront notre mode de vie et exigeront de descendre s'installer dans des maisons en dur, dans la vallée. Il n'y aura plus de bras pour nourrir les bêtes et planter le riz.

» Si l'électricité montait un jour jusqu'ici, la télé, le téléphone, les ordinateurs, les consoles, Internet gangrèneraient nos foyers. Ce serait le règne du chacun pour soi et notre peuple s'éteindrait. Inéluctablement. À petit feu…

Ce disant, My Hiên montra du menton les braises du foyer qui finissaient de se consumer dans la pièce adjacente à sa chambre.

— Je lis dans vos yeux que vous me trouvez bien rétrograde : je l'assume parce que, par expérience, je sais ce qui est bon pour ceux que je chéris. Je ne suis pas née de la dernière pluie : j'entends bien que je ne fais pas l'unanimité parmi les miens. Et surtout, j'ai parfaitement conscience que je ne pourrai pas longtemps lutter toute seule avec mes petits poings contre l'urbanisation et la centralisation massive de notre pays. Il est pourtant aujourd'hui de mon devoir de tout mettre en œuvre pour retarder la catastrophe…

Gaspard était médusé. Pour lui le progrès était synonyme de bienfaits. Jamais jusque-là il ne l'avait envisagé sous cet angle apocalyptique : son mobile était son meilleur ami. Son micro-ondes sa mère nourricière. Et Snapchat, la plus belle invention depuis YouTube.

— Quand j'ai eu vent de votre existence, j'ai tout de suite pensé que c'était mon Hubert qui vous avait mis sur ma route. Pour me venir en aide. *Nous* venir en aide. Il fallait que je vous récupère par n'importe quel moyen. Et je me les suis donnés. Par respect pour tout ce qu'il avait fait pour nous, je me suis attelée à élaborer un stratagème destiné à sauver mon clan. Un stratagème dont vous serez, vous allez voir, la pièce maîtresse. Entre nous, vous imaginez bien que je ne vous ai pas tiré de votre fossé par pure charité…

Pris dans cet ouragan de paroles amères, Gaspard y voyait de moins en moins clair.

— Pou… pourriez-vous, s'il vous plaît, préciser votre pensée ? Où voulez-vous en venir ?

— Vous allez prendre la place d'Hubert…

— Laquelle ?

— Celle qu'il a laissée vide, à côté de moi. Dans mon lit !

— Je… je ne crois pas que ça va être possible…

— Tout bien pesé moi non plus… Redescendez jeune homme, vous pourriez être mon fils !

— …

Gaspard piqua un fard.

Redevenue grave, My Hiên lui exposa son projet.

— À mes yeux, le plus grand fait d'armes d'Hubert aura été de détourner l'attention de mes administrés de la modernité. Comment ? En les conviant à se retrouver ici, le soir, pour l'écouter lire des livres. Vous suivez ?

— Jusqu'ici, je crois, oui…

— Vous allez donc réinstaurer les veillées et lui succéder au poste de conteur. Comme Schéhérazade dans *Les Mille et Une Nuits*. Si vous parvenez à captiver l'assistance aussi bien qu'Hubert le faisait, je vous promets de vous rendre votre liberté. On se moque du propos, personne ne parle français, je traduirai à ma façon. L'essentiel consiste à renouer avec nos usages ancestraux. Depuis la mort d'Hubert, les gens se claquemurent chez eux après leur journée de labeur. Ils tournent en rond, broient du noir. Désœuvrés, ils revêtent l'électricité de toutes les qualités. Résultat : nous sommes au bord de la guerre civile. C'est eux contre moi. Ils me prennent pour un dictateur en puissance prêt à vendre mon âme au diable pour les convertir à mes idéaux. S'ils savaient…

Gaspard trouva que, pour une fois, elle n'avait pas tort : plus elle discourait et plus elle lui rappelait Dolores Ibárruri, la Pasionaria espagnole dont la photo trônait sur la coiffeuse en noyer d'Eulalie.

— Depuis que vous avez élu domicile ici, un vent nouveau souffle sur la vallée. Vous ne vous en doutez peut-être pas mais vous êtes observé : il y a un sacré passage dans votre chambre ! Beau comme un astre, doux comme le miel de nos montagnes, toujours d'humeur égale, vous êtes l'objet de toutes les conversations, de tous les fantasmes. Négliger vos avantages serait une faute tactique impardonnable. J'ai besoin de vous, au moins jusqu'au… 29 mars…

Chose qui ne lui arrivait jamais – même devant ses élèves les plus indisciplinés –, Gaspard perdit son sang-froid :

— 29 mars ? Mais c'est la mort ! Faut vous faire interner : vous êtes cinglée !

Ce brusque sursaut impressionna My Hiên, qui se garda bien de le lui signifier. Ce petit, si policé, avait peut-être du cran. Plus qu'elle ne l'aurait parié de prime abord.

Elle reprit néanmoins la main sur la conversation.

— Calmez-vous, jeune homme. Et ne me manquez pas de respect ! J'ai rendez-vous le 29 mars prochain à Hanoï avec un haut responsable du ministère de l'Équipement et j'entends obtenir de lui que nous restions coupés du monde. Je veux qu'ils « oublient » de nous relier à l'électricité, qu'ils nous rayent de leurs plans d'urbanisation. Ce rendez-vous est crucial. Je ne peux pas me rater.

— Et que… que diriez-vous que je vous accompagne ? Je pourrais témoigner en votre faveur et…

— Bien tenté, mais non, c'est inutile ! J'ai déjà engagé un avocat rompu à ce type d'actions et vous risquez de nous plomber. De toute façon, d'après Khoa, vous ne serez pas rétabli avant deux mois et mon entretien est pile dans deux mois, donc ça ne colle pas. La nature est bien faite, vous ne trouvez pas ?

— Deux mois… Mais qu'est-ce que je vous ai fait pour mériter ça ?

— Rien ! Allez, courage : c'est quoi deux mois pour un grand gaillard comme vous ? Votre présence ici est inestimable. Sans votre aide, l'unité de mon peuple volera en éclats. Croyez-moi.

Incapable d'empathie lorsqu'il s'agissait de défendre son peuple, My Hiên poursuivit sans se rendre compte que son interlocuteur, horrifié par ses propos, dévissait.

— Pour vous prouver ma bonne foi, je vais vous faire remonter le coffre d'Hubert. Je vous le donne, même ! Faites-en ce que bon vous semblera… Vous savez, Gaspard, c'est unc expérience unique que je vous propose de vivre là. Une expérience sans comparaison avec votre pauvre jeu télé. Et même…

— Comment pouvez-vous débiter autant de… de conneries ? Vous avez pensé à ma mère un instant ? Si ça se trouve, elle me croit mort par votre faute. Mort ! Son désarroi doit être abyssal. Et je ne vous parle pas de la production…

— Son désarroi ne sera que passager. L'extinction de mon peuple, elle, sera définitive…

— C'est dégueulasse de vouloir me faire porter le chapeau ! Immonde ! Et si… si… si mon état de santé se dégradait, me rendriez-vous aux miens ?

Essayez, trente secondes, de vous mettre à ma place…

— Vous me lassez, Gaspard, et je dois prendre congé. J'ai des choses plus importantes à faire que de vous écouter chouiner. La nuit porte conseil : réfléchissez à ma proposition et faites preuve d'un peu de maturité.

Arrivée en bas de l'escalier, My Hiên, narquoise, ne put retenir un :

— Et puis, cessez de toujours tout ramener à vous. Il se passe des choses sympas en périphérie de votre petite personne !

Paris, vendredi 8 février 2013, 12 heures

Marie-France Maréchal, Jean-Édouard de la Taille et Augustin Trappier étaient comme hypnotisés par le contenu du colis que leur avait fait parvenir par UPS Marcel Triballin, le chef de la sécurité du groupe, posté à Ha Giang depuis le début des opérations.

Sur la grande table ovale en marbre blanc de la présidente de Sparkle TV s'étalaient en presque parfait état les vêtements que Gaspard portait le jour de son accident : une parka Eider, un tee-shirt et un sweat Abercrombie, un pantalon Lafuma, des chaussures de marche Aigle, un chèche Burberry et une paire de Ray Ban. Il ne manquait que sa Swatch.

Si Marcel Triballin était parvenu en un temps record à les collecter – au prix parfois de sacrés marchandages –, personne n'avait été en mesure de lui dire – ou n'avait voulu lui dire – où se trouvait leur propriétaire. La seule chose dont il était aujourd'hui certain, c'était à quel endroit était tombé Gaspard, soit au milieu de nulle part à quatre-vingt-trois kilomètres au nord de Ha Giang, sur la route de Yên Minh. Il avait immédiatement transmis cette information aux autorités compétentes qui ne paraissaient pas plus motivées que ça.

Marcel Triballin allait donc devoir reprendre seul son bâton de pèlerin.

Quelque part, à l'extrême nord du Vietnam

La lune nimbait de sa lumière argentée la chambre de Gaspard. C'était beau et froid. Un peu angoissant aussi. Seul face à ses choix, le jeune homme était désemparé. Il était à la fois consterné par ce que cette femme tyrannique et fragile lui avait confié et en même temps… indigné qu'à aucun moment depuis leur rencontre elle ne se soit enquise de savoir qui il était, d'où il venait, comment il se sentait, voire ce qu'il désirait. Ou alors, pour une indicible raison, My Hiên savait déjà tout de lui et s'en satisfaisait. Ou elle craignait de se laisser attendrir et donc s'interdisait de lui poser la moindre question. Il devait y avoir une explication et il se ferait fort de la découvrir tôt ou tard. En attendant, il ne devait surtout rien brusquer.

Quelques minutes après son départ, Gaspard s'endormit comme une souche : la journée avait été nerveusement épuisante et la tisane que Khoa lui ordonnait de boire pour calmer ses élancements avait un pouvoir sédatif puissant.

Une poignée d'heures plus tard, il se réveilla en proie à mille pensées macabres.

Depuis son accident, Gaspard s'était interdit de réfléchir. Comme à la mort de ses parents. Pour se protéger. Par crainte de céder à la panique. De sombrer dans la folie. De ne plus rien pouvoir contrôler. Et voici que soudain, toutes ses peurs remontaient. Mille questions l'assaillaient. Que faisaient Screen Production ? Sparkle TV ? l'État français ? Pourquoi ses équipiers tardaient-ils à venir le récupérer ? L'avait-on abandonné ? Passé par pertes et profits ? Qu'en était-il d'Hippolyte ? de Sidonie ? d'Eulalie ? L'anxiété de sa mère devait être à son comble. Rien qu'à cette idée son cœur se serrait. Un étau le broyait. Allait-il sortir indemne de cette maudite aventure ? Était-il condamné à crever sur cette paillasse pourrie ? Qui était vraiment My Hiên ?

Paris, jeudi 14 février 2013, 8 h 30

Jean-Édouard de la Taille crut s'étouffer lorsqu'il découvrit sur son Blackberry la mini-bombe que venait de larguer Phil Pastor sur son site dédié à la vie des médias. Dans un geste de colère, il fit valdinguer son café sur son agenda papier, éclaboussa son maroquin en cuir et se mit à jurer :

« Petit connard de mes deux. Quand je pense au nombre de scoops qu'on lui a servis sur un plateau : ce type n'a aucune morale ! »

philpastor.com – 08:11

EXCLU :
Un des candidats
d'*Un jour j'irai à Shanghai avec toi*
entre la vie et la mort
dans un hôpital au Vietnam

Selon nos informations exclusives, un candidat de l'édition 2013 d'*Un jour j'irai à Shanghai avec toi* aurait été grièvement blessé lors du tournage qui se déroulait ces jours-ci au Vietnam. Il serait entre la vie et la mort et hospitalisé dans une clinique privée. L'identité du ou de la candidat(e) est encore inconnue.

Toujours selon nos informations, la deuxième édition de ce jeu de téléréalité qui avait remporté un fort succès d'audience lors de sa diffusion au cours de l'été 2012 a été interrompue.

Screen Production et Sparkle TV refusent d'infirmer ou de confirmer ces informations que nous tenons d'un membre de l'équipe de production qui était sur place le jour de ce dramatique accident et qui tient à préserver son anonymat.

Quand il s'en donnait la peine, Pastor pouvait provoquer de beaux scandales. En son for intérieur, Jean-Édouard se dit que la chaîne avait été bien sotte de ne pas acquérir son site quand il était à vendre six mois plus tôt. L'addition aurait été salée mais, au moins, ils auraient acheté leur paix.

Quelque part, à l'extrême nord du Vietnam

Sous ses faux airs de Folcoche, My Hiên avait touché Gaspard. Rester. Partir… Partir. Rester… Rester. Partir… La tempête sévissait dans sa tête. À part sa mère et son colocataire, personne ne l'attendait plus à Paris. Pas même Sidonie qui, lasse que leur bluette traîne en longueur, l'avait quitté la veille de son départ, au beau milieu d'un square : « Comment te dire, Gaspard… Tu es affable, sexy, poli, intelligent, drôle souvent, mais tout cela n'est pas tout à fait suffisant. J'ai beau savoir ce que je vaux, j'ai un tantinet besoin de me sentir désirée. Et cinq baisers en six mois, n'est-ce pas… »

Si on analysait la situation avec circonspection, Gaspard avait en fait assez peu d'options : dépourvu de tout sens de l'orientation, il aurait été bien en peine de se frayer un chemin vers la civilisation. Sans compter qu'il ne parlait pas le vietnamien et qu'il avait les deux jambes brisées.

Quand bien même aurait-il eu le choix, Gaspard n'aurait pas eu le cœur d'abandonner ce village dont il ne connaissait pourtant qu'une maison – voire qu'une chambre –, mais dont les enfants lui étaient presque tous devenus familiers. C'eût été faire preuve d'égoïsme et de couardise. Et cela, il ne pourrait jamais se le pardonner. Eulalie ne l'avait pas élevé comme ça.

Pour arrêter son choix, il convoqua les trois grands « préceptes eulaliens » qui avaient vertébré son enfance :

– *Tenter, toujours, pour ne jamais rien regretter.*

– *Anticiper le pire pour être surpris du meilleur.*

– *De l'audace, encore de l'audace, toujours de l'audace.*

Après Eulalie, Gaspard convoqua le souvenir de ses parents. Bien qu'il les eût assez peu connus, il se dit que s'ils avaient été encore en vie, ils auraient pris le parti de My Hiên. Sans hésiter une seule seconde. N'avaient-ils pas consacré leur carrière à la cause des Mnong Gar ? À la défense de leur indépendance. De leurs traditions. De leur histoire. Sans ces derniers, Georges et Violette ne se seraient jamais rencontrés. Ni aimés. Et Gaspard ne serait pas né. Tout cela s'imposait comme une évidence. Au risque de faire mourir d'inquiétude Hippolyte et Eulalie, il devait reprendre leur flambeau éteint trop tôt. Pour qu'ils soient fiers de lui, Là-Haut. Si un Là-Haut il y avait. Il ne fallait pas que sous couvert de progrès, le peuple de My Hiên soit victime d'un ethnocide… Le combat lui paraissait bien inégal et la tactique bien hasardeuse, mais elle valait la peine d'être tentée. David n'avait-il pas vaincu Goliath ?

Sa décision arrêtée, Gaspard sourit. Aux anges. Libéré de cette enclume qui l'oppressait, il se sentit d'un seul coup tout léger. Ragaillardi. Électrisé ! Donner sens à son aventure télévisée le réjouissait et… le renforçait dans sa volonté d'aider cette femme pourtant si antipathique. Pour une fois que la télé servait une juste cause. C'était un peu le monde à l'envers.

Sur ces entrefaites, deux problèmes de taille se présentèrent à lui : comment raconter sans bégayer ? Et surtout, quoi raconter ? À vingt-quatre ans, Gaspard considérait n'avoir rien vécu. Du moins, rien qui fût digne d'intérêt. L'imagination et l'affabulation n'étant pas sa spécialité, mieux valait abandonner cette idée. Dépourvu de mémoire, Gaspard ne connaissait pas non plus d'histoires. Et ce n'était pas en récitant l'intégrale des odes et sonnets de son illustre ancêtre qu'il tiendrait bien longtemps son auditoire en haleine. S'il ne voulait pas échouer dans sa mission, il fallait qu'il trouve une idée. Et une bonne.

Profitant de la visite quotidienne de Duy et Khôi, il leur fit approcher le coffre d'Hubert. Qui sait s'il n'allait pas trouver dans ce grand bric-à-brac une quelconque source d'inspiration ?

Outre les trois livres recouverts de papier kraft, ce qui retint son attention fut une pile de cahiers verts à spirale numérotés. Convaincu qu'il y avait là une piste à creuser, il ouvrit, haletant, le premier de la série : « Journal de bord d'Hubert Butillon/ 6 mai 2009-9 août 2009. » L'écriture, petite, penchée, était d'une extrême régularité. Il n'y avait pas une seule rature et le texte, dense, occupait tout l'espace. Marges comprises. Le ton était modeste, sincère, sans effet de style. Cela constituait un tout absolument captivant.

— Génial ! s'exclama Gaspard en ramenant ses poings serrés vers lui en signe de victoire. Le voilà, mon sujet ! Dieu est grand et je suis tout petit !

Bien que tenus à distance par la barrière de la langue, Duy et Khôi rirent de bon cœur avec lui. Soulagé d'avoir trouvé de quoi nourrir ses soirées, Gaspard picora quelques passages au fil des pages. Il se garda cependant de tout parcourir : il voulait découvrir avec la même fraîcheur que ses auditeurs les déroutantes tribulations d'Hubert Butillon.

Paris, jeudi 14 février 2013, 19 h 30

Pastor pouvait être satisfait : ses révélations avaient fait les délices de ses confrères du Web.

Pour avoir les coudées franches, Jean-Édouard de la Taille avait mis la directrice de la communication hors circuit et exigé que toutes les demandes d'interviews lui soient adressées. Avec sa tête de premier de la classe, il n'y avait pas meilleur que lui dans la maison pour endormir les journalistes. Surtout ceux des sites d'informations consacrés aux coulisses de la télévision qui fonctionnaient avec des légions de stagiaires motivés mais inexpérimentés.

Adepte du fameux « Plus le mensonge est gros, mieux il passe » de… Joseph Goebbels, Jean-Édouard de la Taille – en accord avec son président – bidouilla une histoire à dormir debout.

Morceaux choisis :

— Le témoin anonyme de Phil Pastor est une pure invention. S'il était sûr de son fait, il parlerait à visage découvert. Qu'il apporte des preuves de ce qu'il affirme.

— Oui, les équipes techniques et les concurrents d'*Un jour j'irai à Shanghai avec toi* ont signé une clause de confidentialité. Ils ont toute liberté de s'exprimer dans les limites définies par leur contrat. Il en est de même de tous les jeux de téléréalité.

— Personne n'a été blessé sur le tournage. Même pas égratigné ! Personne n'est jamais tombé malade. Personne n'est mort.

— Je confirme que la deuxième édition d'*Un jour j'irai à Shanghai avec toi* est annulée. Mais pas pour les raisons que vous croyez.

— Nous avons été les victimes d'un vol odieux. Odieux : un candidat mal intentionné nous a faussé compagnie avec tous les rushes.

— Non, nous ne livrerons pas son nom à la vindicte populaire. S'il nous rend nos images, toutes nos images, nous nous en tiendrons pour quittes.

— Pourquoi a-t-il fait ça ? Si nous avions la réponse, nous vous la donnerions !

— Non, il ne nous a pas laissé de mot d'explication et nous n'avons pas reçu de demande de rançon.

— Il est entendu que dès que nous aurons de plus amples informations, nous vous les communiquerons par l'entremise de Catherine Barnabé.

Aussi peu croyable cela puisse sembler, cette fable eut l'effet escompté : pas un seul quotidien national ne reprit l'information de Phil Pastor. Pour célébrer comme il se devait cette mini-victoire, Jean-Édouard de la Taille invita son épouse Charlotte à fêter la

Saint-Valentin à la nouvelle table de leur chef maison, Vandrille d'Orgnac.

Quelque part, à l'extrême nord du Vietnam

Quand Gaspard annonça trois jours plus tard à My Hiên qu'il comptait lire aux gens du village le journal de bord d'Hubert, cette dernière ébaucha une moue de dégoût : n'ayant aucune idée de ce qu'il pouvait bien contenir, elle craignait que l'image de son amoureux ne s'écorne et… que la sienne n'en pâtisse. Elle avait mis tant d'ardeur à bâtir leur légende qu'elle appréhendait que son dur labeur ne soit réduit à néant en moins de trois veillées. Elle émit quelques réticences pour la forme mais se garda bien de confier à Gaspard le fond de sa pensée.

Pressentant sa réserve, Gaspard tenta un : « Ne vous affolez pas, madame… Le peu que j'ai pu lire de ce que raconte Hubert dans ses cahiers est formulé avec tact et respect. Et puis, comme c'est vous qui traduirez, vous n'aurez qu'à faire comme vous le sentez ! »

Soulagée qu'il ait accepté son marché sans ergoter, My Hiên se retira sur la pointe des pieds. Elle n'était qu'à moitié tranquillisée, mais c'était ça ou rien.

Quand, le soir venu, le village débarqua dans la chambre d'Hubert, une subtile odeur de savon emplit l'air. Chacun était sur son trente et un. Et Gaspard en fut touché à l'extrême. Les hommes, rasés de près, arboraient leurs plus beaux bijoux. Les femmes, savamment enturbannées, chatoyaient à chaque mouvement qu'elles faisaient pour saluer l'assemblée. Avec leur longue robe fendue ourlée de galons écossais, elles semblaient tout droit sorties d'un documentaire de Connaissance du monde.

Dans un joyeux brouhaha, parents et enfants prirent place autour de son lit. Les petits devant. Les grands derrière. Quelques bébés emmitouflés dans des châles étaient au sein. Il y avait une centaine de personnes. À la lumière des lampes-tempête disséminées çà et là, Gaspard se rendit compte qu'il connaissait la plupart des visages de l'assemblée. Et se sentit soulagé, bien que son cœur battît la chamade.

Soudain, My Hiên fit son entrée. La reine mère incarnée. D'un simple regard, elle imposa le silence et s'assit, droite comme un i, sur un tabouret. La lecture pouvait commencer…

Mercredi 6 mai 2009

Je suis tout ému. Fébrile même. Aujourd'hui est un grand jour : je noircis à la plume la première page de mon premier journal intime ! Sans jamais oser le verbaliser, j'ai toujours rêvé de me faire diariste. N'ayant rien vécu d'un tant soit peu croustillant, j'ai longtemps espéré un événement personnel costaud pour me lancer dans cette ambitieuse entreprise. J'admire trop George Sand et Jules Renard pour oser concevoir les décevoir.

Aujourd'hui, 6 mai 2009, je crois bien que je tiens enfin mon prétexte : dans une semaine jour pour jour, à 16h10 précises, je serai en route pour Hanoï. J'estime, en toute objectivité, que la chose est suffisamment anticonformiste pour qu'elle fasse l'objet d'un récit à la première personne.

S'envoler aussi loin de ses bases, à soixante-dix ans, quand on n'a jamais franchi les frontières de son pays, c'est du lourd. Non ? Surtout que je ne me rends pas au Vietnam pour faire du tourisme en autocar avec un guide et tout le toutim : je pars m'installer, avec My Hiên, dans un village microscopique, sans eau courante ni électricité et sans possibilité de retour – j'ai donné mon congé au propriétaire de mon appartement et jamais je ne pourrai me reloger à si bon marché.

Pour compliquer le tout, ce village, situé à la frontière chinoise, est peuplé par une ethnie ultra-minoritaire, au nom improbable, qui possède son propre dialecte et se tient à dessein à l'écart du monde civilisé. L'entreprise est folle mais je suis déterminé !

Bien que mille questions me taraudent, il y a une chose dont je suis certain : sans mon dévouement et mon abnégation, il y a peu de chances qu'un jour My Hiên regagne sa patrie. Ce qui est, quoi qu'elle en dise, son souhait le plus cher.

Elle est ma croix sur terre. Celle qui m'ouvrira les portes du Paradis. J'irai jusqu'au bout du monde pour la sauver, dussé-je y laisser ma santé.

Il me reste sept jours pour boucler mes valises et faire mes adieux à Paris...

Jeudi 7 mai 2009

Après mûre réflexion, j'ai décidé que je ne m'interdirais aucun sujet : tant qu'à écrire, je dois me faire plaisir. Nombreux sont les diaristes qui font de même, à commencer par Marie Billetdoux et Annie Ernaux, dont j'ai survolé un jour les ouvrages à la bibliothèque.

Je vais donc laisser libre cours à mes envies.

Vendredi 8 mai 2009

Quand la France signa l'armistice avec l'Allemagne il y a soixante-quatre ans, j'avais cinq ans et demi. Je vivais à Curtafond dans l'Ain avec ma mère, mes deux tantes et mes trois cousines. Je n'avais plus de père, plus de grand-père et mes oncles, retenus prisonniers en Bavière, n'étaient pas près de rentrer.

Ma famille était spécialisée dans l'élevage du poulet de Bresse depuis quatre siècles. J'ai découvert il y a peu dans les registres de comptes de mes ancêtres que nous fournissions déjà Vatel en chapons sous Condé : c'est dire si le poulet est dans nos gènes ! Le 8 mai 1945, avec les saisonniers, nous avons tué plus de deux cents volailles pour honorer la victoire des Alliés. Il y avait des plumes partout, on aurait dit de la neige. De la neige de printemps. Fou de joie, je courais comme un insensé dans la cour avec le chien du garde-champêtre que ça rendait dément !

Il flottait dans le village une délicieuse odeur de rôti et de patates sautées. Par dizaines, des tables avaient été dressées autour du monument aux morts de la Grande Guerre. Tout le monde avait été convié à festoyer. Il suffisait d'apporter sa nappe et ses couverts. Je ne mangerai jamais meilleur poulet de toute ma vie. Le poulet de l'armistice sera d'ailleurs *ad vitam œternam* mon poulet-étalon : d'où, jusqu'à aujourd'hui, mon extrême exigence quant à leur goût et leur tendreté.

Ce jour-là et pour la première fois depuis le début des hostilités, la fanfare de M. Nallet reprit du service et ma mère m'autorisa à danser avec mes cousines sur l'estrade montée près de la mairie. Le bal dura jusqu'à l'aube. Jamais je ne m'étais couché aussi tard. Ou aussi tôt.

Ce matin, comme tous les ans depuis plus de vingt ans – et possiblement pour la dernière fois de ma vie –, je suis allé déposer un bouquet de pois de senteur au pied de la plaque commémorative érigée à la mémoire d'Yves Toudic. Elle est vissée à l'angle de la rue Meslay et de la rue du Temple. C'est la plaque la plus près de la maison. Je l'ai découverte à l'époque où je faisais du tai-chi avec un groupe de retraités chinois square du Temple. Je ne connais rien de cet homme à part ce qui est inscrit sur sa plaque (« *Ici fut assassiné le 14 juillet 1944 par les forces spéciales, Yves Toudic, secrétaire général du comité régional du bâtiment, mort pour la France* »), mais je sais que sans des gens aussi braves que lui, la victoire aurait été impossible. Et qu'aucun feu d'artifice n'aurait été tiré devant l'église de Curtafond le soir de la Libération.

Le minimum que l'on puisse faire aujourd'hui pour commémorer la mémoire de ce syndicaliste résistant, c'est de montrer qu'on ne l'oublie pas. Honneur au drapeau !

Il faudra que je demande à M. André d'avoir l'obligeance de bien vouloir assurer ma relève quand je serai en Asie.

Samedi 9 mai 2009

J'ai joint tout à l'heure Air France pour vérifier ce que me soutient My Hiên depuis des semaines, à savoir que oui, et c'est fâcheux, je n'ai droit qu'à vingt kilos de bagages. C'est un peu court quand on part pour toujours. Ça tombe bien que je ne sois pas matérialiste, autrement je ne sais pas comment je ferais. Je vais donc me départir des objets trop lourds pour ne m'attacher qu'aux plus légers – un duvet, des buvards, une pince à épiler, des cartes à jouer, sans oublier mon étoile de shérif argentée. Dimanche après la messe, il faudra que je pense à emprunter sa balance au boucher de la rue de Lancry pour peser ce dont je ne pourrai pas me passer : mes quatre cahiers Clairefontaine – après une étude approfondie j'ai choisi de tenir mon journal de bord sur des cahiers brochés verts à grands carreaux, Seyès, 192 pages, 17 × 22 cm ; mes bouteilles d'encre noire – la même que celle des frères Goncourt ; trois livres de correspondances que je n'ai jamais lus – *Le Grand Large du soir* de Julien Green, *Trente lettres* de Raymond Queneau et *Promenades dans Rome* de Stendhal ; mes sardines Connétable – une par mois pendant trois ans, cela devrait suffire : je ne compte guère vivre plus – et... mes médicaments – mon avis sur la médecine vietnamienne n'est pas arrêté, mais comme on dit chez nous : « Mieux vaut prévenir que guérir. »

Il serait stupide que je paye un supplément à l'aéroport au prétexte que j'aurais mal évalué le poids de mes affaires.

Dimanche 10 mai 2009

Ce matin, avant la messe de 11 heures, le père Taupin a accepté de me confesser. En théorie, il ne confesse que le vendredi entre 15 heures et 19 heures. Mais comme vendredi je serai loin, il a accepté d'accéder à ma requête en faisant une entorse à son propre règlement. Tenant à partir lavé de tout péché au Vietnam, j'ai pris mon courage à deux mains et lui ai raconté pour My Hiên. Une connaissance commune avait dû lui vendre la mèche parce qu'il ne semblait pas plus surpris que ça. Vider mon sac m'a délesté d'un tel poids que j'ai regretté de ne pas l'avoir fait plus tôt.

Ça me pince le cœur de penser que je ne reverrai plus le père Taupin. J'aimais bien ses sermons et sa poignée de main. À la mort d'Edwige, il y a six ans, il s'est montré très humain. C'est à cette époque que nous avons institué que je viendrais dîner chez lui le premier jeudi de chaque mois. Du temps d'Edwige, pareille folie aurait été inconcevable... J'apportais un coquelet que nous grignotions dans sa cuisine autour d'un pichet de vin de messe. Nous passions ensuite dans la pièce à vivre pour commenter le bulletin paroissial – et les dernières nouvelles du quartier – en sirotant un guignolet. C'était simple et sans chichi.

J'ai donné rendez-vous à midi, chez Jenny, à Jean-Marc, Charlène, Loudfi et M. André. Ils sont ma famille recomposée. Je tenais à marquer leurs esprits avant mon départ en les invitant dans cette belle brasserie pour un dernier repas entre amis. Je leur ai dit de se faire plaisir. De ne pas s'arrêter aux prix. Que c'était moi qui régalais. Ils ont choisi une choucroute royale au crément d'Alsace préparée devant nous par le chef qui a fait le déplacement de sa cuisine rien que pour nous. On a descendu trois bouteilles de riesling. Pour la soif ! Comme je ne bois jamais autant, j'étais tout pompette après deux verres. Du coup, M. André a déclaré qu'il fallait qu'on prenne un dessert pour éponger. D'un commun accord avec... lui-même, il a opté pour un baba qui m'est resté sur l'estomac. J'aurais peut-être mieux fait de m'abstenir.

Au café, chacun a dégainé un cadeau de derrière les fagots. Fichtre, quelle claque ! Bien que tout chamboulé, je n'ai rien laissé transparaître.

Comme d'habitude, M. André s'est fait le porte-parole du groupe : « Nous nous sommes appliqués à ne prendre que des choses peu volumineuses, légères et surtout utiles pour que tu puisses les caser dans tes valises. » C'est ainsi que :

— Loudfi, kiosquier boulevard Magenta, m'a offert vingt cartes postales de « Paris vu du ciel ». « Pour que tu n'oublies jamais tes racines... C'est *capital*, les racines, si je peux me permettre ce jeu de mots. »

— Jean-Marc, coiffeur chez Coupe-Tiff, m'a légué son peigne en ivoire. « C'est la première fois que je m'en sépare depuis mon CAP. Je tiens à ce que vous restiez propre sur vous en tous lieux et en tout temps. »

— Charlène, conseillère de vente chez Bata, m'a gratifié d'un chausse-pied. « Quand vos petits petons gonfleront dans l'avion, vous serez bien content d'avoir mon chausse-pied pour renfiler vos souliers. Et croyez-moi, monsieur Butillon, côté petons qui gonflent même pas forcément dans les avions, j'en connais un rayon. »

— M. André, vendeur à La Pipe du Nord, a fait graver mon nom sur un zippo en argent. C'est mon premier. À l'armée, comme je ne fumais pas, un camarade de chambrée me l'avait escamoté. « Les Américains en ont laissé des milliers derrière eux quand ils ont dû se barrer la queue entre les jambes en 1975. Tu devrais pouvoir le recharger en essence. Quant aux pierres à briquet, il paraît qu'elles courent les rues au Vietnam ! »

Nous nous sommes séparés à la caserne vers 17 heures. J'ai préféré leur faire l'accolade pour ne pas me laisser submerger.

Je suis rentré en longeant le canal. En chemin, j'ai nourri une famille de canards avec les restes de la panière du déjeuner que j'avais remisée par-devers moi au moment de payer. Peu pressé de regagner la maison, je me suis assis sur un banc à l'ombre des platanes et j'ai attendu qu'une péniche franchisse l'écluse de l'Hôtel du Nord en comptant les cannettes de bière vides qui flottaient à la surface de l'eau. Les jeunes sont répugnants. Aucun sens de l'écologie !

Rue des Vinaigriers, Mme Hiên, fidèle à elle-même, m'attendait passablement irritée. « Ça va ? Ça boume ? Tu ne vois aucun inconvénient à te la couler douce tandis que je brique ton appartement ? »

Pour la remettre dans ma poche, je lui ai déballé mes cadeaux qu'elle n'a, je crois, pas appréciés à leur juste valeur. « Un chausse-pied ? Non mais quelle idée farfelue ! »

Je dois reconnaître qu'il fallait y penser.

Lundi 11 mai 2009

Comme convenu il y a un mois, M. Antoine est venu ce matin faire un état des lieux de l'appartement. Cette nuit, en prise avec mes insomnies – ou plutôt avec le raclement du balai bissel que Mme Hiên s'escrimait à passer et repasser sur notre parquet défoncé –, j'ai compté : depuis que la mère d'Edwige a signé, en mars 1949, le bail de ce deux-pièces, trois propriétaires se sont succédé. M. Raoul, qui s'est tiré une balle dans la tête à Constantine le 18 mars 1962. M. Paul, son frère, terrassé par une rupture d'anévrisme devant son poste de télévision le 10 mai 1981. Et M. Antoine, brigadier-chef à Remoulins.

Après le bissel entre 2 heures et 3 heures du matin, Mme Hiên s'est attaquée aux sols à coups de serpillière. Pour être sûre que ça lave, elle a vidé l'intégralité d'une bouteille de St Marc Forêt des Landes dans un demi-seau d'eau. Après, tout l'appartement sentait le pin. Le pin chimique. Ça tape sur le système, le pin chimique. Conscient du mal qu'elle s'était donné, je l'ai quand même remerciée sans évoquer la migraine qui me sciait le front. Elle n'en a eu que faire : obnubilée par l'idée que nous pouvions perdre ma caution si tout n'était pas briqué, elle est restée sourde à tout ce qui aurait pu la détourner de sa mission.

Par crainte que je réduise son travail à néant, elle a été jusqu'à m'interdire de prendre mon petit déjeuner dans ma propre cuisine. J'en ai tiré argument pour descendre au Pied de Vigne. Comme ça, non seulement j'ai acheté ma paix, mais en plus je me suis éclaté la panse. J'ai englouti six croissants ordinaires et quatre tartines beurre-confiture. Le tout trempé dans du café au lait. Comme il fallait s'y attendre, après j'ai vomi.

Je n'ai jamais rencontré quelqu'un d'aussi buté que Mme Hiên. Quand elle a une idée en tête, elle ne l'a pas ailleurs. J'ai eu beau essayer de la tranquilliser en lui expliquant qu'une caution versée il y a plus de cinquante ans, qui plus est en anciens francs, ne vaut plus rien, elle veut ses sous, un point c'est tout. « Un euro est un euro, Hubert ! Tu peux pas imaginer tout ce qu'on peut acheter avec un euro chez moi. Tu jettes l'argent par les fenêtres. Tu me fais honte. » Comment lui faire entendre que M. Antoine sera si content de réinvestir son appartement soumis à la loi de 48 qu'il ne nous causera pas d'ennuis ? Même si nous le lui rendons ruiné. Pourri. Détruit. Pensez ! Vingt ans qu'il attend de mettre ses enfants dedans.

L'héritier s'est écroulé sur notre palier avec dix minutes de retard. Ce qui a hérissé My Hiên pour qui la ponctualité est la politesse des rois. « Pardonnez-moi, mais j'ignorais qu'il fallait passer par l'escalier de service pour gagner les combles. C'est raide… Un verre d'eau, s'il vous plaît. » Plus rouge que s'il avait franchi le col de l'Izoard à vélo sans escale, M. Antoine frisait l'apoplexie. Sept étages sans ascenseur, il faut être un minimum entraîné.

Quand il a découvert la vétusté de la salle de bains, j'ai compris que c'était la première fois de sa vie qu'il mettait les pieds ici. Le coup de l'escalier de service m'avait déjà mis la puce à l'oreille. Mais, là, j'avais confirmation. « Où sont les sanitaires ? Vous n'avez pas de sanitaires ? – Bah, heu, y en a jamais eu et comme on voulait pas déranger… – J'y crois pas. J'y-crois-pas ! Je vous aurais envoyé un plombier si vous me l'aviez demandé ! Ça n'existe pas de ne pas pouvoir se doucher ! » La vérité vraie de vraie, c'est que si on n'a jamais rien dit avec Edwige, c'est que notre priorité à nous était de nous faire oublier. Quand on paye 113 euros par mois pour quarante et un mètres carrés, on craint chaque jour de se faire congédier. Et puis, pour être tout à fait franc, je n'ai jamais rechigné à me laver au gant. Au moins comme ça, quand on partait l'été au Relais de Trefeuntec à Plonévez-Porzay, on rentabilisait la baignoire.

J'ai, comme de bien entendu, récupéré ma caution. Soit 16 euros et 82 centimes (104,95 francs). My Hiên a reconnu que cela n'allait pas chercher loin et... que ça couvrait à peine le prix des détergents. Pas de veine.

Il a été convenu que je mettrais les clés sous le paillasson et que je laisserais sur place ce que je ne pourrais pas emporter – c'est-à-dire presque tout. Les ouvriers préposés à la rénovation se serviront.

Mardi 12 mai 2009

J'ai été faire mes adieux à ma femme ce matin. Comme chaque mardi, j'ai pris le 96 à Parmentier et je suis descendu à Ménilmontant pour rejoindre le Père-Lachaise où Edwige repose dans son caveau de famille à côté de sa mère. Elle a pris la dernière place disponible. C'est une aubaine que nous n'ayons pas eu de descendants : je ne sais pas où nous les aurions logés.

Depuis qu'elle y est enterrée, je veille à ce que sa sépulture soit toujours fleurie. Je la nettoie aussi une fois par mois avec une brosse et de l'eau. Le hasard fait qu'elle est installée à quelques tombes de Gilbert Bécaud. Son idole. Nous sommes allés l'écouter trois fois par l'entremise d'une voisine placeuse à l'Olympia, boulevard des Capucines. Avec le temps, je regrette de n'avoir jamais été lui demander de nous signer un autographe. Edwige était si farouche qu'elle estimait que c'était à moi de le faire. Et moi j'ai toujours botté en touche, considérant que, dans la vie, « quand on veut, on peut ». Quel égoïste j'ai fait.

Edwige trouvait Monsieur Cent mille volts classe et distingué. Elle m'avait même offert une cravate en soie bleu marine à pois blancs pour ma première Saint-Hubert d'homme marié. La même que celle de Gilbert, exactement – la vendeuse de la Samaritaine le lui avait garanti. Je la nouais pour les grandes occasions : la messe de Noël, le jour de son anniversaire et le réveillon. En trente-quatre ans de vie commune, on a bien rentabilisé son cadeau. C'est satisfaisant.

J'ai profité de ma visite au cimetière pour lui demander de bien vouloir m'excuser de l'avoir trompée avec My Hiên. Entre autres. C'est le père Taupin qui m'y a encouragé. Même si elle m'y autorisait de façon tacite, je sais bien qu'elle en souffrait. Elle aurait préféré se faire couper en rondelles plutôt que me l'avouer mais je ne suis pas simple d'esprit. C'est moche les maris infidèles. Assez minable même.

On n'aurait jamais dû s'unir tous les deux : on s'est dit « oui » sur un malentendu. Si seulement notre nuit de noces n'avait pas été aussi atroce. Quel naufrage. Déterminés à construire quelque chose qui ressemblât à un couple, on s'est accrochés comme des moules sur un rocher. On a fait lit commun, adoré le Saint-Sacrement, joué au Scrabble, aux petits chevaux, aux dominos. Mais rien n'y a fait. En même temps, qu'est-ce que j'y pouvais si Edwige refusait que nous consultions un conseiller conjugal ? Qui sait si cela ne nous aurait pas sauvés. Faute d'être amants, on a fini par faire une paire d'amis.

C'est déplorable.

On est passés à côté de nos vies.

Gaspard, concentré sur ce qu'il lisait et soucieux de ne pas bégayer, ne s'était pas rendu compte que plus personne ne lui prêtait attention : les tasses de thé passaient de main en main. Les pipes à eau de bouche en bouche. Les bébés de bras en bras. My Hiên conversait avec Khoa dans un coin de la pièce et cela devait faire belle lurette qu'elle avait cessé de traduire.

Quand il referma son cahier, elle résuma en trente secondes ce qu'il venait de leur raconter et mit tout le monde dehors. Son public s'éparpilla prestement. « Au revoir, monsieur Gaspard ! Merci, monsieur Gaspard ! À demain, monsieur Gaspard ! » s'égosillaient les enfants.

— C'était pareil quand c'était Hubert qui faisait la… la lecture ? Parce que là, j'avoue que je suis désarçonné. Si j'ai mal fait, je vous en prie dites-le-moi. C'est à cause de… de mon bégaiement ?

— C'était nickel. Ni-ckel ! Tout fonctionne tel que je me l'étais imaginé : comme sur des roulettes. Je ne peux que me féliciter de ma bonne idée. Tu m'autorises à te tutoyer ?

— Suis-je en position d'émettre un avis ?

— Très bien, merci.

— …

— Hubert ne faisait guère mieux, tu sais. Surtout, ne te bile pas. Concentre-toi juste sur ta mission : leur faire passer leur soif d'électricité. Jusqu'ici, tu t'en es très bien sorti : les hommes combinent pour t'embaucher quand tu seras rétabli. Les mères te rêvent en gendre idéal. Et leurs filles en père de leurs enfants. Ne changeons rien : tant que tu demeures parmi nous, le spectacle est assuré et l'attention de tous détournée !

Sur le point de s'endormir, My Hiên – qui soudain regrettait d'avoir négligé l'apprentissage de la lecture en France – eut un immense regain d'amour pour Hubert. Mine de rien, elle avait prêté attention aux propos de Gaspard et ceux-ci la touchaient bien plus qu'elle ne l'aurait imaginé. Quelle noble idée il avait eue de faire revivre son ancien fiancé. Et puis quel bel hommage il lui rendait : Hubert aurait été fier comme un coq de basse-cour.

Mais ça, pour rien au monde elle ne l'aurait avoué à son jeune prisonnier.

Mercredi 13 mai 2009

Ça y est, on part.

J'ai demandé à un ancien collègue artisan taxi de passer nous prendre à 11 heures au bas de chez nous pour nous conduire à Roissy. Je l'ai choisi lui en particulier parce qu'il travaille en monospace. Bien que je n'aie jamais réussi à gagner assez pour m'en payer un, je les préfère aux berlines classiques. Que l'on y soit assis à l'avant ou à l'arrière, on a une vue imprenable sur la circulation et la ville que l'on peut englober d'un seul regard ! Et puis on y a une place incroyable pour les jambes, les paquets et les animaux de compagnie.

Notre décollage n'est prévu qu'à 16 h 10 mais j'ai préféré compter large plutôt que d'avoir à nous presser.

La seule fois de ma vie que je suis monté dans un taxi en tant que passager c'était en 1960, entre les gares de l'Est et de Lyon. Simple soldat, je rentrais en permission à Curtafond. Grâce aux relations de mon parrain au ministère des Armées, j'avais échappé à la guerre d'Algérie au titre de soutien de famille. Bien qu'encaserné depuis mes dix-huit ans à Oberhoffen-sur-Moder, j'étais encore mal dégrossi. Edwige aurait dit « empoté ».

N'ayant jamais mis les pieds de ma vie à Paris, j'avais le trouillomètre à zéro et métro rimait avec microbes, voleurs et tombeau. Conscient que je venais de province et que je ne faisais pas le fier, le chauffeur s'était montré fort zélé. Sans que je le lui demande, il était passé par le Sacré-Cœur, la Madeleine, le Louvre, la Concorde, les Champs-Élysées, la tour Eiffel et l'Opéra Garnier. Ça m'avait coûté la totalité de ma solde mais j'étais quand même comblé. Moins quand j'ai réalisé que notre petite promenade m'avait fait manquer mon train. Il m'a fallu attendre cinq heures le suivant, assis sur un banc, dans la salle des pas perdus. Cinq heures à ne rien faire sur une permission de trois jours, c'est gâché.

Partir pour toujours me rend tout chose. Cet appartement, j'en connaissais le moindre recoin. Il n'y a pas un sol ou un mur que je n'aie rafistolé en quarante ans. Je suis le roi du linoléum et du papier peint.

J'ai fait le fanfaron jusqu'ici mais, au pied du mur, je dois bien avouer que je pétoche. Au fond, je n'ai aucune idée de ce qui m'attend. J'ai bien sûr consulté des guides, lu des récits de voyages, interrogé My Hiên mais, en réalité, je n'arrive pas trop à me figurer quelle sera ma vie là-bas. Parfois je me dis que j'ai perdu le sens commun, que je suis zinzin. D'autres fois je me dis que ce voyage est une opportunité unique qui ne se représentera pas deux fois. Une opportunité que je n'ai pas le droit de dédaigner. En tout cas, j'ai eu le nez creux en m'obligeant à tout bazarder. Autrement la tentation aurait été grande de rebrousser chemin. Quitte à rentrer crever dans l'Ain, sous le regard méprisant de mes cousines qui me battent froid depuis le décès de maman.

J'ai fait une procuration sur mon compte postal à la petite Charlène pour qu'elle y puise l'argent nécessaire à l'entretien du caveau d'Edwige. Je lui laisse mille cinq cents euros. Cela devrait couvrir un bon quart de siècle. Je sais que je peux compter sur elle, c'est une fille convenable. Honnête et droite.

J'ai transféré le reste de mes économies – 39 704,87 euros – au Vietnam. Cela permettra à My Hiên de paraître riche aux yeux de sa communauté. Elle pourra un peu distordre la vérité et faire croire qu'elle a réussi en France. J'ai aussi fait le nécessaire pour que ma retraite d'artisan me soit versée là-bas. Je n'ai pas pris d'assurance rapatriement, plus personne ne compte sur moi ici. J'ai vérifié nos passeports, mon visa, nos billets. J'ai repesé nos valises une dernière fois avant d'aller me glisser sous mes draps. Ça va : on ne dépasse pas les quarante kilos.

Pourvu que la balance de l'aéroport soit réglée comme celle du boucher.

Jeudi 14 mai 2009

Je n'ai jamais été porté sur l'hyperbole mais, là, je tiens à le dire haut et fort : quelle chose remarquable que l'avion ! Dire qu'il aura fallu que j'attende d'avoir soixante-dix ans pour connaître l'ivresse de l'altitude.

Le voyage a été un conte de fées. Du départ à l'arrivée.

Pour commencer, nous avons été surclassés en première, à l'étage, à côté du cockpit. On était si près des pilotes qu'on pouvait les entendre manœuvrer en anglais : sensationnel ! Mieux que dans un film catastrophe.

Je ne saurai jamais ce que My Hiên a dit ou fait pour mériter pareil privilège, mais ce qui est sûr c'est que la soute m'aurait tout aussi bien contenté tant je rêve de voler depuis ma première visite au Bourget, l'été de mes douze ans. De ma vie, je n'avais connu pareil confort. Même dans notre chambre à Plonévez-Porzay. Nos fauteuils étaient dotés d'oreillers en plumes antiallergiques, mes chaussures ont bénéficié d'une housse dédiée et les menus, signés Guy Martin, étaient accompagnés de vins millésimés. J'ai testé l'intégralité de la carte : ça a chassé tous mes tourments.

Paralysé par la télécommande pleine de touches, j'ai bataillé avec les programmes et sélectionné malgré moi une comédie dramatique iranienne. C'était intéressant bien qu'en noir et blanc. J'ai quand même dû lutter contre le sommeil tant la narration était lente : des plans de vingt minutes sur des ballons blancs emportés par le vent, ça se mérite.

J'ai lu aussi. Beaucoup. La palette de magazines que j'avais coutume de parcourir en cachette de My Hiên dans le salon de Jean-Marc. Je ne risquais rien : elle ronflait ! J'ai gardé – on m'a affirmé que j'avais le droit, que ce ne serait pas considéré comme un vol – les grilles de sudoku, le masque de repos et la trousse de toilette composée d'une « gamme de soins visage et corps » destinée à me « rafraîchir » et à m'« hydrater ».

Nous avons atterri à Noi Bai à 9h40 et ça m'a fait tout bizarre de penser qu'en Europe il faisait encore nuit. Il faudra que je veille à toujours garder mon réveil à l'heure française pour garder un semblant de lien avec mes connaissances restées à Paris. Grâce à mes boules de gomme emportées en prévision, je n'ai pas souffert de la pression. Ni à la montée ni à la descente de l'avion.

À peine débarquée, My Hiên a embrassé le sol de l'aéroport sans se soucier des regards pleins de commisération que lui jetait le personnel d'équipage. Sur ses joues rebondies sourdaient de grosses larmes salées. Jamais je ne l'avais vue aussi éplorée. Elle m'a pressé la main. Très fort. Ses yeux disaient merci. C'est rare. J'ai goûté ce moment.

Après avoir rempli les formalités douanières, nous avons réceptionné nos valises que nous avons empilées sur des Caddies rouillés. Les verrous n'avaient pas été forcés, tout était impeccable. En zone d'arrivée, tout le monde criait et tendait des pancartes avec des noms écrits en très gros dessus. Nous, personne ne nous espérait. Pour ma part, je ne m'attendais à rien mais My Hiên a eu l'air très déçue. Quand je l'ai invitée à m'ouvrir son cœur, elle m'a rudement tancé. Dont acte. Pour faire diversion, j'ai été faire un tour aux toilettes. Très propres, les toilettes. Avec du papier à profusion. C'est assez rare pour être relevé.

Plus chargés que des chiffonniers, nous avons quitté l'aérogare sans tarder. Le thermomètre indiquait 33 °C mais c'était tolérable. Nous avons changé nos euros dans un guichet et nous nous sommes rendus en taxi collectif à la gare routière de My Dinh. Tassés comme des sardines, on étouffait et je dégoulinais comme une glace sur un cornet. J'aurais dû écouter My Hiên et quitter ma veste en velours. Et mon gilet.

Malgré tous ces petits désagréments, je reste content de m'être arraché à mon ancienne vie.

Le Vietnam s'annonce ensorcelant.

Vendredi 15 mai 2009

Nous sommes arrivés très tôt ce matin à Ha Giang, première étape de notre grand périple vietnamien.

Pour grimper jusqu'ici, My Hiên a opté pour le bus de nuit. « C'est moins cher qu'un taxi et ça nous évitera de débourser des sous pour une chambre d'hôtel. »

Le départ étant prévu vers 21 heures, nous nous sommes attablés pour boire un thé à l'ombre d'un citronnier, entre deux étals de fruits. Son amertume était telle que je l'ai recraché. Direct ! Affreux. Je pressens que jamais je ne m'y ferai. À peine son infusion bue, My Hiên m'a laissé en tête à tête avec mon plan de la ville et ma tasse pleine : « Une affaire urgente à régler. Je te rejoins ici en fin d'après-midi... »

Résolu à tirer profit de ces quelques heures de transit dans la capitale vietnamienne, j'ai casé nos valises dans une consigne et suis parti flâner tout seul dans le quartier. Ne sachant pas très bien où aller, je me suis laissé porter par la fumée des grillades et des nouilles sautées.

Le peu que j'ai vu de Hanoï m'a emballé. Tout foisonne, bouge et tourbillonne. Ça pétarade, ça crisse, ça klaxonne. Rois du bitume, les deux-roues rivalisent de ruses pour marquer leur territoire sans se soucier ni des voitures ni des passants. Les plus audacieux et les plus lourds sont les seuls à tirer leur épingle du jeu. Les autres tremblent et prient pour ne pas être fauchés. Je m'étonne qu'il n'y ait pas plus d'accidents. Surtout que personne ne porte de casque. Qu'on n'y voit rien – tout est compact. Et que le code de la route est superbement ignoré. J'ai manqué me faire tuer à mille reprises. Dieu merci, j'ai encore quelques réflexes mais il s'en est fallu d'un cheveu chaque fois.

Et si encore les trottoirs valaient mieux... mais même pas ! Bondés, défoncés, disloqués, il faut savoir jouer des coudes, avancer sans être balayé tel un fétu de paille. Peu soucieux de la gêne occasionnée, les gens s'arrêtent au moindre prétexte pour négocier, discuter, rire ou râler. Il y a un million de piétons au mètre carré. Un million de piétons qui plument, pèsent, épluchent, cousent et touillent dans des échoppes microscopiques ou à même le sol. C'est dépaysant au plus haut point.

Une autre chose qui me fascine ici, c'est qu'on peut tout acheter. Même du chien laqué ! Rouge, brillant, avec des crocs blancs et des yeux vitreux... Répugnant.

Repu, pour ne pas dire gavé, j'ai hélé un touk-touk pour regagner My Dinh sans m'égarer. Chemin faisant, j'ai admiré un subtil échafaudage de poulets vivants attachés par les pattes au porte-bagage d'un vélo et relevé pas moins de dix-sept portraits d'Hô Chi Minh. Et encore, je suis sûr que j'en ai raté. Le leader communiste est partout. C'en est presque oppressant.

My Hiên est réapparue vers 17 heures, l'échine courbée, les yeux rougis, la morve au nez. À mon avis, elle a essuyé un camouflet. Échaudé par l'épisode de l'aéroport, j'ai fait le minimum syndical : une caresse de coccinelle sur son petit bras potelé. Ça l'a rassérénée. Un peu.

Pour la détourner de son chagrin, je lui ai fait croire que j'avais faim – même si c'était pas tout à fait faux : le petit déjeuner de l'avion était loin. Sur les indications d'une employée de la gare routière, nous nous sommes rendus dans une gargote surchauffée où nous avons dégusté un incroyable plat de poisson frit appelé « cha ca ». C'était délicieux. Exquis, devrais-je dire. Ça sentait la coriandre, la menthe et l'aneth mixés. L'appétit venant en mangeant, je me suis resservi deux fois.

Nous avons eu le droit de monter dans notre bus dès 20 heures. D'entrée, nous avons monopolisé les deux couchettes du fond pour être certains de bien dormir. Il y faisait un froid polaire : seize degrés tout au plus. Même le dossier des sièges – pourtant recouverts d'un joli petit napperon – était glacé. Pressentant que j'allais m'enrhumer, My Hiên m'a conseillé de repasser ma veste et mon gilet et d'enfiler des chaussettes. « Tu vas prendre froid avec ces brusques changements de température. Et ce n'est que le début : les chauffeurs poussent toujours la clim à fond quand ils conduisent : ça les empêche de s'assoupir ! »

Pour avoir chaud, je me suis recroquevillé sur moi-même, le front collé à la fenêtre avec la frange des rideaux roses poudrés qui me chatouillait le nez. Ça faisait de la buée. C'était distrayant. Dehors, pour ce que je pouvais deviner, la lune était pleine et les étoiles brillaient de tout leur éclat. J'ai soufflé des baisers en direction d'Edwige et remercié le p'tit Jésus pour cette extravagante journée.

Je me suis réveillé 275 kilomètres plus tard. Nous avions roulé six heures et il était 4 heures. Une bande de chats sauvages se disputait un corbeau mort. Ça sentait la pourriture. Et je n'étais que courbatures.

Tandis que Mme Hiên vitupérait contre les chauffeurs qui avaient déposé sa valise sur une crotte de chien malade, l'idée que j'étais peut-être en train de commettre la plus grosse ânerie de ma vie m'a effleuré l'esprit.

Paris, vendredi 15 février 2013, 1 heure

Bien qu'il fût harassé, Jean-Édouard de la Taille ne put s'empêcher, en rentrant de dîner, de survoler le rapport d'inspection pédagogique régional de Gaspard, que le fiancé de la baby-sitter de ses enfants, informaticien du ministère de l'Éducation nationale, avait piraté à son intention.

Professeur inspecté	***Inspectrice de l'Éducation nationale***
Nom : Gaspard de Ronsard	**Nom :** Gisèle Mainate
Qualité : Professeur des écoles	**Circonscription :** Paris XXe

Nom de l'établissement : École maternelle de Tourtille
Adresse : 38, rue de Tourtille, 75020 Paris

RAPPORT D'INSPECTION

Classe : Cours préparatoire
Objet de la leçon : Le langage

Dans le cadre d'une nouvelle séquence didactique, M. Gaspard de Ronsard propose aujourd'hui à sa classe de cours préparatoire une séance sur le langage qui s'appuie sur un extrait des *Bidochon en vacances* de Binet. Une étude qui montre d'emblée le caractère original voire loufoque de ce professeur qui a délibérément pris le parti de sortir du cadre des programmes définis par les Instructions officielles.

La séance commence comme il se doit par l'accueil – chaotique – de ses vingt-quatre élèves. Sans notre rapide intervention, M. Gaspard de Ronsard aurait gratifié chacun d'un baiser, ce qui est, pour mémoire, strictement interdit par l'Éducation nationale.

En s'appuyant sur de précédents travaux intégrés à sa progression pédagogique annuelle, M. Gaspard de Ronsard a précisé par oral et par écrit ses objectifs pédagogiques. J'ai été obligée de lui rappeler l'importance d'une bonne gestion de ce moment-clé que constitue la passation des consignes écrites, l'enseignant ne devant à aucun moment tourner le dos à sa classe, même lorsqu'il inscrit des consignes sur le support-tableau à l'aide de l'outil-scripteur craie, sous peine d'avoir à arbitrer un concours de grimaces comme c'était le cas ce matin.

M. Gaspard de Ronsard, ainsi qu'en atteste son cahier-journal, organise de manière appropriée et perspicace non seulement la méthodologie de la méthode méthodologique, mais également les activités de graphisme et de phonologie. La progression pédagogique annuelle, en tous points conforme aux Instructions officielles, révèle une utilisation intelligente et appropriée des différents supports de ressources documentaires ainsi que de l'outil informatique.

En conclusion, j'ai assisté à un cours plutôt bien construit, bénéficiant d'une gestion du temps cohérente, dans une classe moyennement bien tenue, portée par une méthode inédite qui vise à rendre les élèves autonomes et à les préparer à leurs études supérieures. Les déplacements rapides, alertes et parfois malhabiles de M. Gaspard de Ronsard au sein de l'espace volumétrique que constitue la salle de classe montrent que le professeur n'a pas une pleine conscience des interactions résiduelles du choix de son positionnement corporel.

À noter – ce qui, en vingt-trois ans de carrière, est une première pour moi – que la mère de M. Gaspard de Ronsard a fait irruption, sans prévenir, et ce en ma présence, dans la classe inspectée. Déguisée en femme de ménage bulgare, elle a déposé une boîte en plastique remplie de blanquette de veau pour sa pause méridienne, un gâteau roulé à la confiture de fraise pour les enfants et une barquette de cerises bigarreaux pour moi. À noter encore qu'en dépit des dénégations répétées du jeune professeur, cette pratique semble assez coutumière pour que les élèves de M. Gaspard de Ronsard interpellent sa mère par

son prénom – Eulalie dite « Lalie » – et que cette dernière soit en mesure d'en faire autant avec chacun des enfants.
En résumé, l'académie de Paris préconise que M. Gaspard de Ronsard opère, de toute urgence, une révolution dans ses pratiques pédagogiques. Et coupe le cordon avec sa génitrice. Au moins dans sa classe. Nous lui demandons pour cela de prendre contact au plus vite avec les conseillers pédagogiques de sa circonscription. Sans ce sursaut, cet enseignant intelligent, sympathique mais hétérodoxe et parasité par une mère surprotectrice n'atteindra jamais le niveau qui devrait être le sien. Quant à ses élèves, si aucun changement rapide n'est effectué dans les semaines à venir, ils ne feront jamais la distinction entre l'école et le centre de loisirs.

Note proposée : 11,5/20

En rangeant cette lettre dans son dossier, Jean-Édouard de la Taille se dit que c'est avec sa mère et non Cindy que Gaspard aurait dû participer à *Un jour j'irai à Shanghai avec toi.*

Quelque part, à l'extrême nord du Vietnam

Un matin, sans se soucier d'être compris par son auditoire – trois petits garçons de quatre ans en combi noire occupés à faire rouler des billes sur le sol en bois rainuré de sa chambre –, Gaspard entreprit de remonter, à haute voix, le fil de sa courte vie : il avait besoin, pour une fois, de parler de lui. Et surtout de son histoire avec Eulalie. Qu'importe qu'il soit compris.

— C'est le directeur de l'École alsacienne où j'étais scolarisé au CP qui m'annonça un matin que papa et maman étaient morts, au Vietnam, dans un accident d'avion. Dépourvu de toute psychologie enfantine, il ne prit pas de gants. Cela provoqua chez moi un tel traumatisme que ma mémoire a tout effacé des semaines qui suivirent la nouvelle de leur disparition. Eulalie m'a dit un jour avoir lu dans mon dossier que ma seule réaction fut de serrer les poings et de les enfoncer très profond dans les poches de mon pantalon en velours côtelé pour ne pas pleurer. Quand il me demanda, un peu confus, ce qu'il pouvait faire pour m'être agréable, il paraît que je lui suggérai d'être exempté de piscine pour le restant de l'année.

» Je réalise aujourd'hui, avec le recul, que je ne compris pas très bien ce que signifiait, voire ce qu'impliquait, le décès prématuré de mes parents. Bien sûr, je les adorais, mais ils étaient si souvent absents – pour les besoins de leurs recherches et des cours qu'ils dispensaient à l'étranger – que j'avais pris l'habitude de vivre sans eux et que les filles au pair me suffisaient amplement.

» En trois coups de fil, l'assistante sociale constata qu'hormis Georges et Violette, je n'avais pas de famille. Personne qui aurait pu m'adopter à part une vieille tante religieuse partie réévangéliser la Pologne après la chute de Jaruzelski, un dictateur communiste. Confié à la fondation des Orphelins apprentis d'Auteuil, on me retira de mon école pour m'inscrire dans un autre CP, plus proche de cette vénérable institution catholique.

» C'est après avoir dit adieu à Piwi, ma baby-sitter irlandaise, que je perdis l'usage de la parole. « Choc post-traumatique », diagnostiquèrent les pédopsychiatres de l'établissement. Personne ne voulant me brusquer, on m'accepta tel que j'étais. Cela m'obligea à apprendre à lire et à écrire plus vite que les autres pour communiquer avec mon entourage à l'aide d'une ardoise magique.

» Huit mois après le décès de mes parents, alors que je commençais tout juste à me faire des amis, je fus prié de « réunir mes effets personnels ». Une éducatrice de l'Aide sociale à l'enfance me conduisit chez Eulalie qui cohabitait avec deux perroquets : Max et Marie. La seule chose dont je me souvienne, c'est qu'après m'avoir abandonné sur le perron de sa maison, elle me balança un truc du genre : « Ils seront ta deuxième famille. Prends-en ton parti et tiens-toi à carreau parce que ça risque de durer longtemps : au moins jusqu'à tes dix-huit ans ! »

» J'ai tout de suite aimé Eulalie. Ronde bourgeoise décomplexée, elle avait la gouaille, le sourire et les pommettes de Bernadette Lafont, une lumineuse comédienne française. Comme elle, elle était la vie, avec ses peines, ses joies et surtout ses folies. Au moment de notre rencontre, elle habitait à Montsouris, dans l'atelier d'artiste que lui avait légué, en cadeau de départ, son dernier amant parti vivre à Copenhague avec un scénographe roumain.

» Brocanteuse, Eulalie courait les foires de Paris et de ses environs à bord d'une vieille estafette Renault jaune paille mise au rebut par la Poste. Bricolée par ses soins au fond de son jardin, elle faisait au choix office de camping-car ou d'entrepôt roulant.

» Je me suis attaché à Eulalie comme à une mère. Par peur de l'abandon, je la suivais comme un chiot, toujours trois pas derrière. Ce qui me valut le surnom de « Limpidol mieux qu'une colle ».

» Le jour de mes huit ans, aussi fou que cela puisse sembler, je me suis remis à parler comme si c'était la chose la plus naturelle du monde. Seule séquelle de ces trois années vouées au silence : un léger bégaiement quand je suis mal à l'aise.

» Je fus un élève médiocre mais appliqué. Je collectionnais les B en primaire. Les 12 au collège. Et les 11 au lycée. Eulalie m'initia au croquet – le rare sport qui ne demande pas de se dépenser physiquement –, m'enseigna le piano – sur un Steinway désaccordé – et l'allemand – la seule langue qui trouvât grâce à ses yeux.

» À dix-huit ans, un vieux notaire me convoqua dans un immense bureau plein d'étagères remplies de cahiers jaunis pour m'avertir que mes parents m'avaient laissé un petit héritage. Héritage que je réinvestis, sur les conseils avisés de ma mère adoptive, dans un trois-pièces à Belleville. Je m'y suis installé au moment d'intégrer l'université. Pour payer mon crédit, Eulalie – toujours elle – me sortit de son chapeau un colocataire de mon âge : Hippolyte. Celui-ci devint rapidement mon meilleur – et seul – ami. Sans trop me fouler, j'obtins ma licence d'allemand en trois ans et intégrai, sur concours, l'Institut universitaire de formation des maîtres.

» Avec ma première paye d'instituteur, je me suis offert une gigantesque télé. Écran plat. Coins carrés. J'ai commencé par me gaver de grands reportages, de films d'action et de documentaires animaliers. J'ai ensuite enchaîné sur les clips musicaux, les séries policières américaines et la téléréalité. Un soir que j'avais prévu de sortir avec ma petite amie Sidonie qui, au dernier moment, avait préféré retrouver une vieille copine de passage à Paris, je découvris sur Sparkle TV l'existence d'un nouveau jeu, baptisé *Un jour j'irai à Shanghai avec toi*. Ce programme, qui se proposait de faire voyager des candidats à travers toute l'Asie avec cent euros en poche, me fit entrevoir des perspectives inespérées : le Vietnam pouvait être à ma portée. Persuadé qu'il n'y avait pas de hasard, que cet objet télévisé avait été inventé tout exprès pour me permettre de fouler du pied le sol où mes parents avaient trouvé la mort, je n'ai eu de cesse de convaincre Hippolyte de se lancer dans l'aventure avec moi. Et voilà comment par un chemin très détourné je me retrouve chez vous, à parler tout seul, avec deux jambes cassées.

Son récit terminé, Gaspard s'affaissa et se réfugia sous ses draps. Avec bravoure, Dung, le plus fidèle de ses petits amis, s'approcha et le chatouilla dans le cou. Bien qu'il eût très envie de pleurer, Gaspard esquissa un sourire.

Samedi 16 mai 2009

Hier et avant-hier, j'ai pratiquement dormi tout le temps. Contrecoup probable de notre équipée. Il fallait que je récupère. J'ai beau dire, je ne suis plus un tout jeune homme. My Hiên a eu pitié de moi et nous a offert – avec mon argent... – un hôtel de bonne tenue, un peu en dehors de la ville.

Autour de nous, des collines de thé à perte de vue. Et aussi des rizières, des champs de blé et des hameaux perchés. C'est splendide. Je n'ai jamais rien vu de pareil !

Notre bungalow surplombe une rivière cristalline. Le matin, les enfants viennent s'y brosser les dents. Le soir, ils s'y lavent en gloussant. Et l'eau devient toute mousseuse. Ce n'est pas très écologique mais le spectacle est réjouissant. Je me suis demandé une fraction de seconde pourquoi My Hiên nous autorisait pareil extra. J'ai vite compris : à Dong Van, nous allons devoir finir notre voyage à pied. Deux jours en chaussures de ville sur des pistes escarpées... ça me laisse songeur. Diable. C'est là que je réalise que mon Compostelle entre la Charité-sur-Loire et Saint-Léonard-de-Noblat commence à dater. Trente ans si je ne m'abuse.

Pourvu que je ne fasse pas un infarctus. Ce serait ballot, si près du but.

Dimanche 17 mai 2009

My Hiên est une maligne. Pour gagner Dong Van sans avoir à payer le bus, elle a dragué un couple de Belges dotés d'une voiture. Elle les a entrepris au Service de l'immigration de Ha Giang où elle était allée me récupérer un permis obligatoire pour les étrangers qui veulent circuler dans le secteur placé sous contrôle militaire. Il n'est pas dans mes habitudes de m'imposer et j'étais très embarrassé. Par chance, les Van Caeneghem n'étaient pas bégueules et ils ont tout fait pour me mettre à l'aise. Comme ils étaient là pour faire du tourisme, Flavie, la femme, nous a lu le *Guide Michelin* sans omettre aucun point. C'est ainsi que, pour mon plus grand bonheur, j'en ai appris un peu plus sur cette contrée qui était jadis plus connue sous le nom de Tonkin. Ce qui n'était pas du luxe : le jour où Mme Hiên me fera l'article sur son pays, les semaines auront quatre jeudis.

La région est extraordinairement préservée. Jamais je n'aurais soupçonné que pareils paysages puissent encore exister. Nous sommes au bout du bout du monde. Là où tout aurait pu commencer, il y a des milliers d'années, avec Adam, Ève et leur pommier. J'ai vu, de mes yeux vu, des plateaux verdoyants et des cols terrifiants. Des pitons calcaires et des forêts de pierres. Des déserts minéraux et des champs de roseaux.

La « Porte du Paradis » – « Quan Ba » en vietnamien – qui s'ouvre sur une vallée émeraude baignée de lumière m'a rempli d'admiration. J'y ai fait un vœu tant j'étais heureux. My Hiên, qui se faisait toute petite à mes côtés, semblait à la fois transportée – vingt et un ans qu'elle n'avait pas revu son pays – et perturbée. « Nos vieilles pistes sont devenues de véritables autoroutes, a-t-elle marmonné entre deux nids-de-poule. À ce rythme, ce ne sont plus des voitures de location qui les sillonneront mais des hordes de cars de touristes affrétés par des tour-opérateurs nippons ! » Nos hôtes ont eu la courtoisie de ne pas prendre cette provocation pour eux.

Avant d'aborder Dong Van, nous avons bifurqué vers Sa Phin pour faire une halte au palais de Vuong Chinh Duc, un roi Hmong qui copinait jadis avec les Français. Dans cette forteresse en bois protégée par ses murailles sculptées – dont une pourvue de véritables créneaux ! – vécurent jusque dans les années quarante plus de cent personnes. C'est une vraie descendante de Chinh Duc qui nous a fait les honneurs de sa résidence. La visite a été menée au pas de charge mais bon, c'était quand même instructif. My Hiên a prétexté qu'elle avait mal à la tête pour piquer un roupillon sur la banquette arrière. Ce qu'elle peut être malpolie, parfois.

Arrivés à Dong Van, par souci d'économie, nous avons partagé une chambre avec les Van Caeneghem. Elle était fruste mais propre. Les moustiquaires brodées qui surplombaient nos lits avaient un côté voile de mariée décalé. Pour rigoler, nous avons entonné en chœur *La Marche nuptiale* de Mendelssohn. Ça n'a fait rire que nous. My Hiên, c'est pas trop sa culture. Par contre, quand l'eau de la douche a coulé rouillée, c'est elle qui s'est bien gondolée. En ce qui me concerne, je n'y ai vu aucun inconvénient : c'est toujours mieux que de faire ses ablutions au gant.

Comme il commençait à se faire tard pour sortir dîner, nous avons accepté l'invitation de notre logeuse à partager son repas : de la couenne de porc rance et des légumes brûlés. C'était parti d'une bonne intention néanmoins c'était infect. Pire que la langue de bœuf à la sauce cornichon qu'on nous servait en pension.

À l'inverse de mes trois compagnons, j'ai été malade toute la nuit. Mes intestins dansaient la gigue. Je dégobillais comme un ivrogne. Et mes jambes se dérobaient sous moi. Je n'ai même pas été capable de me lever pour saluer les Belges et les remercier pour leur libéralité. C'est rare, les gens qui font des choses sans rien exiger en retour.

Avant de nous lancer dans notre trek, My Hiên a jugé qu'il fallait que j'élimine le mal. J'ai bu tout un tas de décoctions peu ragoûtantes pendant qu'une vieille femme efflanquée avec une haleine de poney psalmodiait des incantations à cinq centimètres de mon nez.

Entre deux phases de crise, j'ai compris que nous allions conserver notre chambre encore deux ou trois nuits. Nous ne lèverons pas le camp avant mardi.

Si tout va bien.

Lundi 18 mai 2009

Au réveil ce matin, j'étais encore si faiblard que je n'ai pas pu toucher au petit déjeuner. Quand bien même me serais-je senti plus gaillard, nous n'aurions de toute façon pas pu décoller : il pleut comme à Gravelotte et on ne voit pas à deux mètres. Les ruelles sont des torrents. Tout est gris. Tout est boue. Les villageois ont troqué leurs beaux habits traditionnels pour des ponchos en plastique bleu pétard. My Hiên m'a dit que ça pouvait durer plusieurs jours et qu'il fallait l'envisager comme un bienfait pour la nature.

Sur ces considérations agraires, j'ai piqué du nez et j'ai rêvé. J'ai rêvé à quand j'étais petit dans l'Ain et que ma maman me gâtait. Pensionnaire chez les jésuites au collège de l'Arc, à Dole, le week-end j'étais le roi de la maisonnée. J'avais droit au blanc du poulet, aux croissants frais et à la meilleure place devant la cheminée – celle devant l'âtre qui crépitait. Quand les finances le permettaient, le samedi, nous prenions l'autocar pour Bourg-en-Bresse où nous passions un bout d'après-midi au cinéma. Les actualités me barbaient pire que mes cours de latin. En revanche, ce qui me mettait le cœur en joie, c'étaient les films de Johnny Weissmuller. En Tarzan ou en Jungle Jim, j'étais son premier fan. Seule ombre à ce tableau idyllique : mon blazer bleu à boutons dorés qui me boudinait. J'aurais donné tout ce que je possédais pour troquer mon costume de pingouin contre un pagne en peau de babouin.

En sortant de l'Éden, encore tout éblouis, nous prenions la direction du Café français où nous commandions une pêche melba. Elle était si généreusement servie que je n'en venais jamais à bout. Comme nous fournissions le patron en volailles, nous n'avions jamais le droit de payer. Ce que je trouvais épatant. Et ma mère très gênant. Par politesse, elle sortait quand même son porte-monnaie et M. Pierre faisait mine de s'offusquer. Ça pouvait durer des heures. Pour passer le temps, je me perdais dans la contemplation de la salle à manger : rouge et or, haute de plafond, lambrissée, avec des grands miroirs et des lustres rococo, elle était pour moi le summum du bon goût.

Assis en tailleur au milieu du salon, j'étais plongé dans *Cinq semaines en ballon* lorsque Mme Hiên est venue me secouer comme un baudet pour me proposer une soupe de pâtes avec un œuf mollet. Il était 17 heures. Je ne savais plus où j'étais mais je me sentais un peu mieux.

N'ayant rien avalé de la journée, cet authentique « festin de roi » me remit sur pied mieux que ne l'aurait fait un gratin dauphinois ou une marquise au chocolat. Plus pleins qu'une outre, nous sommes sortis, bras dessus, bras dessous, nous perdre dans Dong Van. Le brouillard s'était levé pour laisser passer le soleil et ses rayons. Il faisait bon. Si bon. Un arc-en-ciel d'une rare intensité barrait l'horizon au-dessus des toits en tuiles moussues. Les sols mouillés fumaient. Ça sentait la terre, le miel et la poussière. Ravigoté, j'ai annoncé à My Hiên que je me sentais prêt à affronter nos deux jours de randonnée. J'avais hâte de découvrir le village où elle était née.

Avant d'aller nous coucher, nous avons siroté une bière dans une maison traditionnelle en bois sculpté transformée en troquet. À l'étage un aveugle jouait de la guimbarde.

Les sons qu'il en tirait étaient enivrants. Longtemps ils résonneront à mes oreilles.

Paris, vendredi 15 février 2013, 6 heures

Seul devant sa cafetière italienne posée sur le feu de sa Lacornue, Jean-Édouard de la Taille tentait de chasser l'impression de malaise distillée par le cauchemar qui l'avait réveillé en sursaut. Fallait-il y accorder une quelconque importance ? Ou le balayer en écoutant la radio ? En tout état de cause, le fait de s'être rêvé prisonnier d'une énorme pelote de fils électriques enchevêtrés au-dessus des rues d'Hanoï n'était peut-être pas dénué de sens. Si ça se trouve, Gaspard était retenu prisonnier quelque part, ligoté, bâillonné et torturé ! Ce qui expliquerait pourquoi Jean-Édouard, dans ce mauvais rêve, avait beau beugler pour attirer l'attention des passants, personne ne l'entendait. Le pire étant que plus il tentait de se dégager de cette boule de nœuds, plus il s'emberlificotait. À la grande joie des corbeaux qui, de leur bec crochu, lui déchiquetaient les doigts et le faisaient saigner.

Son cauchemar était si réaliste que le directeur de Sparkle TV ne put s'empêcher de tapoter l'épaule de son épouse pour lui faire part de ses doutes…

Quelque part, à l'extrême nord du Vietnam

Gaspard était émerveillé d'avoir rencontré Hubert. Cet homme, qui aurait pu être son grand-père, l'intriguait tout autant qu'il le touchait.

En journée, il se retenait d'ouvrir ses cahiers pour mieux le retrouver le soir. Quand il se morfondait seul dans sa chambre, sans rien avoir à faire d'autre qu'attendre que le temps passe, la tentation de grappiller quelques pages en toute discrétion était parfois grande. Par respect pour ses auditeurs, il tenait bon. Dieu seul savait combien ce n'était pas évident.

Eulalie mise à part, il n'avait jamais côtoyé de personnage aussi haut en couleur. Insolite cocktail, Hubert était à la fois ultra-conventionnel et complètement baroque. Casanier et aventurier. Réactionnaire et progressiste. Comme il aurait aimé le connaître pour de vrai !

Hubert lui rappelait le concierge de l'École alsacienne où son père avait fait toute sa scolarité. Les rares fois où Georges de Ronsard séjournait plus d'un mois dans leur duplex de la rue du Cherche-Midi, il n'omettait jamais de passer border Gaspard avant de ressortir dîner. Allongé tout contre lui, il lui racontait son enfance à Paris et les bêtises qu'il faisait petit. Jour après jour, nuit après nuit, il était devenu l'un des héros récurrents de ses histoires-du-soir-d'avant-le-coucher.

Plus raide qu'une pompe à vélo, le concierge de l'École alsacienne portait blouse grise et nœud papillon marron, hiver comme été. À son cou, un petit sifflet droit en argent dont il usait et abusait à la moindre occasion. Toujours impeccablement peigné, il avait pour habitude de se raser deux fois par jour, ce qui réduisait d'autant sa pause déjeuner. Pour tenir jusqu'au dîner, il se gavait de graines de tournesol séchées. Les coques, qu'il recrachait aux quatre vents, constellaient la cour de récré et faisaient le délice des pigeons du quartier.

Capable des pires pitreries comme des plus noires colères, le concierge de l'École alsacienne était la mascotte de l'établissement. Les élèves l'adoraient : il citait de Gaulle à tout bout de champ, singeait le prof d'escrime comme personne et soignait les bobos des primaires à coups de Coco Boer.

L'espionner lorsqu'il répétait dans sa loge des pas de tango hyper sophistiqués agrippé au dossier d'une chaise était ce que les enfants préféraient. Adepte des danses de salon, il participait le week-end à des concours régionaux. Il grimaçait, prenait des pauses, pestait quand il se trompait dans un enchaînement. C'était hilarant. Surnommé « Le Coq » par les plus grands, il était l'incarnation parfaite du mâle lorsqu'il s'exerçait seul devant sa glace en pied et hurlait comme un possédé dans les couloirs : « Taisez-vous ! On se croirait dans une basse-cour ! »

Cela faisait longtemps que Gaspard n'avait pas repensé à ses parents. Il les avait si peu connus. Plus le temps passait et plus ils lui manquaient. Bien qu'Eulalie se fût toujours efforcée de l'élever comme une mère, il se sentait bancal. Amputé. Spolié. Chassant d'un geste rapide ce nuage noir sur le point d'éclater, il se força à suivre de son lit la course des cumulus joufflus chargés de pluie. Il ne voulait plus s'abîmer dans cette désespérance qui lui avait fait mouiller tant d'oreillers. Il devait se raisonner : le village comptait sur lui pour assurer l'animation de la soirée.

Mardi 19 mai 2009

Les averses ont repris de plus belle. Nous sommes obligés de garder la chambre une nuit de plus.

À midi, My Hiên est tombée nez à nez avec une ancienne voisine au marché. Tandis que j'enchaîne les grilles de sudoku étendu sur mon lit, je les entends palabrer dans le lobby sur fond de télé. Elles rattrapent le temps passé. Je suis heureux que My Hiên soit enfin de nouveau dans son élément. Depuis notre arrivée au Vietnam, elle a rajeuni de dix ans. Elle se tient plus droite. Ses rides sont moins prononcées. Elle sourit enfin. C'est pas encore Annie Cordy en couverture de *Senior Magazine*, mais il y a du mieux.

Elle est toutefois remontée pensive. La voix cassée, elle m'a confié que Thanh Thê, l'homme à cause duquel elle avait dû quitter son village, était mort dans une rixe à Ha Giang, en laissant derrière lui deux adolescents sans défense. Une veuve éplorée. Plus d'incalculables dettes de jeu.

My Hiên est issue d'une famille d'agriculteurs cossus. Benjamine d'une fratrie de cinq, elle était promise depuis l'enfance à un lointain cousin qu'elle trouvait laid. Et idiot. Amourachée d'un vendeur d'oiseaux – ledit Thanh Thê, un homme à la réputation sulfureuse –, elle était parvenue à faire admettre à son père qu'elle saurait le dompter. Et qu'il finirait par l'épouser.

Obstinée, My Hiên patienta des années. Lorsque, à bout d'arguments, elle se donna à lui au fond d'un potager, il la jeta après l'acte comme on se débarrasse d'un Kleenex souillé après s'être mouché. Elle avait vingt-cinq ans, quinze kilos de trop, et son cousin, qu'elle jugeait finalement moins laid et moins idiot qu'elle ne s'était entêtée à le prétendre, avait fait trois enfants à une petite cousine.

Marquée au fer rouge, flétrie, bafouée, elle dut se résoudre à descendre au Marché de l'Amour pour se dégoter un mari. Qu'importe l'âge, l'intelligence et l'apparence, il fallait qu'elle expie sa faute. Et que ses parents, humiliés par sa désinvolture, retrouvent la face. En cas d'échec, elle n'aurait qu'à se jeter du haut des gorges de la rivière Ngo Que.

Célèbre dans tout le pays, le Marché de l'Amour se tenait – et se tient encore – une fois par an, à Khâu Vai, le vingt-septième jour du troisième mois lunaire. My Hiên m'a raconté que sur cette langue de terre inhospitalière, au milieu des montagnes sauvages, convergeaient depuis la nuit des temps des milliers de célibataires à la recherche de leur moitié. Atteindre ce terrain raboteux lui prit deux jours. Pieds nus, elle dut batailler contre les sangsues en quête de sang frais.

Pour enjôler son futur fiancé, My Hiên avait sorti ses plus beaux habits : une longue jupe plissée, un tablier bariolé et un boléro à fleurs brodées. Elle avait noué un turban écossais autour de sa tête et passé une dizaine de colliers. Parce que la tradition voulait que la « jouvencelle » nourrisse le « jouvenceau », elle avait garni un grand panier de manioc, de pain et de kakis.

Histoire de mettre toutes les chances de son côté, elle avait planté des bâtons d'encens au « Temple Monsieur ». « On ne badine pas avec l'encens ! » lui avait soufflé sa mère, grande spécialiste des mariages arrangés. Toute la boîte y était passée.

À l'ombre d'un pommier bourgeonnant, elle avait chanté sans trop y croire : « Je suis un oiseau sans nid venu de la forêt lointaine... » Après avoir essuyé quelques « Mon nid est construit avec de l'herbe sèche. Je crains qu'il ne te convienne pas », sa persévérance avait payé et un homme lui avait répondu – je traduis en gros : « Viens avec moi, je t'embarque ! » My Hiên, qui n'était plus une « première main », ne fit pas la fine bouche : elle se lia ainsi à un veuf un peu rustre, de quinze ans son aîné, qui cherchait une femme pour faire fructifier ses terres et élever ses filles âgées de douze et treize ans. Elle apprit à apprécier son époux et vécut près de sept années à ses côtés.

Lorsqu'il fut embroché par un sanglier au cours d'une partie de chasse en forêt – elle l'avait pourtant mis en garde –, elle entreprit de tenter sa chance à Hanoï. Elle désirait voir du pays, ses belles-filles étaient mariées et elle avait recouvré sa dignité.

Arrivée à la ville, My Hiên prit des cours accélérés d'alphabétisation – son ethnie ne parlait pas le vietnamien – et accepta le premier emploi qu'on lui proposa : petite main au Bouchon, un bistro semi-gastronomique ouvert dans les années quatre-vingt par un couple de Lyonnais. Implanté derrière le mythique Métropole Hôtel, il drainait une foultitude d'expatriés français. Après quinze jours à la plonge, elle passa en salle. Puis à la caisse. Six mois après avoir été embauchée, elle remplaçait à l'accueil sa patronne partie enterrer un parent à Écully.

À trente-trois ans, My Hiên avait retrouvé sa taille de guêpe, sa légèreté et s'habillait à l'occidentale. Jamais elle ne s'était sentie aussi jeune fille. Seules ses mains calleuses trahissaient ses origines paysannes. Au contact des Doignon, elle apprit à parler français, mouler des quenelles et apprécier le beaujolais.

Bientôt, Hanoï ne lui suffit plus. Elle étouffait. Libre comme l'air et solitaire, il fallait qu'elle aille voir de plus près à quoi ressemblait la patrie des droits de l'Homme dont tous les clients parlaient au restaurant. Sans le moindre sou de côté, elle se voyait mal emprunter de l'argent à ses parents pour sponsoriser son voyage. Ils la croyaient rangée.

Ils en auraient été très affectés. Rétive aux conseils de ses employeurs et désormais amis, My Hiên s'acoquina à la fin des années quatre-vingt avec un armateur chinois qui lui proposa de lui avancer le prix de son billet. Pour le rembourser, elle devrait travailler six mois pour son oncle, commerçant dans le Sentier, à Paris.

L'homme qui la réceptionna à Roissy lui confisqua son passeport à peine la douane franchie. « Je vous le rendrai quand vous aurez honoré votre dette. » Toutes griffes dehors, elle s'époumona à perdre la voix et tenta à plusieurs reprises de sauter de la voiture dans laquelle il l'avait jetée. Rien n'y fit. Prisonnière et sans papiers, elle était pieds et poings liés.

Conduite dans un squat à Vitry, elle fut contrainte de cohabiter avec une quarantaine de Chinoises originaires de Dongbei. Sous la férule d'une Mandchoue atrabilaire, My Hiên fut bouclée trois semaines. Trois semaines au cours desquelles elle apprit à se maquiller, à faire des mines de chatte docile et à prodiguer des massages avec « finition ». Sans ses rudiments de français, sa formation aurait été deux fois plus longue.

Quand elle fut fin prête à l'emploi, son cerbère l'expédia dans un salon spécialisé du XVIIe arrondissement. Perchée douze heures par jour sur des stilettos de mauvaise facture, sa mission consistait à nettoyer des cabines, plier des serviettes mauves élimées et satisfaire, sans rechigner, des clients toujours plus exigeants. Qu'importe que sa robe ultra-serrée l'empêche de respirer et que ses chaussures la fassent saigner, elle devait tenir. Les dents serrées. Faute de quoi on ne la nourrirait pas. Dix-huit mois plus tard, son geôlier lui jeta son passeport au visage et la flanqua à la porte de son dortoir moisi. « Tu es trop vieille pour le job, tu débectes les clients. J'ai assez perdu de temps et d'argent avec toi. Dégage ! »

Trop fière pour rentrer au Vietnam, My Hiên prit rendez-vous à l'Office français de protection des demandeurs d'asile. Parce que sa patrie n'était pas en guerre et qu'elle ne risquait ni de s'y faire arrêter ni de s'y faire tuer si elle y retournait, elle fut poliment redirigée vers la préfecture de police pour faire une demande de papiers en bonne et due forme. Battue d'avance, elle renonça à légaliser sa situation et, sans même rédiger un courrier, opta pour la clandestinité. Pour survivre, elle fit le plus vieux métier du monde. Sur la chaussée. Du côté d'Aubervilliers.

C'est dans le cadre de ses « fonctions » que je fis sa connaissance huit ans plus tard.

Paris, samedi 16 février 2013, 12 h 05

La direction de Sparkle TV pouvait remercier la ministre de la Culture.

Forcée d'accoucher le 14 février dans les coulisses de l'Opéra Bastille – le soir de la première de *La Traviata* mise en scène par Jonathan Miller –, Florence Brunel-Kandilis et sa petite Violetta faisaient depuis deux jours les choux gras de la presse quotidienne. En conséquence de quoi, la bombe de Pastor avait été trappée par ses confrères.

Pour s'assurer de son silence, la directrice de la communication de Sparkle TV avait promis à ce journaliste en mal de reconnaissance qu'il aurait en exclusivité la première interview de Gaspard de Ronsard lorsqu'il sortirait du coma. C'était reculer pour mieux sauter, mais au moins du temps avait été gagné.

Pour consolider cet accord – et flatter son ego –, Jean-Édouard de la Taille avait convié ce journaliste prêt à tout pour alimenter son site à passer le week-end avec son compagnon, dans sa villa de Trouville où Maxime Rosenvallon devait les retrouver. Quand il fallait faire front contre Phil Pastor, tous les moyens étaient bons.

À Ha Giang, Marcel Triballin était éreinté. Ruiné. Laminé. Pourtant rompu aux techniques d'investigation les plus modernes, ses recherches demeuraient au point mort. Tous ses espoirs étaient désormais placés dans le prochain rapport que devaient lui rendre ses indicateurs : Manh, Thuê et Chinh, trois anciens agents de renseignements de l'armée Viet Minh. Professionnels de l'infiltration et de l'extorsion d'informations, ils conduisaient depuis une dizaine de jours leur propre enquête et, selon toute vraisemblance, devaient lui apporter des nouvelles fraîches.

En attendant son rendez-vous prévu à 19 heures dans un parc de la ville, le chef de la sécurité de Sparkle TV broyait du noir dans un bar glauque en biberonnant des bières tièdes avec Tran, son traducteur. Sa tête commençait à tourner et son cœur à palpiter quand le barman lui servit une sixième 333 Export. C'est à ce moment précis que son mobile se mit à vibrer.

Une voix, jadis adulée, surgissait du passé.

— Allô Marcel… Tu… tu m'entends ?

— …

— Allôôôôô !

« Allô, Alloôôôôô ! », bien sûr qu'il l'entendait ! Mais sa stupéfaction était si grande qu'il était incapable d'émettre le moindre son.

— Y a quelqu'un ? Tu me reconnais ?

— …

— Ça va ?

— Ça fait des lustres, dis donc !

— C'est vrai, mais…

Petit à petit, Marcel se reprit.

— La dernière fois qu'on s'est parlé – ou plutôt engueulé –, c'est quand Mitt'rand a été élu président. Des collègues t'avaient serrée pour violence en bande organisée, 12, rue des Taillandiers. Sans mon intervention, t'aurais un beau casier… Quel bon vent t'amène, ma beauté des îles ?

— C'est pas simple… En un mot, mon fils…

— Ton fils ? Tu t'es remariée ?

— Que Dieu m'en préserve ! Mais s'il te plaît, Marcel, me coupe pas la parole sans arrêt, c'est déjà assez compliqué comme ça… L'heure est grave : Gaspard a disparu !

— Gas… Gaspard ? Quel Gaspard ?

— Un orphelin qui s'est embarqué dans un jeu télé en Asie et dont j'ai la tutelle depuis plus de…

Pris de vertiges, Marcel tomba de son tabouret et s'étala de tout son long au pied du comptoir crasseux. Fin alcoolisé, Tran n'eut pas le réflexe de le rattraper. Il eut juste celui de roter avant de s'affaler à ses côtés.

Quelque part, à l'extrême nord du Vietnam

Gaspard referma son cahier avec précaution. Une grosse boule, coincée au fond de sa gorge, l'empêchait de poursuivre sa lecture : le calvaire de My Hiên – qu'il ne portait pourtant pas dans son cœur – ne passait pas. Il chercha dans l'assistance le regard de la Vietnamienne, le croisa et, soudain, eut une irrépressible envie de l'envelopper. Pour la réchauffer. La consoler. La soulager de son passé. Un imperceptible « tsitsitsi » lui coupa les ailes. Personne ne devait rien suspecter. Un secret lourd, sombre et peu glorieux les unissait désormais. Maintenant qu'Hubert avait tiré sa révérence, il était le seul à connaître le martyre qu'elle avait enduré en France. Et encore, son ancien fiancé avait ménagé le suspense en faisant une pause dans son récit. Qui aurait pu imaginer que derrière cette despote éclairée se cachait une femme outragée ? Le destin ne l'avait pas loupée.

Un bref coup d'œil jeté à la joyeuse assemblée suffit à lui faire prendre conscience qu'une fois de plus, My Hiên n'avait que partiellement traduit ses propos. En l'occurrence, elle avait ici élagué tout ce qui concernait son douloureux passé pour ne conserver que ce qui pouvait flatter son image.

Décidément, seul comptait son ego. Gaspard se dit pourtant qu'il n'avait pas le droit de lui en vouloir : elle en avait bavé au-delà du supportable. Même si un peu d'humanité ne lui aurait sans doute pas nui.

Mercredi 20 mai 2009

Le soleil est de retour. On décanille et le timing est parfait : je suis venu à bout de ma dernière grille de sudoku hier soir et l'oisiveté commençait à me guetter. Nous devons profiter de cette éclaircie avant que le ciel ne nous retombe sur la tête. Le temps fluctue à une vitesse phénoménale dans ce pays.

Pour m'épargner une crise cardiaque, My Hiên a chargé deux hommes de porter nos valises. Que peut bien encore cacher cet assaut d'amabilité ?

Nous avons quitté l'hôtel en très mauvais termes avec la tenancière. Pourtant tout avait plutôt bien commencé. La collation d'avant trek était excellente – des crêpes, des œufs durs et une salade de pêches au poivre – et j'étais dans une forme olympique. C'est au moment de régler notre note que tout a déraillé. En constatant le montant pharaonique de notre facture, Mme Hiên a fait un beau scandale. Elle tonnait que nous n'étions pas des touristes et que jamais elle ne se laisserait plumer comme un poulet. Avant qu'elle n'alarme toute la maisonnée, nous avons eu droit à une ristourne de quarante pour cent. Y a pas à dire, elle sait y faire.

Mezzo piano, nous avons parcouru nos vingt-cinq premiers kilomètres. Aidés d'un bâton, nous avons progressé à notre rythme, en veillant à vider nos poumons jusqu'au fond. Nous avons bu abondamment. Grignoté souvent. Et fait autant de pauses que nécessaire. C'est-à-dire beaucoup. Si Edwige me voyait, elle serait sciée. Moi qui rechignais à faire République-Stalingrad à pied…

La route en lacets accrochée à flanc de montagne était tout à fait praticable. Sur les pentes en rocaille, çà et là, nous devinions des maisons en pierre noire à peine visibles au milieu des blocs de rocs en granit. Une forte odeur de brûlé se dégageait de chaque habitation. Inquiet comme je le suis toujours, j'ai voulu alerter My Hiên qui – pour une fois – m'a devancé en m'expliquant que, dans sa région, les cheminées n'existaient pas et qu'on cuisinait à même le sol. « La fumée s'évacue par un trou percé en haut des murs, juste au-dessus de l'âtre. Du coup, les flammes lèchent les parois de la maison et ça pue le cramé ! »

Sur le bas-côté, des femmes vendaient des cucurbitacées et des hommes fabriquaient des éventails en papier. La vie est partout ici. Y compris là où on l'attend le moins. Comme dans les fossés où les enfants jouent aux billes sans se soucier des passants. Même étrangers !

Au déclin du jour, nous avons investi une caverne et déroulé nos duvets. Je n'ai rien pu avaler tant j'étais fourbu. Avant de me coucher, j'ai quand même trouvé la force de faire un truc dont je rêve depuis que je suis adolescent : j'ai gravé à l'Opinel nos initiales entrelacées sur un tronc d'arbre sec.

Mon travail fini, j'ai dormi comme une masse, emporté par le chant des grillons.

Jeudi 21 mai 2009

La fin du voyage a été plus pénible. Me mettre debout ce matin a relevé du miracle. J'avais des ampoules aux talons. Mes cuisses me lançaient et mes mollets étaient durs comme du bois. J'espérais, comme un bleu, que nous avions fait le plus dur hier. Je m'étais trompé : on a certes moins marché – dix-neuf kilomètres –, mais on n'a fait que monter : 680 mètres de dénivelé. J'ai dû perdre cinq litres d'eau.

À un moment, sans crier gare, My Hiên nous a fait quitter la route pour prendre un chemin dissimulé derrière un rideau d'arbres à pain. C'était périlleux et je pétochais. Mes souliers ne me tenaient pas la cheville, je dérapais pire que sur la banquise. Chaque fois, je croyais ma dernière heure arrivée. À nos pieds, des gouffres de huit cents mètres plongeaient vers la rivière Ngo Qué. À cette seule évocation, j'ai les poils qui se dressent.

En fin d'après-midi, sans prévenir, My Hiên a exigé le silence. Les porteurs sifflotaient. Je soliloquais. On a obtempéré sans discuter.

Comme à l'aéroport il y a une semaine, elle s'est baissée pour embrasser le sol. Elle a saisi une poignée de terre et l'a malaxée longtemps en scrutant le ciel enflammé. Scarlett O'Hara de retour à Tara ne l'aurait pas désavouée. Dissimulé derrière une futaie, tout son village la guettait. On aurait dit une armée de cire.

Dimanche 24 mai 2009

Par où commencer ? Tant de choses se sont passées depuis jeudi...

Contre toute attente, My Hiên était espérée depuis plusieurs jours. Sans le savoir, nous étions tracés depuis Dong Van. Les porteurs avaient dû vendre la mèche parce que lorsque les premiers accords de flûtes – et de tambours ! – sont arrivés jusqu'à nos oreilles, ils n'ont pas semblé étonnés. À moins que cela ne soit son ancienne voisine rencontrée à Dong Van qui ait colporté la nouvelle. En tout cas, ce qui est indubitable, c'est qu'ici, comme dans le Landerneau, tout se sait.

Notre comité d'accueil était constitué d'une centaine de personnes. De tout âge et tout sexe. Magnifiés par le clair de lune, ils étaient superbes. Leurs bijoux rutilaient et leurs costumes scintillaient. Tout le monde voulait approcher My Hiên qui pleurait de joie. Sans retenue pour une fois.

Ses frères et sœurs la palpaient, la caressaient, la pelotaient. Avec ivresse. Et tendresse. Comme pour s'assurer que c'était bien elle, l'enfant prodigue, qui se tenait là, debout, devant eux. Ils lui posaient mille questions et n'attendaient même pas ses réponses pour lui en poser mille autres !

Portés par la foule, nous avons gagné l'étage d'une grande maison éclairée par des torches où l'on nous a servi, à même le sol, des plats composés de saucisses fumées, de riz rouge, de bouillon de poulet et de viandes grillées. Le tout arrosé de liqueur de maïs. À mon grand étonnement, nous les hommes avons été servis avant les femmes. C'était très embarrassant. Mme Hiên m'ayant enjoint de ne pas tergiverser, j'ai englouti sans sourciller mes galettes de riz gluant trempées dans du caramel de canne à sucre.

Bien que j'eusse préféré qu'il en fût autrement, j'étais moi aussi le centre de toutes les attentions. Submergé par la situation. On me servait à boire et à manger plus que de raison et tout le monde essayait de me faire la conversation. La seule chose que je savais dire c'était : « *Cảm ơn bạn* », ce qui signifie « Merci... » Mes compagnons trouvaient cela poilant.

Vers minuit, des femmes ont entamé des danses folkloriques sous les applaudissements des enfants qui semblaient montés sur ressorts. Pour ma part j'étais si fatigué que je ne savais plus où j'habitais : mes yeux se fermaient tout seuls et je bâillais à me démantibuler les mâchoires. Sans ses sœurs, Mme Hiên, accaparée de toutes parts, aurait continué à serrer des mains sans s'inquiéter de savoir où me coucher. En moins de temps qu'il n'en faut pour le dire, nous nous sommes transportés dans leur ancienne demeure où son premier geste a été d'enlacer... un tronc d'arbre. « Pilier de la famille », il est vénéré comme l'« esprit protecteur du foyer ». Sinon, accessoirement, il supporte la toiture. Vaseux comme je l'étais, je me suis pincé pour vérifier que je ne rêvais pas. Ses salamalecs terminés, elle a passé un rapide coup de balai et m'a tiré d'un coffre sculpté un hamac et des couvertures tissées. « C'est encore rudimentaire, mais je te promets qu'avec les miens nous allons tout faire pour rendre cette habitation plus confortable. Tu seras bien ici. En attendant, détends-toi, Hubert. Et fais attention à ne pas tomber... »

Le dernier visage que j'ai vu avant de m'écrouler a été celui d'oncle Hô punaisé sur une poutre calcinée.

Lundi 25 mai 2009

Depuis notre arrivée, My Hiên est tout le temps par monts et par vaux. Je ne sais pas quelles salades elle a servies à sa famille et ses amis, mais chaque fois qu'elle leur raconte ses années passées loin d'ici, ils semblent admiratifs et envieux.

Désireuse de récupérer la maison de ses ancêtres que personne n'ose plus occuper depuis le décès accidentel de ses parents, elle a renoncé à toutes ses terres. Nous vivrons donc sur mes économies et ma pension.

Pour me familiariser avec les lieux, j'ai arpenté le village, coiffé de mon béret, sous un soleil de plomb. J'espérais avoir mon petit succès mais j'ai fait chou blanc. Depuis la colonisation, nombreux sont les Vietnamiens à porter le béret et l'objet est devenu galvaudé. Chose amusante : une tribu d'enfants bigarrée me précédait partout où je me rendais. Nous jouions au chat et à la souris. Et ils me ramenaient sur le droit chemin chaque fois que je m'égarais.

Comme je le supputais, nous sommes perchés à plus de neuf cents mètres d'altitude. Partout des rizières en gradins, des petits lopins de maïs et des vergers pruniers. Et puis des broussailles, des rhododendrons, des conifères, des bambous, des fougères. La terre, aride, est jaune-rouge. Des dizaines de petits cours d'eau, plus ou moins généreux, coulent entre les arbres. J'ai repéré, derrière la maison, une cascade qui alimente une minuscule piscine naturelle bordée de pêchers en fleur. Je vais demander à My Hiên s'il serait possible de la privatiser avec des paravents pour que je puisse m'y laver. En costume de bain. J'ai ma pudeur. Une baignoire rien que pour moi, ça me changera.

J'ai exploré à la lumière du jour la maison dans laquelle nous allons nous établir. Construite sur pilotis, elle est tout en bois. Sauf le toit qui est en tuiles. Après la violente lumière du dehors, j'ai eu la plus grande peine du monde à voir où je posais les pieds. À part la porte, il n'y a pas un seul ouvrant sur l'extérieur. Il faudra qu'on y remédie, sans quoi je vais devenir claustrophobe. Et puis, lire en journée à la lampe frontale ne fait pas partie de mes projets. À l'étage, il n'y a qu'une pièce unique. Pas de cloisons. Au centre, un autel. Et contre le mur du fond, un tas de bûches qui fait office de barbecue. Là aussi il faudra revoir les plans. J'ai besoin d'un minimum d'intimité. Je ne suis pas au bout de mes peines mais le défi ne me fait pas peur.

Je suis confiant.

Paris, samedi 16 février 2013, 19 heures

Eulalie fit le bilan de sa petite conversation avec Marcel Triballin… son ancien soupirant. Il se souvenait d'elle, c'était déjà un bon point. Le seul peut-être. Qu'était-il devenu depuis qu'elle l'avait congédié sans manières ? Accepterait-il de l'aider ?

Où était-il ? La conversation avait été inopinément interrompue et depuis son téléphone sonnait dans le vide.

La dernière fois qu'elle avait eu recours à ses services, il travaillait encore à la DST. Elle s'était laissé entraîner par un groupuscule trotskiste place de la Bastille, le soir de l'élection de François Mitterrand. La fête avait mal tourné, des abribus avaient été cassés, des voitures retournées et il l'avait tirée de l'embarras.

Eulalie et Marcel s'étaient rencontrés au début des années quatre-vingt au parc Monceau où ce dernier était en planque. Pour faire chic – et bien qu'il détestât cela –, il lui avait offert un Perrier rondelle dans une brasserie de la rue de Courcelles. Les bulles, c'était pas son truc. Sauf si elles étaient alcoolisées.

Cet abandon de poste lui avait valu une sérieuse remontée de bretelles. Plus une mise à pied de quinze jours. Pas rancunier – et déjà amoureux –, il l'avait recontactée un mois plus tard pour l'inviter à assister au défilé du 14 Juillet en loge VIP. C'est-à-dire dans un immeuble du rond-point des Champs-Élysées où il était une nouvelle fois en planque pour une affaire d'espionnage international. Il fut cette fois assez malin pour que personne ne se rendît compte de rien. En tout bien tout honneur, ils avaient ensuite passé un week-end à Verdun. Un autre sur les plages d'Arromanches. Et un troisième à Nîmes, avec un copain de la légion. L'exotisme de ce garçon balourd et dévoué avait d'abord touché Eulalie. Puis indisposé. Elle décida de rompre avant qu'il ne soit trop attaché et ne fit pas dans la dentelle en le trompant avec Ernesto, un ancien brigadiste milanais. Peiné, il demanda une mutation en Guyane et l'obtint. Bon gars, il lui envoya, avant de s'envoler, une carte postale en forme de cœur brisé sur laquelle il lui indiquait un numéro de téléphone où le joindre en cas d'urgence.

Alors qu'elle s'apprêtait à le rappeler, son téléphone sonna.

— Eulalie ? Eulalie Fleury ?

— Oui…

— Triballin à l'appareil… Qui t'envoie ? Qui t'envoie ?!

— Mais… mais personne ! Qui voudrais-tu…

— C'est les pontes de Sparkle TV qui t'ont collée à mes trousses ? Ils croient que je tire au flanc ? T'es passée du côté des patrons ?

— T'as bu ?

— Dans le mille ! Et je le revendique ! Mais inutile de dévier la conversation… Eulalie, je vois très, très, très, très, très clair dans ton jeu…

— J'ai pas de temps à perdre avec un alcoolique, Marcel ! Gaspard est dans de sales draps et j'ai besoin de toi.

Saint-bernard dans l'âme, Marcel se ramollit.

— De moi ? J'adore ça !

— …

— Vas-y ma belle, raconte-moi ce qui t'arrive…

Eulalie prit une grande respiration et raconta. D'une traite. Pour éviter de s'égarer dans les méandres de sa pensée alambiquée.

— Après Ernesto, pour lequel je t'ai… remercié, j'ai vécu quatre ans avec Rodrigo, un riche peintre argentin. Quand je l'ai quitté, j'ai dû me chercher un vrai boulot : les brocantes, c'était sympa mais ça payait pas. Sur les conseils d'une cliente assistante sociale, je suis devenue famille d'accueil. On m'a refilé des tas d'ados plus ou moins déglingués, jusqu'au jour où on m'a confié un gosse de six ans qui avait perdu ses parents. C'était Gaspard. Mon Gaspard… Muet, doté d'une bouille d'ange, il transpirait la mélancolie. À force de cajoleries, Gaspard s'est attaché à moi. Comme à une mère. Et il a vite fait de retrouver sa langue ! J'ai élevé ce gamin comme mon fils et dorloté mon autorité de tutelle pendant près de douze ans pour qu'il ne me soit pas retiré. J'en ai fait un type bien. Que dis-je : formidable.

» Malheureusement pour moi, il a découvert l'année dernière sur Sparkle TV une émission de téléréalité qui consiste à faire voyager des duos de gens à travers l'Asie. Et il a fallu qu'il postule. Attention : le jeu, il s'en foutait total ! Son idée était de prendre la tangente avant l'étape chinoise pour filer vers le sud, chez les Mnong Gar, au milieu desquels ses parents, ethnologues, s'étaient immergés pendant quatre ans. Il avait pour projet d'écrire un livre sur eux. Il espérait retrouver au Vietnam des gens avec qui ils avaient vécu et travaillé. Entre autres un type qui avait été leur intermédiaire auprès des Mnong Gar. Je ne sais pas ce qui s'est passé, s'il a mis son plan à exécution ou s'il a été victime d'un accident. En tout cas, je n'ai plus aucune nouvelle de lui alors qu'il avait juré de m'avertir lorsqu'il aurait retrouvé sa liberté.

Désorienté, Marcel cherchait un saint à qui confier ses émois. Pourtant, il était agnostique…

Nullement gênée par son silence, Eulalie embraya :

— Mue par je ne sais quel instinct, j'ai interrogé les tarots le 3 février dernier. Et ils ont été très clairs : quelque chose de grave était arrivé à Gaspard. Le cœur en vrac, j'ai contacté Screen Production, la boîte qui fabrique le jeu pour Sparkle TV. Après m'avoir baladée, ils ont fini par m'avouer que Gaspard s'était égaré. « Égaré ! » Non, mais quel culot ! J'ai pas confiance : ils prétendent avoir envoyé un flic sur place, mais je doute. L'objet de mon intrusion soudaine dans ta vie est donc le suivant : est-ce qu'en souvenir du bon vieux temps – qui, je te le concède, n'a pas toujours été super bon entre nous et je te demande de bien vouloir m'en excuser –, tu ne pourrais pas faire intervenir tes relations, voire… partir là-bas pour me ramener mon garçon ? Mais tu me connais, je ne voudrais surtout pas abuser…

— Faut que je m'entretienne avec sainte Rita.

Quelque part, à l'extrême nord du Vietnam

Un jour que les heures s'écoulaient monotones, Gaspard se mit en tête de calculer depuis combien de temps il vivait chez My Hiên. Le résultat le laissa pantois : cinq semaines ! C'était à la fois énorme et ridicule… Énorme, parce que Eulalie devait se faire un sang d'encre et que lui infliger pareille torture, à son âge, le tuait. Ridicule, parce qu'il lui restait presque autant de jours à patienter jusqu'à sa libération et que cela lui semblait la mer à boire. Moyennant quoi, si l'on était objectif, pour un garçon pour qui le triangle Choisy-Tolbiac-Ivry constituait le must du dépaysement, Gaspard s'était plutôt bien adapté. Le temps s'étirait à l'infini, mais ses « conditions de détention » étaient plutôt privilégiées.

La seule chose qui le souciait était ses jambes. Leur état paraissait stationnaire et s'il ne s'améliorait pas, il risquait de perdre l'usage de ses tibias. Ce qui peut se révéler handicapant quand on a la vie devant soi. Bien qu'il eût préféré le contraire, il ne se sentait pas en sécurité avec Khoa qui semblait plus mal en point que lui. Lorsqu'il l'auscultait, à part lui prendre le pouls, lui tripoter les pieds et lui pincer les joues, le vieux docteur brassait beaucoup d'air. Et crachait partout : de généreux mollards rouges, fruits du bétel qu'il mâchouillait du réveil au coucher. Heureusement que cet homme malaimable ne faisait qu'à de rares occasions de vieux os dans sa chambre parce que cette sale habitude lui soulevait le cœur chaque fois.

Gaspard avait terminé d'inspecter le contenu du coffre d'Hubert. Il avait même fait siens quelques-uns de ses objets : le duvet, le réveil solaire, les trois livres, la lampe frontale, les mouchoirs, les couverts de l'avion et le walkman pour lequel il avait obtenu des piles neuves. Le choix des cassettes était pour le moins singulier mais au moins, avec Cora Vaucaire, Carlos Gardel et Albinoni, il se cultivait.

Pour son confort, My Hiên et ses sœurs lui avaient tissé – et teint en noir, bleu nuit et indigo – trois ensembles de chanvre. Il alternait les pantalons et les vestes au gré des lessives. Par moments le tissu le démangeait au sang. Bien élevé, Gaspard ne se grattait qu'à l'abri.

Sa barbe avait beaucoup poussé depuis son accident. Il ressemblait désormais à un vrai aventurier avec ses pattes et sa grosse barbe mitée. Faute d'oser se servir du blaireau et du rasoir d'Hubert – adroit comme il était, il se serait mutilé –, il avait accepté la proposition des fiancées de Duy et de Khôi de le raser au fil. Le résultat était net et précis. Mais à quel prix ? En théorie, cette technique qui consiste à déraciner le poil à l'aide d'un fil de coton tendu entre les dents et les mains du « barbier » était sans douleur. Mais Gaspard s'était montré si crispé qu'il avait hurlé du premier au dernier poil arraché.

Quand il eut la peau aussi douce que les fesses d'un bébé, My Kim et Bach Hâc le photographièrent avec un petit appareil photo jetable. Elles voulaient conserver un joli souvenir de lui pour quand il serait parti.

Dos au mur, face à la fenêtre, il avait pris la pose pour le pur plaisir de leur faire… plaisir. Elles étaient si désopilantes. Si dévouées. De bonne grâce, il se plia à tous leurs desiderata : mine joyeuse, mine renfrognée. Mine espiègle, mine épouvantée. Mine surprise, mine blasée. Mine enjouée, mine désolée, etc. Avant de le quitter, elles lui firent promettre de garder pour lui le secret de cette séance photos. Ce type de bagatelle avait le don de mettre en colère My Hiên pour qui Gaspard était chasse gardée.

Quand le village se rassembla le soir autour de lui, tout le monde voulut le caresser. Il n'avait jamais paru si beau aux yeux de la communauté.

Mardi 26 mai 2009

Allez savoir pourquoi, j'ai un petit coup de mou. Il s'agit à coup sûr d'une conséquence physique et psychologique de cette folle aventure. Positivons néanmoins : notre maison est propre. Les sœurs de My Hiên ont passé trois jours à la retourner sans épargner le moindre arachnide. Avec ses frères et ses neveux, nous avons élevé une cloison en bois pour que j'aie ma propre chambre. My Hiên et moi n'avons jamais fait lit commun et ce n'est pas aujourd'hui que nous allons commencer. Après d'âpres négociations, j'ai obtenu une porte. Déjà, le mur, ça les tarabustait mais la porte, ça relevait du crime de lèse-majesté. Ici tout le monde vit dans la même pièce qui sert de cuisine, de salon, de salle à manger et de chambre.

J'ai recouvert le sol de nattes en bambou tressé pour que ma garçonnière soit plus douillette. Point de vue gros-œuvre, le plus dur reste à venir puisque je compte faire percer une grande ouverture. Il va falloir que je feinte. Mais qu'importe : j'ai besoin de lumière et j'entends profiter de la vue panoramique sur la nature. Autrement, je ne vois pas l'intérêt d'avoir fait le tour du globe pour venir m'enterrer dans ce trou.

Pour me sentir comme chez moi, j'ai punaisé sur les poutres une photo d'Edwige, ma collection de cartes postales de « Paris vu du ciel » et mon plan du réseau ferré de la capitale. Avec de vieilles planches en bois, je me suis bricolé une étagère sur laquelle j'ai aligné mes livres et mes cahiers. Et je me suis fait des rideaux avec une pièce de tissu abandonnée. J'attends maintenant que Duy et Khôi, les deux jeunes orphelins que My Hiên a pris sous son aile, me remontent de Ha Giang un matelas et trois lampes-tempête.

Je me sentirai vraiment installé lorsque j'aurai trouvé une idée pour me faire une table de nuit et déniché une malle – ou un coffre – pour y ranger tout ce qui m'est précieux.

Jeudi 28 mai 2009

Ça me troue le ventre de penser que je ne vais jamais revoir mon appartement de la rue des Vinaigriers. Que plus personne ne m'espère en France. Et que chez moi c'est désormais ici. Un ici qui m'est étranger mais un ici quand même.

Mes quelques relations parisiennes ont compris que mon départ était définitif. Quant à ma famille, elle a fait une croix sur moi il y a cinquante ans et se moque de savoir ce que je deviens. J'ai bien tenté de renouer le contact avec elle la veille de mon départ. Mais mes cousines m'en voulaient encore tant d'avoir conduit l'entreprise de maman au dépôt de bilan que je n'ai pas osé leur faire part de mes plans. La conversation tournant en eau de boudin, je leur ai fait croire que mon lait se sauvait pour couper court à mon supplice. Le couard…

Après trente-six mois de service militaire, je suis tout droit rentré au bercail. Nous étions en décembre 1961. J'avais vingt-deux ans. Et nulle part où aller. Doté de mon seul certificat d'études, je me suis dit, l'école n'étant pas mon fort, que travailler aux côtés de ma mère était un bon compromis. Comme j'étais pas motivé-motivé par la gestion du poulailler, maman me proposa de prendre en charge la comptabilité et de décharger mon parrain – devenu maire de Curtafond – de la commercialisation. C'est lui qui m'a tout appris. Avec patience et bonhomie. Je n'ai jamais été très doué pour les additions et la négociation. Pourtant, je suis parvenu, grâce aux conseils avisés de mon mentor, à maintenir l'exploitation à équilibre pendant presque trois ans.

Quand ma mère, en tombant du toit du poulailler, s'est fracassé la colonne vertébrale, il n'a plus été question qu'elle s'occupe de nos gallinacés. En même temps, en fauteuil roulant, c'était plutôt malcommode. J'ai bien tenté de la remplacer mais, une semaine après sa sortie de l'hôpital, j'ai confondu le sulfamide anticoccidien avec le vermifuge et j'ai exterminé la moitié du troupeau. Soit mille deux cent soixante-treize têtes. Un génocide. Mon petit doigt me dit aujourd'hui que j'aurais dû accepter l'aide de mes cousines : elles produisaient d'excellents poulets avec leur mari et auraient sûrement été de bon conseil. Obnubilé par l'idée que je devais m'en sortir seul pour prouver à ma famille que moi aussi je pouvais devenir un grand volailler, je me suis entêté. Et inexorablement enfoncé. Cette affligeante hécatombe empira l'état de santé de ma mère qui en perdit la boule. Ses oiseaux, c'était sa vie. C'est tout juste si elle ne leur donnait pas des prénoms. Et moi, son fils adulé, je les avais trucidés.

Pour limiter la casse, j'ai cédé la maison, les terres et ce qui me restait du cheptel à notre voisin Édouard Louet. Il avait pour prétention d'être sacré « Roi du Poulet » en agglomérant un maximum de fermes. Sauf que cet homme était l'ennemi intime de mes tantes et que personne ne m'avait prévenu. Deuxième bévue.

Maman fit un AVC, le 29 septembre 1965, en découvrant que notre maison devait être rasée pour laisser place à un bowling. Ce fut la goutte d'eau qui fit déborder le vase. Je l'ai couchée à Boz à côté de mon père Prosper.

Le vin d'honneur qui suivit la cérémonie tourna au pugilat : les sœurs de maman m'accusaient d'avoir assassiné leur aînée après l'avoir ruinée. Ce qui était un fort mauvais procès. Parce que ce qu'elles me reprochaient, au fond, c'était de leur avoir coupé l'herbe sous le pied : leur rêve était de reprendre les rênes de notre exploitation pour damer le pion au « Roi du Poulet ». Ce projet n'ayant jamais été évoqué en ma présence, je n'avais pas pensé à les solliciter. Bien malin celui qui s'en serait douté.

Bilan : j'avais vingt-cinq ans. Plus de parents. Aucun endroit où m'abriter. Et pas de métier.

Pour parer à ma déconfiture, mon parrain Étienne m'encouragea à repartir de zéro à Paris où un de ses amis, contremaître dans une usine de torréfaction, pouvait m'aider. « Avant de t'imaginer un quelconque avenir proche ou lointain, va faire un tour à Saint-Menoux... C'est tout près. C'est dans l'Allier. À défaut de te faire du bien, ça ne te fera pas de mal... »

Vendredi 29 mai 2009

Dix jours après la mort de maman, j'ai bouclé mes sacs et fait mes adieux à Curtafond. Ça a été vite fait : je ne détenais plus rien et n'avais personne à saluer à part mon parrain et Édouard Louet.

Comme je m'y étais engagé auprès d'Étienne, avant de monter à Paris j'ai effectué un détour par Saint-Menoux. Pour économiser mes sous, j'ai voyagé en stop. C'était la première fois de ma vie que je faisais une chose aussi folklorique. Dans mon imaginaire, seuls les Danois et les Suédois osaient se lancer sur les routes de France le pouce levé. Je me suis positionné sur des carrefours stratégiques et j'ai frappé aux carreaux des voitures obligées de ralentir. Mon itinéraire a emprunté l'axe Mâcon / Paray-le-Monial / Moulins. C'était bien plus aisé que je ne l'aurais cru. Il faut dire aussi que j'avais veillé, pour ne pas effaroucher les conducteurs, à revêtir mon plus beau complet.

Pause casse-croûte incluse, ça m'a demandé la journée : j'ai été pris en charge par un curé défroqué, un égoutier-vidangeur divorcé et un vigneron de Saint-Pourçain qui a fait un large crochet par Saint-Menoux pour me raconter ses souvenirs d'Algérie. Il était au front, lui. Il a « cassé du bicot » et « croqué des p'tites pieds-noirs plus chaudes que de la braise ». Ses propos me donnant la nausée, j'ai bondi hors de son Ami 6 à peine le panneau Saint-Menoux franchi.

Comme il faisait nuit, j'ai reporté au lendemain ma visite à l'église. J'ai trouvé refuge dans le seul hôtel du village, où j'ai pris une chambre sans sanitaires. C'était moins cher. Je n'ai pas dîné mais je me suis offert un kir-cassis au bar-tabac du centre. Avec des cacahuètes. Et des olives vertes fourrées aux anchois. Sur le comptoir traînait un exemplaire de *La Montagne*. J'y ai fait la connaissance d'Alexandre Vialatte, un écrivain du cru qui chronique dedans. Le patron m'a expliqué que c'était une fierté locale. J'ai noté son nom sur un petit bout de papier pour m'acheter ses ouvrages quand je serai rendu à Paris. Il est tordant.

Ce que j'ai découvert à Saint-Menoux est par contre nettement moins tordant. Voire vexant. Je m'explique : la spécificité de cet édifice roman du XIIe siècle est d'abriter au cœur de son déambulatoire un sarcophage rose contenant les reliques d'un évêque breton ou irlandais dénommé Menulphe, qui aurait eu des pouvoirs surnaturels. Ce sarcophage, aussi appelé débredinoire, est percé de trous dans lesquels les « simples d'esprit » peuvent glisser leur tête pour retrouver leur santé mentale. Et gare aux maladroits : s'ils frôlent les bords, ils héritent de toute la niaiserie de ceux qui l'ont précédé ! Tu parles d'une blague. Je n'ai bien sûr pas cru un seul mot de ces balivernes mais, après m'être confessé et avoir récité un rosaire tout entier, j'ai intégré le message : de dorénavant à désormais il faudra que je fasse preuve de jugeote si je ne veux pas finir seul. Et à la rue.

Paris, lundi 18 février 2013, 9 h 30

Quand, luttant contre sa pudeur, Jean-Édouard de la Taille s'ouvrit de son cauchemar à Marcel Triballin, celui-ci se moqua obligeamment de lui.

— Laissez faire un professionnel de la profession et ne vous mettez pas la rate au court-bouillon : j'ai dans l'idée que Gaspard est en parfaite santé, en train de s'offrir du bon temps quelque part au Vietnam. Croyez-en mon instinct d'ancien flic.

Quelque part, à l'extrême nord du Vietnam

Depuis qu'il animait les veillées, Gaspard n'avait qu'une préoccupation : exhumer les photos de mariage qu'Hubert avait sélectionnées en vue de sa grande expédition. Il se souvenait de les avoir entraperçues la dernière fois qu'il avait rangé son coffre mais son cerveau n'avait pas imprimé son visage. Il avait besoin de s'imprégner de l'homme avec qui il passait désormais ses soirées.

Il lui fallut moins d'une minute pour faire remonter à la surface un petit album en plastique mou dans lequel étaient rangés neuf clichés flous, décolorés par le temps. Un gros Post-it jaune fluorescent barrait la page de garde : « Mariage d'Hubert et Edwige, Paris, mairie du XIe, 26 avril 1969. » Gaspard fit de tête le calcul : si Hubert avait cinq ans en mai 1945, il devait avoir vingt-neuf ans en avril 1969.

Petit, rond, les yeux noisette, Hubert était prématurément dégarni. Plus anonyme qu'un personnage de Sempé, rien ne le démarquait du commun des Français. À en croire l'étiquette qui pendait à son ourlet, son costume rayé trois-pièces était flambant neuf. Il arborait une lavallière en soie grise. À ses pieds, des chaussures noires vernies. Et des chaussettes blanches tirebouchonnées. Suranné, il paraissait dix ou quinze ans de plus que son âge.

Edwige, la femme à ses côtés, était coiffée d'un strict chignon banane. Blond cendré, athlétique, elle était plus grande que lui. Il aurait été hasardeux de vouloir définir la couleur de ses yeux dissimulés par des verres de lunettes épais portés par une monture papillon. Ils étaient clairs : bleus, verts ou gris. Elle posait dans une petite robe blanc cassé, sans manches, à col cheminée. À son cou un gros pendentif en or brossé en forme de chrysanthème.

Même s'ils paraissaient comblés, ils avaient l'air compassés, debout, tout seuls, devant leur pièce montée pleine de nougatine. La pelle en argent en suspension, ils semblaient se demander par quelle face attaquer cette énorme pyramide sucrée.

À la nuit tombée, comme la veille et les jours suivants, sa chambre fut investie par ses nouveaux amis.

Dimanche 31 mai 2009

Les Français jetteraient 90 kilos de nourriture par an. Un chiffre édifiant qui se passe de commentaires et dont je refuse de me faire le promoteur. Surtout ici où il n'y a pas de gâchis parce que rien à gâcher : tout est usé jusqu'à la corde, trié, recyclé, replanté, démonté, transformé ! Du temps où je vivais à Paris, n'ayant jamais roulé sur l'or, j'avais moi-même mis au point quelques techniques simples et originales pour chasser le gaspi'. Je vous les livre aujourd'hui en toute amitié :

– Sécher bien à plat sur un radiateur les feuilles Sopalin usagées. À condition qu'elles ne soient pas trop maculées.

– Couper dans le sens de la largeur les tubes vides (colle, cirage, mayonnaise, etc.) pour récupérer au doigt les restes collés sur les parois. En s'y prenant habilement, il est possible de refermer le tube en le réemboîtant.

– Conserver les sacs en papier kraft du primeur pour protéger livres et cahiers.

– Récupérer les caoutchoucs des bottes d'oignons et de radis achetées au marché.

– S'autoriser un seul achat compulsif par mois. Les achats compulsifs englobant tous les produits hors nourriture et médicaments.

– Souvenir de l'armée : décoller les timbres non oblitérés.

– Acheter ses denrées alimentaires en promo, à la limite de la DLC. Et les congeler.

– Superposer ses chaussettes trouées. Les trous se formant rarement au même emplacement, c'est du ni vu ni connu. On peut aussi penser à se couper les ongles de pied.

– Retourner ses slips pour les faire durer. Une bonne hygiène est toutefois recommandée.

Lundi 1er juin 2009

Pour la première fois depuis mon arrivée, j'ai dormi cette nuit sur un vrai matelas. Un matelas Dung Lopillo *made in China*. Duy et Khôi ont oublié les lampes-tempête mais ils sont tout pardonnés parce qu'ils m'ont rapporté en sus un article auquel je n'avais pas osé rêver de crainte de les froisser : un oreiller rectangulaire en polyester. Je dois convenir que c'était une sacrée bonne idée. Mon lit n'a désormais plus rien à envier à celui d'un grand hôtel.

À peine installé, tout le village a défilé dans ma chambre pour admirer mon couchage de compétition. À ma plus grande déception, personne n'a voulu l'essayer en dépit de mon insistance polie. En revanche, mes cartes de Paris et la photo d'Edwige en col roulé blanc ont remporté tous les suffrages. J'entendais des « Ooooh », des « Aaaah » admiratifs. Les plus téméraires ont même poussé l'audace jusqu'à effleurer mes clichés. Je ne sais pas ce que My Hiên leur a raconté au sujet de mon épouse mais ils sont tous repartis anéantis. J'ai même lu de la compassion dans le regard des femmes. Ce qui est fort gênant. Voire déplaisant. À l'occasion, il faudra que je creuse l'affaire : je n'aime pas qu'on ait pitié de moi. Surtout à mon insu. Même si la mort d'Edwige a creusé un grand vide dans ma vie : se réveiller, pendant près de quarante ans, aux côtés de la même femme n'est pas sans créer certaines habitudes.

Bien sûr, notre couple était atypique puisque nous n'avons jamais eu de « relations » telles que le commun des mortels l'entend. Il était malgré tout, à sa manière, certes, construit sur des bases solides : elle dormait à gauche, moi à droite. Elle occupait le bas de notre armoire. Moi le haut. Nous prenions tous nos repas côte à côte, dos à la cheminée, dans le salon-salle à manger. Je me chargeais des courses, des poubelles, des factures et du bricolage. Elle faisait la cuisine, la poussière, la vaisselle, le lit, le repassage. Elle organisait nos loisirs et nos sorties. Le soir, nous commentions de concert les dessins que produisait Faizant pour *Le Figaro* et remplissions à tour de rôle la grille de mots croisés de Laclos. Fidèle aux traditions, c'est moi qui ramenais le salaire à la maison. Quand nous avons décidé de nous marier, je lui ai demandé de cesser de travailler pour qu'elle puisse se consacrer à notre intérieur. Le week-end, les vacances, les jours fériés, c'était ensemble. Et bien sûr, il n'était pas question que je découche. En dehors de ça, je pouvais faire ce qu'il me chantait. À condition que je la protège de mes « incartades ». Son credo était simple : « Rien savoir. Rien entendre. Et rien voir. » Tout devait être bordé au millimètre. Seules comptaient les apparences. Jamais les voisins ne devraient se douter.

Edwige était fille unique. Et son père était mort en Pologne en 1943. Sa mère, Sarah, une modiste un peu dilettante, était tout sauf maternelle. Frivole, bohème, légèrement écervelée, elle passait ses soirées dans des caves enfumées à miser de l'argent dont elle ne disposait pas. Même si elle n'y excellait guère, la roulette était son jeu préféré. Asphyxiée par les dettes, elle obligea Edwige à quitter le lycée à seize ans. Elle y brillait pourtant. Ses rêves étaient de devenir médecin, ingénieur des Ponts et Chaussées ou spécialiste des dauphins.

Au lieu de cela, sa mère la plaça comme femme de chambre chez une riche comtesse de la communauté russe blanche croisée chez Maxim's un soir où elle soupait avec un nouveau fiancé. Son mari, un ancien colonel de l'armée du tsar, avait, en dépit de son grand âge, un appétit sexuel démesuré. Trop craintive pour oser s'en ouvrir à sa maîtresse, Edwige subit les assauts répétés de cet homme aussi brutal que cruel. Un jour où l'acte se fit si violent qu'elle faillit en mourir, elle réintégra en courant le septième étage de la rue des Vinaigriers. Elle avait dix-huit ans et n'était plus que l'ombre d'elle-même. Edwige resta prostrée quinze jours, les genoux ramassés sous le menton, à regarder la trotteuse de sa montre-bracelet égrener les secondes de sa pauvre vie. Monstre d'égoïsme, sa mère ne s'enquit jamais de savoir ce qui s'était passé.

Parce qu'il fallait bien participer aux frais du loyer, Edwige se ressaisit. Encouragée par Solange, une voisine de palier, elle vendit des journaux à la criée dans le quartier du Sentier. Elle y fit la connaissance d'un typographe espagnol condamné à l'exil par Franco. Traumatisée par les viols à répétition qu'elle avait subis chez les Bobrinskoy, elle l'éconduit. À regrets.

Tout en continuant à battre le pavé la journée, elle s'inscrivit aux cours du soir chez Pigier et obtint à vingt-deux ans un diplôme de sténodactylo. À sa sortie, son école la plaça chez Yves Rocher, une toute jeune entreprise de cosmétiques. Elle mit tant de cœur à l'ouvrage qu'elle se fit remarquer par le fondateur qui lui proposa de l'épauler. Elle y fut heureuse autant qu'on peut l'être quand on est célibataire, sans amis et que l'on a été élevée par une mère destructrice.

Cet équilibre précaire prit fin le jour de ses trente-trois ans quand sa génitrice mit les voiles sur Chicago pour y suivre un businessman américain abordé au salon des Arts ménagers où elle était démonstratrice-extra sur le stand Seb. « Ma petite Edwige, ferrer un aussi beau poisson – riche de surcroît ! – à cinquante ans passés est une aubaine qui ne se représentera pas deux fois. Crois-en mon expérience. Je te laisse les clés de l'appartement. Prends soin de toi et surtout fais comme moi : marie-toi… »

Sarah fut emportée par un cancer du poumon six mois plus tard. Le beau-père d'Edwige ne prit même pas la peine de lui téléphoner pour lui annoncer la triste nouvelle. Il lui adressa un simple faire-part sur lequel était notée à la main l'adresse du cimetière où il l'avait fait inhumer. « Si vous voulez récupérer le corps, dites-le-moi. Je me ferai un plaisir de vous le retourner à l'adresse que vous m'indiquerez. »

Edwige n'avait jamais vécu seule. Et bien que sa mère n'eût jamais été à la hauteur, elle était une présence. Et un repère. Échaudée par la gent masculine mais soucieuse d'être une femme à part entière, elle s'offrit les services d'une agence matrimoniale. Jean-Pierre Talon, un de mes anciens collègues appariteur à la Sorbonne, inscrit dans la même agence qu'elle, tomba malade le soir de leur premier rendez-vous. Finaud, il m'envoya en éclaireur. Et c'est au drugstore Saint-Germain, devant un irish coffee bouillant, que nous fîmes connaissance.

Le 14 février 1969, je perdais mon seul ami en même temps que je rencontrais la femme de ma vie.

Ha Giang, lundi 18 février 2013, 19 h 30

Après mûres réflexions, Marcel et Eulalie avaient fait le choix de garder pour eux le fait qu'ils se connaissaient. Pour mieux tirer parti des diverses informations qu'ils glaneraient chacun de leur côté et, éventuellement, les croiser.

Les trois informateurs sur lesquels Marcel comptait tant s'étaient révélés assez décevants. La seule chose nouvelle qu'ils lui avaient apprise était qu'un jeune Blanc avait été aperçu, sous bonne garde, couché dans un chariot tiré par des bœufs. Il était quand même désireux de leur laisser une seconde chance : la rumeur courait dans Ha Giang que deux mercenaires chinois descendus des montagnes retenaient une pop-star anglaise dans une ancienne forteresse réputée imprenable. On les disait prêts à l'échanger contre une grosse somme d'argent. Si l'information était vraie, elle valait la peine d'être exploitée. Et corroborerait – ce qui serait inouï – le rêve prémonitoire de Jean-Édouard de la Taille.

En attendant, Marcel avait encouragé Eulalie à « s'introduire dans le disque dur de Gaspard » afin de creuser la piste Mnong Gar. « S'introduire dans le disque dur de Gaspard… Plus abscons, tu meurs ! » se dit Eulalie pour qui informatique rimait avec épique et panique. Qu'importe : Hippolyte, le colocataire de Gaspard, touchait sa bille en ordinateur et il ne pouvait rien lui refuser.

— Le temps de sauter sur mon scooter et je suis chez vous dans une demi-heure. Pas d'affolement !

À peine eut-elle le temps de raccrocher avec le jeune homme que son téléphone, de nouveau, sonna. C'était le directeur de Sparkle TV qui s'inquiétait de savoir si, à la veille de l'expiration de son ultimatum, elle allait mettre ou non sa menace à exécution. Maintenant qu'elle savait qui était sur le terrain, elle était beaucoup plus hésitante.

Pour désamorcer Eulalie avant qu'elle n'explose, Jean-Édouard de la Taille mit d'emblée les pieds dans le plat.

— Madame, je ne vais pas vous mentir : en dépit de mes promesses répétées, je n'ai aucune bonne nouvelle à vous communiquer. Aucune nouvelle tout court, d'ailleurs. On est au point mort, Gaspard reste introuvable. Et pourtant, ce n'est pas faute de nous démener. Maintenant que vous êtes au courant des tenants et des aboutissants, et… afin que nous anticipions notre riposte, auriez-vous la magnanimité de nous dire si alerter la presse est toujours dans vos projets ? Nous rêvons, sans trop oser l'espérer, que vous nous accorderez, peut-être, un nouveau délai.

Eulalie réfléchissait. Que valait-il mieux pour Gaspard : semer la zizanie et saper le travail de Marcel ou lui laisser les coudées franches ?

— Laissez-nous encore quinze jours, madame, s'il vous plaît. Notre spécialiste de la sécurité est parti ce matin pour Dong Van. Ses informateurs croient savoir où votre fils se cache : il aurait trouvé refuge chez de braves paysans à la frontière chinoise.

Pour permettre à Marcel de travailler en toute sérénité, Eulalie la boucla. À l'intérieur, elle enrageait. Comment pouvait-on ainsi distordre la réalité ? Il fallait qu'ils soient largués de chez largués pour bricoler pareil bobard !

— Jean-Édouard, accordez-moi deux secondes : le temps de trouver une formule polie pour vous dire une chose impolie. Voilà : disons que j'éprouve les plus grandes difficultés à vous croire. J'ai même la très désagréable impression que vous m'enfumez. Et comme je ne suis pas un blaireau et que…

— Jamais je ne me serais permis de…

— Vous m'émouvez presque, tellement vous êtes mauvais menteur. Vous avez de la veine, je suis dans ma semaine de bonté. Et dans ma grande mansuétude, je vous octroie dix jours de répit. Pas un de plus. Suis-je claire ou dois-je doubler tout ça par écrit ?

— Merci, madame. Je vous en sais gré. On tient le bon bout, croyez-moi. Bientôt, on en rira !

— Vous, peut-être, mais moi y a assez peu de risque ! Vous ne pouvez pas imaginer à quel point je peux manquer d'humour parfois.

Hippolyte débarqua square de Montsouris à 17 heures. En plus de l'ordinateur, il s'était chargé de cannelés et de fleurs. En les déballant, Eulalie se félicita d'avoir présenté ce garçon si prévenant à Gaspard. Il était le filleul d'une consœur antiquaire sise au marché Paul-Bert à qui elle avait revendu – à un prix exorbitant – une bibliothèque Prouvé subtilisée sur une succession à Romans. Le plus beau coup de sa vie.

Fraîchement débarqué de Thionville, Hippolyte était venu faire sa pharmacie à Paris. Mais sans salaire ni caution, il ne parvenait pas à décrocher le moindre bail. Gaspard cherchant, à la même période, un colocataire pour prendre en charge le crédit de son appartement, les deux poussins avaient fait la paire.

— Si vous saviez comme je m'en veux de ne pas avoir su trouver les mots pour dissuader votre fils de participer à ce jeu. J'aurais dû supplier Screen Production de faire équipe avec lui. Je l'aurais protégé de lui-même. S'il m'avait dit qu'il projetait de planter le jeu au Vietnam, je lui aurais interdit de partir. Au Scotch, je l'aurais ligoté s'il avait fallu ! Il n'a jamais pris d'avion Gaspard. Comment comptait-il s'en sortir ? C'est pas parce qu'on regarde *Thalassa* le vendredi soir qu'on sait voyager !

Faute d'être un aventurier, Gaspard était un garçon méthodique et rangé. Dans son portable, tout était classé avec méticulosité. Par dossiers et sous-dossiers. Trois minutes après leur première gorgée de thé, Hippolyte et Eulalie avaient distingué les fichiers « Mnong Gar », « *Un jour j'irai à Shanghai avec toi* », « Parents » et « Accident ». Un certain Cao Minh apparaissait souvent. Gaspard lui avait même consacré une note inachevée. Sa dernière adresse connue – qui remontait à l'année de la mort de Georges et Violette, c'est-à-dire à 1995 – était à Nha Trang, une station balnéaire courue sur la mer de Chine. C'est probablement là-bas que Gaspard comptait se rendre pour le retrouver. Rien ne garantissait qu'il fût encore en vie. Né en 1926, il ne devait pas avoir loin de quatre-vingt-sept ans. Le dossier « Accident » comportait plusieurs articles issus du *Courrier du Vietnam* – un quotidien francophone créé en 1964. Rédigés dans les années quatre-vingt-dix, ces articles se rapportaient tous à la nouvelle politique du gouvernement vietnamien pour lutter contre le trafic d'opium dans la région du Dak Lak. Un encadré mentionnait qu'il y avait eu des balles perdues chez les Mnong Gar. Treize morts.

Eulalie appela Marcel qui la pria de lui scanner tous les documents qu'elle possédait. Il allait sur-le-champ demander l'autorisation à Sparkle TV de descendre à Nha Trang avec Tran pour s'assurer que Gaspard ne traînait pas ses basques en ville.

Quelque part, à l'extrême nord du Vietnam

Il se passait de drôles de choses depuis l'aube. Alors que le soleil était déjà haut, les bêtes criaient famine, les métiers à tisser étaient à l'arrêt et la forge toujours pas allumée. Vissé sur son matelas, Gaspard ne pouvait pas voir ce qui se passait en bas. Son horizon se bornant à ce qu'il apercevait par la fenêtre de sa chambre, c'est-à-dire une mer de montagnes, il pouvait juste deviner.

Depuis qu'il était alité, Gaspard avait développé un sixième sens. Il était devenu capable d'analyser le plus petit mouvement suspect et d'interpréter n'importe quel son : craquement, clapotis, cris.

Très tôt ce matin, une trentaine de personnes s'étaient rassemblées aux abords de la maison communale et l'aube s'était remplie de bruits. Et de fureur. Après un long silence ponctué de soupirs et de grognements, les conciliabules avaient cessé et la foule s'était scindée en deux camps. Chacun défendait ses droits et ses idées. Personne ne voulait céder. Les conversations étaient animées comme jamais. Il y avait de l'électricité dans l'air. De quoi éclairer toutes les maisons du village. Après un semblant de réconciliation et quelques accolades, la bonne humeur avait pris le pas sur la mauvaise et chacun s'en était retourné vaquer à ses occupations.

Tout cela était peu habituel. Voire inquiétant. Le peuple de My Hiên était un peuple pacifiste. La colère lui était étrangère. Ou presque. Et il lui fallait une vraie bonne raison pour sortir de ses gonds.

Exclu, Gaspard avait envie de tout casser. Son ressentiment contre le monde en général et My Hiên en particulier était sans bornes : il n'en pouvait plus d'attendre qu'on vienne le sauver. Le thé lui attaquait le palais. Le riz le constipait. Les fruits le révulsaient. Et puis, il voulait parler. Communiquer. Échanger. Et se lever aussi.

Mais quelle stupide idée l'avait piqué lorsqu'il s'était engagé dans *Un jour j'irai à Shanghai avec toi* ? Pourquoi Rosenvallon ne lui avait-il pas encore envoyé son hélicoptère ? Que lui voulait My Hiên ? Était-elle saine d'esprit ? Allait-il revoir Eulalie, son appartement, Hippolyte, ses élèves, Sidonie ? Remarcherait-il un jour ? Que valait Khoa comme docteur ? Lui voulait-il du bien ou le maintenait-il dans un état de dépendance intéressé ? Allait-il mourir ici, abandonné de tous ? Lui, il voulait juste se rendre à Nha Trang pour retrouver la trace de Cao Minh. Cao Minh, le guide francophone qui avait introduit ses parents auprès des Mnong Gar. Il espérait le convaincre de l'accompagner dans le Dak Lak afin d'y recueillir le témoignage de cette ethnie que ses parents avaient contribué à faire connaître et respecter. Rien de plus. Échouer si près du but était navrant. Dire qu'il était à deux doigts de se faire la belle lorsqu'il était tombé du camion. Quand et pourquoi ses plans avaient-ils foiré ?

Il soupçonnait sa coéquipière d'avoir perquisitionné son sac à dos en douce. Peut-être avait-elle découvert son Moleskine, lu ses notes, démasqué son projet. Avait-elle voulu se débarrasser de lui pour cueillir, seule, les lauriers de la victoire ? Cela n'avait aucun sens. Sans lui, elle n'était rien. Le règlement stipulait même qu'elle était obligée de rentrer à Paris s'il se blessait ou s'il renonçait à jouer la finale à Shanghai.

Était-ce un signe ? Devait-il reconnaître ses limites et s'incliner devant l'ampleur de la tâche ? Il avait bien le droit, lui l'orphelin sans racines, une fois dans sa vie, une seule fois, d'obtenir ce qu'il voulait !

Gaspard se tapa à plusieurs reprises l'arrière du crâne contre le mur de bois de la maison qui lui faisait office de tête de lit. De grosses larmes roulaient sur ses joues. Sa vue se brouillait et sa tête lui tournait. Il n'arrivait plus à penser. Conscient qu'il était au bord de l'évanouissement, il se ressaisit. Il devait cesser de dérailler. Rester placide. Et surtout, surtout, se concentrer sur sa guérison, récupérer l'usage de ses jambes. Ensuite seulement, il élaborerait un stratagème d'évasion. Tôt ou tard, les secours allaient bien finir par arriver. On était en 2013, pas au Moyen Âge. Ça n'existait plus de disparaître sans laisser de traces. Il était impossible qu'à Paris une grande chaîne comme Sparkle TV l'ait sacrifié. Quand bien même l'aurait-elle abandonné, il savait avec certitude qu'il pouvait compter sur sa mère pour remuer ciel et terre. Dût-elle escalader l'Annapurna en tongs, avaler une poignée de clous rouillés ou apprendre par cœur la chronologie des quarante monarques français depuis Hugues Capet. Régents et régentes compris. Cette idée saugrenue lui redonna le sourire. Eulalie était la volonté faite femme. Sans cette volonté, elle n'aurait jamais survécu à son enfance placée sous le signe de l'infamie. Et encore, c'était un doux euphémisme.

Née à Bayeux en août 1945, Eulalie était le fruit des amours interdites entre un philosophe pacifiste berlinois et la cadette d'un important producteur de pommes à cidre normand. Contrairement à la plupart des « enfants de collabos », Eulalie avait été aimée par sa mère qui, bien que déshéritée *et* tondue à la Libération pour fait de « collaboration horizontale », avait tenu à l'élever dans le culte de son père disparu sous les bombes, à Dresde, en février 1945. Sans cet insondable amour maternel, Eulalie n'aurait jamais encaissé tout un tas de gracieusetés commençant par « fille de… » – « Boche », « pute », « salope » – que ses camarades de classe avaient la délicatesse de lui cracher à la face durant la récré.

Par pur esprit de contradiction, mais aussi pour crâner, railler, choquer « cette société de ras du bonnet », Eulalie demanda à prendre des cours d'allemand à cinq ans – ce qui pourrait expliquer les prédispositions singulières de Gaspard pour la langue de Goethe –, porta deux nattes jusqu'à ses trente ans et mit un point d'honneur à boire de la bière et à cuisiner du chou sous toutes ses formes le jour de la fête nationale allemande.

À rebours, Gaspard eut une bouffée d'amour pour cette femme qui, malgré ce qu'elle lui avait toujours affirmé, en avait bavé des ronds de chapeau. L'énergie qu'elle avait dû déployer pour garder la tête haute, résister et rebondir en imposait. Son salut viendrait d'elle. Il en était persuadé. Il *devait* s'en persuader. Quand elle s'y mettait, elle était redoutable.

Mardi 2 juin 2009

Hier soir, Mme Hiên m'a fait manger du rat.

Et j'ai rêvé toute la nuit que j'étais poursuivi par des chats.

C'était vraiment pas sympa.

Elle aurait pu me prévenir. Même si ce n'était pas si mauvais que ça.

Mercredi 3 juin 2009

Avant de vivre avec My Hiên, j'étais syllectomaniste.

Syllectomaniste, adj. : se dit d'une personne qui collectionne les collections.

Tout a commencé le jour où maman m'a légué la collection de fossiles de papa. J'avais quatorze ans, j'aimais trier, classer, ranger et... étiqueter. J'étais en mal d'occupation et cette collection tombait à point nommé : j'allais l'enrichir et la valoriser. Et surtout, lui donner – sans jeu de mots – une seconde vie. Labourer les champs étant par trop éreintant, j'achetais mes fossiles dans des boutiques spécialisées. C'était toujours moins fatigant que de passer mes samedis à quatre pattes dans les fourrés. Moins salissant aussi.

En six mois, tout mon argent de poche y passa. Choquée par ce dérapage financier, ma mère exigea que je me borne à « sublimer » ce que je possédais déjà. Pour être certaine que je lui obéisse, elle me coupa les vivres. Sans sommation.

Je me tins à carreaux jusqu'à la fin de ma démobilisation, en décembre 1961. Oisif – et un peu seul aussi –, je décidai de renouer avec ma collection de fossiles que ma mère, de crainte que je ne replonge, avait donnée à une jeune voisine handicapée. Incapable de la lui reprendre – les handicapés, c'est sacré –, je me reportai sur la première collection qui me passa par la tête : celle des bagues de poulets morts.

Les abattoirs de la région en regorgeaient, il n'y avait qu'à se servir.

Constatant l'aversion que provoqua cette nouvelle collection chez mes cousines, je me rabattis sur une collection plus consensuelle : celle des capsules de champagne. L'exploitation familiale m'accaparant en fin de compte assez peu, je me laissai tenter par une quatrième collection : celle des boules à neige. Puis ce fut l'escalade. Il me fallait toujours plus de choses à collectionner : insignes militaires, buvards d'écolier, savonnettes d'hôtel, clés de portes blindées, cyclistes en plomb, calendriers des PTT, tire-bouchons, boîtes d'allumettes, étiquettes de fromage. Tout y passa. Tout, sauf les timbres dont je jugeais la collection surfaite.

Pour me démarquer des autres collectionneurs, je pris la résolution, en quittant Curtafond, de me tourner vers des collections plus originales. Et moins attendues. Comme celles des papiers d'emballage de clémentines, des lacets de chaussures Galibier, des yeux de poupée en Celluloïd, des sachets de sucre en poudre bûchettes, des cartes de visite de marabout, des touillettes à jus de fruits, des jetons de Caddie, des poils d'éléphant, des bâtons d'esquimau et des cartouches de fusils vides.

Je me souviens avec une rare précision que chacune des pièces qui peuplaient mes collections revêtait à l'époque une valeur inestimable. Sujets de coups de foudre, elles faisaient chaque fois de moi un amoureux transi. Avec tout ce que cela pouvait comporter comme conséquences comportementales que je ne développerai pas ici de peur de me ridiculiser. Edwige s'en amusait autant que Mme Hiên en était folle de jalousie. Et c'est sous sa pression que je dus remiser à la cave tout mon « bric-à-brac » – c'était son expression – lorsqu'elle investit ma maison. Rien que d'y penser, j'en ai encore des frissons.

Elle m'en aura fait voir de toutes les couleurs, cette vieille carne.

P.-S. : J'ai lu un jour dans une gazette spécialisée que les collectionneurs se répartissaient en deux catégories : les « collectionneurs placards » et les « collectionneurs vitrines ». Les premiers sont introvertis et méfiants. Les seconds, extravertis et exhibitionnistes. Par manque de place, je faisais partie de la première catégorie. Comme Sacha Guitry qui, paraît-il, était aussi mystérieux que discret au sujet de sa collection de manuscrits.

Vendredi 5 juin 2009

J'ai jamais osé dire : « Qui m'aime me suive », de peur de rester seul.

Samedi 6 juin 2009

Hier soir, conformément à ses plans échafaudés dans l'avion, My Hiên a été élue chef de clan par ses pairs. Depuis la mort de son père, la place était vacante et son retour est tombé à point nommé. Cette promotion est d'autant plus singulière que les femmes ne sont pas censées pouvoir accéder à ce type de poste. Je n'ai pas bien capté comment cela c'était fait – il s'agit d'une histoire de lignée mais je n'en suis pas sûr à cent pour cent. Cependant, le résultat est là : de dorénavant à désormais, c'est elle le boss ici. Moi, je dis : affaire rondement menée. Et en moins d'un mois s'il vous plaît !

Par ses nouvelles attributions, My Hiên assure le culte des ancêtres et conserve les tambours en bronze sacrés, instruments de communication entre les vivants et les morts.

Elle a en plus la charge de régler les conflits entre individus et avec le voisinage, de défendre les plus faibles et de veiller à ce que les conventions qui régissent la communauté soient respectées. À la lettre. Toute violation est évidemment sévèrement punie. On peut bien sûr compléter ou faire évoluer ces contrats au gré des besoins du groupe mais cela ne se fait qu'après d'âpres discussions et toujours à l'occasion de la cérémonie du culte du génie tutélaire censé protéger la collectivité. D'après ce que j'ai compris, ce bienfaiteur résiderait dans la maison communale qui est le centre névralgique du village. C'est à l'intérieur de celle-ci que sont conservées les tablettes de la loi. L'endroit est interdit aux profanes et je n'ai pas encore eu l'autorisation d'y glisser un pied. On verra plus tard si je peux remédier à ça. Maintenant que j'ai mes entrées…

Heureusement que nous ne fonctionnons pas ainsi. S'il suffisait, pour édicter une réforme de la Constitution, d'en discuter autour d'un bon gueuleton, ce serait l'anarchie. En tout cas maintenant ça va filer doux ici. C'est moi qui vous le dis. Quand Mme Hiên prend les choses en mains, elle ne les prend pas à moitié.

Paris, mercredi 20 février 2013, 11 heures

Bien que revenue d'à peu près tout, Eulalie n'en revenait toujours pas que l'homme diligenté au Vietnam par Sparkle TV soit Marcel. Marcel Triballin, son ancien fiancé. En un sens ça la tranquillisait : elle était – quasi – certaine qu'il se donnerait sans compter pour ramener Gaspard à Paris, en souvenir de leur idylle passée. En même temps, elle connaissait aussi ses défauts et cela n'était pas sans la terroriser : il ne fallait pas qu'il laisse échapper un indice par étourderie ou pire, par forfanterie. Cela s'était déjà vu du temps de leur relation et il n'y avait pas ou peu de raisons pour qu'il ait changé depuis leur séparation. Et encore, Eulalie n'était pas au courant de tout. Si sa mésaventure guyanaise lui avait été rapportée, elle se serait encore plus méfiée.

Missionné à Kourou quelques mois après leur rupture, Marcel s'était laissé séduire par une pulpeuse professeur de salsa à la solde de Brasilia. Sans imaginer le danger qu'elle représentait pour le gouvernement français, il l'avait introduite un soir d'été dans le centre spatial guyanais pour regarder les étoiles filer. Sauf qu'au lieu de regarder les étoiles filer, la danseuse avait photographié les plans d'Ariane 3 avec une bague-caméra. Grillé auprès de sa hiérarchie, le pauvre Marcel se vit signifier son renvoi de la DST sans même avoir le temps de s'expliquer.

Dégoûté par tant d'ingratitude, il se recycla dans la sécurité privée. Et c'est au Nigeria, en novembre 1983, que sa route croisa celle de Marie-France Maréchal et Jean-Édouard de la Taille. Venus vendre deux tonnes de médicaments périmés, ils l'avaient embauché pour veiller sur leur sécurité. Il est entendu que ce n'est pas en les empêchant de s'empoisonner avec leur propre marchandise altérée qu'il gagna leur confiance – Marcel ne prêtait jamais attention aux dates de péremption. Mais en les protégeant d'un lynchage assuré par une population outrée d'être ainsi dupée par des Français sans vergogne.

Tout cela, Eulalie ne tarderait pas à l'apprendre.

Quelque part, à l'extrême nord du Vietnam

Habitué à se gaver de chips au Nutella depuis qu'il vivait en colocation avec Hippolyte, Gaspard maigrissait. Pas à vue d'œil mais suffisamment quand même pour soucier My Hiên qui avait bien trop besoin de son jeune prisonnier pour le laisser s'étioler. Incriminer – seul – le nouveau régime vietnamien de Gaspard aurait été injuste. *Un jour j'irai à Shanghai avec toi* était tout aussi responsable de sa subite perte de poids. Cindy ayant préféré dépenser pour se loger que pour se sustenter – avec cent euros en poche pour relier Djakarta à Shanghai, il fallait « trancher » –, Gaspard n'avait eu droit de se nourrir qu'une fois par jour tout le temps qu'avait duré la compétition.

Pour le remplumer, My Hiên décida de lui préparer sa fameuse soupe de poulet à la citronnelle. Celle qui lui permettait de mener Hubert par le bout du nez. Et de se faire – presque – tout pardonner : sa pingrerie, son autoritarisme, sa férocité.

Végétarien depuis qu'Eulalie lui avait fait manger du caribou avarié dans un restaurant inuit clandestin, Gaspard exécrait la viande. Hachée, rôtie, bouillie, grillée : rien ne passait. Ce qui peut expliquer pourquoi, quand il découvrit les petits morceaux de poulet flottant à la surface de sa soupe, il vira au blanc. Signe chez lui d'un profond embarras. N'ayant été nourri jusqu'ici que de légumes et de fruits, il s'était dit que la viande ne faisait pas partie du patrimoine culinaire du pays et n'avait pas anticipé pareille situation.

L'expression d'envie puis de contrariété du petit Dung l'obligea à revoir ses principes qui, à Paris, l'auraient conduit à repousser son plat. S'il y avait bien au village un enfant qu'il ne voulait pas décevoir, c'était lui : il était le seul à rester rivé à son chevet toute la journée. Lui déplaire risquait d'entraîner sa désaffection. Puis sa défection.

Pour gagner du temps, Gaspard commença par boire le bouillon. À petites gorgées. N'ayant jamais rien bu d'aussi parfumé, il trouva cela délicieux. Ne sachant quoi faire des tiges de citronnelle et des lamelles de gingembre, il opta, dans le doute, pour leur ingestion. Elles étaient dures comme du bois et il lui fallut dix bonnes minutes pour les réduire en quelque chose qu'il puisse avaler sans s'étouffer.

L'observer mastiquer ses tiges de citronnelle et ses lamelles de gingembre avec tout le naturel dont il était capable fit beaucoup rire les petits. Utilisées à des fins aromatiques, elles n'étaient présentes que pour assaisonner la soupe : les ingérer relevait de l'incongruité la plus totale.

Personne n'eut le réflexe – ou le cœur – de lui conseiller de renoncer à s'acharner sur ces condiments, tant le spectacle qu'il offrait était désopilant. Pas même My Hiên qui était descendue puiser de l'eau au torrent pour arroser son potager.

Quand il posa son bol par terre, Dung ne put s'empêcher d'y jeter un œil pour vérifier que Gaspard avait bien tout vidé. En découvrant les petits bouts de poulet abandonnés, sa stupeur fut si grande qu'il ne put réprimer une grimace. Gaspard tenta bien de mimer par gestes sa répulsion pour le bœuf, les volailles et le cochon mais rien n'y fit : détester la viande en général et la « fameuse soupe de poulet à la citronnelle » de My Hiên en particulier était une proposition irrecevable.

Fatigué de brasser de l'air sans succès, Gaspard finit par abdiquer. Les yeux fermés, les dents serrées, il se força à porter à ses lèvres un micro-bout de poulet. Et étonnamment, il trouva cela bon. Si bon qu'il en redemanda trois fois.

Transportés autant que soulagés, Dung et les enfants multiplièrent les sauts de cabri autour de son lit. À cet instant précis, Gaspard se dit que ce séjour était une chance unique dans sa vie. Ne serait-ce que parce qu'il avait découvert qu'il aimait la « fameuse soupe de poulet à la citronnelle » de My Hiên et que peut-être un jour, quand il serait de retour à Paris, il pourrait goûter « le fameux pot-au-feu » d'Eulalie.

Dimanche 7 juin 2009

Pour mes sept ans, je me souviens d'avoir réclamé à maman un costume de shérif. Ma mère ayant lu dans *Le Petit Écho de la mode* qu'en ces temps d'après-guerre, Le Nain bleu était le plus fourni des magasins de jouets de Paris, elle dépêcha mon parrain rue du Faubourg-Saint-Honoré. Non sans un certain autoritarisme, elle l'encouragea à opter pour la panoplie la plus complète. Celle avec le colt et la belle étoile de shérif argentée.

Pour donner une belle solennité à mon anniversaire, maman invita toute la famille au restaurant. « Sept ans, c'est pas rien. Ah, si Prosper était là. Il serait tellement… tellement content. » N'ayant jamais connu mon père, j'éprouvais les plus grandes difficultés à feindre l'affliction et donc à me mettre au diapason. Ce qui, je crois, choqua l'assemblée qui eut la politesse de ne pas le faire remarquer. « Par délicatesse pour Honorine. »

Le déjeuner tirant en longueur, ma mère décréta qu'entre le chapon et la galette bressane, on ouvrirait les cadeaux. Je me souviens que l'emballage de ma panoplie était si étudié, avec son papier brillant et ses pliages savants, que je ne me voyais pas le déchirer. « Mais ouvre-le donc, vociférait mon parrain éméché. Je suis allé te l'acheter à Paris en train. Fais pas ta mijaurée, t'es plus un bébé ! » Apprendre que mon déguisement venait de si loin acheva de m'impressionner. Statufié, j'étais incapable d'effectuer le moindre mouvement. Pour me sortir de cette impasse, maman se proposa de dénouer elle-même le ruban argent qui conférait cette élégance si parisienne à mon présent. Ce qui me fit pousser un « Noooooon ! » assourdissant. Un « non » à réveiller les morts, en l'occurrence l'oncle Henri qui s'était assoupi en attendant son eau-de-vie.

Mu par je ne sais quel élan – la honte, peut-être, d'avoir perdu pied en public –, je m'enfuis du restaurant avec sous le bras ma boîte plus grande que moi. Je me rappelle très bien avoir trouvé refuge dans le tonneau du chien du garde-champêtre contre lequel je me blottis jusqu'au soir.

Enferré dans mes contradictions, je restai longtemps planté devant ce paquet que personne n'avait le droit d'approcher et que l'émotion, l'excitation m'empêchaient d'ouvrir.

Les heures, les jours, les semaines et les mois vinrent à passer.

Après plusieurs tentatives infructueuses, ma mère renonça à me faire changer d'intentions. Mon parrain m'offrit une canne à pêche – non emballée – pour ma fête. Et une longue-vue – elle aussi non emballée – à Noël. Tout le monde oublia l'affaire de la panoplie. Sauf moi.

Un matin de juillet, sans raison notable, j'ouvris mon paquet. Ma déconvenue fut à la hauteur de ma bêtise passée : j'avais tant grandi que mon pantalon me sciait les mollets et que ma chemise m'arrivait aux poignets. Quant aux manches de mon gilet frangé, elles étaient si serrées qu'elles empêchaient mon sang de circuler. Je me revois, furieux contre moi-même, enfouissant sous une pile de draps le cadeau de mes sept ans dont je n'ai conservé à ce jour que l'étoile de shérif en argent. Plaqué, l'argent.

Je n'ai jamais remis la main sur cette panoplie. Mais je soupçonne ma mère de l'avoir jetée un jour. Il y a fort longtemps. Elle aurait été incapable de la donner à un autre enfant. C'eût été me trahir.

J'ai fait de cette étoile mon talisman. Pour que cette stupide mésaventure me serve de leçon. Avec le temps, les petits motifs décoratifs se sont presque tous effacés. Mais elle brille toujours autant. Même plus.

Ériger en principe que sept ans est l'âge de raison relève de l'ineptie la plus totale.

Mardi 9 juin 2009

Dans la douleur, My Hiên s'est séparée ce matin de son beau foulard Hermès à motifs équestres. Elle l'a donné à un militaire pas très sympathique – et très déterminé – qui voulait m'arrêter. Il portait des menottes à la taille et n'avait pas l'air de rigoler. Si j'ai bien tout suivi, le permis délivré par le Service de l'immigration de Ha Giang ne me permettait pas de demeurer plus de quinze jours dans le village. Placée sous contrôle militaire, la région est surveillée de près et les étrangers ne sont pas autorisés à vivre à l'année avec les minorités à cause des trafics avec la frontière chinoise, pour ne citer qu'eux.

Je me demande bien comment j'ai pu être repéré. Ou si j'ai été dénoncé. Je ne m'écarte jamais des limites du village, ne me sentant pas encore assez assuré. Et, à première vue, tout le monde semble m'apprécier. Ou alors tout le monde cache bien son jeu.

Qui sait si ce n'était pas My Hiên qui était visée à travers moi. Sa « réussite » à l'étranger fait peut-être des jaloux. Ou bien sa récente élection a-t-elle froissé des susceptibilités ? Pour rappel, aucune femme n'a jamais été promue chef de clan dans la région. Je pense que je ne saurai jamais ce qui s'est passé. Il n'en demeure pas moins que maintenant que My Hiên a acheté le silence du policier pas très sympathique – et très déterminé –, je suis en théorie tranquille pour quelques années.

La leçon que je tire de tout ça c'est que, outre qu'ici on peut circonvenir les autorités avec un carré en soie français, My Hiën s'est délestée de ce qu'elle avait de précieux pour me garder à ses côtés. Je ne l'aurais jamais crue capable de pareil sacrifice. Jamais. Serait-ce qu'elle aurait commencé à m'aimer ?

Mercredi 10 juin 2009

La visite du policier pas très sympathique – et très déterminé – m'a émancipé. Et encouragé à demander à Luong et Phong si je pouvais aller couper des bambous avec eux sur les hauteurs du village. Je savais bien, en leur proposant de les aider, que les frères de My Hiên n'avaient, au fond, pas besoin de moi – je suis taillé comme une escalope –, mais j'étais si curieux de les voir travailler que je n'ai pas résisté à l'envie de les suivre.

Pour profiter des heures les plus fraîches, nous sommes partis à la nuit. Il faisait froid, humide et la lune brillait par son absence. Tant et si bien qu'on n'y voyait pas à trois pas. Luong n'aurait pas ouvert la marche avec ma lampe frontale, nous nous serions retrouvés dans le fossé.

Contrairement à ce que j'espérais, l'ascension n'a pas été sans difficulté : des douleurs abdominales aiguës me cisaillaient le bide et je trébuchais sans arrêt. Bien que chaussé, je n'arrivais pas à suivre Luong et Phong qui cavalaient pieds nus dix mètres devant moi. Quand ils ont réalisé qu'ils risquaient de me perdre, mes compagnons ont réduit la cadence. Ce qui m'a permis de récupérer un rythme cardiaque raisonnable et de profiter du point de vue sur Cô Tiên – autrement appelée « Chaîne des fées ». L'observation du paysage m'a permis de mieux comprendre comment notre village s'était développé, accoté à la montagne sculptée siècle après siècle par ces hommes si avisés.

Le temps n'étant pas à la méditation, je me suis fait sonner les cloches avec courtoisie mais fermeté. Il nous restait encore un bon bout de chemin à parcourir et il fallait se dépêcher de tronçonner et ébrancher nos bambous avant que la chaleur ne nous rattrape. Croyant me rendre utile, j'avais emporté mon bel Opinel en acier inoxydable n° 10 : ils m'ont ri au nez et gratifié de franches tapes dans le dos. Sous-dimensionné, il était juste bon à effeuiller. Et encore.

Nous sommes redescendus en convoi, en fin de matinée. Pour galvaniser les troupes, j'ai entonné *La Complainte du progrès*, de Boris Vian. Une chanson qui fait la part belle à la modernité et qui a toujours eu le don d'irriter My Hiên.

Les villageois nous ont accueillis comme des héros. Pas tant à cause de l'exploit que nous avions réalisé par près de trente degrés, sous un soleil au zénith, mais parce que nos bambous allaient permettre de clôturer les rizières communales saccagées par les buffles d'eau qui les confondent avec de l'herbe à pâture. En même temps, je le comprends ! Vertes comme des prés normands, elles tenteraient le moins gourmet des ruminants.

Avant d'attaquer la construction des barrières à proprement parler, je me suis esquivé. Je savais que My Hiên avait préparé des beignets de courge et j'adore les beignets de courge. Quand ils ont compris que je les avais lâchés pour manger, mes équipiers ont fait des yeux ronds comme des billes. Personne ne prend trois repas par jour ici. Ça n'existe pas. Au mieux, on en fait deux.

Rechargé à bloc après une petite sieste d'une heure, j'ai rejoint Luong et Phong au moment où ils bouclaient leur chantier. Le long de trois terrasses, les bambous les plus courts avaient été enfoncés à la verticale dans les profondeurs de la terre et les plus longs avaient été fixés à l'horizontale avec de la corde fabriquée à partir de feuilles séchées. Leur adresse m'a bluffé. Bien rusés les bœufs qui sauront les briser.

Avant de nous séparer, nous nous sommes assis à l'ombre d'un gigantesque bananier. Le soleil, déclinant, nous chauffait le front. Et les joues. Dans le vallon, la campagne virait au roux. C'était beau comme dans un tableau de Brueghel l'Ancien.

Pour parfaire notre bonheur, My Hiên nous a rejoints avec un panier chargé de gâteaux de riz et de fruits coupés. Elle m'a raconté que jadis la jungle s'étendait jusqu'aux premières maisons. À la saison sèche, les tigres, en quête de chair fraîche, étaient nombreux à rôder autour des habitations. Sans se soucier du malheur qu'ils répandaient, ils dévoraient les bêtes que ses ancêtres avaient eu tant de mal à élever. Effrayés, ses aïeux se dissimulaient sous les autels et priaient en attendant qu'ils veuillent bien regagner la forêt. Le ventre plein.

Jeudi 11 juin 2009

Je suis mortifié : en voulant remplir la pompe de mon stylo, j'ai renversé ce matin l'intégralité de ma bouteille d'encre.

Petit récapitulatif de l'enchaînement des événements : un oiseau est entré dans ma chambre. Par la porte. Il s'est posé sur mon duvet. M'a fait de l'œil. Puis a sauté sur le cageot qui me tient lieu de table de nuit. Je l'ai observé quelques minutes picorer trois grains de riz séchés oubliés sur le parquet. Il était trop mignon. Quand il a repris son envol, sans prévenir – c'est un oiseau –, j'ai lâché mon précieux flacon pour le guider vers la fenêtre. Il allait se fracasser le dos contre le linteau. C'était lui ou moi.

Depuis, je suis dans tous mes états et Mme Hiên s'en fiche comme d'une guigne. La seule chose qui l'obsède, c'est que j'ai saccagé ma nouvelle natte tressée. J'aurais voulu le faire exprès que je n'y serais jamais arrivé. Mon œuvre. Mon grand œuvre va prendre un sacré coup d'arrêt. J'ai encore tant de choses à raconter. Aurai-je le temps de l'achever ?

Lorsque je lui ai demandé quand elle comptait descendre à Ha Giang, elle m'a rétorqué que mon problème d'encre était le cadet de ses soucis. Que l'important était d'asseoir son autorité. « Et puis, que ferais-tu si le policier revenait ? J'ai rendez-vous à Hanoï dans trois semaines. Promis, je t'y achèterai tout ce que tu voudras. Sois patient. Ne fais pas l'enfant. »

Consigner mes mémoires avec un vulgaire crayon de bois ? A-t-elle conscience de ce qu'elle me suggère ? Otage de cette virago, je n'ai d'autre choix que de patienter.

Au cas où il m'arriverait malheur d'ici à ce que je sois réapprovisionné, je vais m'attacher à rédiger les circonstances exactes de ma naissance pour que l'essentiel soit couché.

Je suis né par accident au pied d'un prie-dieu piqué par les vers à la sacristie de Boz (Ain), le 1er septembre 1939. C'est en rendant visite à son cousin curé que ma mère, Honorine Butillon, perdit les eaux. Sa bonne eut l'heureuse idée d'alerter une voisine, Agnès Dubœuf. Maman de neuf enfants, cette femme était depuis longtemps rompue aux techniques de l'accouchement. En croisade contre la chrétienté depuis qu'elle avait perdu deux bébés, ma mère jura, les yeux plantés dans ceux du bon Dieu, que si tout se passait bien, elle irait communier chaque matin.

Agnès Dubœuf fit des miracles. Elle me baigna dans l'évier du curé. M'emmaillota dans un rochet. Et me fit baptiser dans la foulée. Pour gagner en efficacité, elle suggéra à maman de la prendre comme marraine. Et fit quérir son mari, Étienne, pour qu'il soit mon parrain. Je ne conserve qu'une image floue de ma bonne fée qui mourut en couches au printemps 1944 en donnant naissance à des jumelles.

De retour à la ferme, maman apprit de la bouche de M. le maire que la France venait de déclarer la guerre à l'Allemagne. Mobilisé, Prosper, mon père, eut juste le temps de m'embrasser. Il mourut le 2 juin 1940, encerclé dans la poche de Dunkerque avec la 12e division d'infanterie motorisée à laquelle il appartenait. Celle qui mena une résistance héroïque et désespérée contre la Wehrmacht.

Honorine qui était follement éprise de Prosper n'envisagea jamais de se donner à un autre homme que mon paternel. Je soupçonne mon parrain de lui avoir fait un brin de cour à la mort de sa femme. Sans succès. Ce qui ne l'empêcha pas d'être toujours comme un père pour moi.

Pour mon plus grand confort, je demeurai fils unique toute ma vie. Choyé, gâté, admiré, j'aurais pu subir pire traitement. Mes souhaits étaient des ordres. Je n'avais qu'à demander : j'obtenais. Ce qui ne m'aida guère à me forger le caractère. Sans les pères jésuites et la vigilance de mes tantes qui s'employaient à me recadrer quand j'abusais, je serais devenu imbuvable.

Je conserve de mon enfance le souv

Paris, vendredi 22 février 2013, 15 heures

Catherine Barnabé, la directrice de la communication de Sparkle TV, relisait atterrée l'interview que venait de donner Cindy Lelièvre à *Azur-Matin*. Elle était à paraître dans l'édition du lendemain et personne n'était en mesure d'empêcher sa publication. Même pas Catherine Barnabé, qui s'était heurtée à un mur lorsqu'elle avait tenté d'entortiller le rédacteur en chef du journal avec la perspective d'un hypothétique partenariat sportif. Comble de malchance, un vieux différend entre le groupe de presse propriétaire d'*Azur-Matin* et Sparkle TV avait émergé à la troisième minute de la conversation. Tuant dans l'œuf tout dessein de négociations. Pour se garantir une bonne reprise sur la Toile et dans les médias spécialisés « pia-pia », *Azur-Matin* n'avait pas lésiné sur les moyens : appel de une, photos volées, fuites sur Twitter, rien n'avait été négligé. Depuis 13 heures le téléphone n'arrêtait pas de sonner : tout le monde voulait une interview de la présidente.

C'était bien la peine d'avoir neutralisé Phil Pastor pour plonger à cause de cette feuille de chou.

L'ÉVÉNEMENT DU JOUR

Télévision

Cindy Lelièvre, la jeune candidate cannoise du jeu de téléréalité *Un jour j'irai à Shanghai avec toi*, révèle comment la société Screen Production et la chaîne Sparkle TV cachent depuis plus d'un mois l'accident d'un de leurs candidats. Hospitalisé à Hanoï, ce dernier serait entre la vie et la mort.
C'est dans les locaux de notre journal que nous avons interviewé en exclusivité pour nos lecteurs cette jeune femme « inquiète et terrifiée ».

Propos recueillis par JULIEN LACÔTE.

Comment s'appelle le candidat qui a été blessé ?
CINDY LELIÈVRE : Le candidat se nomme Gaspard de Ronsard. Nous étions le BTO de cette deuxième édition (*N.D.L.R. : le Binôme que Tout Oppose*). Gaspard est tombé du pick-up, de nuit, au quarantième jour de la course. C'était le 11 janvier dernier. Tout le monde dormait et nous n'avons constaté sa disparition qu'au petit matin. Nous étions dans un coin paumé, à quelques kilomètres de la frontière chinoise. J'ai imploré Maxime Rosenvallon (*N.D.L.R. : le directeur de la course*) de m'autoriser à faire demi-tour pour qu'on aille le sauver mais il m'a dissuadée de prendre pareille initiative. Il voulait que nous attendions deux jours pour voir comment il se sortirait de ce mauvais pas. Il jurait que ce type de situation était évoqué dans le règlement et que telle était la marche à suivre. Quarante-huit heures plus tard, nous n'avions toujours pas de nouvelles de

lui. Quand une équipe est enfin partie à sa recherche, il a été retrouvé gisant dans un fossé.

Savez-vous quel est son état de santé ? L'avez-vous vu ?
C. L. : D'après la chaîne et la production, son pronostic vital ne serait pas engagé. Il serait hospitalisé à Hanoï mais nous n'avons pas eu le droit de l'approcher. Pourtant, ce n'est pas faute de l'avoir demandé. C'est affreux ! Ils sont responsables à cent pour cent. Ils ont manqué de discernement. Ils ont tout misé sur le show au détriment de la sécurité.

Quelle est la nature des liens qui vous unissent à Gaspard de Ronsard ?
C. L. : Nous étions... très, très proches.

Proches comment ?
C. L. : Amants... Notre contrat nous interdisant d'avoir la moindre histoire d'amour pendant la durée du tournage, notre relation était super clandestine et nous devions tout le temps nous cacher des caméras et de la production. Mais pour de vrai, Gaspard était très amoureux de moi depuis que je l'avais initié aux choses de l'amour. Cet homme merveilleux a fait chavirer ma vie et je dois avouer que je suis, moi aussi, très éprise de lui. Si je parle aujourd'hui, c'est parce que je tiens à Gaspard plus qu'à n'importe qui et que, le jeu ayant été arrêté, je ne me sens plus liée par aucune clause de confidentialité.

Qu'attendez-vous de Screen Production et de Sparkle TV ?
C. L. : J'attends qu'ils me disent la vérité à moi ainsi qu'à sa famille. Qu'ils rapatrient Gaspard en France au plus vite. Et surtout qu'ils ne mettent pas leurs sanctions à exécution, c'est-à-dire qu'ils ne me poursuivent pas devant les tribunaux parce que j'ai osé parler. C'est une femme inquiète et terrifiée qui les supplie aujourd'hui.

Voulez-vous dire que tout le monde est au courant ?
C. L. : Tout le monde sait et tout le monde se tait parce que tout le monde a peur. Peur pour son poste, pour son porte-monnaie et pour Gaspard.

Sparkle TV devait réagir aux divagations de Cindy. C'était ça ou l'hallali. La jeune femme mentait sur bien des points. Comme la chaîne d'ailleurs et… comme Screen Production qui, à en croire cette affabulatrice, ne leur avait pas tout dit. Avant d'envisager la moindre riposte, ils devaient établir un plan de route : le terrain était plus miné que le mur de l'Atlantique.

À 15 heures, toute la direction de Sparkle TV fut convoquée dans le bureau de la présidente. On ne s'était jamais autant vus en si peu de temps. Même Augustin Trappier avait été sommé de rappliquer dare-dare. Le jadis sémillant producteur était dans ses petits souliers. Le cheveu terne, les yeux cernés, il avait une mine de papier mâché.

C'est une Marie-France Maréchal plus remontée qu'un syndicaliste battant le trottoir qui mena les interrogatoires.

— Maxime, dites-moi qu'on est en plein délire ! Vous n'avez pas attendu deux jours avant de donner l'alerte ?

— Oui et non, Marie-France… On a tardé à réagir, c'est vrai, mais… pas plus de… douze heures. Cindy brode : elle ne sait rien. La vérité c'est qu'attendre était une idée d'Augustin. Il arguait que le Vietnam était un pays sûr, qu'il ne risquait rien et que…

Estomaqué que Rosenvallon se défausse sur lui et refusant de jouer les boucs émissaires, le directeur de Screen Production rectifia les dires de la vedette de Sparkle TV.

— Espèce de Judas ! Tu étais d'accord avec moi. Tu disais même que cet incident pimenterait la narration…

— Taisez-vous, Trappier ! Maxime, pourquoi ne pas nous avoir dit la vérité tout de suite ? C'était toi le directeur de la course, tu étais le seul maître à bord ! Ça vous a rapporté quoi de nous servir ce tissu de mensonges ?

— Des emmerdes. On… Je craignais votre réaction… Je me suis grave planté. C'est lamentable, je le reconnais.

Penaud, le présentateur de Sparkle TV ressemblait à un cocker : même regard humide. Même queue basse.

— Douze heures ! Dites-moi Maxime, les fées se sont foutues de votre gueule quand elles se sont penchées sur votre berceau ? On parle ici d'un être humain. Pas d'un géranium. Ni d'un lapin !

Décidée à obtenir toute la vérité, Marie-France Maréchal demanda au patron de Screen Production si Gaspard et Cindy avaient « consommé ».

Sans fioritures, Augustin Trappier expliqua qu'une fois de plus Cindy s'était jouée de tout le monde, qu'il n'y avait jamais rien eu entre elle et Gaspard et qu'elle sortait – et rompait – depuis plusieurs mois avec Jimmy, un concurrent d'*Un jour j'irai à Shanghai avec toi.* Ils passaient leur temps à casser et à se raccommoder.

— Nous les avions déjà dans le collimateur au moment de la disparition de Gaspard : le cadreur qui suivait le binôme de Jimmy l'avait entendu soutenir qu'elle détenait des informations de la plus haute importance.

— Et vous n'avez jamais cherché à lui tirer les vers du nez ?

— Mille fois ! Mais Cindy exige que nous l'embauchions comme chroniqueuse sur *Quand y a de la gêne, y a pas de plaisir*, l'émission de Nestor Dumas que nous produisons pour la TNT. On ne peut pas faire ça : elle a le QI d'une huître morte et peine à aligner sujet-verbe-complément !

— Elle a peut-être le QI d'une huître morte mais en attendant, elle vous tient tous par les couilles. Promettez-lui tout ce qu'elle voudra, ça ne me regarde pas : je veux juste qu'elle crache tout ce qu'elle sait.

Dans la foulée, la présidente de Sparkle TV exigea que tout le monde dégage le plancher : elle avait son droit de réponse à *Azur-Matin* à rédiger.

— Encore une chose, Trappier : croyez-vous qu'il soit concevable que le petit Gaspard soit puceau ?

Quelque part, à l'extrême nord du Vietnam

Le réveil d'Hubert, toujours réglé à l'heure française, indiquait 17 heures. Ce qui signifiait qu'il était 11 heures au Vietnam et que My Hiên n'allait plus tarder à débarquer.

Pour tromper l'ennui, Gaspard sortit du coffre d'Hubert le premier bouquin qui lui tomba sous la main : *Promenades dans Rome.* Avant de l'ouvrir, il jaugea l'admirable jaquette que lui avait fabriquée son propriétaire avec un sac en papier kraft imprimé fruits. Le livre était comme neuf.

À sa plus grande honte, Gaspard n'avait jamais rien lu de Stendhal. Depuis le collège, dès qu'un ouvrage faisait plus de deux cents pages, il calait. Comme un cheval devant l'obstacle. Ce qui n'était pas sans conséquence quand il devait préparer un exposé. Gaspard, ce qu'il aimait par-dessus tout, c'étaient les nouvelles. Maupassant, Zweig, Edgar Poe lui avaient fait passer ses heures les plus délicieuses au Rosa Bonheur, la guinguette qui surplombait les Buttes-Chaumont. Il se souvenait encore du moelleux de ses muffins bio lorsqu'il tournait les pages de *Tout à l'ego…*

Happé par ses rêveries, Gaspard s'était endormi. Comme chaque fois qu'il s'assoupissait, il se retrouva transporté à Montsouris, auprès d'Eulalie. Aujourd'hui, il s'apprêtait à partir en classe de neige à Chastreix-Sancy avec sa classe de CE2. Il n'avait encore jamais goûté aux joies de la glisse et il était très excité. Par contre, Eulalie qui ne l'avait encore jamais lâché dans la nature était en panique totale. Le directeur de l'école primaire avait même dû faire montre de la plus grande diplomatie pour la dissuader de descendre Gaspard, en estafette, en Auvergne.

« Le chauffeur du car est mon propre gendre : il conduit depuis plus de vingt ans et n'a jamais eu le moindre accident. Il a tous ses points à son permis et son véhicule sort de l'usine. Accordez-lui votre confiance, s'il vous plaît ! » Ces dernières arguties l'emportèrent… un temps. La veille du départ, Eulalie exigea de pouvoir téléphoner au gendre du directeur afin de lui poser mille questions relatives à sa vue, ses réflexes et son penchant – ou non – pour les boissons alcoolisées.

Une fois – presque – rassurée, Eulalie lâcha prise. Et Gaspard fut autorisé à partir pour Chastreix-Sancy chargé comme un baudet. C'est-à-dire pourvu d'un gros sac Monoprix débordant de médicaments, de crèmes et de pansements. Quant à son cartable, il regorgeait de BD, de gâteaux marbrés et de vieux réveils à démonter – pour patienter au cas où il se casserait un bras ou une jambe et serait obligé de rester immobilisé. Occupée à lister tout ce qui pourrait – ou pas – lui tomber sur la tête, Eulalie avait oublié dans le salon la valise contenant les gants, les guêtres, la cagoule à visière et la combinaison rouge et blanche à bandes réfléchissantes achetée à tempérament à Intersport.

Gaspard allait fondre en larmes en découvrant ce désastre quand une silhouette avachie fit son apparition dans sa chambre. Elle lui tapota l'épaule pour le faire revenir à lui. Il était trempé de sueur. À des kilomètres de la station de ski, où il neigeait à gros flocons. Contrairement à ses habitudes, My Hiên se tenait voûtée. Sa démarche était lourde. Sa chemise chiffonnée. Son regard embué. Atlas portant le poids du monde sur ses épaules n'aurait pas semblé plus fatigué.

— Vous avez du… du souci ?

— Oui…

— C'est à cause des cris de ce matin ?

— Oui…

— Vous pouvez me raconter, vous savez.

— Non…

— Allez, dites-moi ! C'est super chiant de rien comprendre !

— Non…

— My Hiên, si vous voulez mener à bien votre entre… entreprise, il faut me faire confiance. On n'est rien l'un sans l'autre ! On est des *partners* !

Consciente que Gaspard disait vrai, My Hiên baissa la garde. Et déculotta sa pensée.

— Les jeunes du village ne comprennent pas mon acharnement à vouloir les priver de l'asphalte et de l'électricité. Les vieux me suivent mais la nouvelle génération trépigne. Ils ont des rêves de télé, de téléphone et de consoles. Ils veulent pouvoir descendre en ville d'un coup de vélo, envoyer leurs enfants à l'école, leur offrir un avenir meilleur. Ils apprécient notre mode de vie mais le trouvent trop dur. Ils ne savent pas que j'ai entrepris des démarches pour obtenir un ultime sursis du gouvernement. S'ils l'apprenaient, ils m'excluraient direct. L'escarmouche de ce matin est partie d'une peccadille : on attend la pluie qui ne vient pas et si nous pouvions consulter la météo, ne serait-ce qu'à la radio, nous saurions quand repiquer. Le riz est essentiel à notre autonomie financière et alimentaire. Ils sont enragés. Ils se demandent pourquoi certains bourgs voisins sont déjà équipés et pas nous. Ils trouvent que je suis un mauvais chef. Un chef qui ne défend pas leurs intérêts. Je ne peux pas leur dire pourquoi je déteste autant le progrès. Le progrès pervertit, salit, détruit. Pour eux je suis et je veux rester un modèle de réussite. Ils ne doivent pas se douter que ma vie a été un enfer en France. Je suis enferrée dans mes propres mensonges, mes propres contradictions. C'est intenable mais c'est ainsi.

Déconcerté, Gaspard ne sut que répondre. Plutôt que de sortir une ânerie, il se contenta de sourire. Sans trop de conviction.

— Je dois te paraître folle.

— Heu, non. Enfin, tout ça me dépasse un... un peu.

— Je leur ai suggéré d'aller trouver mes frères et sœurs pour me remplacer. Je risque peu ou rien puisque je sais qu'ils diront non. Ils n'aiment pas commander, eux, à l'inverse de mon père et moi. Nous ne régnerons plus pour bien longtemps. Le pouvoir va passer à une autre lignée. Mais le plus tard sera le mieux. Je dois faire face jusqu'à mon rendez-vous à Hanoï. Rien lâcher. Rien...

— Mais pourquoi ne pas leur dire la vérité ? Il suffirait de leur expliquer le pourquoi du comment ! Cela simplifierait la situation. Ce ne sont pas des demeurés ! Vous pourriez mentir juste... juste un tout petit peu...

— Qu'est-ce que tu peux être naïf ! Mais tais-toi donc ! Et tiens-toi prêt à lire le journal d'Hubert ce soir. Ça au moins, ça fait l'unanimité.

Dimanche 5 juillet 2009

My Hiên m'a enfin pourvu en encre. Vingt-quatre jours que je n'ai pas touché à mon journal : je commençais à me languir.

J'ai « profité » de cette trêve fortuite pour tomber malade – une mauvaise grippe qui m'a tenu quinze jours au lit – et refaire ma garde-robe : je ne m'habille plus qu'à la locale. Encouragé par Luong et Phong, j'ai troqué mes frusques parisiennes contre des atours plus simples : pantalons courts et amples en bas, vestes foncées à larges manches en haut. Edwige serait encore de ce monde, elle dirait que je suis déguisé. Et m'interdirait de sortir dans la rue ainsi vêtu. Ce qui serait regrettable parce que c'est mille fois plus confortable que les velours à pinces qui compressent l'estomac et l'arrière-train. En revanche, j'ai refusé tout net le chanvre qui me colle des plaques urticantes. Je ne tolère que le cent pour cent coton.

Maintenant que j'ai rechargé mon stylo, je reprends mon récit là où je l'avais laissé...

Je conserve de mon enfance une impression de calme et de volupté. Je vivais dans un monde de femmes au caractère bien trempé dont je pouvais pourtant tout exiger. Avec My Hiên, j'ai trouvé mon maître. Et par la force des choses, j'ai mis de l'eau dans mon vin. Bien qu'un peu monotone, la vie à la campagne était tranquille et à l'époque déjà bien plus douce qu'à la ville. Mes semaines étaient rythmées par les autocars qui me montaient au collège à Dole le dimanche soir et me raccompagnaient à Curtafond le samedi matin.

En digne héritière de papa, maman avait fait prospérer l'exploitation qui avait doublé son cheptel. Le week-end, quand j'avais fini de repasser mes leçons – et de jouer –, je l'aidais à ma façon. C'est-à-dire peu, tant mon aversion pour les poulets était immense. Je les trouvais – et les trouve toujours – méchants, vicieux et cruels. Ils véhiculent d'étranges maladies, font un potin du diable et quand ils sont des milliers, immobiles, à vous observer derrière les grilles de leur poulailler, ils fichent la frousse.

À part le « suicide » de mes deux oncles, un soir de beuverie, quand j'avais six ans – maudite roulette russe –, je n'ai rien vécu de notable jusqu'à mon service militaire. Quand j'avais besoin de conseils, je me tournais vers mon parrain. Et c'était bien. Quand j'avais besoin d'affection, je me tournais vers mes cousines. Et c'était bien aussi.

Lundi 6 juillet 2009

Il pleut.

Mardi 7 juillet 2009

Il pleut encore.

Mercredi 8 juillet 2009

Il pleut toujours.

Jeudi 9 juillet 2009

Que d'eau ! Que d'eau ! Jamais je n'aurais imaginé qu'il puisse tomber autant d'eau. C'est simple, le ciel, gris, pleure jour et nuit. Son chagrin est incommensurable. Mes livres ont triplé de volume, mes draps sont humides, mes vêtements empestent le moisi. J'ai le spleen. Comme Baudelaire.

Étendu sur mon lit tel l'Homme de Vitruve, je suis en nage. J'étudie la danse des mouches au plafond et je trouve leur ballet d'une rare sophistication. Cette activité sur le papier vide de sens me permet, outre d'échapper à l'ennui, d'oublier mes rhumatismes qui, comme chaque fois qu'il pleut, me rappellent que je suis vieux.

Dehors, le sol est détrempé. Ça gadouille sec. Tout fait splatch-splotch. Les réservoirs sont à leur plus haut niveau, ce qui est une bonne chose. Seul point noir, les rizières ont atteint leur limite maximale, ce qui est une moins bonne chose. De l'utilité d'un bon système d'irrigation.

Parce que My Hiên est une acharnée, la situation est sous contrôle. Elle veille au grain, en permanence sur le terrain. Je défie quiconque de dire qu'elle s'économise. Être fraîchement élue motive. Levée aux aurores, couchée à minuit, elle passe ses journées sur le terrain. Moralité : je suis livré à moi-même et en plus je dois me contenter de riz blanc aux trois repas !

Pour agrémenter mon déjeuner, à midi, je me suis offert un extra : une boîte de sardines Connétable. La deuxième en un mois. Par mesure d'économie, je la déguste avec parcimonie. Et réserve sa sauce pour assaisonner mon... riz.

Lorsque je suis obligé de sortir pour me soulager ou me dérouiller les pattes, je quitte mes souliers, roule mes pantalons et me couvre le chef avec une grande feuille de bananier. Comme les enfants ! Ce n'est pas Saint-Marc sous les eaux mais on s'en approche. Les averses, violentes, font gonfler les ruisseaux qui ravinent, creusent les sentes et font dérailler les rivières à travers le village. Je comprends maintenant pourquoi toutes les maisons sont bâties sur pilotis : c'est le seul moyen de garder les pieds au sec à la saison des pluies. J'entends gronder les cours d'eau sous ma couche et mes nuits s'en retrouvent perturbées. Je me félicite d'avoir pensé à me munir de boules Quiès. Sans ces boulettes de cire roses, je serais exténué.

Quand je n'ai pas mes dix heures de sommeil, je deviens irascible. Et ne réponds plus de rien.

Vendredi 10 juillet 2009

Lu dans les toilettes d'une crêperie de Senlis : « L'alcool n'a jamais résolu les problèmes de personne. Cela dit, l'eau et le lait non plus. »

À méditer.

Lundi 13 juillet 2009

À l'armée mon surnom était… Zob. C'était d'un embarrassant. L'origine de cet humiliant sobriquet n'était liée ni à la forme, ni à la taille, ni à l'usage que je faisais de mon pénis. J'ai toujours été un garçon pudique. Pas le genre à me balader nu dans les vécés. Encore moins à me mesurer l'appendice. Si mes camarades de chambrée m'appelaient Zob, c'est juste parce que je suis né à Boz, Ain, et que Boz à l'envers ça fait Zob.

Mauvaise pioche…

Mardi 14 juillet 2009

Aujourd'hui, pour faire honneur à ma patrie, je me suis habillé en bleu, blanc, rouge.

Mercredi 15 juillet 2009

Lorsque j'ai rencontré My Hiên il y a treize ans, nos échanges n'étaient pas aisés. Elle avait oublié tout son français appris à Hanoï et l'idée de retourner à l'école ne semblait pas la motiver plus que ça. Pour ce que nous faisions au début, c'était néanmoins plus que suffisant.

Quand notre commerce est devenu plus régulier, je me suis fixé pour objectif de l'aider à se réapproprier notre langue. Il n'était pas normal qu'après plus de six années passées sur notre territoire, elle ne parvienne pas à se faire comprendre. Et puis, si elle voulait avoir une chance de changer un jour de métier, il fallait qu'elle soit capable de tenir une conversation. Ça relevait du geste humanitaire.

Vivant en vase clos avec ses congénères, elle n'avait que rarement l'occasion de ressusciter la langue de Molière. Elle avait bien pris quelques cours gratuits dans une association de quartier après que son souteneur chinois l'eut jetée à la rue mais, à cause de ses fonctions qui la retenaient souvent très tard le soir, elle fut vite priée d'aller se faire voir.

Quand je lui ai soumis mon projet pédagogique, elle s'est tout de suite montrée enthousiaste. Je crois bien, même, que c'est la première fois que je l'ai vue sourire pour de vrai. N'ayant jusque-là jamais eu l'occasion d'enseigner quoi que ce soit à qui que ce soit, j'y suis allé mezzo piano. Pour la mettre en confiance, je me suis efforcé, lorsque nous nous fréquentions, de bien articuler toutes mes phrases. À défaut d'être naturel, c'était efficace. Mais ridicule.

Pour l'encourager et la divertir, je lui sélectionnais à la bibliothèque des ouvrages de littérature enfantine et adolescente simples et bien écrits. Quand elle ne comprenait pas un mot ou une expression, elle me demandait et je lui expliquais. Au bout d'un an, on passa à des écrits plus feuilletonesques avec Alexandre Dumas, Margareth Mitchell et Henri Troyat. Elle alla même jusqu'à dévorer les contes des *Mille et Une Nuits.* Ce dernier livre la transcenda. À partir de là, elle progressa à vitesse grand V. J'étais éberlué. Et fier aussi. D'elle. Et de moi.

En emménageant rue des Vinaigriers au décès d'Edwige, My Hiên gagna en fluidité et en rapidité. Nous passions ensemble nos journées et, comme je l'entretenais, nos soirées. Un jour où elle faisait le ménage dans le salon, elle découvrit dans un carton ma collection de cassettes VHS d'*Au théâtre ce soir.* Du vivant d'Edwige, j'avais eu la fantaisie de les acheter pour égayer nos soirées. Nos fous rires partagés devant ce programme de grande qualité font, je crois, partie de mes meilleurs souvenirs d'homme marié.

Notre magnétoscope ayant depuis belle lurette rendu son dernier soupir, je les avais reléguées dans les profondeurs de ma mémoire. Je ne sais pas ce qui donna à My Hiên l'envie de les visionner – le rouge et or de la jaquette ? –, mais à partir du moment où je prononçai le mot « théâtre » – un lieu où elle n'avait jamais mis les pieds –, elle me supplia d'investir dans un nouvel appareil.

Son introduction à la maison provoqua une véritable révolution : du jour au lendemain, My Hiên abandonna ses casseroles, son balai et ses torchons au profit de la télécommande de la télévision. Le dos collé au dossier du canapé, un éventail à la main, elle applaudissait avec la fougue d'une convertie. Son bonheur était émouvant. D'autant plus émouvant que pour faire honneur au spectacle, elle revêtait chaque fois une stricte petite robe noire de saison.

Ses pièces fétiches étaient *Fric-Frac*, *Interdit au public* et *Folle Amanda.*

Sans jamais se défaire de son accent, elle s'exprima bientôt aussi bien que Maria Pacôme, Jacqueline Maillan et Rosy Varte réunies.

Et bientôt, c'est elle qui me reprit.

Paris, lundi 25 février 2013, 13 heures

Après d'âpres marchandages, un accord avait été conclu entre Screen Production et Cindy Lelièvre : contre un poste d'assistante-plateau pour lequel – et c'était stipulé noir sur blanc dans son contrat – elle serait « filmée lors de ses déplacements entre les coulisses, le public, les invités, les chroniqueurs et le présentateur vedette Nestor Dumas », elle avait confessé tous ses petits arrangements avec la vérité. Et livré tout ce qu'elle savait. C'est-à-dire rien que la production ne sache déjà. Sauf peut-être que Gaspard aurait eu dès le départ l'intention de filer à l'anglaise.

Comme on pouvait s'y attendre, l'article d'*Azur-Matin* avait fait grand bruit. Sans surprise, Phil Pastor l'avait repris à son compte sur son site en l'étayant d'une courte interview bien sentie. Celle d'un assistant de production d'*Un jour j'irai à Shanghai avec toi* qui sous couvert d'anonymat suggérait que « Gaspard ne s'était peut-être pas engagé sur le jeu pour de bonnes raisons et aurait peut-être quitté la course de lui-même avant le passage de la frontière chinoise ». Cette indiscrétion avait au moins le mérite d'étayer la dernière révélation de Cindy.

Dans le doute, Sparkle TV avait fait le choix de poursuivre ses investigations. La question s'était cependant posée de savoir si prendre la tangente « ne relevait pas de la seule responsabilité des candidats ». Ce qui aurait permis à la chaîne de s'affranchir de toute responsabilité envers Gaspard sans passer pour une méchante.

Pressée par Catherine Barnabé qui ne savait plus comment gérer les demandes des journalistes télé qui voulaient « faire leur devoir », « démêler le vrai du faux », « comprendre », « savoiiiiiiir », « rassurer le peuple de France », « rétabliiiiiir la vérité », Marie-France Maréchal avait accepté de tenir une conférence de presse le 1er mars à 11 heures. Il fallait qu'elle grappille du temps – quatre jours – pour permettre à son envoyé spécial au Vietnam descendu à Nha Trang de lui procurer du biscuit pour nourrir, selon son expression, « la meute hurlante ». Elle avait tant de choses à démentir et si peu de choses à raconter que la partie s'annonçait délicate. Surtout depuis que les actionnaires du groupe s'étaient réveillés : inquiets de la tournure que prenait l'affaire, ils commençaient à faire montre d'impatience. Et d'agacement. Le mail des Néerlandais qu'elle avait reçu le matin même était d'ailleurs sans ambiguïté : « Si vous n'êtes pas capable de redresser la barre, nous ferons en sorte de la redresser pour vous, mais sans vous. »

Pour la première fois depuis le début de ce cauchemar, Marie-France Maréchal sentit que la situation lui échappait. Jamais elle n'avait éprouvé pareil sentiment de fragilité. Il fallait 1) ramener Gaspard vivant à Paris et 2) trouver un programme de remplacement à *Un jour j'irai à Shanghai avec toi*. Un programme fort qui fasse de l'audience.

Pour recâbler ses neurones, la présidente de Sparkle TV ouvrit grand la fenêtre de son bureau et s'abîma dans le va-et-vient des Bateaux-Mouches réglés au millimètre près. En toute objectivité, elle fit le bilan des dernières heures écoulées. Il n'était guère glorieux : son dernier-né s'était cassé le nez en dévalant les escaliers du lycée et son détective privé venait de lui apporter la preuve que son mari la trompait. Avec sa sœur.

Parce qu'il lui était interdit de fendre l'armure, elle se mit en « mode *warrior* ». Et somma son coach sportif de « radiner » au bureau.

« S'il y a du sang sur les murs, je vous en tiendrai pour seul responsable. »

Quelque part, à l'extrême nord du Vietnam

Au village, tel un soufflé, la tension était retombée aussi vite qu'elle était montée. Deux jours après la querelle qui avait failli coûter son titre de chef à My Hiên, le ciel avait ouvert ses vannes et le riz avait été repiqué. L'indépendance alimentaire de la communauté était sauvée. Jusqu'à la prochaine sécheresse.

Gaspard avait fini par perdre tout espoir de voir débarquer du renfort. Il s'était fait une raison, en se convainquant notamment que ces vacances improvisées lui apporteraient à terme quelque chose qui l'enrichirait. Il fallait qu'il fasse confiance à sa bonne étoile et… à My Hiên, qui avait eu la belle idée de lui offrir du papier et des pastels.

Cela faisait des années que Gaspard n'avait pas crayonné. Pourtant, quand il était petit, le mercredi après-midi, il adorait croquer les visiteurs du parc Montsouris qui le trouvaient très doué. Couché au bord du lac, sur une courtepointe ouatée, il attendait l'inspiration en regardant courir les nuages chassés par le vent. Parce qu'on ne se refait pas, les mamans et leurs petits garçons étaient ses thèmes de prédilection.

Les week-ends où il faisait beau – et où ils n'étaient pas de brocante –, Gaspard et Eulalie prenaient l'estafette pour se rendre à Thoiry. Ils aimaient y observer les animaux se promener en liberté, en écoutant – au casque – Bourvil, Ferré et Reggiani. Eulalie chantait comme une casserole mais qu'importe : le cœur y était. Le pique-nique, élaboré par Gaspard, ne supportait aucune improvisation. Au menu : sandwiches banane-*peanut butter*, Curly, Babybel, Bounty, Têtes brûlées et Orangina. À volonté. Rassasiés – et un peu écœurés aussi –, ils noircissaient des dizaines de cahiers de croquis de chez Rougier & Plé. Les choses sérieuses commençaient à leur retour à Paris. Leur mission ? Reproduire, au grand complet, l'arche de Noé sur les trois murs de la salle à manger. Aucune bête ne devait manquer. Quatre années leur furent nécessaires pour parfaire leur grand œuvre. Quand il fut achevé, leur inclination commune pour la peinture se tarit. Le soir où ils déposèrent leurs pinceaux, Gaspard jura à Eulalie qu'un jour, lorsqu'il serait un ethnologue « hyper riche et hyper célèbre », il l'emmènerait survoler la Namibie en biplan. « Je serai ton Denys. Tu seras ma Karen… » Les promesses n'engageant que ceux qui les font, c'était compter sans sa peur panique de l'avion.

Son horizon étant toujours aussi millimétré au Vietnam, Gaspard ne pouvait espérer dessiner le moindre paysage, la moindre marine. Pressé d'utiliser ses pastels et son papier, il prit pour modèle les enfants qui gravitaient autour de son lit. Avec leurs quenottes blanches et leur peau cuivrée, ils étaient des sujets tout trouvés. Pour que leurs parents profitent de ses compositions, il fit tendre un fil au-dessus de son lit et chacun y suspendit le dessin qui le représentait. Le soir du « vernissage », ce fut l'euphorie. Jamais il n'avait vu ses jeunes amis aussi fébriles et crânes. Ses pochades étaient si délicates, si ressemblantes que bientôt le village tout entier se mit à rappliquer.

Duy, Khôi et leurs fiancées furent les premiers à oser lui demander de les portraiturer. À leur suite, tout le monde s'engouffra dans la brèche. My Hiên et le taciturne Khoa compris. La mode était lancée : il fallait posséder un Gaspard chez soi. Cette nouvelle activité révolutionna le quotidien de Gaspard puisqu'elle ponctuait ses journées tout en lui permettant de tisser des liens privilégiés avec la communauté.

Comment avait-il pu se laisser distraire si longtemps du plaisir de dessiner ? La cause était à chercher du côté de Georges et Violette. Leur absence s'étant faite avec l'âge de plus en plus prégnante, il décida le jour de ses vingt ans de leur consacrer tous ses loisirs.

Pour percer le mystère de leur sacerdoce et de leur mort, il relut toutes leurs notes et leurs écrits. Il rédigea des synthèses documentées. Traqua leurs anciens élèves. Questionna leurs pairs. Il alla même jusqu'à partager un Viandox avec un de leurs anciens professeurs de l'École pratique des hautes études à la cafétéria d'une maison de retraite, sise à Queue-les-Yvelines.

Il ratissa tout ce qu'il put ratisser à Paris. Et se cogna sans cesse au même nom : Cao Minh. L'homme sans qui ses parents n'auraient jamais pu conduire leurs travaux universitaires.

Dimanche 19 juillet 2009

Je ne suis pas un garçon physique. Je ne l'ai jamais été. Et ne le serai sans doute jamais – j'ai depuis longtemps déjà dépassé la date de péremption. L'endurance, le vélo, la natation, très peu pour moi. Quand j'enchaîne plus de trois foulées, j'ai des palpitations. Quand je pédale, je crache mes poumons. Et quand je nage, je bois le bouillon. Bref, je manque d'entraînement.

Tout le temps qu'a duré ma scolarité, j'ai été exempté de sport. Par peur que je me noie, que je m'égratigne ou que je me casse un bras, ma mère m'avait inventé un souffle au cœur. Avec la complicité d'un voisin médecin prêt à tout pour lui plaire – Honorine Butillon était veuve et non dépourvue d'attraits –, elle produisait chaque rentrée au père supérieur du collège de l'Arc un certificat médical trafiqué. Personne n'était dupe. Mais tout le monde avait pitié.

Qu'objecter à une femme en pleurs répétant sans jamais se lasser : « Il est toute ma vie. Épargnez-le : je n'ai que lui » ?

Résultats des courses : j'étais consigné en salle d'étude trois fois par semaine. Et tandis que mes petits copains rivalisaient au lancer de poids, je faisais du gras en m'empiffrant de barres chocolatées sous la surveillance d'une sainte Thérèse en stuc plus vraie que nature.

Appelé à faire la guerre d'Algérie, mon souffle au cœur ne fit guère illusion. Contrairement à maman, le stéthoscope, lui, ne trompait personne. Par chance, je ne résistais pas aux exercices. Las que je rende mon petit déjeuner à chaque parcours d'obstacles chronométré, l'état-major me consigna à Oberhoffen-sur-Moder, dans un obscur bureau où l'on me confia la responsabilité de décoller les timbres non oblitérés. À charge pour moi de les classer dans des pochettes en papier cristal auxquelles était affecté un montant : 0,05 franc, 0,10 franc, 0,15 franc, 0,20 franc, 0,25 franc, etc.

Je reconnais que si j'avais été mieux entraîné, j'aurais moins douillé pour grimper jusqu'ici. Je ferais des virées à Dong Van et Ha Giang, ce qui me rafraîchirait les idées et m'éviterait de m'encroûter. Mais qui dit descendre dans la vallée dit remonter vers les sommets : plus le temps passe, moins je m'en sens la force.

À peine installée à la maison, Mme Hiên me reprocha de ne pas faire de sport. « Comment ta femme pouvait-elle tolérer que tu ne sois pas capable de porter vos courses sur sept étages sans faire halte à chaque palier ? Il faut muscler ton cœur si tu ne veux pas finir avec un pacemaker. C'est pas donné un pacemaker, tu sais ! » Pour lui complaire, j'intégrai un groupe de retraités chinois qui se retrouvait chaque matin à 7 heures, square du Temple, pour faire du tai-chi-chüan. À force de les observer « saisir la queue de l'oiseau et bouger les mains comme des nuages », je me fis remarquer par l'une des participantes – une dénommée Lili –, qui m'exhorta à les rejoindre sur la pelouse centrale. « Pour maintenir la bonne santé, rien de tel que le tai-chi, me souffla-t-elle sur le ton de la confidence. Cet art martial traditionnel génère de la vitalité, du plaisir et de la sérénité. Il dynamise les énergies, réduit les tensions, fortifie le corps et l'esprit. La progression est dans l'infini et il n'est jamais trop tard pour commencer. Laissez-vous tenter, c'est bon pour faire durer jusqu'à cent ans. Et puis vous serez notre premier Français ! » Et même l'unique. Je ne suis jamais parvenu à enrôler aucune de mes relations. C'est déplorable, parce que le tai-chi favorise les jolies rencontres !

Mais ça, c'est une autre histoire. Que je prendrai le temps de vous raconter plus tard.

Mardi 21 juillet 2009

La chose que je préférais faire lorsque nous recevions à Paris c'était peigner les poils du tapis. Pour qu'ils soient bien démêlés. Et parfaitement alignés.

Malheureusement, Edwige comme My Hiên ne goûtaient guère les dîners.

Mercredi 22 juillet 2009

D'un naturel candide, voire parfois nigaud, par le passé je me suis souvent laissé berner par des gens mal intentionnés.

Pour parer à ce travers, j'ai suivi les conseils de mon ami M. André et je me suis inscrit à la bibliothèque François-Mitterrand pour y consulter un ouvrage en dix volumes intitulé *L'Art de connaître les hommes par la physionomie*. Selon l'auteur de cette théorie ardue, Johann Kaspar Lavater, un célèbre physiognomoniste du XIXe siècle, on pourrait déchiffrer le caractère des gens par le simple examen des traits de leur visage. Tout parlerait : le menton, les lèvres, le front, le nez, les joues, les yeux, le cou.

N'ayant pas eu le temps de tester cette extravagante théorie à Paris, je me suis appliqué depuis mon installation au village à vérifier si elle tenait la route. Eh bien… pas du tout !

Ainsi :

– My Hiên est joufflue. Elle devrait être câline, sociable, or elle est dure et acariâtre.

– Les jeunes Duy et Khôi ont le visage carré et arborent de grandes oreilles. Ils devraient être chanceux, or ils sont orphelins de père.

– Le nez de Khoa est tordu, bosselé. Il devrait être dégénéré, débile, or c'est un grand médecin.

– J'ai le front en trapèze et les tempes bombées. Je devrais être un artiste, un génie de la création, or rien de très intéressant n'a jamais surgi de mon imagination.

Aussi dur cela soit-il à admettre, M. André peut se tromper. Et ce, en dépit de son gros nez censé dénoter un esprit visionnaire.

Vendredi 24 juillet 2009

J'ai découvert hier matin une étonnante coutume : Khoa m'a nettoyé les oreilles avec une fine branche de bambou chauffée. Je soupçonne My Hiên d'être à l'origine de cette expérience inédite : elle n'en peut plus que j'ignore ses admonestations et se dit persuadée que je deviens sourd.

Escorté d'une joyeuse nuée d'enfants, le médecin du village – pénétré comme chaque fois de son rôle et de son importance – est entré dans ma chambre sans frapper. Il s'est assis sur mon lit et m'a demandé de m'agenouiller à ses pieds. Par gestes, il m'a encouragé à poser ma tête bien à plat sur ses cuisses graciles. En faisant rouler entre ses paumes sa baguette de bambou – désinfectée à l'alcool de riz –, il m'a extrait une étonnante quantité de « cire d'abeille ». Les mots me manquent pour dire combien c'était répugnant. Rien qu'en l'évoquant, j'en ai des haut-le-cœur.

Voyant que je n'étais pas dans mon assiette, Khoa m'a offert de chiquer du bétel avec lui – un morceau de noix d'arec avec de la chaux éteinte et du tabac, le tout roulé dans une longue feuille verte. J'aurais jamais dû accepter : c'était âcre, plus brûlant que du piment et ça m'a essoré le gosier. Je m'en serais bien débarrassé en toute discrétion, mais je n'avais nulle part où le cacher et les enfants, surexcités, guettaient ma réaction. J'ai fini par m'étouffer avec ma chique et mon corps l'a expulsée malgré moi. Loin, loin devant mes pieds. Pliés en quatre, les petits se sont écroulés de rire sur le parquet. Et Khoa les a poussés vers la sortie à grands coups de pied.

Pas facile de s'acclimater aux coutumes étrangères quand on n'est pas né dans les mêmes contrées.

Mardi 28 juillet 2009

J'ai su qu'Edwige était la femme de ma vie dès le premier regard. Seule sur sa banquette, les doigts crispés sur sa pochette rectangulaire en crocodile elle-même posée sur ses genoux, on aurait dit un petit lapin pris dans les phares d'une voiture – en fait de voiture, il s'agissait avant tout ici des néons du drugstore Publicis. Bien qu'elle fût un peu plus âgée que moi, j'eus d'instinct envie de la protéger : la vulnérabilité qu'elle dégageait était folle et appelait la compassion.

Semblable en tous points au cliché que m'avait confié Jean-Pierre, je ne me lassais pas de la contempler. Quand elle ôtait ses lunettes pour essuyer la buée qui gangrenait les verres de ses montures épais comme des hublots, elle avait un faux-air de Grace Kelly. Ce qui n'était pas pour me déplaire : depuis toujours *Le train sifflera trois fois* faisait partie de mes films préférés. Ses cheveux étaient blond cendré, sa peau diaphane et ses yeux verts. Comme la princesse de Monaco, elle portait le chignon bas et ce soir-là un col roulé bleu clair ajusté. À son cou pendait une fine chaîne en or à laquelle était suspendue une petite médaille. J'apprendrais plus tard qu'il s'agissait de la médaille miraculeuse de la rue du Bac à laquelle elle vouait une véritable dévotion.

Jamais de ma vie je n'avais approché d'aussi près une femme aussi racée. Aussi soignée – j'ignorais alors qu'elle travaillait pour une entreprise de cosmétiques. Et que le vernis comme le maquillage faisaient partie de sa panoplie.

Lors de notre première entrevue nous parlâmes de tout et de rien : de la quatrième semaine de congés payés, de l'éclosion des premiers supermarchés, des adieux à la scène de Maurice Chevalier. C'était doux. Simple. Et sans chichi. Nous nous quittâmes sur une chaste poignée de main vers 23 heures. Les yeux dans les yeux, nous nous promîmes – sans trop y croire – de nous revoir en compagnie de Jean-Pierre. Je hélai pour elle un taxi dans la nuit. Et tel le ravi de la crèche, je regardai son véhicule s'éloigner dans la brume glacée du soir.

Je rentrai à pied pour me remémorer cette soirée au goût de fruit défendu et faire un point avec moi-même. Je devais regarder les choses en face : j'étais amoureux. Éperdument amoureux. Déchiré entre la joie de ce sentiment inédit et la tristesse de trahir un ami, je ne savais plus à quel saint me vouer. À mon grand soulagement, je n'eus pas à subir longtemps les affres de la culpabilité puisque le lendemain de notre souper, Edwige prenait sa plus belle plume pour remercier Jean-Pierre de lui avoir présenté sa moitié. C'est un fait : les femmes sont plus courageuses que les hommes.

Persuadé qu'il était l'objet d'un méchant canular, Jean-Pierre débarqua chez moi pour tout casser. « Traître, enfant de salaud, dragueur de bas étage... J'vais t'faire la peau comme personne t'l'a jamais faite ! » Si je n'avais pas eu la présence d'esprit de lui proposer de lui rembourser les frais engagés auprès de son agence matrimoniale, je crois bien qu'il m'aurait éparpillé aux quatre coins de la capitale. « Façon puzzle ! »

J'attendis quinze jours pour recontacter Edwige. Je ne voulais ni l'échauder ni paraître trop empressé. Par ailleurs, j'avais quelques bleus disgracieux à soigner.

Par un morne dimanche de pluie, je lui proposai de faire un brin de causette au Jardin des Tuileries. Battus par le mauvais temps, nous nous rabattîmes chez Angelina, devant un chocolat viennois bouillant.

Huit jours plus tard, je l'invitais aux Sept Parnassiens où on donnait *Le Cerveau* avec Jean-Paul Belmondo. Je découvris qu'elle savait rire. Et ce fut très bon. Presque autant que le plateau de fruits de mer de la Coupole sur lequel nous embrayâmes. Nous nous y racontâmes nos vies. Et aboutîmes à la conclusion qu'à nous deux nous formions une belle paire de bras cassés. Qu'importe : nous étions debout et là était l'essentiel.

C'est au cours de notre quatrième rendez-vous qu'elle me demanda... en mariage. Nous flânions à distance respectable dans les allées des Buttes-Chaumont, quand elle me déclara soudain : « Hubert... J'aime votre délicatesse et votre discrétion. J'adore votre maladresse et vos contradictions. Je chéris votre politesse et j'adule déjà votre nom. Si vous me le proposiez, je serai très honorée de m'appeler Edwige Butillon. » Je fus si surpris qu'il fallut que je m'y reprenne à trois fois pour prononcer un « oui » un tant soit peu intelligible. C'était le monde à l'envers. De toute mon existence, je ne m'étais jamais senti aussi heureux. Et verni aussi. Tandis que je tentais sans trop de succès de lui attraper la main pour lui signifier combien j'en pinçais, elle me repoussa en me susurrant : « Plus tard, lorsque nous serons mariés, si vous le voulez bien. »

Le week-end suivant nous commandâmes nos alliances rue du Temple. Chez un grossiste-bijoutier recommandé par M. André. Nous achetâmes dans le même élan nos deux tenues aux Magasins réunis. Nous choisîmes chacun quelque chose de simple et d'élégant que nous pourrions porter de nouveau sans trop de difficultés lors d'une grande occasion : un costume trois-pièces pour moi et une robe sans manches pour Edwige.

Nous nous mariâmes à la mairie du XIe arrondissement le 26 avril 1969. Cela ne faisait pas trois mois que nous nous fréquentions. En y repensant, je me dis que c'était bien inconscient.

En tout et pour tout, nous nous retrouvâmes à sept à la mairie : mes deux témoins – Étienne Dubœuf, mon parrain, et Jean-Pierre Talon, avec qui je m'étais rabiboché –, Mme Boudin, la patronne de l'agence matrimoniale sans l'entremise de laquelle nous ne nous serions jamais rencontrés, et les deux témoins d'Edwige : Solange sa voisine de palier et Marie-Martine, une collègue de chez Yves Rocher. Les vieilles rancunes ayant la peau dure, mes tantes et mes cousines boudèrent la cérémonie. Ce fut donc plus qu'intime. Ça l'aurait été encore davantage si un photographe engagé par Mme Boudin ne nous avait pas mitraillés toute la journée. Pire qu'un paparazzi sur la Croisette à Cannes ! « Comprenez-moi Hubert, c'est pour notre Livre d'or. Malgré nos vingt-cinq ans d'expérience, il n'est pas si fréquent que nous débouchions sur une union. Vous êtes notre treizième mariage, un chiffre porte-bonheur. À propos d'union, apprenez que je vous ai rétroactivement inscrit sur nos fichiers. À nos frais, *of course*. Quelle belle idée ! Ne trouvez-vous pas ? »

Pour le déjeuner mon parrain nous invita à guincher chez Gégène, une célèbre guinguette des bords de Marne sise à Joinville-le-Pont. L'endroit était impressionnant avec tous ses portraits de gens célèbres : Roger Pierre, Yvonne Printemps, Jean Gabin, Jean-Louis Trintignant... Au dessert, le patron nous fit porter une somptueuse pièce montée à la nougatine – le bougre n'avait pas lésiné sur la quantité ! Immangeable à huit – je compte ici le photographe –, nous l'avons partagée avec nos voisins de table. Des gens charmants qui nous ont aidés à vider nos bouteilles en portant des toasts à notre santé.

Comme cadeau de mariage et parce qu'il était hors de question que nous partions en voyage de noces – nous n'avions, Edwige et moi, aucune possibilité de poser des jours de congé –, mon parrain nous offrit une nuit au Lutetia. Pareil niveau de luxe n'existait pour moi que dans les contes de fées. C'en était intimidant. Et puis quelle propreté : les meubles sentaient l'encaustique et on pouvait se mirer dans le parquet. La corbeille de fruits exotiques était si richement garnie que nous n'avons pas osé l'attaquer de peur qu'elle nous soit facturée. L'hôtel nous la fit porter le lendemain à la maison, accompagnée d'un petit mot simple mais bien troussé : « L'amour rend bien étourdi. Vous avez oublié ceci. Avec nos compliments. L'équipe du Lutetia. »

Avant de me rejoindre dans notre couche nuptiale, Edwige prit un grand bain moussant. Elle en ressortit les cheveux tirés, vêtue d'une nuisette en satin blanc. Elle était belle à croquer. Je n'avais que très peu d'expérience avec les femmes mais j'en avais quand même : à l'armée nous avions fait une virée avec des compagnons de chambrée et sur un malentendu je m'étais retrouvé au lit avec une drôle de prostituée dotée d'un strabisme divergeant qui lui donnait l'air d'être ailleurs. Suzanne… elle s'appelait Suzanne. Je me souviens encore de la marque de son savon – Camay – et de la douceur de sa toison.

Pour l'occasion – notre mariage j'entends – j'avais révisé dans un manuel d'éducation sexuelle les positions les plus classiques. Celles qui ne heurtent pas les sensibilités et sont faciles d'accès. En dépit de ce lourd investissement, notre première nuit tourna à la Bérézina. Edwige était si tendue qu'elle me coupa tous mes effets. J'avais beau lui expliquer que ce type de situation n'était pas rare, que rien ne pressait et qu'elle finirait bien par se débloquer, rien n'y faisait. Elle était pétrifiée, en proie à d'horribles visions surgies du passé. Elle trépidait. Claquait des dents. Sanglotait. Comme une enfant.

Avant d'éteindre la lumière, elle me confia en pleurant les violences sexuelles dont elle avait été victime adolescente. Tant de bestialité, c'était à peine croyable. C'est alors que je compris – que dis-je, pressentis – que pour moi, pour nous, c'était cuit. Qu'il me faudrait, à vie, me contenter de chastes baisers.

Si j'avais pu prévoir, j'aurais pris conseil avant de lui jurer fidélité. Quelle poisse.

Plus le temps passa et moins je pus l'approcher. Nous dormions côte à côte, les jambes entremêlées, sans jamais déraper. Les choses du sexe la répugnaient au plus haut point et je ne me sentais pas assez averti pour la remettre sur la bonne voie.

En me demandant de l'épouser, Edwige ne cherchait rien de plus qu'un compagnon qui la protégerait des affres de la vie. Ce qui, pour un homme normalement constitué, était un peu court.

Dans la langue des affaires, on dirait que j'avais été trompé sur la marchandise.

Paris, jeudi 27 février 2013, 4 heures

Eulalie avait appris à se servir de l'ordinateur de Gaspard avec une stupéfiante rapidité. N'est pas Steve Jobs qui veut, mais pour quelqu'un qui n'avait jamais eu l'occasion de toucher un ordinateur de sa vie, elle ne s'en était pas si mal sortie. Grâce à la formation accélérée que lui avait dispensée Hippolyte, elle avait assimilé le gros des bases. C'est-à-dire qu'elle pouvait désormais effectuer des recherches, créer des documents, envoyer *et* lire des e-mails, joindre des photos, les ouvrir et même discuter sur des forums.

Par sentimentalisme – et par souci d'économie – elle avait fait sien l'ordinateur portable de Gaspard. Pour l'avoir toujours à portée de main, elle le traînait de pièce en pièce, s'assurant toutes les deux minutes qu'il était bien sous tension. Impatiente de recevoir des nouvelles de Marcel, elle consultait sa messagerie avec frénésie.

Un matin, victime d'une nouvelle insomnie, elle s'extirpa de son lit pour se glisser devant son ordinateur resté branché dans la cuisine. Calculant qu'il faisait jour depuis bien longtemps au Vietnam, les yeux plantés dans ceux du lion de l'arche de Noé, elle convoqua tous ses ancêtres et les supplia de provoquer le destin. Elle eut à peine le temps de prononcer le mot « Amen » que la missive tant espérée tomba dans sa boîte. Le cri de joie qu'elle poussa électrifia ses perroquets qui se mirent à hurler. Plutôt que d'exiger un silence qu'elle n'obtiendrait pas, Eulalie se réfugia sous la véranda. Pour la première fois depuis vingt ans, elle s'autorisa une cigarette qu'elle tira d'un paquet oublié dans une boîte de semoule périmée. Elle n'était que nerfs. Et tics.

Chère Eulalie,

Pas de faux espoir : je n'ai toujours pas retrouvé Gaspard, mais j'avance. Et tu vas être fière de moi.

Pour te la faire courte, y a du bon et du moins bon. J'ai pris un verre hier soir avec Mme Lam, la logeuse de Cao Minh qui habite désormais chez ses filles, dans un petit port de pêche isolé en banlieue de Nha Trang. Elle est super vieille mais elle a encore toute sa tête. Elle n'a jamais vu ni entendu parler de Gaspard. Ce qui signifie qu'il n'est pas encore descendu la voir. Par contre, elle garde une image assez précise de notre homme qui était savant, guide et traducteur à ses heures. Il aurait séjourné chez elle pendant près de six ans. Elle se souvient qu'il partait plusieurs fois par an en expédition avec un couple de Français. Ça pouvait durer plusieurs semaines. Dans quelle région ? Au regard des travaux de Georges et Violette, plausiblement vers la frontière cambodgienne. Je lui ai montré la photo que tu m'as scannée et elle m'a confirmé qu'il s'agissait bien des mêmes personnes. Elle les voyait souvent puisque c'était dans sa maison que se préparaient leurs expéditions. Elle se souvient d'autant mieux de Cao Minh qu'en septembre 1995, il s'est tiré sans laisser d'adresse. Je me permets de te rappeler que d'après leur certificat de décès les parents de Gaspard sont morts le 15 septembre 1995. Ça interpelle, non ? Notre homme devait avoir sacrément le feu au cul quand il s'est barré parce qu'il a tout abandonné derrière lui. Donc, de deux choses l'une : soit il pétochait, soit il n'était pas net.

Mme Lam a rangé tout son bazar dans une valise en carton bouilli. Pour le récupérer, j'ai dû lui verser trois mois d'arriérés de loyers. J'ai vu le moment où elle allait me demander de lui régler les « frais de garde ». Je l'ai endormie avec une cartouche de Vinataba mais c'est une dure à cuire.

Les jours qui ont suivi le départ de Cao Minh – ou plutôt sa fuite –, elle a reçu la visite d'une bande de types à la mine patibulaire. Armés jusqu'aux dents, ils n'étaient pas là pour taper le carton. Ils le cherchaient activement et proposaient une forte prime à qui leur fournirait le moindre renseignement. Elle devait avoir le béguin pour notre loustic parce que, en dépit de leurs menaces appuyées, elle n'a jamais rien lâché. Rien. J'ai aussi compris qu'un jour il avait sauvé *in extremis* sa petite sœur, victime d'une péritonite aiguë. Bref.

Le temps a passé. On n'a jamais retrouvé les corps des parents de Gaspard. Le dossier a été classé. Les descentes des méchants se sont espacées. Et le business a repris. Quant à Cao Minh, il s'est repointé une fois chez Mme Lam pour récupérer son courrier. Il s'est ensuite définitivement évanoui. Et personne n'a plus jamais entendu parler de lui.

J'ai passé la nuit à fouiller ses affaires. Outre un costume plutôt bien taillé, j'ai retrouvé un tensiomètre, une médaille militaire, la photo d'une femme française plutôt chicos prise devant le Moulin de la Galette en 1991, *Barrage contre le Pacifique* et un dessin de Gaspard quand il avait trois ans. Il y avait aussi un jonc en or, un porte-cigarette et une pellicule photo que j'ai fait développer. La qualité n'est pas excellente mais on y devine Georges, Violette et Cao Minh pique-niquant au bord d'une rivière. Des villages Mnong Gar. Des forêts décimées. Des caravanes conduites par des hommes équipés de fusils. Des balances. Des gens accroupis s'échangeant de l'argent. Et des ballots de riz contenant des centaines de petits sachets plastiques contenant de la poudre blanche. Tous ces clichés portent à croire qu'il y avait du trafic d'héroïne dans l'air. Quel rôle jouait Cao Minh ? Georges et Violette étaient-ils complices ? Savaient-ils des choses qu'il aurait mieux valu qu'ils ignorent ? J'attends incessamment sous peu la traduction d'une enquête du *Saigon Times* consacré à leur accident. Il est daté du 19 septembre 1995. Il doit être instructif puisqu'il était plié en huit et planqué au fond d'un étui à lunettes. J'ai laissé à Mme Lam une grosse liasse de billets pour qu'elle me contacte si des souvenirs lui revenaient. Et surtout qu'elle m'avertisse si jamais Gaspard se pointait.

Voilà pour aujourd'hui. C'est du lourd, je te l'avais bien dit. Je vais me poser pour évaluer ce que je vais, ou non, raconter aux patrons à Paris : ça devient compliqué et je tiens à la vie. Dès que j'ai des nouvelles, je t'écris. Promis.

Maintenant, je vais descendre piquer une tête dans la piscine pour me rafraîchir les idées. J'aimerais tant t'avoir à mes côtés, pour partager avec toi ces paysages si romantiques. Tout est beau ici : c'est le paradis ! Quelle veine que Sparkle TV m'ait mandaté sur cette affaire. Sans ça, nos routes ne se seraient jamais recroisées.

Je rêve de toi toutes les nuits.

Bonne journée ma grande sauterelle.

Ton Marcel.

Eulalie était soufflée par ce qu'elle venait de découvrir dans cet e-mail. Ce n'était pas tant le regain de familiarité de Marcel qui la choquait – même s'il ne manquait pas d'air – que la violence des faits qu'il rapportait.

Plutôt que de rester seule à tenter de résoudre un casse-tête dont il manquait la moitié des pièces, Eulalie prit la direction de son club de boxe pour y dépenser son trop-plein d'énergie – elle pratiquait la savate depuis que Gaspard avait quitté la maison pour pouvoir se défendre au cas où un « homme tenterait de la violer… ou de l'égorger » ! S'ensuivit une soirée entre copines de ring très, très arrosée. Il lui fallut une journée pour émerger. Et une nuit pour tricoter dans sa tête sa réponse à Marcel.

Elle s'apprêtait à ouvrir son ordinateur portable quand la sonnerie de son vieux téléphone retentit dans l'entrée.

— Bibiche ! C'est Marcel ! Mais où t'étais passée ?

— T'occupe. T'as du nouveau ?

— J'avais oublié combien tu pouvais être avenante…

— Accouche, s'il te plaît Marcel. J'ai super super mal au crâne. T'y es pour rien : à mon âge, la tequila fait du dégât.

— Je t'ai envoyé la traduction de l'article du *Saigon Times* mentionné dans mon dernier mail. Le journaliste qui l'a écrit aff…

— C'est bon, je sais lire. Je te sonne si j'ai des questions. À tchao !

Joignant le geste à la parole, elle écrasa le combiné de son téléphone sur son socle.

Eulalie dut s'asseoir pour ne pas tomber. Ce que le journaliste du *Saigon Times* suggérait était effroyable : il induisait que Georges et Violette avaient été assassinés par des contrebandiers qu'ils dérangeaient.

Extrait :

> Après une enquête de terrain approfondie, tout porte à croire que le Cessna des deux célèbres ethnologues aurait été saboté : il venait d'être révisé, le pilote était bien noté et le mauvais temps n'était pas si mauvais que prétendu par les autorités. Deux autres petits avions survolaient la même zone au même instant et la pluie ne les a pas empêchés de gagner Hô Chi Minh-Ville. Le fait que leurs corps – comme celui du pilote – aient disparu est aussi très troublant. Leur engin s'est certes écrasé en pleine jungle, mais dans une clairière. Et il n'a pas pris feu. Les sauveteurs auraient donc dû les retrouver incarcérés dans la carlingue ou agonisant à proximité de l'épave. En imaginant qu'ils aient été projetés.
>
> Notre point de vue est que leur avion aurait été saboté, qu'ils auraient sauté, que des contrebandiers les auraient rattrapés, exécutés et fait disparaître. Le peuple Mnong Gar dont ils partageaient le quotidien pour les besoins de leurs travaux était sans cesse harcelé par les trafiquants. Georges et Violette de Ronsard devaient les déranger. Ils les…

Pour Eulalie comme pour Marcel, la thèse du meurtre ne faisait aucun doute. Tout collait. Et les photos développées par Marcel corroboraient cette brillante démonstration. Ses mains tremblaient si fort que c'est à peine si elle réussit à composer le numéro de son ancien fiancé.

— Marcel, on sait ce qu'est devenu le pilote ?

— Il a dû être exécuté avec les parents de Gaspard.

— Quant à Cao Minh, il a dû s'enfuir dès l'annonce de leur accident. Je ne le blâme pas : j'en aurais fait tout autant. Je comprends mieux maintenant pourquoi Gaspard voulait le retrouver : il est la dernière personne à avoir vu Georges et Violette vivants… T'as cherché l'auteur de l'article ?

— Il a démissionné du *Saigon Times* quelques jours après la parution de son reportage. Il est mort, seul, à Kuala Lumpur, en 2007.

— O.K… On oublie. Et tu proposes quoi maintenant ? Parce que tout cela ne nous dit pas où se trouve Gaspard…

— Perso, je viens de déballer ce qu'on savait aux patrons : c'est trop gros et, en toute sincérité, je ne me sens pas les épaules. Ramener au calme des intermittents ou protéger de ses fans le gagnant de la dernière saison de *Penthouse*, c'était de la rigolade à côté de ce merdier. J'ai gratté tout ce que je pouvais gratter ici : sitôt mon déjeuner pris, je saute dans le prochain vol pour Hanoï.

— Tu m'appelles ou m'écris en arrivant à Ha Giang ?

— Bien sûr. J'aime quand tu t'inquiètes pour moi, ma poupée.

À Paris, dans les bureaux de Sparkle TV, c'était l'abattement général.

Quelque part, à l'extrême nord du Vietnam

Cela faisait une éternité que Gaspard n'avait pas aperçu Duy et Khôi. D'habitude, ils lui rendaient visite chaque matin. Et depuis une semaine, rien. Ce n'est pas qu'il s'ennuyait avec les petits – quoique – ni qu'il ait noué une relation privilégiée avec eux – quoique –, mais ils étaient les jeunes du village avec lesquels il se sentait le plus d'affinités. Il aimait passer du temps en leur compagnie à feuilleter des vieux illustrés et jouer au gin rami avec les cartes d'Hubert.

Quand il s'ouvrit de cette bizarrerie à My Hiên, cette dernière l'envoya promener sans ambages. « Que veux-tu que je te réponde Gaspard ? Je ne suis pas leur mère. Ils n'ont aucun compte à me rendre. »

Quelques minutes plus tard, comme par magie, Duy et Khôi débarquèrent dans sa chambre. Ils sentaient la bière, beuglaient et marchaient au rythme d'un boum-boum entêtant. Chose peu habituelle dans le village, ils portaient sur leurs oreilles un énorme casque jaune relié à un lecteur MP3. À cette seule vue, My Hiên vira au rouge. Elle leur arracha leur engin et le balança très loin. Pile dans la fange aux cochons.

Jamais depuis son arrivée Gaspard n'avait vu My Hiên aussi énervée. Surtout contre quelqu'un d'autre que lui. Elle aboyait, tapait du pied, menaçait du poing. Pire que si elle jouait sa vie.

Après une longue explication, Duy et Khôi – qui ne pipaient mot – prirent la porte sans faire le moindre commentaire. Avant qu'ils ne se retirent, l'espace d'un instant, Gaspard perçut dans leur regard un éclat de haine : il était clair qu'ils n'avaient pas l'intention d'en rester là.

Vidée, My Hiên se laissa choir par terre.

Gaspard, qui voulait comprendre ce qui se complotait, relégua sa timidité au vestiaire et se permit de la sonder.

— Que… quel est l'objet de votre colère ?

— Occupe-toi de tes affaires, Gaspard. Tu veux ?

— Mais je ne demande que… que… que ça, moi ! Et… et… et vous me rendez maboul ! Je vous ai entendue prononcer mon nom mille fois et je veux comprendre. J'ai droit à une expli… cation !

— Tu n'as aucun droit chez moi. Et jusqu'à nouvel ordre, c'est encore moi qui édicte les lois.

— Vous faites pas plus dure que vous ne l'êtes, My Hiên.

Touchée, My Hiên baissa la garde.

— Tu l'auras voulu. Mais jure-moi que, quoi qu'il arrive, tu ne rompras pas ton engagement : tu dois rester parmi nous jusqu'à mon rendez-vous au ministère de l'Équipement.

Gaspard était si avide de savoir ce qui se tramait qu'il était prêt à dire « oui » à tout. Pour une fois qu'il se passait quelque chose.

— C'est juré. Promis juré !

Le nez froncé et les sourcils en V, My Hiên expliqua à son jeune prisonnier qu'ils s'étaient fait avoir comme des débutants par Duy et Khôi, qui avaient demandé à leurs petites amies de le raser et de le photographier non pour ses beaux yeux mais pour vendre leurs clichés à un indic à la solde de trois hommes de main payés par un détective au service de sa « maudite chaîne de télé » !

— Mais c'est juste fabuleux ce que vous me dites là : on… on me recherche. Sparkle TV ne m'a pas ou… oublié !

— Tais-toi où je te recasse les deux jambes ! Je ne veux pas qu'on vienne te récupérer : si les secours arrivent trop tôt, je peux dire adieu à mes projets. Par chance, une chose nous sauve dans cette affaire : pour essayer de se faire encore plus de pognon, ils n'ont dit à personne où tu créchais. Duy et Khôi sont comme leur géniteur : vils, retors et âpres au gain. Mais pourquoi personne n'entend que nous courons à notre perte ? Oncle Hô se retournerait dans sa tombe s'il voyait nos jeunes accros aux sodas, au rap et aux nouvelles technologies ! Il n'avait pas que du bon mais lui, au moins, il se voulait le gardien de nos traditions…

Accablé, Gaspard murmura : « Vous êtes pire que tout ce que je m'étais imaginé… »

Dehors, un petit merle siffla dans un buisson d'indigo. Son chant était si doux que, l'espace de quelques secondes, le temps suspendit son vol. Puis de nouveau, le calme s'imposa.

— Pourquoi dites-vous que Duy et Khôi sont vils, retors et âpres au gain ? Je les trouve plutôt sympas, moi ! Et… et c'était qui, leur père ?

— Parce que les chiens font pas des chats, Gaspard ! Leur père, c'était Thanh Thê : mon premier amoureux. Celui à qui j'ai tout donné et qui m'a sortie de sa vie après m'avoir saillie dans un potager. C'est à cause de lui que j'ai dû quitter le village pour me racheter une virginité. Sans lui, j'aurais pas vécu l'enfer à Paris.

» Quand je suis rentrée au pays avec Hubert il y a quatre ans, j'ai eu pitié d'eux : Thanh Thê venait de mourir, leur mère était crevarde et je les ai adoptés. Enfin, tout comme…

— C'est tout à votre honneur ce que vous avez fait. J'esp…

— Je t'en foutrais de l'honneur, Gaspard ! Je les loge, je les nourris, je les blanchis et voilà comment ils me remercient ! Ils ne se rendent même pas compte qu'ils scient la branche sur laquelle ils sont assis. C'est avec l'argent de leur forfait qu'ils se sont payé leur machine pour écouter de la musique de singe ! J'ai bien fait de les envoyer barboter dans la boue et j'espère les avoir détruits ! C'est eux les meneurs, eux qui sèment la discorde, eux qui montent une partie du village contre moi. Je leur ai bien claqué le beignet en leur rappelant tout ce qu'ils me devaient. Ils m'ont juré fidélité. Mais pour combien de temps ? La confiance est rompue. Je suis si seule, Gaspard. Si seule…

Sur ce, My Hiên se leva. Et quitta la pièce d'un pas lourd.

Bien qu'écœuré par tant d'ingratitude et de duplicité, Gaspard jubilait à l'idée que sa photo circule dans la nature. En tout état de cause, on ne l'avait pas oublié. Et il comptait encore pour quelques-uns. Qui sait s'il n'allait pas rentrer chez lui plus tôt que prévu.

Regonflé à bloc, il se mit à fredonner *Think* d'Aretha Franklin.

Par la fenêtre, il entrevit Duy et Khôi partir vers la jungle, escortés par une bande de gais lurons. Cela ne lui dit rien qui vaille.

Vendredi 30 juillet 2009

Quand My Hiên prit la décision de rentrer chez elle et moi de l'accompagner, son premier réflexe fut d'aller se présenter aux autorités françaises pour leur expliquer qu'elle était sans-papiers, qu'ils devaient, comme le stipule la loi, la renvoyer au Vietnam et lui payer son billet de retour.

J'étais contre ce projet. Je pouvais financer notre voyage et je ne voyais pas pourquoi nous abuserions du système. Cela me valut une dispute mémorable doublée d'une assignation à dormir sur le sofa pendant dix jours. J'obtins finalement gain de cause. Non que mes arguments firent mouche, mais le document que m'avait dégoté sur Internet mon ami M. André était sans appel : « L'article L. 511-4 du CESEDA prévoit que ne peut faire l'objet d'une procédure de reconduite à la frontière un étranger qui résiderait en France de façon régulière depuis plus de vingt ans. » Arrivée sur le sol français en 1988, My Hiên était hors délai. Elle ne pouvait donc pas prétendre bénéficier de l'Aide au retour volontaire.

Elle eut un mal de chien à accepter sa défaite et pour bien me le signifier, elle me consigna une semaine de plus sur le sofa. « Quand je pense qu'en plus de l'économie de mon billet, j'aurais dû toucher le pactole, j'ai juste envie de hurler ! Tant d'argent perdu par ta faute, c'est écœurant. »

Après une étude de marché poussée, j'optai pour Air France. Ce n'était pas donné mais c'était à peine plus cher que la concurrence. Et puis je tenais à voler français pour mon premier – et dernier – voyage en avion.

Je fus très furtivement tenté par la Business Class. Je dis « très furtivement », parce que lorsque je m'ouvris de ce projet à Mme Hiên, elle me joua la grande scène du deux au prétexte que j'allais nous ruiner avec mes rêves de splendeur. Fatigué de dormir sur le sofa, je capitulai une fois encore pour me rabattre sur la Tempo. Quand je revins triomphant à la maison avec nos deux billets, la seule chose qui la soucia fut de savoir combien de kilos de bagages nous avions le droit d'embarquer sans avoir à payer de supplément : elle voulait rapporter des présents à toutes ses amies restées à Hanoï et craignait de se sentir limitée. Comme nous avions droit à 20 kilos chacun, dans un élan de générosité, elle m'en octroya 13 et s'en garda 27.

S'ensuivit une immense chasse aux – bonnes – affaires qui faillit m'achever. Déterminée à acquérir « un maximum de choses avec un minimum de blé », My Hiên m'entraîna dans tous les centres commerciaux de la région parisienne terminant par 2 – Parly 2, Bercy 2, Velizy 2, Rosny 2, Italie 2, Évry 2, Ulis 2, Bobigny 2 – au prétexte que « si ça se termine par 2, c'est deux fois mieux ». En m'imposant cette tournée dont je me serais bien passé, My Hiên m'ouvrit des horizons insoupçonnés. À raison de dix boutiques par virée, les grandes enseignes de textile me devinrent plus familières que notre quarante et un mètres carrés.

Des heures durant, je pourrais vous parler de leur clientèle, vous décrire leur façon de saluer, de sourire, de vous faire désirer des articles qui ne vous sont pas destinés, ainsi que leur manière habile de vous refourguer leur carte de fidélité comme si c'était un privilège d'initiés impossible à refuser.

Une fois par semaine, trois mois durant, de 10 heures à 13 heures, nous avons labouré les allées de ces magasins surchauffés et assourdissants où jamais ne perce la lumière du jour. Notre quête ? Des tee-shirts, des robes, des bijoux, des jeans, des gilets, des lunettes « chics, solides et bon marché » pour ses amies restées à Hanoï. Le plus usant était que je devais vérifier chaque étiquette afin que nous ne sélectionnions ni du *made in China* ni du *made in Vietnam*. « Sinon, à quoi bon ? Autant tout prendre là-bas ! » J'ai bien cru que j'y laisserais ma vue. Étonné qu'elle n'achète rien pour sa famille, elle me répliqua courroucée que la tradition voulait que dans son village tout le monde porte des vêtements traditionnels tissés sur place.

Sa fièvre d'achats assouvie, elle me demanda de la conduire chez Hermès pour s'offrir un carré : « Outre que j'en rêve depuis mon arrivée sur le sol français, ça en imposera à ceux qui douteraient de mon succès. » Nous nous présentâmes au 24, rue du Faubourg-Saint-Honoré la veille de notre départ. Nous avions revêtu nos plus beaux habits et ciré nos souliers. Quel contraste après toutes ces boutiques tapageuses. Quel choc culturel. C'est à peine si j'osais fouler du pied ce carrelage mythique. Je craignais qu'on nous expulse, qu'on nous demande de sortir nos papiers, de justifier les raisons de notre présence dans un lieu si peu approprié à des gens de notre espèce. Tout le monde se montra pourtant fort aimable. Un peu pincé. Mais aimable. On nous offrit même un siège, un macaron au chocolat et un café. My Hiên se fit déballer plus de trente pièces. Parce que je voulais que son bonheur fût parfait, j'insistai pour régler. Sur ce coup-là, je n'eus pas à négocier. Nous repartîmes avec un grand foulard à motifs équestres joliment empaqueté dans une boîte en carton orange avec écrit « Hermès » dessus. Pour me remercier, elle m'acheta un porte-clés en forme d'étrier. C'était la première fois en seize ans qu'elle me faisait un cadeau aussi beau. Voire un cadeau tout court.

J'en eus des picotements d'aise dans le cœur.

Samedi 31 juillet 2009

C'est rare qu'on attende de moi que je prenne des initiatives. Je pense jamais à proposer. En général, on me demande...

Mercredi 5 août 2009

J'aimais bien l'adage « Le travail rend libre » jusqu'à ce que je découvre par hasard, en parcourant un article sur *Nuit et Brouillard*, que c'était là le slogan du camp d'Auschwitz. Malencontreusement porté par cette terrible phrase, je me suis jeté tête baissée dans le boulot dès mon arrivée à Paris.

Sans le précieux coup de piston de mon parrain, je n'aurais, je crois, jamais décroché mon premier emploi, le 12 octobre 1964, chez Richard, à Asnières. C'était pas le Pérou, mais c'était pas banal puisqu'il s'agissait pour moi de superviser la torréfaction de grains de café. Si je ne m'étais découvert allergique à la poussière de cette fève si parfumée, j'aurais, à l'évidence, pu demeurer de nombreuses années dans cette usine qui fleurait bon le petit déjeuner.

Obligé de démissionner le 15 décembre 1965 – c'était ça ou y laisser ma vie... oui, ma vie ! –, j'intégrai suite à un pari idiot trop long à développer ici la prestigieuse corporation des Forts des Halles. Démasqué en moins d'une semaine – je n'étais pas bâti pour décharger des bœufs entiers –, un collègue attendri par mes déchirures musculaires me souffla l'idée de me présenter au Pied de Cochon, sis rue Coquillère. Nous étions à la veille des fêtes de Noël, ils manquaient de bras et je tombais à point. Dernier arrivé, dernier servi : on me colla à la plonge de nuit jusqu'à ce que le patron, Clément Blanc, apprenne par un chef de rang que je descendais d'une célèbre famille d'éleveurs de poulets. Impressionné par mon pedigree, il me fit rendre mon tablier de plongeur pour nouer celui autrement moins trempé de serveur. Bien qu'appliqué, j'étais par trop maladroit pour exceller dans ce métier qui demandait des qualités que je ne possédais pas. Les poulets, même de Bresse, ont leurs limites.

Après serveur, je fis concierge. D'école. Pas d'immeuble. Mon domaine ? Un très chic établissement parisien situé rue Notre-Dame-des-Champs. Son nom ? L'École alsacienne. Bien que nous fussions six à postuler, je décrochai le job haut la main. Ce qui fit la différence ? L'évocation au cours de l'entretien de ma relation privilégiée avec le supérieur du collège de l'Arc, à Dole, qui était mon second père spirituel – le premier étant mon parrain. Libre de mon temps le week-end, c'est à cette époque que je renouai avec les danses de salon auxquelles mes cousines de Curtafond m'avaient initié avant que nous nous fâchions. C'était pour moi une divine façon d'occuper mes week-ends solitaires et... de me faire de nouvelles relations. Les adolescents étant des êtres démoniaques, je devins la bête noire des élèves de seconde qui s'acharnèrent à me faire vivre l'enfer. Je résistai deux ans à leur pression. Mon directeur m'encouragea à songer à ma « reconversion » le jour où trois fortes têtes à l'imagination fertile tartinèrent mon paillasson de déjections. C'était ça ou finir à La Verrière chez les fous.

Le travail ne manquant pas à l'époque, je rebondis à la Sorbonne en février 1968 comme appariteur remplaçant. Équipé d'un volumineux trousseau de clés, j'ouvrais et fermais les amphis, aérais les salles de cours, distribuais le courrier, effaçais les graffitis et veillais à ce que les tableaux soient toujours fournis en craies. Et en chiffons humides.

Pour me remercier de lui avoir « volé » Edwige, mon ami Jean-Pierre Talon m'introduisit chez Clairefontaine le jour où ma vacation prit fin à la Sorbonne. Son beau-frère comptable y jouissait d'une aura assez belle pour pouvoir m'y imposer comme commercial. Embauché à l'essai, je fus confirmé dans mes fonctions un mois plus tard. Je goûtais tant ces cahiers au papier satiné que je deviendrais bientôt mon meilleur client.

Obligé de décliner plusieurs promotions – Edwige refusait que je m'éloigne de la maison –, je serais aimablement – mais sûrement – poussé vers la sortie l'année du premier choc pétrolier.

Prêt à tout pour gagner de quoi garnir notre garde-manger, je proposai alors mes services à qui voulait bien me faire travailler. Un soir que je finissais de remonter les stores d'une trattoria de la place Sainte-Marthe, je tombai nez à nez avec Christian Leloup, ancien contremaître chez Richard. Reconverti dans la taxidermie, il cherchait un apprenti et se proposa de m'initier aux subtilités du métier. J'ai adoré dépouiller, tanner, mouler, assembler, brosser, lustrer pour redonner vie à des animaux. À ses côtés, je serais le plus heureux des employés. L'époque était à la naturalisation et les commandes pleuvaient. Trophées de chasse, musées de province, particuliers : le nombre de gens qui voulaient conserver leur animal de compagnie décédé était effarant !

Cette parenthèse dorée prit fin le 15 août 1975, le jour où les Leloup furent tués dans un carambolage au large de Poitiers. La faute à la fatalité : leur voiture, une DS Pallas 1969, n'était pas dotée de ceintures de sécurité. Trop désargenté pour racheter leur fonds de commerce, je fus liquidé par les huissiers avec l'entreprise. Sans regret : mon « maître » parti, le métier perdait toute sa saveur.

Comme le voulait la tradition, les corps de Christian et Christiane Leloup furent exposés, trois jours, dans leur pavillon de Soissons. Stupéfait qu'ils soient si beaux, si frais après pareil accident, je me fis expliquer par leur fils

Christophe qu'un cousin thanatopracteur avait été appelé à la rescousse. Leur transfiguration m'ouvrit des perspectives inouïes : quand on y réfléchit, peu de choses séparent le métier de thanatopracteur de celui de taxidermiste.

Encouragé par M. André – un homme pourvu du sens des affaires –, je décidai de me lancer. Et m'établis à mon compte le mois suivant après une rapide formation auprès du cousin de Christian. Je tins cinq ans. Jusqu'à ce que l'État m'oblige à déposer le bilan – même scénario qu'à Curtafond où j'avais confondu fournitures, notes de frais et factures. Chassez le naturel, il revient au galop. Edwige m'en tint rigueur longtemps : j'avais vraiment de l'or dans les mains.

Ma dernière mission d'embaumeur fut la plus aboutie. Mon chef-d'œuvre. Le corps en question appartenait à un vieux prince iranien installé, depuis la révolution, à Vaucresson. Conscient que j'étais à la veille de raccrocher les gants, je mis les bouchées doubles. Le résultat fut fulgurant : sans vouloir me vanter, on aurait cru que le prince était vivant. Il ne lui manquait que la parole. Et le souffle.

Pour me remercier de la peine que je m'étais donnée, sa fille Leïla, qui vivait entre Milan, Boston et la place du Président-Mithouard, m'offrit le poste de son chauffeur rentré à Ispahan. Ce fut la période la plus paisible de ma vie : grassement payé, je travaillais à peine dix jours par mois, et encore, pas tous les mois. Mes obligations se résumaient à faire en sorte que sa flotte de limousines rutile et que leur réservoir soit toujours plein. Le reste du temps, j'avais quartier libre. En 1990, Leïla épousa un jeune baron anglais avec qui elle était entrée en collision sur une piste de ski suisse – à Crans ou Gstaad. Elle me gratifia d'une Jaguar en guise de solde de tout compte. Il y avait pire mais quand même quelle claque.

Me séparer de la Jaguar MK2 de la princesse Leïla fut un véritable crève-cœur. La crise économique faisant rage au début de cette nouvelle décennie, je me devais de mettre Edwige à l'abri. Avec l'argent récolté, je me payai une formation de chauffeur, une plaque de taxi et une XM vert émeraude. Pour éviter tous revers financiers, Edwige exigea que je lui confie la comptabilité. Grâce à sa méticulosité, tout marcha comme sur des roulettes jusqu'à ma retraite en 2003.

J'arrête là pour ce soir. Le dîner est servi, My Hiên a préparé sa fameuse soupe de poulet à la citronnelle et elle ne supporte pas que nous mangions froid.

Jeudi 6 août 2009

Je n'en peux plus de me battre avec mes baguettes. Le riz, les œufs et les légumes sautés me sortent par les trous de nez. Je rêve d'une blanquette de veau à l'ancienne arrosée d'un bon valençay.

Dimanche 9 août 2009

Pour clore ma « période taxi », ci-dessous, la liste de mes clients les plus mémorables :

– Septembre 1991, Francine Chantereau, choriste de Claude François. Course : Opéra / porte d'Asnières. Circulation fluide : 22 mn.

– Mai 1994, Joseph Joffo, coiffeur, spécialiste des billes, des agates et des calots. Course : boulevard Exelmans / avenue Foch. Circulation fluide : 17 mn.

– Juin 1994, Jean Mantelet, inventeur du presse-purée. Course : Louvre / Notre-Dame-de-Lorette. Circulation très fluide (Paris est désert) : 10 mn.

– Décembre 1996, Charles Maggio Bartolotta, alias Carlo Nell, humoriste, chanteur et comédien. Course : Panthéon / Motte-Piquet. Embouteillages monstres (manifestations des cheminots) : 47 mn.

– Juillet 1997, Gilbert Delahaye et Marcel Marlier, les pères de *Martine*. Course : gare du Nord / Saint-Germain-des-Prés. Circulation fluide : 23 mn.

– Mars 1999, Pierre Brice, acteur inconnu en France, star absolue en Allemagne. Course : place des Ternes / Madeleine. Circulation dense : 19 mn.

– Septembre 2002, Renato Ligabue, architecte italien, spécialiste des maisons bulle. Course : Montreuil / Issy-les-Moulineaux. Embouteillages monstres (opération escargot des chauffeurs de poids lourds sur le périphérique nord) : 1h57.

Sinon, je n'oublierai jamais la course folle que je fis jusqu'à Roissy le 11 septembre 1995. Mon passager n'était pas célèbre à proprement parler mais pour autant il était cher à mon cœur. Georges était son prénom. Ancien élève de l'École alsacienne, je le croisais plusieurs fois par semaine à l'époque où j'officiais dans cette prestigieuse institution. J'avais gardé une image assez précise de cet élève sérieux, accort et ingénieux. Il n'était pas de la race de ceux qui m'espionnaient et me cherchaient des poux à longueur de journée.

Docteur en ethnologie, il partait donner ce jour-là une conférence à Hô Chi Minh-Ville avec son épouse Violette, ethnologue elle aussi. Il se dégageait de ce couple une force tranquille que je leur enviais. Pour avoir conçu leur fils unique au son de *Gaspard de la Nuit*, ils l'avaient prénommé Gaspard. C'est fou comme la paternité – ou l'amour ? – avait transcendé ce garçon jadis si réservé. Il fallait voir avec quelle fierté, quelle piété – oui, piété ! – il aimait en parler.

Il faisait un numéro de duettistes détonnant avec sa femme qui passait son temps à le taquiner, arguant que son amour l'aveuglait.

Le soir où je les ai chargés, l'A3 était à l'arrêt. Et si je n'avais pas coupé par Noisy et Mitry-Mory, ils auraient manqué leur avion.

Nous nous promîmes de nous revoir pour échanger nos souvenirs communs. Il voulait me présenter son Gaspard et que je lui parle de mes concours de danse. Je me rappelle lui avoir laissé deux ou trois messages restés sans réponse. Je me rappelle aussi m'être dit, avec un léger pincement au cœur, que j'avais dû me tromper sur son compte.

Encore un beau parleur.

Paris, vendredi 1er mars 2013, 13 heures

Au sixième étage de Sparkle TV, tout le monde s'autocongratulait : la conférence de presse tant redoutée s'était plutôt bien passée. Personne ne s'était permis de chahuter la présidente. Les questions, nombreuses, n'avaient pas été trop vicieuses. Et les réponses, même absconses, avaient calmé les ardeurs des plus mal lunés.

Comme dans un jeu de rôles, Marie-France Maréchal, Maxime Rosenvallon et Augustin Trappier avaient déroulé leur partition réglée à la virgule près par Catherine Barnabé. La directrice de la communication de Sparkle TV pouvait souffler, elle avait sauvé son poste. Dans l'idée de détourner l'attention des plus grognons, elle avait un temps envisagé engager un groupe de danseuses cham. Le mieux étant souvent l'ennemi du bien, elle s'était finalement ravisée, préférant commander un buffet vietnamien pavoisé de petits drapeaux vert et or aux couleurs du logo d'*Un jour j'irai à Shanghai avec toi.* Hormis les deux reporters de *La Libre Pensée* toujours prompts à critiquer, les journalistes s'étaient tous dits charmés.

Deux jours avant la conférence de presse, le grand raout avait pourtant failli être annulé : Marcel Triballin, affolé, avait appelé la direction pour annoncer que les parents de Gaspard avaient été assassinés, que leur fils avait plaqué le jeu de son plein gré et… qu'il se sentait un peu vieux pour ce type de mission.

— Je suis à deux doigts de jeter l'éponge… À deux doigts. Vous m'entendez ?

Diplomate-né, Jean-Édouard de la Taille avait su trouver les mots pour remotiver l'ancien agent de la DST et surtout le convaincre de remonter une dernière fois à Ha Giang.

— Pressez vos trois indicateurs jusqu'à la dernière goutte ! S'ils ne vous apprennent rien qui vaille la peine d'être exploité, rentrez. La police vietnamienne prendra le relais. Allez au moins au bout de ce que vous avez commencé. Ce petit compte sur vous. Sur vous… Marcel.

Fort de toutes ces informations, il avait été arrêté, au cours d'un énième brainstorming, que l'on éluderait le passé trouble de Georges et Violette. Ainsi que l'éventualité que Gaspard ait pu quitter la course en catimini. Ils se concentreraient sur l'accident et le travail acharné de leur « enquêteur hors pair ». Après tous ces couacs, la chaîne se résolvait enfin à faire acte de contrition :

— Afin de permettre à notre enquêteur d'avoir les coudées franches, nous avons, dans un premier temps, préféré laisser entendre que Gaspard était hospitalisé, à Hanoï, dans un état grave : c'était maladroit de notre part et nous nous en excusons auprès de nos téléspectateurs et de nos annonceurs. Bien que nous ayons aujourd'hui localisé au kilomètre près l'endroit où notre candidat est tombé, nous ne sommes toujours pas en mesure de vous dire s'il est mort ou vivant. Notre enquêteur dépêché sur place a retrouvé une partie de ses affaires et nous attendons sous peu de plus amples informations. Gaspard de Ronsard peut aussi bien avoir été recueilli par une tribu qu'avoir été enlevé par des trafiquants d'opium. Nous ne sommes pas loin de la frontière chinoise réputée pour ses grottes… et donc pour ses cachettes. Comme nous nous y sommes engagés, voici le dossier de presse dans lequel vous trouverez la biographie de notre malheureux candidat ainsi qu'une série de photos prises par la production pendant les castings. Tout est libre de droits. Vous remarquerez au passage que Gaspard est assez joli garçon.

Furieux d'avoir été mené en bateau par Sparkle TV et Screen Production, Phil Pastor avait riposté sur son site par une interview coup de poing de Jimmy, l'ex-petit ami de Cindy. Cela lui avait coûté un déjeuner bien arrosé au Murano – plus une professionnelle – mais l'amoureux éconduit, vexé d'avoir été plaqué par « cette petite pute partie se la péter sur les plateaux télé », s'était confié sans censure.

philpastor.com. – 17:39

EXCLU :

Gaspard de Ronsard, le concurrent porté disparu d'*Un jour j'irai à Shanghai avec toi*, aurait été victime d'un complot

Selon nos informations exclusives, le malheureux candidat de l'édition 2013 d'*Un jour j'irai à Shanghai avec toi* aurait été poussé hors de son véhicule pendant son sommeil. Sa binôme, Cindy Lelièvre, le jugeant inapte à remporter la course à ses côtés, aurait tenté de se débarrasser de lui pour se donner toutes les chances de gagner la compétition. « Elle ne voulait pas lui faire de mal, affirme notre source qui tient à préserver son anonymat. Elle espérait juste qu'il se blesse pour qu'il soit obligé d'abandonner la partie avant qu'ils ne se fassent éliminer à l'épreuve du Supplice chinois. Il aurait été remplacé par un candidat de la saison précédente plus costaud et plus aguerri que lui. Ce qui était à la portée de quiconque. Gagner ce jeu comptait plus que tout au monde pour Cindy. Il faut la comprendre… »

Toujours selon nos informations, en compulsant son journal intime, Cindy Lelièvre aurait découvert que Gaspard de Ronsard – dont les parents, ethnologues de renom, sont décédés dans un accident d'avion dans le sud du Vietnam en 1995 – cherchait à reconstituer le dernier voyage de ses parents. Ce projet aurait été le motif principal de sa participation à la deuxième édition d'*Un jour j'irai à Shanghai avec toi*. Il aurait donc tout aussi bien pu quitter la compétition de lui-même.

« Cindy n'est pas une mauvaise fille : en ouvrant la porte du pick-up, elle lui rendait non seulement sa liberté mais en plus, elle lui permettait de mener à bien son projet », ajoute notre source.

Cindy Lelièvre, Screen Production et Sparkle TV refusent d'infirmer ou de confirmer ces informations.

Dans les minutes qui suivirent la publication de cette dépêche, Catherine Barnabé sauta.

— Comment avez-vous pu laisser passer ça ? C'est incompréhensible. Irrecevable ! Votre incompétence frise l'excellence !

— Qui pouvait savoir que Phil Pastor allait…

— Vous, Catherine ! Vous ! Rassurez-moi : j'ai bien affaire à Catherine Barnabé, directrice de la communication du groupe Sparkle TV ? Je ne me méprends pas ?

— …

— Je vous paye pour tout savoir, Catherine. Tout contrôler. Tout verrouiller. Avoir des idées. Des idées ! Mais en avez-vous déjà eu une dans votre carrière ? Une seule ? Il ne suffit pas de décrocher son téléphone pour commander un buffet vietnamien avec des fleurs de lotus en papier et des drapeaux ridicules pour devenir la reine de la com' parisienne ! Quand je pense qu'il vous suffisait de brosser ce laquais dans le sens du poil pour qu'il nous bouffe dans la main…

— Non mais quelle mauvaise foi. Vous savez comme moi que Pastor est ingérable. Incoercible. Vous qui vous targuez d'être plus futée que tout le monde, pourquoi ne lui avez-vous pas donné un petit scoop à ronger ? Même bidon !

— Personne ne me parle comme ça, à moi. Pas même mon mari quand il rentre le soir éméché parce qu'il a perdu un procès. Vous êtes virée, Barnabé. Virée !

— Je ne suis pas virée, c'est moi qui me barre !

Une catastrophe n'arrivant jamais seule, un groupe de soutien à Gaspard baptisé « Pour le retour de Gaspard de Ronsard à Paris et la fin d'*Un jour j'irai à Shanghai avec toi* » fit son apparition sur Facebook dans l'heure qui suivit la parution de la dépêche de Phil Pastor. Fort de près de douze mille membres, ce groupe animé en sous-main par le CGT – Collectif des Gavés de la Télé – était d'une rare virulence puisqu'il exigeait que tous les sponsors de la chaîne liés à ses jeux de téléréalité se retirent, faute de quoi ils seraient boycottés.

Pour trouver une issue favorable à cette nouvelle crise, Marie-France Maréchal se retira dans son bureau avec son directeur général.

— Pour commencer, tu me trouves la taupe qui balance toutes ces infos de merde à Pastor. Tu t'en débarrasses comme tu veux, comme tu peux, ça ne me regarde pas. Ensuite, tu me déniches un *spin-doctor* au plus vite : il y a le feu à tous les étages. Le grand incendie de Rome de 63, c'est rien à côté de ça. Rien !

— Tu ne crois pas que tu noircis un peu le tableau, Marie-France ? Qui connaît le CGT ? Qui lit les dépêches de Pastor ? Tu as vu comme son interview de Cindy est passée inaperçue la dernière fois ?

— Jean-Édouard, on a traversé trop de tempêtes en vingt ans pour se fâcher à cause de Phil Pastor et de ce collectif de tarés ! En dépit de ce que tu imagines, tous ceux qui font que nous sommes encore à nos postes aujourd'hui et que nous passons nos étés à Paros et nos hivers à Courchevel suivent Phil Pastor : nos actionnaires, les journalistes, nos sponsors, notre conseil d'administration, les syndicats. Tout comme Air Saigon, Empire Céleste et Yunda qui s'apprêtent déjà à rompre leur contrat sous la pression du CGT. Ce sont des centaines de milliers d'euros qu'il va nous falloir retrouver d'ici le prochain exercice si nous voulons espérer toucher nos primes de fin d'année, voire continuer à bosser ! Alors, s'il te plaît, ramène-le-moi d'Australie avec les dents s'il le faut, mon super conseiller en communication de crise, parce que notre marge de manœuvre est réduite à néant. Suis-je claire ? Et j'apprécierais de ne pas avoir à me répéter !

— C'est clair, Marie-France. Très clair.

Grâce à Internet, Eulalie était désormais une « femme connectée ». Scotchée jour et nuit à l'écran de son ordinateur, elle retraçait inlassablement le parcours de Gaspard et bouillonnait en dedans.

Le 2 mars au soir, excédée par la malhonnêteté de Sparkle TV, folle de rage contre Phil Pastor, déçue par « cette baudruche de Marcel », elle s'était résolue malgré sa peur maladive de l'avion à s'envoler pour Ha Giang. Elle irait dormir chez sa cousine Simone de Givors partie faire fortune à Hanoï avec son mari à la fin des années soixante-dix. Elle seule pourrait l'aider à se frayer un chemin jusqu'aux montagnes où Gaspard s'était envolé.

Il fallait qu'elle s'ouvre au plus vite de cette décision à Hippolyte.

— Je suis désolée de te marquer au short comme ça, mon petit, mais tu es le seul avec qui je peux partager ma misère. Sous prétexte que je suis une vieille femme divorcée sans défense, tout le monde se dégonfle. Tout le monde me baratine. Puisqu'on ne peut compter que sur soi, je vais me rendre sur place. En me bourrant de tranquillisants, je devrais pouvoir monter dans l'avion. À propos d'avion, Hippolyte... tu ne voudrais pas m'accompagner... là-bas ? Je t'offre le billet, quitte à vider mon livret A.

Quelque part, à l'extrême nord du Vietnam

Les yeux brouillés de larmes, Gaspard reposa le journal de bord d'Hubert. Incapable de poursuivre sa lecture plus avant, il donna congé à son auditoire et demanda à My Hiên de bien vouloir le laisser seul. Bien que cela ne fût pas gentil, il fit mine de ne pas voir Khoa qui lui adressait des regards suppliants. Il demanda aux petits de fermer la porte, de tirer les rideaux et de prendre la clé des champs. Il avait besoin de se recentrer pour faire siennes ces pages brûlantes et s'assurer qu'il n'avait pas rêvé.

C'était irrationnel... Hubert avait été concierge à l'École alsacienne du temps de son père et c'est lui qui avait conduit ses parents vers leur dernier voyage.

Savoir que Georges aimait l'évoquer, qu'il était sa fierté le bluffait littéralement. Il avait toujours cru que ses parents l'avaient conçu sur un malentendu.

Par convention. Il pensait même avoir été un poids pour eux. Un boulet qui les aurait empêchés de sillonner le monde, d'étudier, de professer autant qu'ils le souhaitaient. Aussi cruel que cela puisse être, il ne lui était jamais venu à l'idée qu'il avait été désiré et aimé pour ce qu'il était.

Les jours qui suivirent cette invraisemblable découverte, Gaspard se referma sur lui-même. Prétextant une dépression passagère, il demanda à My Hiên de le décharger des veillées : il voulait reprendre tous les cahiers d'Hubert depuis le début pour y trouver des indices qui, peut-être, lui auraient échappé. Malgré toute sa bonne volonté, les lignes valsaient dans son esprit encombré. Il était si peu maître de lui-même que, par intermittence, il sombrait dans une douce apathie. Il fallait qu'il s'y reprenne à plusieurs fois pour intégrer ce qu'il lisait. Incapable de se concentrer plus d'une poignée de minutes, il voguait entre la France et le Vietnam. Telle une âme errante. Redevenu enfant, il allait des bras d'Eulalie à ceux de ses parents. C'était à la fois moelleux et empreint de beaucoup de nostalgie. Indéfiniment, il se refaisait le film de sa vie à la lumière de ce qu'il avait appris. Et se perdait en hypothèses.

Noyé dans cet épais brouillard, la seule chose à peu près claire était qu'il devait tout faire pour retrouver Cao Minh. Celui-ci était sa dernière chance d'en apprendre un peu plus sur Georges et Violette. Dès qu'il aurait retrouvé sa liberté, il descendrait l'interroger dans le Sud.

Il n'était pas dans les gènes de My Hiên d'observer le monde se déliter en gardant les bras croisés. Les villageois, qui avaient repris goût aux veillées, se plaignaient de trouver le temps long, et les jeunes – cornaqués par Duy et Khôi – recommençaient à fomenter des plans de rébellion. Le septième jour, My Hiên, qui trouvait que toute cette comédie avait assez duré, monta secouer Gaspard.

— Dis-moi ce qui se passe, Gaspard : tu n'es plus toi-même. Je ne te reconnais plus. Je veux comprendre !

— Sortez, ma… dame.

— N'y compte pas ! Je suis ici chez moi. Et à ce titre…

Pour marquer sa désapprobation, Gaspard se retourna vers le mur et lui présenta son derrière.

— Eh oh, mon petit bonhomme ! On a passé un contrat toi et moi : je te remets en position verticale et tu fais l'animation jusqu'à mon rendez-vous du 29 mars. Sinon, je te garde et tu finis ta vie dans cette maison sur pilotis ! Faudrait pas pousser mémé dans les orties !

— …

— Raconte-moi ce qui ne va pas.

— Non…

— Allez !

— Non !

L'espace de trente secondes, My Hiên et Gaspard s'affrontèrent du regard. Comme chaque fois, c'est Gaspard qui plia.

— Vous savez comment s'appelaient mes pa… mes parents ?

— Non… Tu ne m'as jamais parlé d'eux.

— Parce que vous ne m'avez jamais rien demandé.

— Peut-être. Mais c'est que je suis discrète.

— N'importe quoi ! Avouez plutôt que vous n'en avez rien à foutre de qui je suis. Si vous m'écoutiez quand je lis, vous auriez pu deviner toute seule que mes parents s'appelaient Georges et Violette. Qu'ils étaient cher… chercheurs. Qu'ils étudiaient un peuple qui vit dans le sud de votre pays, les Mnong Gar. Ils sont décédés dans un accident d'avion il y a dix-huit ans. Dans le Dak Lak. C'est pour ça que je me suis inscrit à ce jeu de téléréalité imbécile. Je veux les retrouver. Comprendre comment et pourquoi ils sont morts.

— Continue.

Ému que My Hiên fasse montre d'intérêt, Gaspard s'adoucit.

— Je ne sais presque rien d'eux : j'avais six ans la dernière fois qu'ils m'ont bordé. Par contre, ce dont je suis certain, c'est qu'ils me manquent. Quand vous m'aurez libéré, en avril, je descendrai là-bas chercher un homme qui… qui était très proche d'eux. Il était leur guide et leur traducteur.

Bien que touchée, My Hiên demeurait impassible.

— Quel rapport avec le journal de bord d'Hubert ? T'es plutôt pas malheureux ici. Y a-t-il quelque chose dans ce que tu as lu qui t'aurait fait vaciller ?

— J'ai découvert qu'Hubert, votre Hubert, connaissait mes parents : il était concierge à l'École alsacienne à l'époque où mon père y était élève et c'est lui qui les a conduits en taxi à Roissy pour leur dernier voyage. Vous ne trouvez pas ça dé… dément ?

My Hiên, secouée par cette dernière révélation, fit taire Gaspard. Elle bascula sa tête en arrière, soupira un grand coup et après une courte pause enchaîna d'une voix que Gaspard ne lui connaissait pas. Une voix compatissante et ravagée.

Non, elle n'avait pas oublié cette fameuse course pour Roissy. C'était même l'une des rares dont elle se souvenait : jamais elle n'avait vu Hubert rentrer du travail si excité. Si excité qu'avant de s'expliquer il s'était précipité sur son calendrier des postes pour noter la date de leur retour à Paris : il voulait les inviter à prendre l'apéritif et craignait qu'ils ne repartent au Vietnam avant qu'il n'ait eu le temps de les recontacter. Ce n'est qu'une fois attablé devant un verre de guignolet qu'il lui avait raconté qui ils étaient pour lui. « Tu te rends compte ? Ils travaillent sur des minorités comme la tienne ! Ils savent peut-être sur ton propre peuple des choses que tu ignores toi-même ! »

Les semaines qui suivirent ces retrouvailles inattendues, Hubert tenta sans succès de les joindre. Las de se heurter à un répondeur, il finit par leur écrire. En vain.

— Ils lui avaient parlé de toi en des termes si touchants qu'il avait prévu de t'offrir un Meccano pour Noël. Nous étions allés le repérer au Nain bleu et son prix, exorbitant, m'avait coupé les jarrets !

N'y tenant plus, Gaspard se blottit dans ses bras. Fait extraordinaire, elle ne le repoussa pas. Dehors, le soleil prenait ses quartiers de nuit, laissant sa place à la lune. C'était le signal que les grillons attendaient pour entamer leur refrain si familier. Cet instant de communion se prolongea… trois minutes, puis My Hiên se leva. La tendresse n'était pas son fort. En quittant son jeune « protégé », elle passa un pacte avec lui.

— Si tu acceptes qu'on te baigne – tu pues ! –, si tu consens à recommencer à te nourrir – tu es maigre comme un coucou –, si tu veux bien réactiver les veillées – ton public est impatient –, je te raconterai une dernière chose qu'Hubert m'avait confiée au sujet de tes parents…

Eulalie aimait répéter : « Quand on tombe de cheval, il ne faut pas attendre pour remonter en selle. »

Gaspard se lava, mangea et reprit son rituel du soir. En automate.

Jeudi 13 août 2009

Il pleut…

Pour tuer le temps, j'ai passé ma journée en bonne compagnie. En compagnie de *L'Homme moderne*.

L'Homme moderne est un catalogue de vente par correspondance pour lequel Edwige et moi avions une profonde dilection. Il nous faisait voyager aux quatre coins du monde sans jamais quitter notre canapé.

Depuis son lancement en 1985, nous ne manquions pas une occasion de nous y plonger. Tous les prétextes étaient bons : fêtes, Saint-Valentin, anniversaires, Noël, augmentations, etc. Quand nous étions en fonds, nous craquions. L'élan était d'autant plus naturel qu'il y en avait pour toutes les bourses. Et que passer commande était simplissime : inutile de posséder Internet ou d'écrire, on pouvait tout régler par téléphone. Avec *L'Homme moderne*, il suffisait d'acheter une fois de temps en temps pour recevoir le catalogue trois ou quatre fois par an. Jamais il ne vous trahissait. Il arrivait par voie postale et pour marquer le coup, notre facteur nous le remettait toujours en mains propres. Pour lui signifier notre gratitude – sept étages, pensez ! –, nous débouchions une bouteille de pouilly-fuissé que nous lui servions avec des gougères maison – ma spécialité avec le teurgoule. Sur un coin de table, nous passions ensemble en revue les dernières nouveautés qui alimenteraient nos quinze prochains jours de conversations : le détecteur de faux billets, le sapin de Noël musical *et* lumineux, les fausses pierres en polyrésine – pratiques pour dissimuler ses clés... quand on a un jardin –, l'adaptateur de douilles, le souffleur d'insectes, les crampons en métal escamotables pour chaussures de ville, les chaussettes massantes, le coupe-poil de nez, etc. Il y avait peu d'articles féminins mais je me souviens d'avoir offert en juin 1997 à Edwige et My Hiên un foulard cent pour cent soie intitulé *Les Iris*. Ainsi nommé en hommage à Vincent Van Gogh, la notice précisait : « Un foulard de maître à offrir à une artiste d'élégance. »

Sans s'annoncer, pour le simple plaisir de me faire sursauter, Duy et Khôi ont débarqué à pas de loup et crié « Hou ! ». Depuis quelques jours, c'est leur jeu préféré. Ils ne s'en lassent pas. Plongé dans la description d'une horloge à la précision atomique radio-pilotée par l'Institut fédéral de physique et de métrologie de Brunswick (Allemagne), je me suis une fois de plus laissé surprendre par leurs facéties. Plutôt que de déguerpir comme à l'accoutumée, ils sont tombés en arrêt devant mon catalogue préféré. Tout ce qui touchait à l'énergie solaire – les lampes, le radio-réveil, les enceintes, les montres, le pèse-personne – les subjuguait. Il ne leur a pas fallu beaucoup de temps pour comprendre comment ces gadgets fonctionnaient. Et surtout que ces gadgets fonctionnaient sans électricité. Très vite, tous les jeunes du village sont montés dans ma chambre et pareils à Duy et Khôi se sont extasiés. C'était charmant à voir. Sauf que ma brochure a fini toute chiffonnée.

Quand je m'en suis ouvert tout à l'heure à Mme Hiên, elle est entrée dans une colère noire. Premier surpris, je suis resté interdit. Il va falloir que j'éclaircisse la situation.

Mercredi 19 août 2009

Le jour où j'ai lu en toutes lettres : « Veau élevé sous la mère », j'ai compris que les petits des vaches n'étaient pas amphibies.

Vendredi 21 août 2009

Enfant, j'avais toujours peur de manquer. Manquer de baisers. Manquer de jouets. Manquer de bonbons. Pourtant maman m'aimait avec passion.

Mais reprenons : enfant, j'avais toujours peur de manquer. Tant et si bien que chaque fois que nous partions en vacances, je remisais la moitié de mon « sandwich aller » pour le voyage retour.

Un été où nous sommes restés plus d'un mois chez une vieille tante du côté de Lons-le-Saunier, mon sandwich a moisi et des vers s'y sont logés. Je l'ai mangé. J'ai failli en crever.

Depuis je suis obsédé par les DLC.

Samedi 22 août 2009

Conseils de Khoa pour bien se réveiller le matin :
1) Se frotter doucement les yeux avec les poings.
2) Se pincer vivement les joues du bout des doigts.
3) Se masser longuement le lobe des oreilles.
Essayez, c'est radical.

Mercredi 26 août 2009

Lundi après-midi, les chefs des six principaux villages de la vallée se sont enfermés à huis clos pour faire un point sur l'acheminement de l'électricité dans la région. My Hiên s'y est rendue à reculons. Quand je m'en suis étonné – « L'électricité est une fée ! Rappelle-toi My Hiên la magnifique fresque de Raoul Dufy que je t'ai montrée un jour au musée d'Art moderne à Paris ! » –, je me suis fait enguirlander comme jamais. « Tu veux me tuer, c'est ça ? Tu veux notre mort ? L'électricité va tous nous détruire. Source de discorde, d'isolement, de corruption, elle va faire exploser notre communauté. Ne vois-tu pas déjà comment tous les jeunes lorgnent sur ce qui risque de nous diviser : radios, ordinateurs, jeux vidéo, ils veulent tout ! Quand je pense que tu as trouvé phénoménal que Duy et Khôi s'ébaubissent devant tes gadgets solaires. Il faut être raide abruti. » J'avoue que je n'avais pas vu le progrès sous cet aspect.

Quand My Hiên est revenue de son sommet, je l'ai trouvée fort abattue. « Personne ne veut m'écouter. Tous ces crétins ne voient pas plus loin que le bout de leur nez. La seule chose qui les intéresse c'est qu'avec l'électricité ils pourront connaître le cours du porc sur le marché, consulter la météo et brailler devant le foot à la télé. Encore heureux qu'ils ne connaissent pas l'existence d'Internet. Je leur ai annoncé que je me désolidarisais de leur démarche pour préserver notre communauté. Ils ont ri comme les perdus qu'ils sont et m'ont objecté que je ne pourrais pas bien longtemps lutter seule contre le gouvernement. »

J'ai bien tenté de lui faire entendre que l'électricité n'avait pas que de mauvais côtés. Pour changer, elle ne m'a pas laissé développer ma pensée. Elle m'a même gratifié d'une méchante volée de bois vert, alléguant que je ne connaissais rien à sa culture. Que j'étais « un indécrottable bourrin ».

J'ai beau avoir la peau dure, là elle m'a blessé. J'ai quand même tout quitté pour elle. J'en ai soupé qu'elle me prenne pour sa tête de Turc ! Alors que je m'apprêtais à lui rappeler que je n'étais pas un défouloir mais un être de chair, avec un cœur qui bat et une âme qui vibre, comme dans le poème de Prévert, elle s'est levée et a filé « sans une parole, sans me regarder. Et moi j'ai pris ma tête dans mes mains et j'ai pleuré ».

Roissy, mercredi 6 mars 2013, 12 heures

Jean-Édouard de la Taille faisait les cent pas à Roissy depuis près de quatre heures.

À la recherche de son *spin-doctor* – Don Weston, un ancien ponte de la chaîne américaine ABC, que leur avait recommandé Alain Mail, le patron de MostRadioTV –, il courait les terminaux au gré des annonces d'ADP. Personne n'étant en mesure de lui dire avec précision où et quand l'avion de son conseiller – « victime d'une avarie » – allait atterrir, il prit place dans un *corner* Ladurée. Pour s'obliger à se calmer. Réfléchir. Et commander un thé noir de Chine avec un macaron caramel-beurre salé.

Sur le point de craquer pour un deuxième biscuit rond, il aperçut, sortant des toilettes pour femmes, une Eulalie hirsute, verte et titubante. Épaulée par un jeune homme prévenant, elle avait perdu toute sa superbe et faisait peine à voir. Bien qu'il ne l'ait rencontrée qu'une seule fois, il la reconnut au premier coup d'œil. Son regard vert, perçant, barré de longs cils blonds était de ceux que l'on n'oublie pas.

En garçon bien élevé, le directeur général de Sparkle TV hésita à se lever pour les aider puis se ravisa. Il lui restait encore une heure à tuer et l'idée de la passer à filer ce drôle d'attelage le tarabusta. Qu'est-ce qui avait bien pu conduire Eulalie Fleury à se rendre à Roissy ? Cet aéroport était le dernier endroit où il se serait figuré la croiser. Quel coup tordu était-elle en train de mijoter ? Y avait-il un lien entre sa présence ici et le fait que depuis une semaine elle avait cessé de les appeler cinquante fois par jour ? Il s'était attendu à ce qu'elle lui fasse la misère après les révélations fracassantes de Jimmy. Mais rien. Cela ne lui ressemblait pas. Il y avait forcément anguille sous roche. Ayant eu jusque-là d'autres chats plus coriaces à fouetter, il avait préféré faire le mort. Il était néanmoins aujourd'hui acculé à découvrir ce qu'elle manigançait. L'occasion était trop belle. Il ne fallait pas la laisser passer.

En portant toute son attention sur leur conversation – ce qui n'était pas évident compte tenu des messages à répétition qui résonnaient dans l'aéroport –, il capta les mots « malade », « audace », « Gaspard »,

« tranquillisants », « alcool », « assommer », « dormir » et « Ha Giang ». Il crut un instant reconnaître le mot « Marcel », mais se convainquit qu'il avait fantasmé.

Tout cela était intriguant. Et si Gaspard était vivant ? Et s'il s'apprêtait à rentrer ? Avec cette femme, on pouvait tout conjecturer.

Clopin-clopant, Hippolyte et Eulalie – qui se servait de son chariot comme d'un déambulateur – bifurquèrent vers la zone d'enregistrement. C'était maintenant ou jamais. N'écoutant que son courage, Jean-Édouard se convainquit de les intercepter. Son « Bonjour ! » franc et sonore les fit sursauter. Manifestement, ils avaient quelque chose à cacher. Pour toute réponse, Eulalie émit un vilain borborygme et, agitant ses billets d'avion, fit mine de le chasser hors de sa vue. Mi-amusé mi-agacé, le directeur de Sparkle TV se dit que l'apparition d'une mouche à merde ne lui aurait pas fait plus horreur. Chauffé à blanc, il bloqua du bout du pied la roue avant de son trolley et entama la conversation.

— Vous à Roissy ? Quelle joie ! Je m'inquiétais de ne plus avoir de vos nouvelles… Ne me dites pas que Gaspard est de retour !

— Arrêtez de vous foutre de ma gueule, la Touille !

— La Taille, madame. De la Taille…

— Vous me faites suivre ? Ça vous fait bicher le spectacle d'une vieille dame obligée de se taper douze heures d'avion à cause de votre incompétence ? J'ai une peur bleue de voler. Je repeins les murs de mes toilettes toutes les heures depuis ce matin alors même que mon ventre est plus vide que les caisses de l'État. Si vous étiez moins poltrons, tous autant que vous êtes, je ne serais pas obligée de me rendre en personne au Vietnam. Vous auriez quand même pu faire preuve d'un poil de clairvoyance en sélectionnant Hippolyte que voici ! Jamais il ne serait arrivé quoi que ce soit à mon Gaspard s'il était parti avec lui. Ouvrez les yeux et regardez : il a quand même plus de panache que votre cloche de Cindy !

Hippolyte – qui ne regrettait pas d'être venu ! – se tenait en retrait trois pas derrière, prêt à la contenir au cas où les choses s'envenimeraient. Jamais il n'avait vu Eulalie dans un tel état de hargne.

— Pardon, mais je n'ai pas bien saisi qui était ce jeune homme.

Arborant un sourire de circonstance, Hippolyte sortit de sa réserve.

— Mon nom est Hippolyte Ribot. Je suis le colocataire de Gaspard et nous avons postulé ensemble à *Un jour j'irai à Shanghai avec toi.* J'accompagne Eulalie au Vietnam parce qu'elle ne parle pas anglais et qu'elle est phobique de l'avion. Ce qui explique qu'elle soit un peu tendue…

Blond, athlétique, râblé, Jean-Édouard se surprit à penser que ce type aux yeux bleu turquoise avait tous les attributs du GI. Et qu'il aurait fait un excellent candidat. Quelle erreur tactique de l'avoir écarté du casting.

— Que comptez-vous trouver au Vietnam que nous n'ayons déjà trouvé, Eulalie ?

— Gaspard, de la Touille. Gaspard. Ça saute peut-être pas aux yeux au premier abord, mais lorsque je suis en pleine possession de mes moyens, quand je veux, j'obtiens ! Pour preuve, je nous ai décroché deux passeports et deux visas en moins de quarante-huit heures. Et ce n'est qu'un début…

Eulalie et Hippolyte franchirent la douane sans qu'il ait eu le temps d'esquisser le moindre geste pour les retenir.

C'est le moment que choisit Marie-France Maréchal pour faire vibrer le portable de son subordonné.

— Tu fais du shopping au duty free, Jean-Édouard ? T'es bouché ? Ça fait vingt fois que je te sonne. Don Weston t'attend en salle d'arrivée depuis plus d'une demi-heure. Il menace de rentrer à New York si tu ne rappliques pas. Rattrape-le. Et au galop !

Tandis que Jean-Édouard de la Taille courait vers le Terminal 1, Eulalie, qui venait de gober un deuxième Tranxène – elle avait rendu les deux précédents –, se mit en tête de rédiger un message à Marcel depuis son Blackberry.

— Ce truc que tu m'as fait acheter est méphistophélique, Hippolyte. Je n'ai plus vingt ans : je manque de patience et de vivacité. Écris pour moi.

— N'y comptez même pas. Calmez-vous et… retenez avant tout qu'en informatique pour aller vite, il faut aller lentement. Il est 14 heures et on décolle à 19 h 20. Vous voyez, on a du temps à revendre. Je vais vous montrer comment procéder.

Quelque part, à l'extrême nord du Vietnam

Fidèle à sa promesse, deux jours après que Gaspard eut repris ses lectures nocturnes, My Hiên finit de lui raconter ce qu'Hubert lui avait confié au sujet de ses parents.

— Georges et Violette étaient censés atterrir à Paris le 15 octobre. Je m'en souviens avec précision parce que je suis du 29 et que je trouvais Hubert plus empressé de les inviter à dîner que de me chercher un cadeau d'anniversaire. Comme je te l'ai dit la dernière fois, il tenta à maintes reprises de les appeler, sans succès. Idem avec les courriers. C'est seulement quand ses lettres lui furent retournées avec la mention « Inconnu à cette adresse » qu'il abandonna son projet de les revoir et de te rencontrer. Jamais, au grand jamais nous n'aurions pu imaginer qu'ils étaient morts et enterrés depuis plusieurs mois. Voire rongés par la vermine.

À ces mots Gaspard, que la maladresse de My Hiên ne cessait de heurter, étouffa un sanglot.

— Si vous pouviez éviter de trop… trop charger la ba… ba… barque, ce serait é… élégant. C'est de mes pa… de mes parents que vous parlez.

— Pardon, Gaspard, je ne voulais pas te blesser. Mais, comment voulais-tu qu'on conçoive ce qu'il leur était arrivé ? Je n'avais pas la télé et, chez lui, Hubert ne la regardait pas. Et puis, quand bien même il y aurait eu un faire-part dans le journal, on ne le lisait jamais. Hubert était à l'époque bien plus captivé par sa collection de touillettes à jus de fruits que par la rubrique nécrologie.

Soucieuse de rattraper sa bévue, My Hiên semblait intarissable. Un moulin à paroles.

— Et puis tu sais pour moi, à l'époque, le français écrit c'était du chinois. Votre alphabet est impossible ! Entre le P et le B, le M et le N, le D et le T, un chat n'y retrouverait pas ses petits…

Gaspard eut un irrépressible haut-le-cœur.

— Ça va, petit, ou tu préfères qu'on reprenne cette conversation plus tard ? Parce que je ne t'ai pas encore tout raconté.

Bien que sur le point de vomir, Gaspard opina valeureusement du chef.

— Un soir de décembre, alors que nous étions sortis dîner dans un restaurant bizarre dont lui seul avait le secret – une taverne croate ou moldave, je ne sais plus –, Hubert me déclara soudain qu'il se sentait soucieux, très soucieux. Ses mots étaient : « Il est arrivé quelque chose de funeste à Georges. Quelque chose de fu-nes-te… » À l'époque, je ne comprenais pas trop ce mot mais je pressentais que c'était grave. Quand je lui ordonnai de me livrer le fond de sa pensée, il m'avoua que tes parents lui avaient confié qu'ils incommodaient les trafiquants d'opium qui sévissaient alors à la frontière vietnamo-cambodgienne. Que leurs travaux et leur intimité avec les Mnong Gar les mettaient en danger. Qu'ils avaient reçu par écrit des avertissements assez précis. En dépit de tout ça, ton papa et ta maman insistaient. Voulaient-ils défier le sort ? Refusaient-ils de se laisser impressionner ? On ne le saura jamais. La seule certitude d'Hubert, c'était qu'ils avaient peur pour toi. Peur de ce qu'il adviendrait du petit garçon que tu étais s'ils disparaissaient…

Cette confidence émut Gaspard qui reprit des couleurs. Jusqu'à ce que My Hiên fasse une nouvelle remarque déplacée.

— Tes parents ont fait preuve d'une impardonnable légèreté. C'étaient pas des nouilles ! Ils avaient des diplômes ! Faut pas déranger par ici. Pour éviter les ennuis, y a qu'une seule solution : se tenir à carreau. Se faire transparent. Tiens-le-toi pour dit, Gaspard. Surtout que tu ne le sais peut-être pas, mais nous souffrons des mêmes maux dans la région. La frontière chinoise est toute proche et le trafic d'opium reste un business très lucratif. Dire que je croyais qu'Hubert grossissait le trait pour faire l'intéressant. Peut-être disait-il vrai en fin de compte. Si ça se trouve, tes parents ont été victimes d'un guet-apens…

Cette nouvelle finit d'achever Gaspard qui cette fois-ci craqua et se mit à pleurer toutes les larmes de son corps, hoquetant comme un bébé. Pour la deuxième fois en moins de trois jours, My Hiên l'attira contre sa grosse poitrine usée. De ses mains rugueuses, elle lui caressa les cheveux avec douceur.

Tandis qu'elle cajolait ce grand garçon fragile, elle se dit qu'elle vieillissait. Comment pouvait-elle sinon s'expliquer qu'elle devienne si maternelle ?

— J'ai soif. Je suis de… desséché.

Sans se faire prier, My Hiên lui servit une louche d'eau tiède dans un verre en Pyrex ébréché. Gaspard le but d'une traite. Pensif, il le fit rouler entre ses longs doigts fins.

— Vous croyez que c'est possible que… que mes parents aient été assassinés et que tout le monde ait cru à un accident ? Il faudrait que le crime ait été bien… bien maquillé.

— Même pas. Nous sommes au Vietnam, Gaspard. Pas en France… La police a peu de moyens. Au service d'un État qui n'a qu'un rêve, nous assimiler, elle méprise souvent les ethnies minoritaires ainsi que ceux qui les protègent. Par ailleurs, et crois bien que je le déplore, elle n'est pas difficile à corrompre.

— S'il vous plaît, My Hiên, faites appeler Kho… Khoa. Demandez-lui de… de m'ôter mes attelles. Peut-être puis-je déjà remarcher. Je voudrais partir d'ici. Ayez pitié de moi, rendez-moi ma liberté. J'ai besoin de… de savoir ce qui est arrivé à mes parents.

Hérissée, My Hiên tapa du poing sur le cageot qui tenait lieu à Gaspard de table de nuit, et manqua de peu l'exploser en mille morceaux.

— Arrête avec ça, Gaspard, tu veux ? Arrêêêêêêêêêête ! Tu abuses de ma générosité, c'est mesquin. Tu as promis de te montrer patient jusqu'à mon rendez-vous du 29 mars prochain, donc tu attends ! Et tu respectes notre contrat. Point par point.

D'une toute petite voix, Gaspard articula.

— Je ne tiendrai pas. Je ne pourrai pas.

— Nous sommes le 10 mars. Tu n'as plus que trois semaines à tirer. C'est rien.

— Pour vous peut-être. Mais moi, pendant ce temps-là, je crève à… à petit feu. Vous êtes la femme la plus é… é… égoïste qu'il m'ait été…

— Je t'interdis de dire ça. Qui es-tu pour m'insulter, petit morveux ?

— …

— Pour te prouver que je ne suis pas aussi abominable que tu crois, je vais essayer de t'aider à trouver l'homme que tu recherches. C'est quoi son nom ?

— …

— Cesse de bouder comme un enfant gâté. Réponds-moi ! Je suis ta meilleure alliée. Je dirais même plus, ta seule alliée.

— …

— Gaspard, dépêche-toi. Je perds patience, là.

— Cao Minh.

— Jamais entendu parler… Mais encore ? Je t'en conjure, ne te fais pas prier : je suis attendue pour dessouder une truie au rez-de-chaussée !

— S'il est… s'il est encore vivant, ce qui n'est pas gagné, il ne doit pas avoir loin de quatre-vingt-dix ans. Il parlerait le français comme nous et serait très érudit. À l'époque où il travaillait pour mes… mes parents, il résidait dans le sud du pays au bord de la mer de Chine, à Nha Trang.

My Hiên grava toutes ces informations dans un coin de sa tête.

— C'est bien, mais c'est vague. Des détails ?

— Dans les notes de mon père, j'ai lu qu'il était originaire du Dak Lak. Il aurait été pensionnaire au… au lycée français à Hanoï. Ça paraît fou parce que c'était à des centaines de kilomètres de chez lui. Il aurait même décroché une bourse universitaire dans les années quarante.

— J'ai quelques relations haut placées à Hanoï, elles pourront peut-être nous aider à retrouver sa trace. Elles connaissent tout le monde. La prochaine fois que je descends à Ha Giang, je leur passe un coup de fil. En attendant, tiens-toi tranquille.

Sur ces entrefaites, My Hiên descendit « des-souder » sa truie.

Gaspard aurait aimé croire que My Hiên disait vrai. Mais il en doutait cruellement. D'autant plus cruellement qu'elle avait ceci de commun avec Eulalie qu'elle ne se perdait jamais en hypothèses. Et qu'elle bluffait comme personne.

En attendant une improbable visite de Khoa, Gaspard entreprit de glisser des feuilles de bambou séchées entre les pages du journal de bord d'Hubert qui parlaient de ses parents. Plus concentré que Kasparov cherchant à faire échec et mat Karpov au championnat du monde d'échecs de 1985, il ne se rendit pas compte que le vieux docteur l'épiait depuis le pas de la porte. Frêle comme un papillon, il tremblait du talon au sommet du front. Tout était décidément bien précaire chez lui. Même sa chique qui menaçait de tomber chaque fois qu'il respirait.

Pris d'un fol espoir, Gaspard se dit que My Hiên s'était peut-être infléchie. Que sa détresse l'avait touchée. Qu'elle avait changé d'avis et qu'elle s'était peut-être résolue à le libérer : après tout, elle n'était peut-être pas aussi dure qu'elle voulait bien le lui faire croire.

Pour l'encourager à approcher, Gaspard lui servit son plus beau sourire. Celui qui lui permettait de brûler des feux rouges en Solex sans se faire arrêter.

Il poussa vers lui le cageot qui venait d'échapper à la destruction et l'invita à s'asseoir. Il fallait qu'il trouve moyen d'amener cet homme à lui retirer ses attelles.

Gaspard tomba de très haut lorsque Khoa, en lieu et place de ses instruments de médecine, sortit de sa besace le grand portrait qu'il avait fait de lui. Où diable voulait-il en venir ? À force de mimiques et de gesticulations, Gaspard comprit que le vieil homme attendait qu'il le lui dédicace, comme s'il s'agissait d'une œuvre de prix. Il était si déçu et si abasourdi qu'il en resta sans voix. Interdit. Cette absence totale de réaction eut pour conséquence de mettre Khoa hors de lui. Mu par une force insoupçonnable, il lui saisit le poignet de ses vieux doigts crochus et le força à s'exécuter. Cueilli à froid, Gaspard obtempéra. Cette fois, c'est lui qui tremblait. Qui tremblait tant que son crayon lui échappa des mains à deux reprises.

Satisfait du résultat, Khoa projeta un gros mollard rouge à l'autre bout de la pièce. Puis se leva non sans difficulté. Pour tout remerciement, il lui effleura la joue, lui dit au revoir avec les yeux et s'éclipsa. Tel un vieux chat.

Vendredi 28 août 2009

Quand on me cherche, on me trouve.

Mme Hiên s'est vraiment montrée trop odieuse avec moi après son sommet des chefs. Pour qu'elle entende que je n'accepte plus qu'elle me traite ainsi, je lui bats froid. Je l'ignore. Elle ne fait plus partie de mon paysage. Étant donné mon inclination naturelle à me montrer affable plutôt que revêche, cela n'est pas évident. Mais là, je tiens à marquer le coup. Elle m'a fait trop de peine.

Pour être honnête, ma tactique ne porte pas encore bien ses fruits. Mais je veux croire que, dans les jours à venir, elle finira par réagir.

Dimanche 30 août 2009

Ce matin My Hiên est venue s'excuser pour sa conduite indigne de la semaine dernière. Pour une fois, elle avait l'air sincère. En signe de réconciliation, elle a balayé et fleuri ma chambre. Et même retapé mon lit. Trois gestes forts venant d'elle.

En fin de journée, nous sommes allés, tous les deux enlacés, assister au coucher du soleil sur les rizières en terrasses. C'était, comment dire... sardanapalesque ! Les cultures, comme un moelleux tapis, s'étendaient à perte de vue dans la brume du soir. Une douce lumière dorée arrosait le vert cru des petites pousses de riz. En fond sonore, le gazouillis de l'eau ruisselant à travers les canaux d'irrigation : du Satie.

Lorsque la nuit s'abattit sur nous, nous décidâmes de regagner le village. De toute façon, on ne voyait plus rien. Alors que nous marchions main dans la main en faisant bien attention où nous mettions les pieds – les sentiers sont infestés de serpents dans ces zones humides –, My Hiên m'a avoué qu'elle avait un grand service à me demander. J'aurais dû me douter qu'elle ourdissait d'inavouables desseins. Jamais elle ne se montre aussi gracieuse. Et conciliante ! Quelle manipulatrice celle-là.

Ci-dessous, la retranscription la plus fidèle de notre conversation :

— Mme Hiên (*mielleuse*) : J'ai beaucoup réfléchi ces trois derniers jours... C'est pour cela que je t'ai un peu négligé. Pardonne-moi, s'il te plaît, et écoute-moi bien.

— Moi (*ironique*) : Mais je ne demande que ça, My Hiên.

— Elle (*roucoulante*) : Jadis, les miens se retrouvaient le soir pour une veillée autour du chef, de l'ancêtre ou du sorcier. Ils nous transmettaient des contes et légendes locaux et cela permettait de resserrer les liens de notre petite communauté. Cette tradition – pourtant ancestrale – est tombée en désuétude quelques années après mon départ. Il n'y a bien sûr pas de lien de cause à effet. Je sens, depuis mon retour, régner l'ennui au crépuscule. Je suppute même, sans trop vouloir m'avancer, que nombreux sont ceux qui sont nostalgiques de cette époque. Étant donné que Khoa est trop vieux pour se coucher au-delà de 18 heures, que nous n'avons plus de sorcier et que je suis une très mauvaise conteuse, je me suis dit que, compte tenu de ta popularité et de tes talents de narrateur, tu pourrais remettre cette coutume à la mode. Qu'en penses-tu ?

— Moi (*méfiant*) : J'en pense, My Hiên, qu'on n'attrape pas les mouches avec du vinaigre et que tu cherches à m'embobiner. Qu'est-ce que tu fricotes ? T'as quoi derrière la tête ?

— Mme Hiên (*toujours plus mielleuse*) : Rien d'autre que d'offrir du bon temps à mes concitoyens.

— Moi (*toujours plus méfiant*) : Mais encore... Abats ton jeu.

— Mme Hiên (*grave... très grave*) : Observateur comme tu es, il n'a pas pu t'échapper que la nouvelle génération n'attendait qu'une chose : que notre hameau soit relié à l'électricité. Depuis qu'elle sait qu'il est devenu possible que nous soyons équipés, tous les prétextes sont bons pour la revendiquer. Les jeunes sont à cran et déjà intoxiqués. Il n'y a qu'à voir le coup de chaud que Duy et Khôi se sont pris l'autre jour en découvrant tes gadgets solaires minables. Personne ne sait que j'ai participé au sommet des chefs la semaine dernière ni que je me suis désolidarisée des autres villages. Bien que notre réunion se soit tenue à huis clos et que tout ce que nous y ayons échangé doive en théorie demeurer secret, je pense que cela ne va pas tarder à fuiter. En attendant que j'échafaude un plan pour nous protéger de ta maudite fée, je voudrais que tu les distraies, les nourrisses et donc que tu réinities les veillées. S'il te plaît Hubert. S'il te plaît, fais-le pour moi.

Quand elle m'a dit « s'il te plaît », j'ai senti que je me ramollissais. Mme Hiên ne me dit jamais « s'il te plaît » : elle exige. Comme je ne voulais surtout pas qu'elle ait la victoire facile, j'ai continué à traîner des pieds.

— Moi (*tête de bois*) : C'est pas pour faire ma mauvaise tête, mais je ne vois pas ce que je pourrais leur raconter. Et puis je ne parle pas votre langue. Déjà que quand je dis « bonjour » on croit que je dis « bonsoir » !

— Mme Hiên (*insistante*) : Tu as des tas de bouquins dans le coffre peint que je t'ai donné pour ranger ton barda. Il suffit que tu leur en lises des pas trop compliqués et je traduirai.

— Moi (*dubitatif*) : Es-tu certaine que Julien Green va les passionner et...

— Mme Hiên (*enjôleuse*) : Certaine. Et quand tu auras écumé toute ta bibliothèque, tu leur liras le *Paris Match* que tu as fauché dans l'avion.

— Moi (*ironique*) : Ou *Les Trois Petits Cochons*...

— Mme Hiên (*victorieuse*) : Excellente idée, Hubert. J'aime quand tu y mets du tien.

Je n'ai jamais rien pu refuser à ma princesse.

Mardi 1er septembre 2009

Joyeux anniversaire, Hubert…

Aujourd'hui, j'ai soixante-dix ans. Très tôt ce matin, Mme Hiên est descendue pêcher dans la vallée avec ses frères. Ils ne m'ont même pas proposé de les accompagner. Pourtant, j'aime bien ça pêcher.

Si nous étions restés à Paris, je nous aurais invités au Pied de Cochon. Je n'y suis pas retourné depuis mon éviction le 26 mai 1965. J'aurais été curieux de voir comment cela a évolué. Tout le personnel doit avoir été remplacé à l'heure qu'il est.

Pour m'aider à souffler mes soixante-dix bougies – parce que j'en aurais exigé soixante-dix sur mon Saint-Honoré –, j'aurais convié tous mes amis : Jean-Pierre Talon, Charlène, Jean-Marc, M. André et Loudfi. Nous aurions refait le monde – ou plutôt le quartier – jusqu'aux premières lueurs du jour.

Au lieu de cela, plus seul que les pierres du désert, je broie du noir, abandonné dans mon lit dont je n'arrive pas à m'extraire. Je ne fais qu'un avec lui et c'est aussi bien ainsi. À quoi bon me lever, me laver, m'habiller ? Je n'ai personne avec qui bavarder, trinquer, rigoler.

Mme Hiên n'a jamais fait grand cas des rituels. Mais quand même, soixante-dix ans, ça se fête. J'espère qu'elle se mordra les doigts quand elle réalisera.

Joyeux anniversaire, Hubert…

Mercredi 2 septembre 2009

Tels les gens prononçant Mitt'rand pour évoquer le Président quand ils le méprisaient, je m'aperçois que j'écris Mme Hiên pour évoquer ma fiancée quand elle m'agace. Ou me froisse.

Jeudi 3 septembre 2009

On vit plus longtemps sans nécessité.

Je devrais donc mourir vieux.

Je ne sais si je dois m'en réjouir. Ou non.

Vendredi 4 septembre 2009

Pour la deuxième fois en cinq jours, Mme Hiên s'est « abaissée » à me présenter ses excuses. Elle m'a juré sur la tête de ses ancêtres qu'elle n'avait pas oublié mon anniversaire : elle n'avait juste pas osé me réveiller en partant pêcher, à l'aube, avec Luong et Phong – mon œil.

Pour autant, elle ne m'a pas fait de présent.

C'est violent.

Les femmes sont dures comme des diamants.

Dimanche 6 septembre 2009

Cette nuit, j'ai fait le tour du cadran. Et ce matin, je me suis réveillé frais comme un bébé. C'est la première fois depuis notre arrivée au Vietnam. Vertigineux. Pour ma défense, hier soir, je me suis couché fort tard : conformément à mes engagements, j'ai animé ma première veillée.

Pour frapper les esprits et faire de ce rendez-vous un moment d'exception, j'avais revêtu une chemise blanche, une veste et noué une cravate : la Gilbert Bécaud. Je n'avais pas de miroir pour pouvoir m'admirer mais, d'instinct, je pense pouvoir affirmer que j'étais beau comme un astre. Malheureusement, je ne suis pas convaincu que l'assistance ait remarqué mes efforts vestimentaires, ni tiré la substantifique moelle du *Grand Large du soir* : ça a potiné sec tout le temps qu'a duré la lecture. Le brouhaha était tel que c'est tout juste si je m'entendais. Ça mangeait aussi. Beaucoup. Des sucreries multicolores à base de fruits séchés qui collaient aux dents et au palais.

My Hiên, qui était là pour traduire, ne semblait pas plus choquée que ça. Je la soupçonne même d'avoir épuré le texte que je m'étais appliqué à rendre le plus vivant possible. À chaud, cela m'a fichu un sale coup au moral et puis j'ai pris du recul. Je me suis dit : qu'importe, l'essentiel demeure qu'ils se délectent d'être réunis. Même les jeunes, conduits par Duy et Khôi, ont répondu présent. C'est dire.

La manœuvre de My Hiên n'est, tout compte fait, peut-être pas si mal élaborée que ça.

Lundi 7 septembre 2009

Je n'ai pas fermé l'œil de la nuit. Il faisait si chaud que bouger un orteil suffisait à me mettre en eau. À l'aube, mes draps étaient si trempés qu'ils étaient bons à essorer. Et moi, je n'étais qu'une chiffe molle. Pour me revigorer, je suis descendu à la cascade derrière la maison. Comme à l'accoutumée, l'eau était glacée mais Dieu que c'était délicieux.

Je ne me lasse pas de me doucher derrière mon paravent en osier. Dire que je me suis privé de ce plaisir pendant tant d'années. Quel vieux fou j'ai été.

En tirant une serviette propre de mon coffre, j'ai fait tomber mon étoile de shérif argentée. La découvrir gisant sur le parquet m'a fait tout drôle : j'avais complètement oublié que je l'avais emportée. Du coup, je l'ai empochée.

Alors que je guettais l'arrivée du soleil derrière les montagnes orangées, mon étoile à la main, je me suis surpris à compter son nombre de branches : sept. J'aimerais bien qu'un jour on m'explique la puissance de ce chiffre. Ou du moins sa symbolique.

Voyez plutôt :

– Les sept couleurs de l'arc-en-ciel

– Les sept péchés capitaux

– Les sept merveilles du monde

– Les sept sacrements

– Les sept jours de la semaine

– Les sept portes du *Château de Barbe-Bleue*

– *Tintin et les Sept Boules de cristal*

– Dans *La Chèvre de monsieur Seguin*, l'héroïne Blanquette est la septième chèvre à se faire dévorer

– *Blanche-Neige et les Sept Nains*

– Dieu a mis sept jours à créer l'univers

– Le jeu des sept familles

– Quand on casse un miroir, on s'expose à sept ans de malheur

– La couronne de la statue de la Liberté est composée de sept rayons

– Monter au septième ciel

La panoplie me semble complète. Aussi diverse que variée.

Mardi 8 septembre 2009

À propos de septième ciel. Encore heureux que ma libido se soit émoussée avec l'âge : cela fait quatre ans, cinq mois et vingt-quatre jours que je n'ai pas eu le droit d'approcher Mme Hiên.

Vendredi 11 septembre 2009

Le 11 septembre 2001, quand le World Trade Center s'est effondré, je faisais mon marché rue du Faubourg-Saint-Denis. C'est un passant qui m'a averti. En proie à une espèce de frénésie, il interceptait tout le monde. Tel Philippulus dans *L'Étoile mystérieuse*. Parce que Edwige me croyait au turbin et que My Hiên n'avait pas la télé, je me suis réfugié chez M. André, au-dessus de La Pipe du Nord, pour me figurer à quoi pouvaient bien ressembler deux tours de cent dix étages écroulées. Comme c'était son jour de congé, on est restés scotchés à la télé et on s'est quittés vers 2 heures du matin, les yeux carrés. Noués comme des lacets.

Depuis cette tragédie, il ne se passe pas un jour sans que je me figure que, moi aussi, je pourrais sauter : dans le métro, au BHV, sur les Champs-Élysées.

C'est peut-être aussi pour ça qu'inconsciemment je me suis convaincu d'accompagner My Hiên au Vietnam : je me dis qu'ici, en théorie, je suis à l'abri.

Neuilly, mercredi 6 mars 2013, 23 h 30

Toute la soirée, Jean-Édouard de la Taille s'était demandé s'il devait ou non avertir Marie-France Maréchal qu'il avait croisé Eulalie à Roissy. Pour accompagner sa réflexion, le directeur de Sparkle TV avait bu cinq whiskies. Sa femme, Charlotte, lui en avait fait le reproche mais comme il semblait peu enclin à se laisser sermonner – les trois heures passées en voiture avec le vibrionnant *spin-doctor* américain l'avaient achevé –, elle était montée se coucher seule, avec un livre.

Dans les vapeurs d'alcool, la seule chose qui demeurait claire était que personne ne pouvait savoir qu'il avait vu la mère de Gaspard à l'aéroport. D'ailleurs, s'il ne l'avait pas croisée au sortir des toilettes, un billet pour Hanoï à la main, il n'aurait jamais rien su de ses plans. Et comme elle les détestait tous, il y avait peu de chances qu'elle fasse publicité de leurs retrouvailles inopinées.

Fatigué de se faire engueuler par la terre entière, il prit le parti de garder cette information pour lui et mit son verre de whisky au lave-vaisselle.

Quelques secondes avant de s'endormir, Jean-Édouard de la Taille eut une pensée furtive pour Eulalie dont la détermination commençait à forcer son admiration : et si elle réussissait là où ils avaient tous échoué ?

Quelque part, à l'extrême nord du Vietnam

Gaspard avait du mal à digérer les dernières révélations de My Hiên. En même temps, celles-ci étaient de taille : non seulement Hubert avait bien connu son père, mais en plus – ce qui ne présentait bien sûr aucun lien de cause à effet – ses parents auraient été victimes d'un traquenard. Voire d'un attentat.

Depuis son accident le 9 janvier dernier, Gaspard avait le sentiment de n'avoir plus prise sur rien. Homme-pantin manipulé par des fils invisibles, son destin lui échappait tandis que le passé le rattrapait et que les événements le dépassaient. Burbank. Il était Burbank, le héros malgré lui d'une émission de téléréalité interprété par Jim Carrey dans *The Truman Show*. Il faudrait qu'il revoie ce film lorsqu'il rentrerait à Paris. Avec *Misery*. Si tant est qu'un jour il rentre chez lui.

Pour lutter contre ses idées noires et occuper son temps jusqu'à sa libération, Gaspard entreprit d'ouvrir dans sa chambre une mini-classe de français destinée aux enfants que leurs parents ne pouvaient pas envoyer étudier dans la vallée. Avec la pointe de l'Opinel d'Hubert, il découpa dans de vieilles boîtes de lait les vingt-six lettres de l'alphabet. Il les peignit – en indigo pour les voyelles, en marron pour les consonnes – et demanda à Duy et Khôi de les suspendre sur un fil. Juste au-dessus de son lit. Grâce à cette ingénieuse installation, il pouvait pointer du bout d'une canne de bambou les lettres qu'il voulait enseigner à ses petits élèves.

Cela lui rappela les leçons qu'il professait à ses CP, pour qui il eut une bouffée de tendresse. Comme ils avaient dû grandir en son absence ! Il leur avait promis de revenir juste après les vacances de Noël. Et déjà les vacances d'hiver approchaient.

Un matin que Gaspard apprenait aux enfants à calligraphier leur prénom, une violente altercation se produisit quelque part dans la forêt. Il entendit au loin des cris, des bruits de branches cassées et de bousculades musclées. À première vue, plusieurs personnes étaient impliquées. Dont My Hiên. Il aurait reconnu sa voix entre mille : elle montait très haut dans les aigus quand elle était émue. Les petits faisaient trop de chahut pour qu'il puisse saisir de quoi il retournait mais il aurait juré avoir entendu parler français. Un français parfait. Sans une pointe d'accent.

Rester couché toute la journée avec pour seul horizon des montagnes relevait du calvaire. À force d'immobilisme, ses muscles s'étaient atrophiés et son cerveau sclérosé. Et s'il était victime de démence précoce ? Gaspard aurait donné dix ans de sa vie pour pouvoir se lever. Se mêler à la population. Retrouver la civilisation. Être otage de son corps était une ignoble torture.

Il rongea son frein toute la journée. Quand vint le soir, tout en concevant que ce n'était pas la meilleure idée de l'année, il interrogea My Hiên sur ce qui s'était passé. Bien que de fort méchante humeur, elle lui expliqua qu'elle avait surpris en flagrant délit d'espionnage deux hommes venus de Paris. Cette nouvelle emplit Gaspard de joie autant qu'elle le sidéra. My Hiên devait être bien fatiguée ou… perturbée pour abattre ses cartes comme ça.

— Ils étaient là pour moi ?

— Que nenni ! Et pourtant, ils travaillent pour la télé.

— Je… je ne comprends pas.

— Laisse tomber. Regarde, tout le monde attend que tu ouvres tes cahiers. Les aventures d'Hubert sont bien plus palpitantes que les sottises de ces jeunes blancs-becs.

— J'envoie tout balader si vous ne me dites pas ce qui s'est… s'est passé. C'étaient qui ces gens ? Qu'est-ce qu'ils vou… voulaient ?

Autour d'eux la foule, nombreuse, commençait à s'impatienter. Le niveau sonore augmentait et l'atmosphère était étouffante. Les plus âgés – Khoa en tête – faisaient mine de rentrer chez eux. Bientôt suivraient les mères et leurs bébés.

Le bras de fer entre Gaspard et My Hiên dura quelques minutes encore. Comme chaque fois, le jeune homme fit le premier pas.

— Bon, je lis et après vous me racontez.

Quand les derniers villageois s'égaillèrent, My Hiên fit craquer une allumette et dégaina une cigarette. Gaspard n'aurait pas été plus étonné s'il avait vu surgir un squelette de son duvet.

— Vous fu… fu… fumez ?

— Vieux reste de l'époque où je battais le bitume. Quand il fait froid dehors, ça fait chaud dedans. Aujourd'hui, je fume lorsque je n'arrive plus à penser. Ça m'aide à y voir clair. Et là, je suis embrouillée.

— Navré.

— Es-tu certain de vouloir savoir ? Parce que si je te raconte ce qui vient de se passer, tu risques de me détester. Si ce n'est déjà le cas.

— …

— Si je te dis *Nouveaux Aventuriers*, tu me réponds quoi ?

— Éric Bateau ? La série documentaire sur Terra Nostra qui embarque des familles recomposées à l'autre bout du globe ?

— C'est ça. Donc, alors que je m'apprêtais à…

— Ne me… ne me dites pas que… qu''il était là !

— Éric Bateau en personne, non. Mais deux de ses sbires accompagnés d'un guide, que dis-je, d'un traître, oui ! Caméra à l'épaule et appareil photo en bandoulière, ils prospectaient la région en vue d'un tournage qui doit avoir lieu fin mai, début juin. C'est le chef d'un village voisin qui me les a adressés. Pour se débarrasser et aussi parce qu'il me juge tellement réactionnaire qu'il considère que je serais la candidate idéale pour ce type de programme. Le fait que je parle français mieux qu'une Française ne doit pas être étranger non plus à leur visite.

— Mais c'est bon pour vos affaires, ça ! C'est excellent même ! L'idée des… des *Nouveaux Aventuriers* n'est-elle pas de faire découvrir aux téléspectateurs un peuple dont la culture et les traditions sont menacées par la civilisation ? C'est votre cas, non ?

— Ce que tu peux être crédule… Réfléchis un peu avec ta tête et pense aux conséquences. Nous prêter à cette bouffonnerie reviendrait à signer notre arrêt de mort. En les autorisant à planter leur barnum au cœur du village, on se fait tous hara-kiri. Tous ! Je refuse que le monde sache que l'on existe ! Je refuse que la télé mette son nez dans nos affaires ! Je refuse que nos enfants côtoient ces suppôts de Satan ! Cela ne va faire que renforcer leur désir de voyager, d'accéder à l'électricité, de s'ouvrir à l'Occident. Tu aurais vu l'accueil que Duy et Khôi leur ont fait. Le tapis rouge qu'ils leur ont déroulé. Ils jappaient. Comme des toutous ! Le plus dur n'a pas été d'éconduire ces deux types qui étaient, ma foi, fort courtois, mais d'endiguer la frustration de ces deux jeunes gens. Ils s'y croyaient déjà. Ils étaient prêts à les laisser planter leur caméra sous leur toit. Voire dans la maison communale. Non mais quel sacrilège. Quelle inconséquence. Je ne sais pas ce qui m'a retenue de les dézinguer. Il a fallu que je les menace de mille maux – et notamment de les bannir de la communauté – pour leur faire entendre raison.

Une fois de plus, c'est reculer pour mieux sauter mais je pare au plus pressé.

My Hiên était aussi rouge que Gaspard était blanc. Dire qu'il était désespéré était un euphémisme. Liquéfié, il était au bord de la crise de nerfs.

— Co… comment avez-vous pu… pu les laisser s'approcher si… si près de moi sans leur dire que… que j'existais ? Vous… vous… vous êtes une vraie or… ordure !

— Je t'avais dit que tu me détesterais.

— Y a pas de… de… de mots pour dire combien je… je vous hais.

— Déteste-moi si ça te chante. Pour moi c'est idem : je suis ta reine, tu es mon fou, tu m'obéis. Un point c'est tout.

— Dégagez.

My Hiên tourna les talons sans dire un mot.

Samedi 12 septembre 2009

J'aurais tant aimé pouvoir clamer : « J'ai fait 68 ! » Je ne sais pas de quel côté de la barricade je me serais positionné – même si j'en ai une vague idée – mais participer à une révolution telle que celle-ci m'aurait forgé une conscience politique.

En mai 1968, au lieu de crier « La beauté est dans la rue ! » ou « Dix ans ça suffit ! », j'ai séjourné huit semaines au sanatorium d'Aincourt dans le Val-d'Oise. Ma mère n'ayant jamais voulu me faire vacciner contre quoi que ce fût de peur que j'en meure, j'avais attrapé, à vingt-huit ans, la tuberculose. Où ? Je ne saurais dire mais, une fois le diagnostic posé, le corps médical ne me laissa pas le choix et me colla en quarantaine. C'est donc en direct de mon lit d'hôpital, un petit transistor Philips vissé au creux de l'oreille, que j'ai vécu les défilés de mai, la prise de la Sorbonne – où j'étais alors employé –, la fermeture des usines Renault, les accords de Grenelle, l'escapade à Baden-Baden et le million de Parisiens sur les Champs-Élysées. J'eus si peur que la France ne devienne rouge que je me suis demandé si je ne devrais pas songer à immigrer vers Andorre ou Monaco. Ou plus simplement me claquemurer dans cet immense bâtiment, perdu au milieu de rien. Après tout, je n'étais pas si mal sur mon « paquebot ». N'étaient les antibiotiques qui me détraquaient les intestins, je n'aurais eu à me plaindre de rien. J'aurais même pu me croire en vacances loin du turbin et du tumulte parisien. Nourri, logé, blanchi et soigné aux frais de la princesse, je jouissais d'une chambre spacieuse et confortable qui possédait sa propre terrasse. Surplombant une forêt plantée de pins des Vosges, j'y passais de longues heures à profiter du soleil et à humer l'air frais sans jamais être dérangé. Certes, je n'étais pas en super forme – j'avais même perdu une dizaine de kilos –, mais au moins j'avais du temps pour rêvasser, faire des mots croisés et surtout… lire. C'est à cette époque que j'ai découvert les grandes sagas littéraires telles que *Les Thibault* de Roger Martin du Gard et *Les Rois maudits* de Maurice Druon. Quel plaisir d'être transporté en d'autres lieux, d'autres temps, d'autres milieux. Si j'avais imaginé, ne serait-ce qu'une seconde, que la lecture puisse être une activité aussi stimulante, j'aurais tenté l'expérience beaucoup plus tôt.

Mon retour à la vraie vie fut assez violent. Un rien m'affaiblissait. Je trouvais ma mansarde étriquée, mon contrat à la Sorbonne expirait et mes rares connaissances avaient toutes pris la route de l'été.

Ce fut la période la plus cafardeuse de mon existence. Je me sentais proscrit du monde. Même le sanatorium – que j'avais pourtant supplié – refusait de me reprendre en cure.

Après dix jours passés à imaginer la meilleure façon de mettre fin à mes jours sans souffrir, je m'obligeai à me raisonner : ce que j'endurais, à côté de ce que le grand Charles subissait depuis mai, c'était rien. De la gnognote. Nous étions en pleines Trente Glorieuses : le marché du travail ne manquait pas encore d'opportunités. J'allais me trouver un boulot. Et une femme.

Dimanche 13 septembre

Comment j'ai rencontré My Hiên.

Il va sans dire que tout être vivant a besoin de contacts et de chaleur humaine pour survivre dans ce monde de brutes. Et je ne fais pas exception. Tout en me prodiguant amour et attention, Edwige me refusa toujours les plaisirs de la chair. Nous partagions la même couche mais j'avais interdiction absolue de la toucher. Les bons jours, nous dormions l'un contre l'autre. Jamais nus. Toujours en pyjama. C'était à prendre ou à laisser.

Au risque de paraître égoïste, j'avoue que si j'avais su, je ne l'aurais peut-être pas épousée. J'ai d'ailleurs bien failli la quitter le soir de notre nuit de noces. Comprenant que jamais nous n'aurions de relations sexuelles et donc de progéniture, je trouvai refuge chez mon ami Jean-Pierre Talon qui n'en revenait pas de la chance qu'il avait de l'avoir perdue. Vous parlez d'un réconfort.

Furieux, déçu, floué, je suis resté dix jours aux abonnés absents. Il me fallait au moins ça pour avaler cette indigeste couleuvre. Quelle déveine, quand même.

Lorsque je suis rentré chez elle récupérer mes effets personnels – et par la même occasion lui annoncer que j'allais demander l'annulation de notre union –, j'ai été obligé de revoir mes plans. Le spectacle qu'Edwige m'offrait était si poignant que je fus pris de pitié. Recroquevillée contre le radiateur des vécés, celle qui avait pour règle d'être toujours tirée à quatre épingles paraissait toute froissée. Le cheveu en bataille, le maquillage défait, elle s'était labouré les bras. Au sang. Cloîtrée dans son appartement depuis notre sordide « nuit de noces », elle était décharnée et totalement déshydratée. Roulée en boule dans l'évier, sa robe de mariée était bonne à jeter. Ses bas pendaient au portemanteau et ses chaussures flottaient dans le bidet. Quant à nos cadeaux, ils encombraient la corbeille à papier.

Après l'avoir forcée à se laver – et à absorber un lait de poule –, je la portai dans notre canapé-lit. Dans ce qui aurait dû être notre couche nuptiale... Elle dormit trois jours et trois nuits. Je me surpris à la veiller avec une infinie indulgence. Au réveil, je la convainquis de m'accompagner casser une graine dans un estaminet où j'avais mes habitudes. Elle y commanda un œuf mayo sans mayo et une salade sans vinaigrette. À l'issue de ce frugal repas et après avoir pesé le pour et le contre, nous passâmes un pacte somme toute raisonnable : je restais son mari et pouvais coucher avec qui bon me semblait à condition que nous prenions tous nos repas du soir en tête à tête et que nous passions nos nuits, nos week-ends et nos vacances ensemble. Personne ne devait rien savoir de notre accord, en échange de quoi elle s'occuperait de notre intérieur et de moi-même comme une mère. Ou, compte tenu de nos âges, comme une sœur.

Gauche comme je l'étais – et le suis toujours –, je fis assez peu de conquêtes. Six tout au plus en vingt-cinq ans. Prisonnier de ma promesse, mes bluettes duraient rarement plus d'un mois. Les femmes préfèrent les hommes disponibles et pleins d'avenir. Je n'étais ni l'un ni l'autre.

Et puis, un beau matin, ma route a croisé celle de My Hiên. C'était le 2 septembre 1996. L'Amérique venait de déclencher l'opération *Desert Strike* contre le régime de Bagdad et Edwige m'avait enjoint d'aller déposer mes chèques du mois d'août à la banque place de la République.

C'est en descendant le boulevard Magenta qu'elle m'accosta. Elle était vêtue d'une courte robe en dentelle noire très décolletée et d'un blouson en cuir marron râpé. Elle ne portait pas de collant et elle grelottait. Je ne compris pas tout de suite ce qu'elle me proposait. Je croyais avoir affaire à une touriste égarée et m'apprêtais à la renseigner lorsque je réalisai qu'elle me suggérait de l'accompagner à l'hôtel. Sur le coup, je déclinai sa proposition. Il fallait que je me dépêche de renflouer mon compte en banque si je ne voulais pas qu'Edwige me découpe en rondelles : elle tenait les comptes et ça rigolait pas.

Dans l'espoir inavoué qu'elle me relance, je ne pus m'empêcher, sur le chemin du retour, de repasser devant sa porte cochère. Quelque chose dans son regard m'avait captivé : elle semblait à la fois à bout de forces et plus déterminée qu'un soldat partant au combat. Le sourire amusé qu'elle me décocha lorsqu'elle me reconnut me convainquit de la suivre. Paniqué à l'idée de me faire surprendre par Edwige – j'étais quand même avec une fille de mauvaise vie –, j'imposai un cloaque miteux du côté de Louis-Blanc où j'avais plusieurs fois déposé des clients.

Je ne garde pas un souvenir impérissable de cette première passe. Non que My Hiên n'ait pas été professionnelle. Mais j'étais si décontenancé par la situation que je manquais de concentration. En me promettant monts et merveilles dans un sabir de français mâtiné d'anglais et de vietnamien, elle me fit jurer de ne « jamais oublier moi... »

En homme de parole, je la revis de manière assez régulière. Et pourtant, elle n'était pas spécialement gracieuse. Pas spécialement aimable. Et pas spécialement géniale au lit non plus.

La psychologie a beau ne pas être mon fort, je pressentais chez elle une fêlure. La même que chez Edwige. Je dois être maso.

Au fur et à mesure de nos rendez-vous, à coups de pourboires et de menus présents, je gagnai sa confiance. Quand elle finit par se raconter, je tombai de haut. De très haut.

Son débit était si lent que nous parlâmes de plus en plus longtemps. Et couchâmes de moins en moins souvent. Je continuais cependant à la rémunérer. Ne pas le faire eût été l'escroquer.

Sans me l'avouer, je m'attachais. Ses malheurs, son exotisme, sa bravoure m'ensorcelaient. Je n'étais pas amoureux au sens où j'aurais rêvé d'elle toutes les nuits mais je l'affectionnais énormément. My Hiên étant à l'époque assez peu diserte, je ne saurais dire si mes sentiments étaient partagés. Ou si elle ne me fréquentait que par intérêt.

Quatre mois après notre première passe, elle se volatilisa. Étant donné son métier – et sans aucun préjugé –, je crus d'abord qu'elle avait été appréhendée. Un client inspecteur, à qui j'avais demandé un coup de pouce, m'affirma le contraire. « Aucune trace d'elle nulle part, mon ami. La seule chose que je peux vous certifier, c'est qu'elle n'a pas été expulsée. Son nom n'apparaît sur aucun fichier. »

J'avais peu de pistes pour remettre la main sur elle. J'ignorais son adresse. Elle n'avait aucun souteneur connu que j'aurais pu sonder. Ses collègues semblaient ne pas vouloir comprendre mes questions... tout en se proposant de la remplacer. Et le patron du cloaque où nous avions nos habitudes était insaisissable. J'étais en train de me faire à l'idée que je ne la reverrais jamais plus quand je la retrouvai six mois plus tard racolant boulevard Ney. Elle avait perdu ses fesses, ses seins et ses joues et semblait brisée. J'eus beau la cuisiner, elle ne me lâcha rien. Jamais.

En compilant des indices glanés çà et là, je finis par comprendre qu'elle avait vécu quelque temps à Lyon. Qu'elle y avait été malade. Et hospitalisée. Ayant échappé de justesse à la reconduite à la frontière, elle était plus apeurée que jamais. J'étais si heureux de l'avoir retrouvée que je lui promis de l'aider à quitter le trottoir. Toujours grâce à mon réseau de clients, je lui trouvai une place de serveuse dans un restaurant thaïlandais à Charles-Michel. Faute de papiers, elle n'était pas déclarée. Et donc était sous-payée. Mais c'était toujours mieux que de se prostituer.

En cachette d'Edwige, j'arrondissais ses fins de mois en lui rétrocédant une partie de mes espèces. Cela lui permit de se louer un studio dans le IXe dans lequel nous nous retrouvions le lundi, jour de fermeture du Chao Phraya.

Les premiers émois passés, My Hiên fit tomber le masque : je la découvris beaucoup plus costaude que je ne le soupçonnais. Et aussi bien plus colérique. Une miette de pain dans le lit, une espagnolette mal tirée, un merci oublié et elle grimpait aux rideaux. Une vraie mégère. Elle n'aurait pas fait de mal à un chat mais mazette, quel caractère.

Sinon, à part ça, tant que j'avais mes câlins j'étais bien. Avec le temps, ces derniers se firent de plus en plus rares. Son travail au restaurant l'épuisait et elle arguait avoir eu son compte en matière de sexe. Ce qui était assez compréhensible. Péchant par lymphatisme, je restais avec elle dans l'attente de ses – rares – bons jours, c'est-à-dire ceux où je pouvais l'approcher.

Malgré tout, l'idée de la quitter ne me traversa jamais l'esprit. Elle me distrayait de mon quotidien routinier et me donnait le sentiment d'être utile. Outre le fait que je complétais son loyer, je l'aidais à perfectionner son français et lui faisais les honneurs de Paris tout en la protégeant des prédateurs.

Comme Edwige était ma croix, My Hiên était ma bonne action. En somme, on ne pouvait être meilleur chrétien.

Quand une chute mortelle dans l'escalier de la rue des Vinaigriers emporta mon épouse le 23 septembre 2003, il me sembla tout naturel – une fois la période de deuil passée – de lui proposer de venir s'installer chez moi. Nous ferions des économies et je pourrais bénéficier de ses faveurs sans avoir à me déplacer. Comme je le présumais, elle accepta volontiers. Pour une raison un peu intéressée, je l'encourageai à quitter son emploi : il me fallait quelqu'un pour tenir la maison et gérer mes affaires. Les Asiatiques étant de redoutables femmes d'argent, elle redressa mes comptes mieux encore qu'Edwige le faisait.

Elle prit ses aises à l'appartement avec une telle facilité qu'en moins de six mois tous mes repères volèrent en éclats. À chacune de mes absences, elle déplaçait un meuble ou modifiait l'ordonnancement d'un placard. C'était horripilant mais je prenais sur moi pour qu'elle se sente aimée.

Sinon, bien sûr, les messes basses allaient bon train dans l'immeuble. Mais je n'en avais cure. Seuls comptaient mes amis. Et depuis le temps, plus rien ne les surprenait chez moi.

My Hiên sortait assez peu. Elle se sentait en insécurité dehors et après tout ce qu'elle avait enduré elle appréciait de pouvoir décompresser. Enfin. Elle ne s'aventurait dehors que pour appeler le Vietnam depuis un Taxiphone et affranchir des colis à la Poste.

Quand ses parents moururent dans un accident de voiture en septembre 2008, je pressentis que ses montagnes commençaient à lui manquer. Ne pas assister à leur enterrement fut un déchirement.

C'est alors que je lui proposai de rentrer au pays.

Lundi 14 septembre 2009

J'aimerais ajouter une petite notule relative au sanatorium d'Aincourt qui mérite le détour.

Souvent comparé à un « paquebot », le sanatorium a été construit en trois ans (1931-1933). Typique du style Art déco en vigueur dans les années trente, ses trois pavillons ont accueilli au plus fort de son activité jusqu'à quatre cent cinquante patients. Transformé au cours de la Seconde Guerre mondiale en camp de détention puis d'entraînement pour miliciens, il a été réhabilité en 1946.

Je parle au passé parce que, aujourd'hui, le sanatorium d'Aincourt n'est plus que l'ombre de lui-même. Bien qu'ils se dressent toujours aussi fièrement en plein cœur du Vexin, deux de ses trois bâtiments livrés aux intempéries et noircis par les exercices incendie offrent le spectacle saisissant de carcasses de béton sauvagement taguées par des vandales sans scrupule.

Comme quoi, être inscrit à l'inventaire supplémentaire des monuments historiques ne protège de rien.

Si on me proposait un jour d'y figurer, je répondrais non.

Mercredi 16 septembre 2009

Mme Hiên a encore disparu trois jours. Je la soupçonne d'être allée fricoter à Hanoï en secret sans juger bon de m'en avertir. Dommage. Je l'aurais bien accompagnée.

Je commence un peu à me sentir prisonnier.

Ha Giang, jeudi 7 mars 2013, 19 heures

À cause d'un pont écroulé du côté de Tuyên Quang qui avait fait quatre morts et douze blessés, l'ancien cadre de la DST avait mis trois jours à rejoindre Ha Giang depuis Nha Trang. Contraint de séjourner dans une auberge de fortune, il en avait profité pour reprendre contact par téléphone avec ses trois indicateurs. Contre toute attente, ces derniers l'avisèrent qu'ils détenaient enfin la preuve que Gaspard était vivant et en bonne santé. À l'annonce de cette magnifique nouvelle, Marcel entama trois pas de danse et se fit monter une 333 Export glacée. « À la tienne Marcel, lança-t-il à son reflet dans le miroir en pied. La vie est belle ! Si belle ! Il y a un Dieu. Je crois en Dieu ! »

Marcel était un homme comblé. Béat. Bien qu'il suât à grosses gouttes sous les pales de son antique ventilateur, les trois clichés que lui avait remis le gardien de son immeuble à Ha Giang le transportaient de bonheur. Ils représentaient un Gaspard rasé de près, pas forcément épanoui mais nullement famélique. Tout de bleu vêtu, il posait contre le mur d'une maison en bois typique de l'habitat local. Aucun indice ne permettait de localiser où ces photos avaient été prises mais d'ici quelques heures, il serait enfin fixé sur le sort de son petit protégé : rendez-vous avait été pris à 19 heures avec Manh, Tuê et Chinh dans un bar de la ville pour un débriefing qui s'annonçait riche en actualités.

Sur le point de prendre une douche qu'il espérait tonifiante, Marcel fut stoppé dans son élan par un courriel tombé dans sa boîte mail. Eulalie était en route ! Jamais il ne l'aurait crue capable de surmonter un jour sa phobie de l'avion. Combien de fois lui avait-il proposé d'aller paresser à Majorque où il possédait un studio en *time-share* ? Comme elle devait l'aimer, son Gaspard, pour oser ainsi se dépasser. Cette réflexion lui serra le cœur.

Le premier réflexe de Marcel fut de reboucler ses bagages pour aller cueillir son ancienne fiancée à l'aéroport. Le post-scriptum qu'elle adjoignit à sa missive le refroidit d'un coup : « Inutile de venir me chercher à Noi Bai. Une cousine restauratrice installée à Hanoï s'occupera de nous (nous = Hippolyte, le colocataire de Gaspard + moi). Nous dormirons chez elle une ou deux nuits le temps de nous acclimater au décalage horaire. Elle mettra à notre disposition son 4 × 4 ainsi que son chauffeur. Il nous servira de guide et demeurera à notre service tant que nous le jugerons utile. Par ailleurs, je nous ai réservé deux chambres chez l'habitant dans les faubourgs de Hạ Giang. Je te ferai signe aussitôt que je me serai posée. »

Le temps de la déception passé, Marcel sauta de joie : il allait revoir sa « pupuce » et prendre sa revanche sur la vie. La roue avait mis du temps à tourner, mais la fortune avait fini par se pencher sur son cas. Il lui répondit avec force points d'exclamation combien sa venue le réjouissait mais se garda bien de lui annoncer que ses retrouvailles avec Gaspard étaient imminentes. Une question de semaines, voire de jours. Il tenait à lui réserver cette extraordinaire nouvelle en exclusivité mondiale.

Surexcité, Marcel se mit à siffloter *La Petite Tonkinoise* sous sa douche.

L'espoir renaissait au Nord…

Quelque part, à l'extrême nord du Vietnam

Savoir qu'il était passé si près de la liberté plongea Gaspard dans un abîme de tristesse. Plus accablé que jamais, son désarroi était tel qu'il perdit le goût de se battre. Il avait tenu jusqu'ici en s'accrochant à l'idée que My Hiên avait un cœur, qu'avec le temps elle s'attendrirait, lâcherait du lest. Le sale coup qu'elle venait de lui asséner était la preuve qu'il n'en serait jamais rien. Comment avait-elle pu cacher aux gens de la production des *Nouveaux Aventuriers* qu'il demeurait à quelques dizaines de mètres de là ?

Pour oublier son infortune, il se mura dans le silence. Ferma les yeux. Et s'évada. Vers l'au-delà. Tel un mort, il sortit de son corps, se dédoubla et se posa à Paris auprès d'Eulalie.

Redevenu enfant, il se revit à sept ans tentant en vain de vendre une paire de patins rouillés sur un vide-greniers du boulevard Beaumarchais. Craintif, Gaspard ne savait jamais de quelle façon aborder les passants. Désireuse de l'aider, Eulalie – qui, soyons honnête, rêvait aussi de faire de lui son héritier – entreprit très tôt de l'initier aux ficelles du métier. « Pour lier conversation, tu exploites le moindre filon : ta proie possède un chien ? Tu lui parles niche, os et vaccin ! Il porte une casquette en peau ? Tu lui dis qu'il est beau. Il est doré comme un petit pain ? Tu lui demandes d'où il vient. Bref, tu le fais parler de lui et quand il est à point, tu tentes par tous les moyens de lui refourguer ta came ! »

Gaspard prit promptement ses marques. Il faut dire que sa bouille d'ange faisait merveille auprès des vieilles dames en mal de joues à pincer. Supputant le potentiel à développer, Eulalie passa à la vitesse supérieure. Elle lui apprit très vite à différencier un faux Capron d'un vrai, une eau-forte d'une litho, une commode Louis XV d'une commode Louis XVI. Mais aussi, et surtout, que « la recette est toujours fonction de l'emplacement ».

De fil en aiguille Gaspard revécut les plus tendres moments de sa vie auprès d'Eulalie et oublia, un temps, sa misérable condition. Tout y passa : les gâteaux de riz Alsa trop cuits, les séances de spiritisme émaillées de crises de rire, les bains de minuit, nus, en mer du Nord.

Le fait que Gaspard recommence à faire grève de lecture n'inquiéta pas My Hiên outre mesure. C'était le seul levier qu'il pouvait actionner pour l'embêter. En revanche, elle commença à se faire du mauvais sang lorsqu'elle s'aperçut qu'il ne touchait plus aux plats qu'elle lui faisait porter. C'est à peine s'il buvait. Quatre jours sans rien avaler, cela commençait à faire beaucoup. Surtout pour un garçon en pleine force de l'âge.

Trop vaniteuse pour s'abaisser à lui présenter ses excuses, elle envoya le vieux Khoa en émissaire. Gaspard se chauffait les pieds devant une cheminée au fin fond du Berry avec Sidonie lorsque ce dernier prit place à ses côtés. Pour le faire redescendre sur terre, il lui massa les mains, les bras et le visage. Bien que la communication fût toujours impossible entre eux, Khoa parvint à le dérider. Et même à le ramener à de meilleurs sentiments. Avec Dung venu lui prêter main forte, il lui lava les jambes au savon et à l'eau claire, raccourcit ses attelles et lui refit ses bandages. Comme s'il avait eu affaire à un bébé, il porta à sa bouche une tasse de thé noir, des pâtes de riz et un bol de légumes grillés.

Avant de regagner ses pénates, il lui offrit un vieil almanach fripé : il voulait qu'il mesure le peu de temps qu'il lui restait jusqu'à sa « libération ». Il lui signifia aussi que d'ici quinze jours, aux alentours du 20 mars, il pourrait envisager de se lever, voire de recommencer à marcher. Pour l'inciter à rétablir les veillées, Khoa tapa du bout de sa canne la pile de cahiers à spirale d'Hubert avec un air sévère : les villageois recommençaient à tourner en rond le soir et la grogne montait dans les foyers.

L'exemplaire de *Belle du Seigneur*, qu'il lui déposa avant de partir sur sa table de nuit, finit de le réconcilier avec la vie.

C'était le livre de chevet préféré de sa mère.

Jeudi 17 septembre 2009

« Toute action entraîne une réaction de force égale et de sens opposé… »

Cette phrase lue un jour sur le mur d'enceinte de la prison de la Santé me hante aujourd'hui plus que jamais… Et si, lors du Jugement dernier, le Tout-Puissant voulait me punir d'avoir trompé Edwige ? La justice immanente ne s'adresse pas qu'aux voleurs, aux tueurs et aux violeurs. Elle s'adresse aussi aux menteurs et aux maris trompeurs.

Samedi 19 septembre 2009

Je suis malade à en crever.

Lundi 21 septembre 2009

Je rends tout ce que je mange. J'ai la diarrhée, des douleurs musculaires, la tête dans un étau. J'alterne le chaud et le froid. Je tousse. Je crache. Je tremble de tous mes membres.

Jamais je n'ai été aussi mal. Jamais. Serais-je rattrapé par la justice immanente ? Le simple fait de l'avoir évoquée plus haut l'aurait-elle provoquée ?

Laissez-moi partir en paix.

Mercredi 7 octobre 2009

J'ai été admis à l'hôpital de Ha Giang le 24 septembre dernier. Au dispensaire du district de Yên Minh, il y avait pénurie de quinine et… de personnel. Ce sont les jeunes Duy et Khôi qui m'ont descendu en char à bœufs dans la vallée. My Hiên était à leurs côtés. Elle m'a tenu la main pendant tout le trajet. Sans jamais la lâcher.

Depuis notre arrivée, elle est comme mon ombre. Elle ne me quitte pas d'une semelle. Dès que j'entrouvre un œil, elle est là. Au prétexte qu'elle est ma traductrice, elle assiste à tout, se mêle de tout. Il n'y a pas de malice : elle se sent juste responsable de ce qui m'arrive. Et aussi peut-être un peu coupable de m'avoir embarqué dans cette galère. Avec ses questions sans détour et ses remarques à l'emporte-pièce, elle fait si peur aux médecins qu'elle leur a extorqué le droit de rester dormir à mes côtés. Faute de lit, elle déroule chaque soir une natte pour s'étendre à mes pieds.

J'avais oublié qu'elle pouvait être aussi dévouée. M'en doutais-je seulement ?

Jeudi 8 octobre 2009

Ce que l'on croyait être une horrible grippe n'était en fait rien d'autre que la malaria.

Il y avait UN moustique porteur dans la région. Il fallait qu'il soit pour moi.

Pour moi.

Samedi 10 octobre 2009

Pour la première fois depuis trois semaines, je suis parvenu à m'extirper de mon lit. Comme le petit vieux que je suis devenu, j'ai vacillé cinq fois en parcourant le couloir qui mène aux latrines. Il ne fait pourtant pas plus de vingt mètres. J'ai regagné ma couche essoufflé. Et fourbu.

Lundi 12 octobre 2009

Les médecins vietnamiens sont de véritables hommes-orchestres : à la fois docteurs, infirmiers, pharmaciens et cadres administratifs, ils sont au four et au moulin du soir au matin. Depuis que je suis ressuscité, j'ai tout loisir d'observer leur manège. Eh bien, je les admire parce que je ne sais pas comment ils font. Modestement rémunérés par l'État, ils œuvrent pour la plupart dans les hôpitaux publics qui sont d'une modestie frôlant l'indigence. Les draps ne sont pas fournis. Les médicaments sont comptés au quart près. Et le manque de matériel est criant. Ma chambre fait tout au plus douze mètres carrés et je dois la partager avec cinq autres malades. Autant dire que nous n'avons aucune intimité. Est-ce parce que je suis français ? J'ai la chance d'être seul dans mon vieux lit en fer… rouillé. Les autochtones, eux, sont obligés de dormir tête-bêche. Comme aux Hospices de Beaune.

Pendant la journée, c'est la pagaille organisée. L'intendance ne faisant pas partie des attributions du corps médical, les familles sont chargées de laver leurs proches et de leur apporter de quoi boire et manger quand ils ne délèguent pas leur mission aux petits vendeurs de rue qui pullulent autour de l'hôpital. Les fenêtres n'étant pas dotées de poignées, ça sent le graillon, le désinfectant et le savon. Ça hurle, ça rit, ça chante, ça crie, ça pleure. Tant que j'étais en crise, amorphe, aveugle et sourd au monde qui m'entourait, je ne me rendais compte de rien.

Aujourd'hui ça commence à me peser.

Mardi 13 octobre 2009

My Hiên est effarante. Et son culot colossal. Alors qu'au marché elle négociait pour mon dîner un gâteau de riz gluant aux haricots, elle s'est permis d'arrêter un groupe de Français pour leur demander s'il n'y avait pas parmi eux un médecin. Le hasard voulut que le doyen du groupe fût un éminent professeur, chef de service à l'hôpital Saint-Louis. Sa spécialité : les maladies tropicales et infectieuses. Bien qu'il soit en vacances et sur le point de quitter la ville pour faire un trek dans « nos » montagnes, il a accepté de la suivre pour vérifier que j'étais correctement soigné. Outre qu'il m'a tranquillisé sur mon traitement et mon état de santé – je pourrai, affirme-t-il, bientôt parcourir un quatre cents mètres haies les yeux fermés ! –, évoquer notre pays, notre quartier m'a à moitié guéri.

Mercredi 14 octobre 2009

J'aurais dû prendre une assurance rapatriement

Vendredi 16 octobre 2009

Avant que nous ne regagnions le village, My Hiên a proposé que nous nous payions une nuit d'hôtel. « Compte tenu de l'inconfort de l'hôpital, tu as droit à un petit extra. Tu as bien failli y passer, tu sais ! »

Nous sommes donc retournés dans la pension où nous nous étions établis en débarquant d'Hanoï. Celle située dans les faubourgs de la ville. Celle qui domine les montagnes de thé, les rizières en terrasses et les hameaux perchés. J'avais oublié combien c'était beau. Enivrant. Dépaysant. J'avais oublié les raisons de ma venue ici. Changer de vie.

Écrire. Enfin. Et redonner le sourire à My Hiên... Sur ce dernier point, je suis en droit de me poser des questions. Il y a quelque chose qui cloche chez elle. Alors qu'elle a tout pour être comblée – le pouvoir, l'amour, les siens –, elle est plus fermée qu'une huître. Légèrement déprimée aussi. Et cela ne fait qu'empirer depuis le mois de mai.

Il faut parfois savoir faire preuve d'humilité : on ne rend pas les gens heureux malgré eux.

Ce serait trop simple.

Samedi 17 octobre 2009

Tel un roi fainéant, je suis rentré au village en chaise à porteurs. Duy et Khôi étaient aux manettes et ils s'en sont ma foi bien sortis. Surtout là où il y avait des éboulis. C'était d'un casse-gueule.

J'ai cru mille fois ma dernière heure venue.

Mercredi 21 octobre 2009

Après deux jours de route et une nuit chez l'habitant, nous sommes arrivés au village en fin de journée. Comme My Hiên il y a cinq mois, j'ai été accueilli par de la musique et des danses. Partout des guirlandes et des lanternes en papier. Je ne pensais pas compter autant pour ces gens que je ne connais en définitive pas plus que ça. Cela m'a touché jusque dans ma chair.

Cassé par mon voyage, j'ai été obligé – à regret – de monter me coucher. Mes yeux se fermaient tout seuls. Avant de me glisser tout habillé dans mon duvet, j'ai eu le temps de constater que ma chambre avait été balayée, aérée et que mes draps avaient été lavés.

Comme un dieu. J'ai été vénéré comme un dieu ! Les villageois se sont succédé à mon chevet toute la nuit. Il paraît même que les plus anciens priaient. Je comprends mieux pourquoi, dans mon sommeil, je me suis senti palpé, caressé et embrassé.

J'ai été tiré de mon sommeil au petit matin par une odeur de fleurs fraîchement coupées. Je ne sais pas qui me les a déposées mais l'attention était d'une rare délicatesse.

Demain soir, si je m'en sens la force, je reprendrai la lecture du *Grand Large du soir*. Peut-être même leur chanterai-je une ou deux chansons de Fernandel. En guise d'amuse-gueule.

Jeudi 22 octobre 2009

Je suis encore trop fatigué pour animer la veillée. Inquiet, Khoa est venu m'ausculter. Il m'a promis que si je restais au calme, je serais de nouveau très vite sur pied.

Quelle plaie d'être malade.

La malaria ne m'a pas raté.

Force est de constater que je ne suis plus le perdreau de l'année.

Samedi 24 octobre 2009

En m'épousant, Edwige cherchait non seulement un compagnon avec qui cheminer, mais aussi un homme qui lui offre un patronyme bien français. Un patronyme qui lui permettrait d'effacer le sien qui, croyait-elle, la mettait en danger. Bien que catholique pratiquante, le nom de jeune fille d'Edwige était Krakowski. Son père, Eli, était juif d'origine polonaise. Sa mère Sarah était catholique non pratiquante.

Sarah était née à Sarlat, dans le Périgord. Elle s'appelait Coste. Sarah Coste. Quand elle épousa Eli, elle prit pour nom Krakowski.

Le 16 juillet 1942, quand les gendarmes se présentèrent chez Eli et Sarah pour les arrêter et les conduire au vélodrome d'Hiver, Edwige avait six ans. Elle dut son salut à la concierge chez qui elle était descendue faire ses devoirs. Celle-ci la fit passer pour sa petite-fille et les gendarmes n'y trouvèrent rien à redire.

À l'époque, personne ne savait ce qui se passait. Ou plutôt, personne ne *voulait* savoir ce qui se passait. Dans le quartier on parlait de « rafle », d'« autobus », de « police française », de « Vent printanier », de « camps ». On conjecturait. On fantasmait. On s'indignait.

En attendant, Edwige était seule. Cachée derrière une armoire, elle n'avait qu'une obsession : récupérer ses parents, effacer de sa mémoire cette horrible journée, reprendre le cours de sa vie d'avant. La concierge chez qui elle avait trouvé refuge croyait plus que tout en la force de la prière. Sur ses conseils, quatre nuits durant, Edwige resta éveillée à adorer le Saint-Sacrement exposé en l'église de Saint-Martin-des-Champs. « S'il vous plaît, petit Jésus, rendez-moi papa et maman. S'il vous plaît, petit Jésus, rendez-moi papa et maman. S'il vous plaît, petit Jésus, rendez-moi papa et maman… » Ses obsécrations de petite fille durent monter directement aux oreilles du bon Dieu puisque le 20 juillet 1942, Sarah s'en revint du vélodrome d'Hiver. Épuisée, déguenillée, affamée, mais entière.

Par l'intermédiaire d'un policier moins zélé et plus ouvert que ses confrères, Sarah – que rien n'abattait jamais – avait pu prouver aux autorités qu'en dépit de son prénom et de son nom qui prêtaient à confusion, elle était cent pour cent française d'origine catholique.

Eli n'eut pas cette chance. Transféré à Pithiviers puis à Birkenau, il trouva la mort le 10 janvier 1943.

La disparition violente, injuste de son père marqua Edwige à jamais. Longtemps, très longtemps après la défaite des Allemands, elle vécut dans la crainte qu'ils ne reviennent un jour l'arrêter pour l'envoyer brûler dans un four. Sa mère n'ayant jamais voulu qu'elle se fasse baptiser – « Dieu n'existe pas ma fille. S'il en était autrement, ton père serait encore vivant ! » –, elle attendit ses vingt et un ans pour se convertir. C'est à Saint-Martin-des-Champs qu'elle reçut le sacrement. Pour être parfaitement « protégée », il ne lui restait plus qu'à changer de nom et donc à se marier. Elle aurait pu s'appeler Talon. Mais elle s'appela Butillon.

Bien malgré moi, je fus l'homme de la situation. Pour ne pas dire : le dindon de la farce.

Dimanche 25 octobre 2009

J'ai recommencé à animer mes veillées hier soir. Je crois pouvoir affirmer sans me jeter des fleurs que mon interprétation *a cappella* du *Tango corse* leur a bien plu. Je ne sais pas si c'est parce qu'ils ont cru que la malaria allait me tuer, mais ils ont été d'une absolue sagesse. On aurait pu entendre une mouche voler.

C'est si bon de se sentir écouté.

Pourvu que ça dure.

Ha Giang, lundi 11 mars 2013, 16 heures

Un vent de confiance soufflait sur Ha Giang. En cette belle fin de journée, Hippolyte et Eulalie se voulaient optimistes. Leur voyage depuis Hanoï s'était effectué sans encombre. Leur chambre propre et simplement meublée leur offrait un panorama de carte postale. Et d'ici deux heures, ils seraient en compagnie de Marcel. Ce dernier les attendait à l'Alo ! Café, « le seul rade de la ville où l'on peut boire un godet dans l'air conditionné ». Ils allaient enfin pouvoir passer à l'action. Et donner sens à toute cette équipée.

Le moins que l'on puisse dire est que leur aventure vietnamienne avait fort mal commencé. Du vol, de l'atterrissage à Noi Bai, du trajet entre l'aéroport et la résidence de sa cousine Simone sur les bords du lac Ho Tay, Eulalie ne se souvenait de rien. Pas même de l'interrogatoire musclé que les douaniers – intrigués par son état de déliquescence avancé – avaient tenté, en vain, de lui faire passer. Sans l'entregent d'Hippolyte qui avait eu la bonne idée d'acheter au duty free de Roissy deux cartouches de Marlboro, elle aurait été renvoyée en France par le premier charter venu. La faute aux Tranxènes et aux mignonnettes de whisky dont elle s'était gavée depuis Paris et qui l'avaient transformée en zombie.

Pour renaître à la vie, Eulalie s'était vue obligée de séjourner plus longtemps que prévu à Hanoï. Grand bien lui en avait pris : cela lui avait permis non seulement de se remettre les idées en place mais aussi, et surtout, de faire plus ample connaissance avec sa cousine Simone. Simone, le seul membre de sa famille de « culs terreux » à avoir fait le pari de l'étranger en épousant un Viet Kieu – un Vietnamien d'outremer. En dépit des kilomètres qui les avaient toujours séparées – Eulalie avait grandi à Bayeux, Simone à Givors –, les deux femmes s'étaient trouvé un grand nombre de points communs. Outre qu'elles étaient toutes deux dotées d'un gros tempérament et d'une belle énergie, plus aucun homme ne partageait leur vie – Eulalie était divorcée, Simone était veuve – et elles avaient chacune élevé l'enfant d'une autre – Gaspard pour la première, Anh pour la seconde.

Anh, dix-sept ans, était la fille d'une ancienne employée que sa mère trop pauvre pour l'élever lui avait confiée.

Étudiante au lycée Alexandre-Yersin, Anh parlait un français parfait. Plus mature que la moyenne pour son âge, elle recueillait chaque trimestre les félicitations de ses professeurs et promettait de faire carrière dans les lettres classiques. Moins polarde, plus urbaine, elle aurait pu sympathiser avec Hippolyte qui la trouvait fort à son goût. Félix Gaffiot étant son meilleur ami – Anh pouvait passer des heures en sa simple compagnie –, le colocataire de Gaspard dut se résoudre, après trois infructueuses tentatives d'approche, à visiter Hanoï seul.

S'il sut jouir des beautés de la pagode au pilier unique et de la majesté du mausolée d'Hô Chi Minh, ce qui lui plut par-dessus tout fut le quartier des trente-six corporations et plus encore Lan Ong, l'odorante rue de la pharmacopée orientale. En bon étudiant en pharmacie, il en rapporta pour son professeur de pharmacognosie des bocaux de ginseng, des angéliques de Chine et des sachets de champignons Linh Chi. Si avec ça il ne validait pas son U.E., c'était à n'y rien comprendre.

Pour fêter la résurrection d'Eulalie, Simone organisa une petite sauterie dans son jardin. Tout ce que la communauté française d'Hanoï comptait d'important répondit présent. Les cocktails de Simone étaient parmi les plus courus : chez elle, on buvait et mangeait excellemment.

Quand débarqua le consul, Eulalie – pourtant sobre comme un chameau – ne put s'empêcher de lui tomber sur le poil.

— Dites donc, monsieur le diplomate, on peut pas dire que vos équipes censées me ramener mon fils aient brillé par leur efficacité. Quand j'y pense, quelle aubaine que ce ne soit pas votre progéniture qui ait été portée disparue. À sa place, j'aurais exigé que l'on vous déchoie de vos droits parentaux : vous êtes d'une nullité à se taper la tête contre les murs !

L'arrivée d'un Viet Minh dans cette assemblée policée n'aurait pas fait pire effet.

— Madame, Sparkle TV m'avait averti que vous étiez folle, mais à ce point, ça frôle la caricature. Un mot de plus et je ne réponds plus de rien s'il vous arrive quoi que ce soit sur le sol vietnamien.

— La folle va mettre la viande dans le torchon. Il faut qu'elle soit en forme demain matin : elle part en voiture à Ha Giang faire ce que la France est infoutue de faire : ramener Gaspard au bercail !

Impériale, Eulalie confia sa coupe vide au consul et gravit seule les marches du grand escalier qui menait à sa suite.

Une fois de plus, c'est Hippolyte qui intervint pour arrondir les angles.

— Eulalie est une femme… impulsive, qui ne pense pas toujours ce qu'elle dit. Elle peut parfois manquer de finesse et de discernement. Veuillez s'il vous plaît, monsieur, excuser ses emportements : Gaspard est son seul enfant. Elle se tuerait pour lui.

Ce que ni Eulalie ni Hippolyte ne pouvaient imaginer – mais que tout Hanoï savait –, c'est que le pauvre consul venait d'enterrer son fils unique disparu trois mois plus tôt dans une avalanche himalayenne. Cette dernière remarque acheva de plomber la soirée. Au grand regret de Simone, tout le monde rentra se coucher. Sans même toucher aux sorbets.

Quand Eulalie poussa la porte de l'Alo ! Café, Marcel la trouva à peine changée :

— Un ou deux kilos tout au plus, mais toujours aussi bien roulée. Approche un peu par ici, ma petite fraise des bois ! Depuis le temps que j'espérais te serrer dans mes bras.

Sur ce, il l'étouffa. Et elle le repoussa… gentiment : elle avait trop besoin de lui et ne pouvait se permettre de le vexer.

Après deux Bia Saigon pour les garçons et un Sinh Tố Xoài – milk-shake à la mangue – pour Eulalie, Marcel, gonflé d'orgueil, se proposa de faire un point sur l'enquête. En prenant bien soin de garder le meilleur pour la fin.

— Mercredi dernier, tandis que vous franchissiez les océans pour venir me retrouver, j'avais rendez-vous dans ce même café avec mes trois fantastiques indicateurs, Manh, Tuê et Chinh, dont les prénoms, pour l'anecdote, signifient « Fort », « Intelligent » et « Conquête ». Alors que…

— Marcel, arrête ton cinéma, c'est à moi que tu t'adresses : Eulalie, Eu-la-lie Fleu-ry. T'es pas devant la presse ! Alors parle-moi normalement comme tu l'as toujours fait, et surtout baisse le ton : tous les regards sont braqués sur nous et je déteste ça.

Marcel piqua un fard et, après une longue gorgée de bière, reprit, déconfit :

— On peut pas dire que le temps t'ait polie.

— Le contraire eût été étonnant : en règle générale, la vieillesse accentue les défauts préexistants.

— Voilà qui est fort réjouissant… T'as de la veine que j'aie toujours des sentiments pour toi, autrement je garderais tout ce que je sais pour moi. Parce que figure-toi que j'ai du lourd, du très lourd : je sais où se loge Gaspard !

— Jésus, Marie, Joseph !

— Ces trois-là n'y sont pour rien, ce sont mes gars qui l'ont repéré ! Gaspard est prisonnier d'une bande de jeunes voyous originaires des montagnes. Ce ne sont pas des méchants : ils aspirent juste à s'enrichir à bon compte. La rumeur concernant la popstar anglaise embastillée dans une forteresse n'était donc pas infondée. Ces gredins sont plus rusés que scélérats. Nous devrons parvenir à les contenter sans se faire entourlouper. Il n'y a donc plus qu'à attendre leurs instructions. Elles ne devraient pas tarder. Il va néanmoins falloir patienter un peu : la notion du temps est très différente ici.

— Qu'est-ce qui nous dit que c'est pas des bobards ? T'es quand même pas tombé de la dernière pluie ! La région a été passée au peigne fin, centimètre carré par centimètre carré. N'importe quel coquin peut faire croire qu'il le détient.

— Attends, duchesse, je suis loin de t'avoir tout dit. Regarde ce que j'ai là pour toi…

À la vue des trois clichés de Gaspard, Eulalie s'évanouit.

Marcel en profita pour lui faire du bouche-à-bouche.

Quelque part, à l'extrême nord du Vietnam

Dung est mort. Dung avait cinq ans. Espiègle, sagace et incroyablement séduisant, Dung passait le plus clair de son temps dans la chambre de Gaspard et il était son élève préféré. Outre qu'il connaissait par cœur son alphabet, il pouvait compter jusqu'à dix en français et raffolait des chansons de Charles Trenet – *Boum* en particulier. Toujours soucieux d'anticiper les désirs du Français, il lui changeait l'eau de sa carafe chaque matin et lui rangeait ses affaires chaque soir. Comble de la délicatesse : il lui composait des bouquets de menthe sauvage et de verveine citronnelle pour que sa chambre fleure toujours bon.

Dung a filé comme une étoile. Sans prévenir. Par effraction. Dung est mort en silence. En pleine nuit. Après un long supplice. Le cri de ses parents, venu du fond des ans, a fracassé les montagnes. Fendu la voie lactée.

Selon la tradition, trois coups de feu ont été tirés d'un fusil. Et des lamentations ont suivi.

Personne n'est monté trouver Gaspard pour lui expliquer ce qui se passait. En vain, il a tenté d'appeler. De comprendre. D'élucubrer. À force de tentatives pour se lever, il s'est épuisé. Ses bras, ses mains ne l'ont plus porté. Il est tombé à mille reprises. S'est relevé chaque fois. Mais sa persévérance n'a pas payé.

Bercé par les chuchotements de My Hiên et de Khoa qui tenaient conciliabule sur la terrasse, il avait fini par s'endormir.

C'est seulement vers midi que My Hiên eut l'idée de l'aviser. Dans l'encadrement de la porte, Gaspard crut voir une morte-vivante.

— Que s'est-il passé hier soir ?

— Dung est mort…

— Dung ? Le petit Dung ?

— Oui, Gaspard. Tu as bien compris.

— Par pitié, non ! Pas… pas… pas… Dung…

Un flot de larmes jaillit des paupières de Gaspard.

— Il y a deux jours, Dung a commencé à vomir à grands jets. Puis il a eu de la fièvre. Beaucoup de fièvre. Il s'est mis à délirer et son regard s'est vidé. Bientôt, il n'a plus toléré la lumière et sa nuque s'est raidie. Ses parents ont cru qu'il avait été mordu par un serpent, qu'il s'était empoisonné avec des baies, qu'un ennemi l'avait ensorcelé. Que sais-je ? En tout cas, ils ont tardé à faire venir Khoa. Et quand ce dernier est arrivé, il était trop tard : le petit était victime d'une méningite foudroyante.

— Ne pou… pouvait-on rien faire pour… pour le sauver ?

— Foudroyante… Comprends-tu ce que signifie le mot « fou-droy-an-te » ? Qui frappe de façon soudaine ! Qui frappe à la vitesse de l'éclair ! Non, Khoa ne pouvait rien faire pour sauver Dung. Il était condamné. Et quand bien même aurions-nous eu un téléphone pour faire monter des secours au village ou une voiture pour l'évacuer, il n'y avait plus rien à tenter. Je vois clair dans tes pensées. Tu te dis que si nous n'étions pas coupés du monde, Dung serait peut-être toujours en vie.

— Je ne me dis rien, My Hiên. Je suis juste triste. Profondément triste. Ce gamin était un… un ange. Il était gracieux, prévenant, généreux. Tout le monde l'aimait. C'est tellement, tellement injuste. Si… si…

— Ne fais pas le jeu de mes ennemis, s'il te plaît Gaspard. Pas toi. Tu es trop intelligent pour t'abaisser à ça. Cessez de vouloir me rendre responsable de tout : non, l'électricité, Internet, la télé n'y auraient rien changé. La mort de Dung était écrite. Je n'y suis pour rien. Pour rien ! Tu me crois Gaspard ? Tu me crois ?

Gaspard ne croyait rien. Gaspard était sidéré. Son cœur n'était que douleur. Sa mâchoire lui faisait mal. Et ses yeux le brûlaient. C'était si soudain, si injuste, si hideux.

— Aide-moi, Gaspard, au lieu de pleurnicher comme un bébé. Aide-moi : je suis si seule. Tu le sais, toi, que le progrès ne fait pas tout ! Même en France les enfants meurent de méningite parfois. Et quand c'est pas la méningite qui les tue c'est le bisphénol A, les ondes ou les pesticides ! Alors certes, lorsqu'ils ont le cancer, eux, ils ont de beaux hôpitaux pour être soignés à coups de chimio et de rayons, mais au moins ici, dans ce village paumé au milieu de nulle part, ils sont protégés de toutes ces merdes empoisonnées produites par la société de consommation.

Touché par tant de détresse, Gaspard saisit timidement la main de My Hiên.

— Vous blâmer ne fera pas revenir D... Dung. Et puis, je suis mal placé pour juger : je ne suis pas médecin et je ne saurais dire à quelle distance se situe l'hôpital le plus proche. Par contre My Hiên, ce dont je suis convaincu c'est que les hommes ont besoin de coupables pour survivre à... à leurs malheurs. Si vous ne voulez pas être lynchée, je crains que désormais vous ne puissiez plus faire l'économie de... de la modernité. Essayez de vous ouvrir un peu au monde : la modernité a ses travers mais elle a aussi ses qualités. Entre autres choses, elle facilite parfois la communication entre les hommes. Pareil drame ne doit plus jamais arriver. Si vous continuez à vouloir vivre en au... autarcie, vos administrés vous jugeront coupable, sinon complice de la mort de Dung.

Dans un grand soupir, My Hiên répondit :

— Je vais réfléchir...

Trois jours durant, le corps de Dung fut exposé dans la maison de ses ancêtres. Installé sur un haut catafalque, il reposait à côté de l'autel de la famille recouvert d'un grand voile blanc. Habillé comme un prince, ses parents lui avaient enfilé de coûteuses chaussures chinoises brodées, destinées à lui permettre de « traverser la contrée des gigantesques chenilles à fourrure qui se trouvent sur le chemin vers l'autre monde ». Au quatrième jour, selon les indications du médium, Dung fut inhumé, au son des tambours de bronze, sous un bosquet de bambous à l'orée de la forêt. Des chants aux accents plaintifs accompagnèrent le cortège tout le long du chemin.

Ne pas pouvoir assister aux funérailles de son petit ami plongea Gaspard dans un profond désespoir. Tout se mélangeait dans son esprit : le décès de ses parents, la mort de Dung, ses élèves restés à Paris à qui cette mort le renvoyait. Être spectateur de tout et acteur de rien lui était de plus en plus insupportable. Sa tête lui faisait mal à force de devoir tout imaginer, tout projeter.

Le temps que dura le deuil – dix jours –, My Hiên supprima les veillées. Et c'est seul, face à un parterre de spectateurs imaginaires, que Gaspard poursuivit, rien que pour lui, le journal de bord d'Hubert Butillon.

Mardi 27 octobre 2009

Un jour, si j'osais, à la question « Désirez-vous une table ? », je répondrais : « Non merci, je vais manger par terre ! »

Vendredi 30 octobre 2009

Ce matin, au réveil, du côté de Dong Van, les collines étaient roses.

Roses comme les joues d'un bébé. Roses comme un ciel d'été.

Sur le coup, j'ai cru à une illusion d'optique. C'était si irréel. Si poétique.

J'ai mis du temps à comprendre qu'il s'agissait de champs de fleurs. De fleurs de sarrasin. My Hiên ne m'avait jamais parlé de la beauté des fleurs de sarrasin. Elle ne me parle presque plus de rien d'ailleurs. C'est mon *Guide du routard* qui m'a renseigné. À la section « Ha Giang – Curiosités ». Qu'importe.

Assis sur un tronc d'arbre, à l'ombre d'un ginkgo biloba, j'ai passé ma journée les yeux rivés sur l'horizon qui ondulait au gré du vent.

Mardi 3 novembre 2009

« À la Saint-Hubert, les oies sauvages fuient l'hiver. »

Vous l'aurez compris : aujourd'hui, c'est la Saint-Hubert, patron des chasseurs et... des instruments de précision.

Vendredi 13 novembre 2009

À Paris, chaque vendredi 13, j'investissais dans une grille de loto. Mes numéros étaient toujours les mêmes : ceux de la plaque d'immatriculation de la première voiture de ma mère, suivis du code postal de Curtafond. Comme j'empochais rarement plus de dix euros, Edwige m'interdisait de miser plus souvent. Pour faire bisquer ma femme – qui, malgré tout ce qu'elle prétendait, y croyait quand même un peu –, j'attendais toujours trois ou quatre jours pour vérifier les résultats du tirage. Ce qui me permettait, soixante-douze à quatre-vingt-seize heures durant, d'être potentiellement gagnant. Et de me payer le luxe d'exaucer tous mes rêves les plus insanes :

– Offrir un service à thé Royal Albert à Edwige et un collier de perles de culture à My Hiên.

– Faire une Costa Croisière en mer Noire.

– Dîner tous les samedis chez Jenny avec tous les amis.

– Doter notre salle de bains d'une balnéothérapie.

– Remplacer ma XM par une C5 automatique.

– Acquérir la collection complète *Michelines et Autorail* des éditions Atlas.

– Installer un monte-escalier dans notre immeuble.

– Goûter à la poutargue… et au caviar aussi.

– Me baigner à Massabielle.

– Racheter l'exploitation familiale aux fils d'Édouard Louet.

– Porter des chaussettes en fil d'Écosse.

– Apprendre à jouer du cornet.

– Devenir un « Homme moderne » comme dans le catalogue.

– Éradiquer la malaria.

– Édifier un caveau de famille à Curtafond.

– Vivre un mois au Lutetia. Et vider toutes leurs corbeilles de fruits exotiques.

– Prendre un abonnement au théâtre Saint-Georges.

– Monter sur scène pour jouer Argan.

– Jouer sans compter au loto.

Lundi 16 novembre 2009

J'ai fait une découverte abracadabrantesque : Khoa parle français ! Comme My Hiên ! Sans accent. Et ce depuis des années. C'est un énorme secret. *Énorme*. Personne n'est au courant. Pas même My Hiên. Si cela s'ébruitait, Khoa serait en danger.

C'est en rentrant de mon séjour à l'hôpital d'Ha Giang que la vérité a éclaté. En découvrant que j'étais vivant, son regard s'est illuminé et il a très distinctement murmuré : « Un miraculé ! » Je n'en croyais pas mes oreilles. L'espace d'un instant, j'ai cru aux effets secondaires de la malaria. La panique que j'ai lue dans ses yeux a fini de me convaincre que je ne m'étais pas trompé. J'ai tout de suite compris qu'il avait gaffé. Qu'il s'était oublié. Et qu'il était contrarié.

J'ai eu les plus grandes difficultés à le coincer pour le faire avouer. Je lui ai couru après, quinze jours durant – « couru », c'est une image : je n'étais pas encore bien vaillant. Bref, nous jouions à cache-cache, comme deux vieux enfants. Il faisait tout pour m'éviter : c'est un madré. Surtout qu'il est sur son terrain. Seulement, ce qu'il ignore, c'est que quand j'ai un objectif en tête, je sais mettre la gomme pour le faire aboutir, et je me suis accroché, fouillant le bourg et ses environs, sans négliger le moindre sentier.

C'est à un quart d'heure de marche du village, à l'ombre d'un palmier, que je l'ai harponné. Il était paisiblement occupé à tisser un grand panier. Mon « Bonjour, mon ami ! » l'a fait bondir. Comme un enfant surpris en flagrant délit de bêtise.

Las de me fuir, heureux de soulager sa conscience, il s'est confié loin des oreilles indiscrètes. Et je crois bien que ça l'a rasséréné.

Khoa est un Rhadé. Il est né en 1926 à Buôn Ma Thuôt. C'est aujourd'hui une grosse ville mais à l'époque ce n'était qu'un petit bourg perdu au sud de la péninsule vietnamienne. En 1914, un Français du nom de Léopold Sabatier y avait fait édifier un hôpital et un internat. Khoa, dont les parents étaient éleveurs d'éléphants, donc aisés, y fut admis en 1930. Doté d'une intelligence supérieure, il excellait dans toutes les matières.

Sur les conseils de ses professeurs, sa famille l'envoya faire son lycée à Hanoï l'année de ses quatorze ans. Plus jeune bachelier indigène d'Indochine, il intégra l'École supérieure de médecine et de pharmacie à seize ans. Il en sortit diplômé en 1954, l'année de la défaite française de Diên Biên Phu. Par idéalisme, il rejoignit l'armée et donna vingt ans de sa vie aux blessés. Ce n'est qu'en 1975, après le départ des Américains, qu'il redescendit chez lui se consacrer aux siens, victimes du génocide perpétré par le gouvernement vietnamien. Trop âgé pour se marier, il leur sacrifia tout son temps et toute son énergie.

Mme Hiên, ne pouvant s'empêcher de fourrer son nez partout, est bien entendu venue nous déranger.

Suite donc au prochain épisode.

Qu'est-ce que je suis content d'avoir trouvé quelqu'un avec qui parler. Je me disais bien que Khoa, sous ses airs de pauvre hère, n'était pas un homme ordinaire.

Mardi 17 novembre 2009

Personne ne m'a jamais forcé à vivre avec Edwige. Ni à rester marié avec elle. J'ai agi en homme libre, intimement convaincu que, compte tenu de la situation, tout le monde aurait compris que je demande le divorce. J'aurais peut-être même pu obtenir l'annulation devant un tribunal : c'est inhumain de se refuser à son mari ! Pourtant, par lâcheté, par paresse, par pitié, j'ai préféré attendre et espérer. Peine perdue. Nous n'avons jamais couché. En trente-sept ans de mariage, pas une seule fois elle ne m'a autorisé à l'approcher. Même au Relais de Trefeuntec à Plonévez-Porzay où nous étions encore si amoureux. Je n'ai pas le droit de lui en vouloir : c'était au-dessus de ses forces. Et comme je n'ai jamais eu la vocation de violeur, je suis le seul responsable de mon malheur. Et encore. Le mot « malheur » est peut-être un peu exagéré : je n'étais pas si mal, après tout. Hormis ce manque cruel de relations sexuelles, notre couple était plutôt harmonieux. Je déplore juste une chose. Une chose dont je ne peux m'empêcher de tenir rigueur à Edwige : j'aurais voulu fonder une famille, avoir des enfants. Beaucoup d'enfants. Je les affectionne et le plus souvent ils me le rendent bien.

Au square à Paris, rue de Bretagne, j'étais très populaire. Nous pouvions être mille adultes, c'est toujours à moi qu'ils s'adressaient quand il fallait renouer un lacet ou arbitrer une balle au prisonnier. Les jours de gros cafard, je m'imaginais qu'ils étaient miens. Et quand je ne trouvais pas mon bonheur, je m'inventais une progéniture idéale à partir de ceux qui couraient dans les allées : je picorais çà et là des yeux, des bouches, des oreilles, des pommettes et des cheveux. Je me fabriquais l'enfant parfait. Celui que je n'aurais jamais. Celui qu'Edwige ne pouvait pas, ne voulait pas me donner. Je lui cherchais un prénom. Et je le mettais en scène. « Lancelot, viens m'embrasser. » « Éloïse, ta trottinette ! » « Pénélope, Paloma, restez près de moi... »

Je rentrais chaque fois profondément mélancolique. Edwige ne pouvait pas l'ignorer. Mais elle ne m'a jamais rien demandé.

Plus je vieillis et plus le regret me dévore. Et m'étouffe.

Incomplet. Inachevé. Inabouti. Inaccompli. C'est ainsi que je mourrai.

Jeudi 19 novembre 2009

« Il faut que le cœur se brise ou se bronze. » Nicolas de Chamfort.

Le mien, trop malmené, se brisera avant que j'aie fini de pousser mon dernier soupir.

Vendredi 20 novembre 2009

J'ai entraperçu Khoa hier à la rivière. Il avait triste mine. Ma main au feu qu'il est souffrant. Il se traîne, a le teint bistre et crache ses poumons pire qu'un mineur de fond. Je n'ai pas osé l'approcher de peur de le braquer.

Je vais prendre mon mal en patience, je ne suis plus à trois jours près…

Paris, lundi 11 mars 2013, 10 heures

Dans le bureau de Marie-France Maréchal, l'ambiance était électrique. La patronne était dans l'un de ses très mauvais jours et chacun se tenait sur ses gardes. Seul Don Weston paraissait détendu. Endormi mais détendu. Pour être au top de ses capacités, il avait exigé – et obtenu – « une semaine d'acclimatation au rythme parisien » pour le moins folklorique : dîners au Costes, soirées chez Castel, *afters* au Baron…

— Au regard de votre mine de papier mâché, je me dois de vous dire, en toute objectivité, que sortir jusqu'à pas d'heure n'est plus tout à fait de votre âge. Vous n'êtes pas aussi frais qu'escompté. Vous êtes même dans un pénible état, persifla la présidente de Sparkle TV.

Pas coiffé, pas rasé, les yeux scotchés, Don Weston, à l'étroit dans sa chemise en jean maculée de graisse et boissons alcoolisées, offrait une piètre image de la communication à l'américaine.

Matois, il s'abstint pourtant de relever les propos désobligeants de son agresseuse. Et attaqua bille en tête en renouant prestement son catogan.

— Loin de moi l'idée de remuer la couteau dans le plaie, Marie-France. Mais, pourriez-vous m'expliquer comment vous avez pu ainsi perdre le contrôle de le situation ? Vous n'êtes pas des infantes de cœur !

Les mains crispées sur le dossier de sa chaise, Marie-France Maréchal rétorqua en détachant chaque syllabe.

— On ne va pas refaire l'histoire, Don. Reportez-vous au document que je vous ai fait déposer à votre hôtel. On ne vous paye pas pour nous faire la morale, mais pour nous tirer de ce merdier. Mer-di-er ! Ce que nous attendons donc de vous, c'est 1) de trouver le moyen de mettre la presse de notre côté, 2) de museler la rumeur et 3) de nous faire sortir sinon grandis, du moins pas trop esquintés de cet imbroglio.

Jean-Édouard de la Taille, Augustin Trappier et Chiara Ponti – promue directrice de la communication de Sparkle TV en remplacement de Catherine Barnabé – étaient sous le choc. Dieu avait dit « merdier ». Deux fois ! Le moment était historique.

Aucunement impressionné, Don Weston reprit :

— Pour endormir les médias, c'est *easy* : vous choisissez une jeune rédacteur d'un grand quotidien national en mal d'ego et vous le embarquez tous frais payés pour une chouette virée au Vietnam sur les traces de votre Gaspard. Sur place, vous confiez votre reporter à Triballine et c'est lui, Triballine, *via* vous, madame la présidente, qui lui dictez son reportage. Vous lui faisez ensuite miroiter un ou deux infos de première main et la tour est joué. Pour tordre le cou aux rumeurs, vous ne bougez pas un oreille : elles vont s'éteindre de elles-mêmes. Enfin, pour préserver le paix, vous allumez une contre-feu. Vous n'auriez pas une animatrice enceinte, anorexique ou amoureuse d'un *bad boy* ? Les trois à la fois serait sensas ! Quant à…

— Et pour redorer notre blason, vous préconisez quoi ? Que j'aille vacciner des nouveau-nés au Biafra déguisée en infirmière ?

— Si je peux me permettre, le Biafra n'existe plus depuis 1970. Mais la idée n'est pas…

— Il se fout de moi ou c'est juste une impression ? Vous êtes tous témoins ! Tous ! On est en France ici, Don. Pas au Far West ! Je ne sais pas ce que vous avez fumé, bu ou consommé depuis mercredi mais il faudrait penser à changer de régime parce que si vous n'avez rien d'autre à nous proposer, je vous coupe les vivres et je vous réexpédie par FedEx à ABC !

Pour la première fois depuis le début de la réunion, Don Weston semblait prendre la mesure de sa désinvolture. Il tenta mollement de se défendre mais Marie-France Maréchal feignit de ne pas l'entendre.

De guerre lasse, il se lança dans une exploration approfondie de la poche intérieure de son manteau.

— Vous n'auriez pas vu mon téléphone portable ?

Évidemment, personne ne répondit.

Tentée d'étrangler son *spin-doctor*, Marie-France Maréchal s'obligea à respirer et apostropha son directeur général.

— Dis-moi Jean-Édouard, c'est quand la dernière fois qu'Alain Mail a eu recours aux conseils de ce mariolle ?

— Il y a neuf ans, juste après avoir racheté Radio monégasque.

— Ça lui avait pourtant réussi à l'époque. Qu'est-ce qui s'est passé depuis ? Non, mais regarde-le : il est liquide ! Li-qui-de…

Happé par ses sms, Don Weston était imperméable à la discussion. Fred Astaire aurait entamé un numéro de claquettes endiablé, cela ne l'aurait pas plus interpellé.

À la surprise générale, poussée par l'envie de briller dans ses nouvelles fonctions, Chiara Ponti s'enhardit à prendre la parole sans autorisation :

— Vous savez, ça peut marcher le coup de l'invitation. Vous êtes trop haut placée, madame la présidente, pour être au fait de nos us et coutumes, mais nous choyons régulièrement les journalistes de la presse télé. Il n'y a rien de tel pour décrocher un bon papier. Dernièrement, pour le lancement de la nouvelle saison de *Scènes de vie*, nous en avons convié cinq à passer trois jours à Nice dans nos studios. On leur a même fait faire de la figuration : ils roucoulaient de plaisir. Je peux vous garantir que ça plus la suite au Palm Beach Azur, ça l'a grave fait : les articles étaient dithyrambiques ! Bien plus élogieux que la fois où nous les avions couchés à l'Iris de l'aéroport… Autre chose : au cas où vous ne seriez pas au courant, Melody qui présente *Au secours, mes enfants divorcent !* s'est fait inséminer en Belgique il y a trois mois et demi. Elle ne croit plus au prince charmant et préfère faire un bébé toute seule plutôt que de…

Chiara n'eut pas le temps de suggérer comment Sparkle TV pourrait à coup sûr tirer avantage de ce scoop : Triballin était en ligne sur le portable de

Jean-Édouard de la Taille. Il voulait parler à Marie-France Maréchal.

La conversation dura dix bonnes minutes. Dix minutes qu'Augustin Trappier mit à profit pour se faire expliquer par Don Weston la meilleure façon de préparer un Dry Martini. Ils en étaient au dosage du vermouth blanc lorsque la présidente de Sparkle TV, sourire aux lèvres, leur annonça avec solennité :

— Gaspard est vivant et… en excellente santé !

Tout le monde applaudit. Sauf Don Weston qui était occupé à déchiffrer sur un ticket de métro le numéro de téléphone d'une call-girl rencontrée à la Casbah.

— Triballin a des photos. Trois ! S'il trouve un moyen de nous les scanner, nous devrions les recevoir par mail dans l'après-midi. Comme nous le pressentions, Gaspard est retenu dans les montagnes à la frontière chinoise. Nous attendons de connaître le montant de la rançon pour le récupérer. Son retour n'est plus qu'une question de jours et d'argent ! Mademoiselle Ponti, ayez l'extrême amabilité de bien vouloir nous sortir une Veuve Clicquot du frigo. Buvons à la santé de Gaspard et de Triballin. Sachez que pas une seule fois je n'ai douté des capacités de cet homme. Pas une fois. Même quand il a craqué il y a quelques jours et imploré que nous le relevions de ses fonctions. Quel fin limier…

Au « pop » du bouchon de champagne, Don Weston, qui s'était perdu dans la contemplation de son ticket de métro, sortit de sa léthargie. Espérant faire bonne figure, il tendit sa coupe le premier.

— Qu'est-ce qu'on fête ?

Tout à la joie d'avoir – presque – retrouvé Gaspard, Marie-France Maréchal préféra ignorer son « conseiller ».

— La libération prochaine de Gaspard, lui souffla Chiara, gênée.

— Waouh ! Gaspard est libre ? Je peux rentrer pieuter moi ?

Hors d'elle, la présidente de Sparkle TV saisit Don Weston par le veston et le secoua comme un hochet. La colère avait décuplé ses forces.

— Si vous bougez une oreille, je vous arrache les yeux avec les dents ! Alain Mail nous a certifié que vous étiez le meilleur, à vous de nous le prouver. Une idée pour redorer notre blason ? Hâtez-vous : je suis à bout !

Poussé dans ses retranchements, Don Weston eut soudain un éclair de génie. C'était comme si son cerveau était de nouveau irrigué.

— Si je vous dis *La Chasse au trésor*, Marie-France, vous me répondez quoi ?

— Jacques Antoine.

— O.K., mais encore…

— Philippe de Dieuleveult ? Zaïre ? Bavure ? Assassinat ? À quoi on joue, là ? Au Trivial Pursuit ? Venez-en aux faits, Don, aux faits.

— *Nothing* de tout cela ! Je vous propose de remettre au goût de le jour *La Chasse au trésor* de Jack Antoine : votre trésor serait Gaspard et votre Philippe de Dieuleveult, un concurrent de cette année ou de le précédente édition d'*Un jour j'irai à Shanghai avec toi.* Vous avez ça en magasin ?

— Développez. Vous imaginez quel format, Don ?

— Deux ou trois numéros grande max mais ça vous sauve les meubles. Acte I : l'arrivée au Vietnam et les préparatifs de la expédition. Acte II : l'ascension vers Gaspard. Acte III : la libération avec les confettis et les violons ! Vous faites d'un pierre deux coupes : vous récupérez votre Gaspard et vous pulvérisez l'audience en recyclant une vieille jeu à succès. Avec un peu de chance, vous pourriez même reconquérir les partenaires et les sponsors publicitaires qui ont délaissé vous à cause de vos conneries.

— Si on met entre parenthèses la dernière partie de votre phrase, je dois avouer que pour une fois vos propos ne sont pas dénués d'intérêt. Qu'en pensez-vous Trappier ? C'est vous le spécialiste du jeu ici.

Fier de s'entendre qualifier de « spécialiste du jeu », le patron de Screen Production bomba le torse et approuva. Il suggéra même que Marcel Triballin commande les opérations sur place et qu'on lui octroie deux cameramen chevronnés et discrets.

— La zone est vaste, difficile d'accès et nous ne devons éveiller aucun soupçon.

Emballée, Marie-France Maréchal surenchérit et proposa que Don Weston chapeaute l'opération avec Marcel.

— Quoi de mieux pour saluer votre fulgurance, monsieur le spécialiste des médias *from* les USA ?

Suffoqué, l'Américain manqua s'étouffer avec une chips de riz soufflé.

— C'est *absolutely* impossible, Marie-France : malgré toute la respecte que je vous dois, j'ai beaucoup trop de sollicitations pour…

Sourde à sa remarque, la présidente de Sparkle TV proposa que Cindy Lelièvre soit « la Philippe de Dieuleveult ».

Jean-Édouard de la Taille, qui s'était jusque-là tenu en retrait, ébaucha un sourire conquis. Sourire que ne partageait pas Augustin Trappier.

— Sauf qu'elle est complètement givrée et qu'on ne peut pas lui faire confiance. Vous avez la mémoire courte ou quoi ? Vous avez une idée du nombre de fois où elle nous a plantés ? Dix ou douze au bas mot. Elle vendrait ses prothèses mammaires aux enchères pour faire la une de *Graziela* !

— Justement, Trappier, c'est parfait. On veut du show… du show ! s'époumona Marie-France Maréchal. Je vous signale que nos audiences sont en chute libre depuis trois mois, que les Néerlandais m'appellent dix fois par jour et qu'on a le Collectif des Gavés de la Télé au cul sur Facebook.

Le patron de Screen Production regretta très fort son honnêteté.

— À propos de show, il ne faudra pas oublier de rallumer la flamme entre Gaspard et Cindy : pour de vrai, pour de faux, advienne que pourra. La seule chose qui m'importe c'est que les téléspectateurs y croient.

— Et mon idée de voyage de presse, on en fait quoi madame la présidente ? interrogea, fébrile, l'attachée de presse d'*Un jour j'irai à Shanghai avec toi.*

— Vous dormiez, mademoiselle Ponti ? On oublie ! Concentrez-vous sur Gaspard : dès que vous avez les photos et le montant de sa rançon, commandez une dépêche à l'AFP. Ça fera un bon *teasing* !

Après que Marie-France Maréchal eut distribué à chacun sa feuille de route et ordonné à Don Weston d'abandonner le whisky pour la Badoit, tout le monde s'égailla sauf Trappier.

— Puis-je m'entretenir avec vous de quelque chose d'étonnant qui pourrait servir à notre nouvelle *Chasse au trésor* ?

— Faites vite, je suis attendue dans vingt minutes à Bercy pour parler numérique terrestre.

— J'ai dîné hier soir chez Nestor Dumas avec Éric Bateau, le producteur des *Nouveaux Aventuriers*…

— Et ?

— Et… et il m'a raconté que pour les besoins de leur prochain numéro, il avait envoyé deux hommes au Vietnam dans la région de Dong Van…

— Super.

— Oui, « super », justement : ils sont rentrés il y a trois jours et ont raconté à Éric qu'en visitant un village reculé ils étaient tombés sur une Vietnamienne hystérique parlant couramment notre langue. Elle leur aurait interdit de tourner la moindre image au prétexte qu'elle voulait sauvegarder l'âme de son peuple. Elle était incontrôlable. Et… incorruptible. Ils soutiennent aussi avoir distinctement entendu des enfants réciter notre alphabet et chanter *Cadet Rousselle*. Une voix se distinguait parmi les chœurs : celle d'un Français, plutôt jeune. Lorsqu'ils se sont ouverts de cette bizarrerie à la dingue, elle se serait muée en harpie. Elle les aurait même menacés de les poursuivre pour atteinte à la dignité humaine ! Une cinglée. Évidemment, ses…

— Qu'essayez-vous de me dire exactement, Augustin ?

— Que si ça se trouve, la voix entendue par les hommes de Bateau était celle de Gaspard ! La coïncidence serait fortuite mais tout colle : le bled dans les montagnes, *Cadet Rousselle*, la voix d'un jeune Français et la bonne femme totalement cinoque…

— … qui ne doit pas avoir la conscience tranquille ! Touché. Génial !

— Ne vous emballez pas trop vite, Marie-France : Éric Bateau n'autorisera jamais ses équipes à vous donner les coordonnées géographiques du village. Outre qu'il n'aime guère qu'on vienne mettre le nez dans ses affaires, il est bien trop respectueux de ses hôtes pour laisser qui que ce soit briser leur tranquillité. Cependant, si votre type sur place pouvait retrouver leur guide, ça serait top.

— J'appelle Triballin immédiatement.

Quelque part, à l'extrême nord du Vietnam

Sur une grande feuille de papier, à l'aide de bonhommes-bâtons, de flèches et de ronds, Gaspard tentait de schématiser la situation. Il ne connaissait pas meilleure façon pour mettre à plat ses idées quand son cerveau était au bord de l'implosion.

– Khoa parlait français mais personne ne devait le soupçonner.

– Khoa était médecin.

– My Hiên, sa meilleure amie, ne savait pas qu'il parlait français. Elle ne savait pas non plus qu'il était médecin puisqu'elle le croyait boucher.

– Khoa ne manquait pas une seule veillée. Par plaisir ou par intérêt ?

– Khoa lui avait arraché un autographe.

– Khoa lui avait offert *Belle du Seigneur*, le livre culte de sa mère.

– Georges connaissait Hubert du temps de l'École alsacienne.

– Hubert savait ses parents menacés.

– Hubert avait conduit Georges et Violette à l'aéroport le 10 septembre 1995.

Quel lien y avait-il entre toutes ces données ? Devait-on d'ailleurs essayer d'en établir un ? Ou devait-il faire confiance au destin ?

Plongé dans l'examen de son dessin, Gaspard eut envie de remercier le Ciel pour ses bienfaits. Sans Lui, sans ceux qui l'habitaient, sa candidature à *Un jour j'irai à Shanghai avec toi* n'aurait jamais été retenue. Ni même remarquée. Il n'aurait pas été si avant dans la course. Il ne serait pas tombé de son pick-up. Il n'aurait pas été récupéré par Duy et Khôi. Et il ne serait pas ici. Coincé dans ce trou perdu. Un trou perdu où, paradoxalement, ses parents n'avaient jamais été si présents. Son instinct lui dictait de faire preuve de patience. De sagesse. Et surtout d'optimisme. Qui sait s'ils n'allaient pas surgir. Au débotté. Un soir d'orage. Sur de beaux destriers.

Persuadé que Khoa était la clé de tout – ou du moins de beaucoup –, Gaspard se promit de le coincer à la première occasion. En attendant son heure, il extirpa de sous son drap le chef-d'œuvre d'Albert Cohen que le vieux docteur lui avait offert le jour où il l'avait obligé à signer son portrait. Il avait besoin de comprendre pourquoi sa mère chérissait tant cet épais ouvrage même pas illustré. La première chose qu'il vit quand il l'ouvrit fut qu'il manquait la page de garde. L'ennui aiguisant souvent la curiosité, il passa ses doigts sur la page suivante et devina des pleins et des creux réguliers. Des pleins et des creux laissés par l'application d'une pointe Bic sur le papier. Intrigué, il demanda aux petits occupés à faire de la « glaise à modeler » de fouiller le coffre d'Hubert à la recherche d'un bouchon de Dom Pérignon qu'il brûla avec une allumette. Devenu noir charbon, il le frotta délicatement contre l'inscription et fit apparaître une improbable dédicace : « À ma petite fleur préférée… Votre poète énamouré. Paris, le 30 mai 1977. »

Samedi 21 novembre 2009

« *Poilu* : Nom masculin. Homme fort ou brave. Soldat français. » (Larousse)

J'ai longtemps cru que les Poilus étaient des hommes à la pilosité supra-développée.

Il aura fallu que j'en renverse un pour découvrir qu'il n'en était rien.

C'était le 8 novembre 1965 et il faisait grand beau. À l'époque, j'expérimentais le vélo pour me rendre au boulot. En retard, je filais nez au vent en regardant droit devant lorsque mon Poilu a traversé la rue du Louvre sans crier gare. Je l'ai percuté de plein fouet. Quand il s'est relevé, difficilement, il était évident qu'il s'était cassé quelque chose : le pauvre homme boitait comme le diable et geignait comme un enfant. C'est seulement lorsque j'insistai pour appeler les secours qu'il m'avoua, hilare, que je venais de lui « démantibuler »... sa jambe de bois. « J'adore faire des blagues avec ça. Ça marche à tous les coups ! »

Pour me faire pardonner mon imprudence et surtout me remettre de mes émotions, je l'invitai à partager un ballon de rouge au Pied de Cochon. Parce que j'adorais l'écouter et parce qu'il adorait se raconter, nous instituâmes de nous retrouver dans le quartier chaque 8 novembre.

Quand mon Poilu ne fut plus en mesure de venir à moi, c'est moi qui vins à lui. Il était établi sur la colline de Puteaux, dans un petit appartement « avec vue imprenable sur Paris et sa tour Eiffel ». Aller à sa rencontre était chaque fois comme un voyage dans le temps. Sa gouaille était telle et son courage si grand, que je repartais toujours plus guilleret qu'un enfant.

Mon Poilu se prénommait Raymond Abescat. Né le 10 septembre 1891 à Auteuil, c'était un Parisien pur sucre. « J'ai grandi entre le 116, le 59 et le 23 rue Jean-de-La-Fontaine. » Raymond avait tout vu. Tout vécu. Il aimait répéter qu'il aurait dû mourir en naissant. « D'abord l'accouchement s'est mal passé. Ensuite, le lait de ma mère était empoisonné. Mais j'ai tenu bon, hurlant à pleins poumons : "Je ne marche pas dans votre combine !" »

Appelé à faire son service militaire en 1912, Raymond fut intégré au 113e régiment d'infanterie et cantonné à Blois. « Dès que la sale guerre a éclaté, j'ai été envoyé sur la frontière belge avec mon unité. À l'aube du 21 août 1914, j'ai eu mon premier contact avec l'ennemi. Ça a été l'hécatombe. Partis à deux cent cinquante, nous sommes revenus à huit. J'ai échappé à la Grande Faucheuse un nombre inimaginable de fois. Comme par miracle, j'étais toujours dans la bonne tranchée, celle qui n'était pas la cible des bombes. Mais qu'est-ce que j'en ai vu des copains se faire déchiqueter, ensevelir vivants. »

À force de défier le sort, un soir, « dans un crépitement de mitrailleuses, pareilles à un orage de grêle horizontale », ce fut au tour de Raymond d'être blessé. « J'ai perdu ma guibole à Verdun, au Bois de la Caillette, le 16 novembre 1916. Elle est restée à Foch quand ils m'ont amputé... » Silence songeur. « Ils ne me l'ont jamais rendue, les salauds ! Je me demande encore si c'était bien utile qu'ils me la coupent. » Raymond fut traîné d'hôpitaux en hôpitaux jusqu'à la Méditerranée. « Quand mes chefs ont estimé que le petit sergent que j'étais était rétabli, ils m'ont recollé aux arrières, dans un bureau. »

Démobilisé le 19 mai 1919, la première chose qu'il fit fut de se marier. Avec Jeanne. Une amie d'enfance. « Il n'y avait plus de temps à perdre... Tu comprends ? » Ensemble, ils plantèrent un arbre généalogique à « trente-cinq branches » !

À la retraite depuis 1957, Raymond aimait répéter qu'il coûtait une fortune à l'État. Je l'entends encore clamer, quelques mois avant sa mort : « Le trou de la sécu, c'est moi ! Quarante-quatre ans de pension, ça en impose... »

Ce record ne fut pas le seul qu'il battit. Longtemps détenteur du titre de « plus ancien combattant des armées alliées de la Grande Guerre », Raymond rata d'un cheveu celui de doyen de l'Humanité.

Mort le 25 août 2000, à cent neuf ans et trois cent quarante-neuf jours, il aura, avec l'enthousiasme intact d'un gamin de sept ans, traversé trois siècles sans jamais se départir de son appétit de vivre. Et incarné avec vaillance le mot « Poilu ».

Mardi 24 novembre 2009

Je me suis toujours demandé quel effet cela faisait d'assommer quelqu'un avec une poêle à frire. Il faudra que je m'y risque un jour. Quant à savoir sur qui... j'ai ma petite idée.

Dimanche 29 novembre 2009

Toujours pas de Khoa à l'horizon. Où se cache-t-il donc ?

Lundi 30 novembre 2009

Je n'en fais plus mention, mais il est entendu que je continue à assurer chaque soir la veillée. L'assemblée s'est un peu clairsemée avec Julien Green qui, je l'avoue, n'est pas aussi excitant que je l'augurais. Pour regagner mon auditoire, je déroule depuis dix jours mon répertoire de chansons françaises. Bourvil, Brassens, Brel, Piaf, Fernandel, Montand, Bécaud... Franchement ? Ils adorent !

Quand ils en auront assez, je leur soumettrai Raymond Queneau.

Jeudi 3 décembre 2009

Cet après-midi, je me suis fait du mal et... du bien.

Pour me rappeler le bon vieux temps – celui où j'étais assez souple pour pratiquer la danse de salon en semi-professionnel –, j'ai glissé Carlos Gardel dans mon baladeur et suis parti me perdre avec lui dans la montagne. Sa voix chaude, poignante, caressante m'a ému plus que de coutume. Pourtant Dieu sait si je l'ai écouté par le passé. Je l'ai écouté à rendre toc-toc tout le quartier. Est-ce parce que je suis si loin de mes bases, isolé dans un pays à la culture si diamétralement opposée à la mienne, qu'il m'a tant touché ? C'était comme si je le redécouvrais. Comme si tout ce qui me manquait depuis que je vis ici – l'empathie, la fantaisie, le désordre, la chaleur, l'élégance, l'insolence, etc. – se manifestait sans y être invité.

Porté par ce timbre superbe, enveloppant, envoûtant, j'ai marché jusqu'à épuisement. Droit devant, sans me soucier ni de l'heure ni de mon ventre qui criait famine. J'ai rebroussé chemin tard dans la nuit, alors que la lune était déjà haute. Comme moi, les piles de mon baladeur commençaient à montrer des signes de faiblesse. Et « El Francesito » chantait au ralenti.

Gravir les marches de la maison s'est apparenté à l'ascension des Buttes-Chaumont un jour de canicule : mes jambes flageolaient pire que si j'étais ivre. Quand j'ai enfin atteint ma chambre, incapable de faire un pas de plus, je me suis effondré sur mon lit comme un château de cartes. La maison était vide. Elle sonnait creux comme une caverne : Mme Hiên s'était absentée sans le moindre mot d'explication à mon intention. J'aurais pu disparaître dans un ravin, je serais mort comme un chien, plus seul que l'Avare. Carlos Gardel m'est apparu comme la quintessence de la chaleur humaine et de la sensualité. Une sensualité que mon vieux corps sevré réclame à grands cris. Edwige me manque. Mes amis me manquent. Paris me manque.

Carlos, sors de ta tombe.

Dimanche 6 décembre 2009

Quinze jours que je me brosse les dents à l'index avec du citron. Nous sommes à court de dentifrice au village et personne ne semble pressé de descendre à Dong Van en chercher. Quelle calamité. Dire qu'en France je prenais un soin tout particulier à les sélectionner. On ne badine pas avec la plaque dentaire !

Convaincu que plus ils piquaient, plus ils étaient efficaces, je les ai tous testés : Pepsodent, Signal, Colgate, Sonogyl, Elgidium, Fluocaril, Ultra Brite, Elmex, Tonigencyl, Weleda, Teraxyl, Oral-B, Dentamyl, Meridol, Émail Diamant. Et j'en oublie sûrement.

Ce travail de Titan exigeait une vigilance de tous les instants. Il ne se passait pas un mois sans qu'il en sorte un nouveau sur le marché. Avec un goût inédit. Ou une propriété originale : « Pour des dents saines », « Pour une blancheur éclatante », « Pour une haleine fraîche ».

À l'époque, totalement investi dans ma mission, je n'avais plus une minute à moi : mes palmarès étaient à revoir tous les soirs. Je me devais d'être toujours à la page. Quitte à traverser tout Paris. Quitte à me fournir en pharmacie – ce qui était onéreux et grevait mon budget. Autoproclamé « docteur ès pâtes à dents », j'aurais pu rédiger une encyclopédie raisonnée du dentifrice. Les texturés, les colorés, les mentholés, les poivrés : j'avais pénétré tous leurs secrets. Qu'importe leur conditionnement, leur prix, leur mode de fabrication : je les connaissais mieux que moi-même. Alors pensez si je suis malheureux aujourd'hui.

Si la pénurie perdure, les sillons de mon index finiront par s'effacer. Et la police scientifique sera incapable de m'identifier s'il advenait qu'à ma mort on ait besoin de reconnaître mon corps oublié au fond d'une vallée.

Je blague.

Jeudi 10 décembre 2009

Après la pluie, le beau temps. J'ai rendez-vous ce soir avec Khoa dans le petit bois au-dessus de chez moi.

Dimanche 13 décembre 2009

Cela fait quatre jours que Khoa a fini de me raconter sa vie. Et je ne m'en suis toujours pas remis. C'est à peine si j'ose raconter...

Quand My Hiên a interrompu ma conversation avec Khoa la dernière fois, il venait tout juste de redescendre chez lui à Buôn Ma Thuôt. On était en 1975 et il n'y avait plus un seul militaire américain sur le sol vietnamien. Khoa avait alors quarante-neuf ans. Fatigué par vingt ans de guerre passés à couper des bras, des jambes et des pieds, il vivait chez sa mère – miraculeusement épargnée par les bombardements – et consacrait tout son temps aux ethnies minoritaires opprimées par le gouvernement obsédé par l'idée de les faire rentrer dans le rang.

Sa réputation d'homme brave, juste et omniscient rayonnait jusqu'à Nha Trang où, en 1979, un couple de hardis ethnologues cherchait à recruter un guide traducteur capable de les introduire auprès des Mnong Gar. Très naturellement, la rumeur les conduisit à Khoa qui était devenu incontournable en la matière. Comme vous vous en doutez sûrement déjà – et c'est là que nous basculons dans la science-fiction ! –, ces deux jeunes chercheurs se nommaient Georges et Violette de Ronsard.

Solaires, brillants, audacieux, ils avaient respectivement vingt-huit et trente ans. Fraîchement mariés, ils avaient mis à profit leur voyage de noces pour préparer un long séjour en immersion totale destiné à alimenter leur thèse de doctorat sur l'assimilation forcée des montagnards du Sud indochinois. De cette rencontre naquit une indéfectible amitié. Jusqu'à leur disparition en 1995, Georges et Violette effectuèrent pas moins d'une vingtaine d'expéditions dans la région, toujours accompagnés de Khoa.

Leurs écrits, publiés dans les revues universitaires les plus prestigieuses, attirèrent bientôt l'attention de la communauté scientifique sur le Dak Lak. Ce qui leur valut une profonde inimitié des trafiquants cambodgiens et vietnamiens ainsi que du gouvernement : tous voyaient d'un assez mauvais œil cette publicité dont ils se seraient bien passés. Des millions de dongs étaient en jeu et les trafiquants n'avaient pas l'intention de lever le pied à cause de deux illuminés qui dénonçaient les méfaits de l'opium en général et de la culture du pavot et du racket en particulier.

Tant qu'Hanoï fermait les yeux, Georges et Violette pouvaient dormir sur leurs deux oreilles. Par contre, quand, sous la pression internationale, les contrôles à la frontière s'intensifièrent, les trafiquants déterrèrent la hache de guerre.

Au début des années quatre-vingt-dix, Georges et Violette reçurent leurs premiers avertissements. Pris par leurs études et l'arrivée prochaine de leur premier enfant, ils les ignorèrent superbement. Pire, persuadés que les trafiquants ne mettraient jamais leurs menaces à exécution – « Supprimer comme ça deux modestes chercheurs français ? Vous n'y pensez pas ! » –, ils continuèrent à dénoncer les méfaits de la drogue sur les Mnong Gar. Seul Khoa prenait la chose très au sérieux et tentait – sans succès – de les dissuader de poursuivre leurs périlleux travaux.

Le 13 septembre 1995, Georges et Violette atterrirent à Nha Trang. Contre l'avis de leur ami, ils se rendirent dans les montagnes en avion pour tourner un film sur un rituel majeur chez les Mnong Gar : le sacrifice du buffle. Il était prévu qu'ils donnent une conférence sur le sujet à Saigon dix jours plus tard et ils désiraient illustrer leur propos avec leurs propres images. Sans le vouloir – et surtout sans se soucier des conséquences de leur bévue –, ils immortalisèrent des plans de trafiquants en pleine transaction. Pour effacer toute trace de ces images, ces derniers n'y allèrent pas de main morte : ils les kidnappèrent, les assassinèrent et les jetèrent au fond d'un puits. Dans l'heure qui suivit, ils crashèrent leur appareil en pleine forêt après s'en être éjectés en parachute. La police – grassement rémunérée – conclut à un accident.

Parce qu'un jour il avait sauvé d'une septicémie le chef des trafiquants, Khoa fut épargné à la condition qu'il déguerpisse, change de vie, d'identité et garde pour lui ce terrible secret. Rongé par la culpabilité, ravagé par la mort de ses deux compagnons, terrorisé à l'idée de partager leur sort, Khoa se planqua quelques mois dans une cabane de pêcheur sur un îlot isolé au large de Nha Trang. Quand il fut certain de n'être pas suivi, il partit se réfugier le plus loin possible du Dak Lak, à l'extrême nord du pays, à la frontière sino-vietnamienne. Accueilli comme le Messie – les « bouchers » aux compétences de médecins étaient rares dans le pays –, personne n'osa lui demander d'où il venait, ni ce qu'il fuyait. On fit comme si de rien n'était. Pour faire table rase du passé, il abandonna son patronyme – Cao Minh –, jeta au feu ses vêtements de ville et apprit à chiquer du bétel. Plus local que les locaux – surtout une fois qu'il eut intégré leur dialecte –, tout le monde oublia qu'il n'était pas d'ici.

Si j'avais pu imaginer qu'en atterrissant dans ce village isolé, je tomberais sur Georges et Violette…

Paris, mercredi 13 mars 2013, 10 h 45

« Putain, trop dare ! » furent les trois premiers mots prononcés par Cindy Lelièvre lorsque Augustin Trappier lui apprit qu'elle avait été « désignée parmi une centaine de candidat(e)s ultra-motivé(e)s » pour aller délivrer, devant les caméras, Gaspard au Vietnam. Les suivants, en désordre, furent :

— Quel sera le montant de mon cachet ? Qui va m'habiller ? Me maquiller ? Me coiffer ? Serai-je seule à l'image ? Qui va gérer mon *buzz* ? L'homme aux Weston, il sort d'où ? Et Triballin ? On voyage en quelle classe ? On dort où ? Y aura une piscine ? Je mangerai à ma faim ? C'est quand la diff' ? Si je fais un tabac, je gagne quoi ? Et Gaspard, il va pas tirer la tronche si c'est moi qui viens le sauver ?

Une fois plus ou moins réglés tous ces problèmes techniques – et métaphysiques –, le plus dur consista à faire entendre à la jeune femme qu'elle devait tenir sa langue jusqu'au départ.

— Même et surtout auprès de votre… ami Jimmy avec qui vous entretenez une… impénétrable relation qu'il faudra un jour que vous nous expliquiez.

L'expédition pour sauver Gaspard fut montée en moins de quarante-huit heures. Quarante-huit heures consacrées à recruter deux cadreurs, réunir le matériel technique, décrocher les visas, réserver les billets d'avion, dénicher un véhicule climatisé *et* tout-terrain, booker les chambres d'hôtel et dégraisser les bagages de Don et Cindy qui, si on les avait écoutés, auraient emporté la moitié de leur garde-robe : le premier pour éviter d'avoir du linge à laver sur place, la seconde pour honorer les contrats passés avec les marques de prêt-à-porter qui l'habillaient.

L'arrivée à l'aéroport de Noi Bai, le 17 mars en début d'après-midi, se fit sans encombre. Contrairement au trajet en minivan jusqu'à Ha Giang, au cours duquel

Cindy se vit dans l'obligation de remettre les pendules à l'heure avec Don Weston.

— Don, passe encore que vous me mettiez des mains au cul dès que je vous tourne le dos et que vous saliviez comme un bébé en reluquant mon décolleté, mais si vous continuez à me soûler du matin au soir avec vos exploits passés, ça va vite me gonfler. Très vite ! Je n'en peux plus de votre voix rauque qui vient du fond de la culotte. Vous me donnez mal au crâne. Et quand j'ai mal au crâne je ne peux plus réfléchir. Et là, j'ai besoin de me concentrer pour mener à bien ma mission. C'est la chance de ma vie, ce projet. Alors n'allez pas le faire capoter ou je vous balance par-dessus bord sur un chemin de campagne que même Google Map connaît pas ! Et croyez-moi, espèce de vieux pervers, ce ne sera pas la première fois.

Sans la médiation des deux cadreurs rompus depuis près de vingt ans aux épineux tournages de téléréalité, l'Américain aurait démissionné. Jamais de sa vie il n'avait essuyé pareille charge. Et pourtant, il en avait levé, des butées…

L'orage passé, l'installation au Pan Hou Village Hotel s'effectua dans le plus grand calme : Cindy voulait « dormir, dormir, dormir pour être au top ! ». Et Don Weston était anéanti, le « vieux pervers » lui étant resté coincé en travers de la gorge.

Déchiré entre sa fidélité à Sparkle TV et son attachement à Eulalie, Marcel – qui s'attendait à tout sauf à devoir organiser et superviser dans l'urgence un nouveau tournage – réserva un accueil des plus frileux à Don et son équipe. Pris entre deux feux, il marchait sur des œufs. Son ancienne fiancée, exaspérée par les « dernières lubies de Paris », exigeait qu'il choisisse son camp et l'encourageait à ne pas se tromper : « Surtout si tu ne veux pas que je t'émascule à la petite cuillère ! » Soucieux de ménager la chèvre et le chou – « C'est qui la chèvre ? Et c'est qui le chou ? » s'offusqua Eulalie lorsqu'il eut le malheur d'employer cette expression populaire devant elle –, Marcel lui jura sur la tête de ce qu'il avait de plus cher au monde – celle de sa mère qui approchait les cent trois ans – que dès qu'il saurait avec exactitude où Gaspard était séquestré il trouverait le moyen de la laisser partir devant pour qu'elle soit la première à le serrer dans ses bras. Loin des caméras. « Quitte à les intoxiquer avec une bonne vieille salmonelle. Foi de Marcel ! »

Quelque part, à l'extrême nord du Vietnam

« À ma petite fleur préférée. Votre poète énamouré… Paris, le 30 mai 1977. »

Pressé de savourer ces mots si beaux, Gaspard avait expédié la veillée avec une telle vélocité que My Hiên s'était montrée incapable d'assurer la traduction – même succincte – des aventures de son fiancé. Pressentant que quelque chose clochait, chacun rentra chez soi sitôt le journal de bord refermé. Paralysés qu'ils étaient par la barrière de la langue, aucun d'eux n'osa demander au « beau Français » ce qui le rendait si taciturne et surtout si pressé de les voir débarrasser le plancher. Même My Hiên, pourtant choquée par le comportement de Gaspard, la joua profil bas.

Rendu à la solitude de sa chambre, le jeune homme pleura. Sans discontinuer. De tristesse, de joie, de haine, de fatigue, de dépit, de tendresse, de colère, de rire, de rage, de douleur. Tant de larmes avaient été versées que la dédicace avait pris l'eau. Comme son cœur. Les stigmates du papier s'étaient effacés, emportant avec eux ces mots impensables. Incroyables. Inoubliables.

Saisi d'une crise mystique, le jeune homme supplia ses parents de bien vouloir l'aider. Mains jointes, tête baissée, il psalmodia : « Faites venir à moi Khoa. Qu'il monte. Qu'il m'écoute. Qu'il m'explique. Maman, papa, s'il vous plaît, secourez-moi… »

Sa prière, innocente, désespérée, fut exaucée : spectral, le vieil homme fit son apparition dans l'entrée. Plongé dans ses mantras, Gaspard ne remarqua pas tout de suite sa présence. De surprise, il bondit. Laissa échapper un cri. Puis se raisonna. Surtout, ne pas le laisser s'envoler.

Pour le coincer, Gaspard, d'une voix sans doute trop douce, attaqua directement en français.

— Bonsoir, Khoa…

— …

— Je… je ne vous espérais plus.

— …

Décontenancé par son silence, Gaspard répéta. Un ton plus haut.

— Je dis : je ne vous espérais plus !

— …

— Faites pas semblant de ne pas comprendre, Khoa : je sais que vous parlez couramment ma langue. C'est même pour ça que mes parents avaient re…

recours à vos services. Et s'ils vous avaient écouté, ils seraient toujours en… vie.

Pour la première fois depuis longtemps, le vieux docteur ne fuit pas le regard de Gaspard. Allant même contre ses principes, il le saisit par les épaules et l'étreignit avec douceur. Éperdu de reconnaissance, Gaspard s'abandonna. Peu habitué aux excès d'effusions, Khoa, dépassé par la situation, s'ébroua. À la manière d'un cheval.

La vitesse avec laquelle il recomposa son masque de pierre ne manqua pas de déstabiliser Gaspard qui poursuivit pourtant :

— La petite fleur… c'était maman et le poète, papa ? C'est… c'est bien ça ?

— Exactement, mon garçon.

Le doute n'étant plus possible, Gaspard s'autorisa à traduire à voix haute l'inconcevable dédicace.

— « À ma Violette préférée. Votre Georges énamouré. 30 mai 1977. » Savez-vous à quoi correspond cette da… date ?

— Si ma mémoire est bonne, Georges et Violette se sont rencontrés sur les bancs de la Sorbonne au printemps 1977.

Dire que Khoa en savait plus long que lui sur ses propres parents.

— Quand et comment ce livre est-il entré en votre possession ?

— Il était dans le sac à dos de votre mère le jour où elle est partie. Il ne la quittait jamais. La légende voulait qu'elle l'ait lu plus de vingt fois.

— Par… partie ! Par… partie ? Comme c'est subtil… Assassinée, oui, vous voulez dire ! Inutile de me cacher la vérité, je sais que papa et maman ont été ex… exécutés.

— …

Gaspard, qui n'avait pas pour habitude de crier, s'en voulut d'avoir haussé le ton contre cet homme que la vie n'avait guère épargné. Il n'était en plus a priori pour rien dans la mort de ses parents.

— Khoa, puis-je vous appeler Cao Minh ?

— Seulement loin des oreilles indiscrètes. Et si vous me proposiez de me poser quelque part, je ne dirais pas non : je suis trop vieux pour rester debout. Mes jambes me trahissent.

— Pardonnez-moi. Je manque à tous mes devoirs. Je… je vous en prie. Prenez place ici.

Gaspard pointa du doigt le coffre d'Hubert et encouragea Khoa à s'y asseoir. Le menton posé sur la pomme de sa canne, il ferma ses yeux malades et attendit tranquillement que le jeune homme intègre ces dernières informations.

Plusieurs minutes s'écoulèrent. Un chat miaula. Un chien détala. Et Gaspard réinvestit le monde des vivants.

— Depuis quand savez-vous que je suis le fils de… de Georges et Violette ?

— La première fois que je vous ai vu, j'ai cru que votre père était revenu. C'est fou comme vous lui ressemblez. Vous avez comme lui une petite tristesse dans le regard et un sourire désarmant. Persuadé que ma mémoire me jouait des tours, je me suis convaincu que je rêvais. C'est quand Hubert a mentionné votre existence dans son journal de bord que je me suis dit que peut-être c'était vous. Je me réfère ici à l'épisode de l'aéroport. Pour plus de prudence, j'ai préféré m'en assurer en vous demandant de bien vouloir apposer votre signature au bas de mon portrait.

— Pourquoi ne pas vous être signalé plus tôt ?

— Je ne voulais pas vous brusquer. Il fallait que vous cheminiez seul. Et j'étais certain qu'avec *Belle du Seigneur*, vous feriez le rapprochement…

— C'est vous qui avez arraché la page de garde ? Pourquoi ?

— Pour effacer toute trace de mon passé…

— Je sais tout de vous, Cao Minh. Tout. Hubert vous consacre au moins deux chapitres dans son journal de… de bord.

— Je l'ignorais mais vous m'en voyez flatté. Depuis la mort du petit Dung, je ne viens plus aux veillées. J'ai dû rater un ou deux épisodes.

— Un seul… J'ai fait une pause par égard pour sa famille. Hier soir, My Hiên est venue me… me demander de reprendre mes lectures où je les avais laissées. Et je me suis donc ex… exécuté.

— Si vous pouviez garder pour vous ce que vous savez sur moi, cela m'arrangerait.

— Vous pouvez compter sur ma discrétion. Vu la rapidité avec laquelle j'ai lu, il y a peu de chances que My Hiên ait capté quoi que ce soit.

— Merci.

— Le monde est tout petit.

— Je ne vous le fais pas dire…

— La vie s'est bien jouée de… de moi.

— Soyez humble, Gaspard, acceptez l'idée que vous ne puissiez pas tout contrôler : « Il faut porter d'un cœur léger le sort qui vous est fait et comprendre qu'on ne lutte pas contre la force du destin. »

— C'est vous qui le dites.

— Non, Eschyle.

— ...

— Un grand tragédien grec.

— C'est beau. Très beau.

— C'est surtout juste.

— Dites-moi, Cao Minh, mes parents sont bel et... et bien morts ? Ils n'ont pas pu refaire leur vie quelque part pour... pour échapper à leurs poursuivants ?

— J'aurais aimé vous faire plaisir, mais non. Ils sont passés de vie à trépas le 15 septembre 1995. Les trafiquants ont eu raison de leur entêtement. Ce n'est pas faute de les avoir prévenus, Gaspard. Cent fois. Mille fois ! J'aurais donné ma vie pour eux si j'avais pu : j'avais fait mon temps, eux avaient la vie devant eux. Et puis, ils vous avaient...

Gaspard se raidit.

— Ils ont sou... souffert ?

— Autant que l'on peut souffrir quand on se prend une balle dans la tête.

Cette fois, Gaspard explosa en sanglots et Khoa se sentit obligé de le réconforter. Il tira de sa manche un vieux bout de tissu dur et lui suggéra de se moucher dedans.

— Gaspard, si ça peut vous consoler, les connaissant, je ne pense pas qu'ils aient compris ce qui leur arrivait. Vos parents étaient des idéalistes... Des utopistes. Je suis presque certain qu'ils ont cru à une mauvaise mise en scène jusqu'à la dernière seconde.

— Où sont-ils en… enterrés ?

— Ils ne sont pas enterrés. Ils gisent au fond d'un puits asséché à Memot.

— C'est où, Memot ?

— Au Cambodge.

— Vous croyez qu'ils y sont toujours ?

— Il faudra que vous vérifiiez. Si le puits n'a pas été bouché, il n'y a pas de raison qu'ils n'y soient plus. Pour vous, j'aurais été prêt à me risquer à redescendre là-bas. Comme je vous le disais, j'ai fait mon temps et je m'en irai sans regret. Mais par malheur, je suis trop usé pour entreprendre un tel voyage. Je pourrais mourir en route et vous seriez bien embarrassé avec mon cadavre sur les bras. Je vous aiderai néanmoins à leur offrir une sépulture décente. Je vous le promets.

— Leurs assassins courent toujours ?

— La police a classé l'affaire.

— Pour… pourquoi ?

— Parce que moins elle fait de vagues, mieux elle se porte. Et puis l'argent corrompt tout. Un journaliste du *Saigon Times* un peu plus scrupuleux que les autres a bien tenté de pointer les incohérences de l'enquête. Mais il a été mis hors d'état de nuire sans qu'on sache comment.

— Vous parlaient-ils de… de moi parfois ?

— Votre père beaucoup. Votre mère un peu moins. Ce qui ne l'empêchait pas de vous aimer. À sa façon… Elle était plus réservée que lui. Plus secrète aussi. Si cela n'avait tenu qu'à Georges, vous auriez eu quantité de frères et sœurs. Il prenait son rôle de père très à cœur. Violette, elle, vivait pour ses études, ses publications, « ses » Mnong Gar.

— Je vous sens exténué. Puis-je encore vous poser une question ?

— Je vous en prie. Après, j'irai m'aliter : mes yeux se ferment malgré moi.

— Où mes parents entreposaient-ils leurs affaires quand ils séjournaient au… au… au Vietnam ?

— Dans ma chambre, à Nha Trang. Quand j'ai été contraint de quitter le Dak Lak après leur décès, j'ai tout laissé derrière moi. À part *Belle du Seigneur*. Mme Lam, ma logeuse, a dû tout brûler depuis. Elle n'était pas du genre sentimental.

Gaspard soupira de découragement et signifia à Khoa qu'il entendait mettre un terme à leur conversation.

— Merci pour tout, Cao Minh. Pour… pour tout…

— Je reviendrai vous retirer vos attelles dans deux ou trois jours. Il n'est que trop temps. Il va vous falloir réapprendre à marcher maintenant. Et vite, si vous voulez rentrer !

Désormais pressé par le temps, Gaspard se replongea dans les journaux d'Hubert. Il fallait qu'il ait tout lu avant son retour à Paris. Qui sait s'ils ne contenaient pas encore quelques renseignements sur ses parents ?

Lundi 14 décembre 2009

Dommage qu'ici nous ne recevions pas France Inter : je pourrais écouter *Le Jeu des mille euros*. J'ai toujours adoré ce programme dont j'ai découvert l'existence le 27 décembre

1961. Je m'en souviens comme si c'était hier : j'étais à la maison. À Curtafond. Je rentrais de trente-six mois de service militaire et, désœuvré, je me cherchais sans trop savoir comment m'occuper.

Dehors, il neigeait. Dedans, le feu crépitait. Maman vidait un petit poulet pour le déjeuner tandis qu'accoudé à la table de la cuisine, je survolais la rubrique nécrologique du *Progrès* à la recherche d'un nom qui m'aurait été familier. Interpellé par le faire-part de décès de la femme du préfet, j'avais tenté un « Tu as vu maman que... » qui avait récolté un « Hubert, tais-toi, j'ai besoin de me concentrer : n'entends-tu pas qu'Albert Raisner est là ? ». Surpris par ce ton qui ne lui était pas coutumier, j'avais lâché mon journal pour m'intéresser à cet homme dont je n'avais jamais entendu parler.

Je me souviens d'avoir été tout de suite happé par l'orchestre qui donnait la cadence et par le style du présentateur : révérencieux, enjoué, sentencieux. Pontifiant parfois mais jamais bêcheur. La première – et la seule – question à laquelle je sus répondre ce jour-là fut : « Quel collier porte un homme qu'une femme ne portera jamais ? »

Comme ma mère, je devins très vite accro au *Jeu des mille euros* – qui s'appelait alors *Jeu des mille francs*. J'aimais défier les candidats. Et aussi et surtout me cultiver. J'ai ainsi appris un tas de choses précieuses comme le nom des sept collines de Rome, le sens du mot « vairon », la différence entre une pêche et un brugnon. Faute d'oser participer, je leur soumettais des propositions qui, quand elles étaient sélectionnées, me rapportaient jusqu'à quarante-cinq euros ! C'est ainsi que je m'offris mon premier transistor Philips. Avec lequel je pouvais suivre *Le Jeu des mille euros* n'importe où.

J'ai vécu avec cette émission – qui changea quatre fois de nom – pendant près de soixante ans. Toujours en mouvement – au propre comme au figuré, puisque l'équipe se déplaçait de villes en villages –, elle connut de nombreuses évolutions : la disparition de « l'épreuve de débrouillardise », du « renfort », de la fanfare, remplacée par le métallophone à quatre lames de François Lependu.

Au fil des années, les animateurs se sont relayés. Avec plus ou moins de succès. J'avoue avoir toujours eu un petit faible pour la présentation ultra-ritualisée de Lucien Jeunesse. Sa façon de scander « À demain si vous le voulez bien ! » ou « À lundi si le cœur vous en dit ! » illuminait ma journée.

Quand ma mère est morte par ma faute le 29 septembre 1965, *Mille francs par jour* venait de prendre ses quartiers d'automne à la salle des fêtes de Bourg-en-Bresse. Sachant que Roger Lanzac serait là toute la semaine, j'ai pris le car pour le rencontrer en personne. Avec la plus grande courtoise, il m'a reçu dans sa chambre d'hôtel surannée. Encouragé par son accueil, je me suis permis de lui demander de bien vouloir dédier un de ses enregistrements à ma maman : « Si en plus vous pouviez préciser qu'elle était de Curtafond... »

Diffusée le jour de son enterrement, à l'heure exacte du vin d'honneur, personne n'a entendu la « spéciale dédicace à Honorine Butillon ». En même temps, ce n'était peut-être pas plus mal : selon Édouard Louet – que je n'avais pas osé inviter de crainte qu'il soit lynché mais qui était derrière son poste –, il aurait dit qu'elle était originaire de « Carafon ».

Mes cousines, persuadées que je l'avais fait exprès, m'auraient énucléé.

Mardi 15 décembre 2009

Le collier qu'un homme porte et qu'une femme ne portera jamais est le collier de barbe.

Jeudi 17 décembre 2009

Le plus beau compliment que l'on m'ait jamais fait ? « Vous êtes quelqu'un de pas banal. »

Vendredi 18 décembre 2009

Aujourd'hui, j'ai pris un coup de soleil. Le premier de ma vie. Et toute la responsabilité en incombe à la magnificence des paysages qui m'entourent et qui m'ont fait oublier qu'on ne s'expose pas sans protection sur une terrasse orientée plein sud. À y regarder de plus près, je m'en tire plutôt bien puisque seul mon visage a pris. Mais qu'importe la douleur : j'ai vécu un pur – et rare – moment de bonheur. M'abîmer dans l'observation des nuages joufflus qui couraient au-dessus des rizières en mosaïques était exquis. Observer la magie qu'opéraient leurs courbes sinueuses en épousant à la perfection le contour des pentes environnantes était indescriptible. Remplies d'eau, elles se transformaient en milliers de petits miroirs argentés sur lesquels se reflétait le ciel bleu acier dans lesquels j'aurais aimé me mirer. Dans un sursaut de dignité, je me suis abstenu : plus rouge qu'un steak haché, je suis d'une laideur telle que je pourrais faire pourrir sur pied la récolte de riz du village tout entier.

Jeudi 24 décembre 2009

J'aimerais bien être édité un jour. Voir mon livre pressé. Contempler mon nom imprimé en toutes lettres sur une belle jaquette.

Chaque fois que je me surprends à y penser, une petite voix malicieuse me susurre que je prends mes désirs pour des réalités.

Samedi 26 décembre 2009

Devinette : savez-vous ce qu'ont en commun mon ancien propriétaire Antoine Lagarde, Édith Cresson, les frères Troisgros et allons, soyons fous, David Douillet ? Un indice ? S'il avait été bourreau ou tortionnaire, j'aurais associé François Lependu – le joueur de métallophone du *Jeu des mille francs* – aux personnes citées ci-dessus.

Je vous aide : le premier est policier, la deuxième fut ministre de l'Agriculture sous Pierre Mauroy, les troisièmes sont restaurateurs étoilés et le dernier est judoka.

Vous ne voyez toujours pas ? Eh bien, tous ces gens portent des aptonymes ! C'est-à-dire des patronymes en rapport avec leur métier, leurs qualités ou leurs fonctions. C'est M. André qui m'a expliqué ce néologisme québécois un jour que, cherchant dans l'annuaire un plombier pour réparer sa chaudière à charbon, nous sommes tombés sur un dénommé Roger Fossile. « Je suis obligé de le toper celui-là : un aptonyme pareil, c'est trop fort ! Il est forcément bon ! »

Depuis que j'ai compris le sens de ce mot, j'en ai trouvé plein d'autres très rigolos. De tête me reviennent :

– Charles de Gaulle, président de la France.

– La boucherie Sanzot dans *Les Bijoux de la Castafiore* d'Hergé.

– Le Professeur Ducrotté, gastro-entérologue au CHU de Rouen.

– Thierry Le Luron, humoriste français.

– Gina Lollobrigida, l'actrice italienne au vertigineux décolleté.

– Jacques Delors, ministre de l'Économie et des finances.

– Benjamin Millepied, danseur, chorégraphe et directeur de ballet.

– Christian Leloup, taxidermiste.

Un aptonyme un peu plus tiré par les cheveux :

– Au 122, rue du Château-des-Rentiers siège la Brigade financière.

Et l'aptonyme le plus croustillant :

– La brasserie Mollard, à Saint-Lazare, spécialisée dans les huîtres.

Mardi 29 décembre 2009

À l'approche du réveillon, le vin me manque. Son odeur, ses arômes, sa chaleur me manquent. Non que j'aie jamais été alcoolique ni fin connaisseur. Mais j'aimais bien le dimanche midi m'offrir un bon cru que je dégustais, soir après soir, jusqu'au mardi. J'attendais ensuite que le week-end revienne et après quatre jours à l'eau, je débouchais une nouvelle bouteille. Le rituel était immuable.

J'ai toujours bu seul à la maison. Edwige et Mme Hiên n'ont jamais su apprécier les subtilités de ce *nectar des dieux, génie des hommes.* Comme maman n'était pas portée sur la chose et que je n'ai jamais eu de père pour m'enseigner les cépages, les terroirs, les mariages, je me suis initié à l'œnologie en autodidacte grâce aux petites fiches des éditions Atlas auxquelles je m'étais abonné. Ça m'a pris des années. Je n'ai pas tout intégré – ou plutôt j'ai beaucoup oublié – mais cela m'a quand même permis d'être capable de différencier un Clos-Vougeot d'un muscat, d'identifier que j'adorais la syrah et de savoir quel vin associer avec quel plat.

Je n'achetais mes bouteilles à l'avance qu'à de très rares occasions – Saint-Hubert, Sainte-Edwige, Ascension. Nous n'avions pas de cave pour les faire vieillir. Et notre mansarde était trop exiguë pour les entreposer. Pour me fournir, chaque vendredi, après avoir garé mon taxi rue de Nancy, je rendais visite au caviste de la rue de Lancry.

Nous sélectionnions de concert le vin que je boirais le jour du Seigneur dans mon grand verre ballon, et je demandais à Edwige de bien vouloir s'y conformer pour composer le menu du déjeuner. Je rentrais les papilles tout excitées.

La seule fois que je l'ai trahi, j'ai été bien puni. C'était en septembre 1993. Je m'en souviens encore. Sur une idée de M. André, j'avais entrepris de me rendre dans une foire aux vins organisée par un supermarché de la porte d'Auteuil. C'était une première et bien mal m'en a pris. Il y avait tant de références à des prix si variés – ça allait du simple au quintuple – que j'ai baissé les bras en trois minutes chrono.

Quand je me suis ouvert de mes atermoiements à M. André, je me suis senti si... con que je me suis botté l'arrière-train pour y retourner avec la ferme intention de ne plus me laisser démonter. Ne sachant toujours pas comment arrêter mes choix, j'ai suivi un octogénaire en manteau de fourrure qui paraissait chez lui au milieu de ces linéaires. Il remplissait son Caddie avec une telle élégance, une telle aisance que je l'ai imité sans hésiter. Tout ce qu'il prenait, je prenais. En un seul exemplaire. Rapport toujours au manque de place.

Arrivé à la caisse – je revois encore le montant avec netteté –, l'hôtesse m'avait demandé 1 173 francs pour six bouteilles. À l'époque, c'était colossal. Renoncer aurait été la réaction la plus sage. Mais j'avais tellement peur de passer pour un pignouf que j'ai persévéré dans ma bêtise. Le pire étant que je tremblais tellement en comptant et recomptant mes espèces que j'étais devenu l'attraction du supermarché. L'horreur absolue.

Il m'a fallu travailler quatorze week-ends pour rembourser cette dépense inconsidérée. Edwige en a fait tout un foin. Elle souffrait d'avoir à se serrer la ceinture à cause de moi. Et se plaignait d'être délaissée. Pour ma part, je m'en voulais à mort de m'être montré aussi veule.

Au sortir de l'hiver, lorsque j'ai enfin eu le droit de souffler un peu, nous nous sommes offert une généreuse côte de bœuf. Pour que la fête soit parfaite, j'ai sorti un Saint-Joseph 1978. Lorsque je l'ai ouvert pour le faire respirer, j'ai constaté avec effroi que la paroi de la bouteille ainsi que le bouchon étaient couverts de milliers de mini-cristaux amalgamés. C'était pas beau à voir : ça faisait des petites plaques rouge-noir fort singulières. Par malchance, les cinq autres bouteilles présentaient le même défaut. Par peur de m'empoisonner, j'ai tout vidé dans l'évier. Sans oser y porter mes lèvres. J'en aurais hurlé. Deux jours plus tard, en relisant la fiche n° 59 de ma collection Atlas *Percez les mystères du vin*, j'ai découvert que ce type de dépôt était fort répandu. Fruit d'une chute brutale des températures, il s'appelait « gravelle » et n'altérait en rien le goût du vin.

Mercredi 30 décembre 2009

Le jour où Mme Hiên a découvert l'usage de la télécommande, j'ai perdu le contrôle de *ma* télévision.

Jeudi 31 décembre 2009

En cette nouvelle année, je m'engage à ne plus jamais travestir la réalité.

Pour commencer, il est temps, je crois, par honnêteté intellectuelle, de rétablir la vérité : j'ai menti quand j'ai écrit que c'était My Hiên qui m'avait entrepris boulevard Magenta. En fait, c'est moi qui l'ai abordée.

Le 8 novembre 1995, pour la première fois de ma vie, au réveil, je n'étais plus présentable. Comment dire sans choquer ? J'avais la libido en berne. Je ne bandais plus. Edwige avait beau me refuser sa couche, il était inenvisageable que je me résigne à cet état d'impuissance. Il en allait de ma virilité. Que me serait-il resté de commun avec la gent masculine sans mon érection matutinale ?

Ce handicap a perduré. Tant et tant que j'ai frôlé la tendinite au poignet.

Bien décidé à retrouver ma dignité, j'ai pris mon courage à deux mains pour me rendre en cachette chez notre médecin de famille. Protégé par le secret professionnel, je me suis confié en toute sincérité. Son traitement de cheval se révélant inefficace, il me redirigea vers une sexologue de renom – elle passait à la télé – qui se montra tout aussi incompétente. Il en alla de même avec les sorciers africains et les magnétiseurs que je consultai en vain. Rien ni personne ne semblait en mesure de me retaper. J'en aurais chialé.

En souvenir de la gentille petite Suzanne – la « belle de nuit » qui me révéla à moi-même en 1959 –, je me mis, non sans honte, en quête d'une bienveillante péripatéticienne capable de me ravigoter.

C'est M. André qui me recommanda de m'adresser à My Hiên. Elle officiait à deux cents mètres de La Pipe du Nord et lui faisait des « petites gâteries » à l'occasion. Je passerai sur les détails de notre première rencontre. Seul compta le résultat qui fut à la hauteur de toutes mes espérances. Et même bien au-delà. Tel Jésus avec Lazare de Béthanie, My Hiên m'avait ressuscité.

Accro à ses performances, je devins bientôt l'un de ses plus fidèles obligés. Nous prîmes nos habitudes dans un cloaque miteux du côté de Louis-Blanc où je la retrouvais deux fois par semaine.

La suite, vous la connaissez. Et pour le coup, elle est cent pour cent vraie.

Samedi 9 janvier 2010

Ce qui me plaît plus que tout ici, c'est la façon qu'ont les habitants d'appréhender l'instant. Chacun vit au rythme de la course du soleil, de la lune et des saisons. Personne ne tient compte de l'heure puisque personne ne possède de montre, de réveil ou d'horloge.

C'est en débarquant à Paris que j'ai découvert combien le temps pouvait être obsédant. Avant, dans ma province, il s'écoulait lentement. Si lentement que tout était bon pour le tromper, le perdre, le tuer. Idem au lycée. À la ferme. À l'armée. Je m'emmerdais sec. Tout durait une éternité. Les minutes, les heures, les journées ne finissaient jamais.

La capitale m'a électrisé : il y avait tant à voir et à faire que soudain le temps vint à me manquer. J'aurais alors donné n'importe quoi pour en gagner, pour le suspendre, le défier. Tout était si insolite, si exaltant : Deyrolles, Chartier, Tati, Drouot, Bobino.

Affamé, je voulais tout visiter. À pied. Et le plus vite possible. Ce qui me conduisit à calculer tous mes déplacements avec un petit chronomètre Cinematica en fer-blanc. Pour définir le plus court chemin entre deux points, je prenais en compte les feux, les escaliers, le relief. J'analysais la qualité des revêtements – bitume/ pavés –, l'orientation du soleil – pour les éblouissements –, la fréquentation des quartiers qui selon les heures pouvaient ralentir ma foulée. Une fois notées toutes ces données sur un carnet, je comparais. Mon but ? Définir le plus court circuit entre l'Étoile et l'Odéon ou la Madeleine et le Panthéon.

J'ai décroché, un 3 décembre 1966. Le jour où je me suis fait voler mon chronomètre rue des Poissonniers alors que je tentais un ultime Lariboisière / rue des Boulets. Il était grand temps parce que j'étais mûr pour l'asile. Imaginez :

j'en étais à chronométrer, la nuit, mes trajets entre la table de nuit et l'évier. Épuisé par ces allées et venues répétées, j'éprouvais de plus en plus de difficultés à me concentrer. Au Pied de Cochon où je travaillais, j'inversais les plats, oubliais des clients, confondais les additions.

Devenu chauffeur, j'ai naïvement espéré que ces années d'études acharnées pourraient être rentabilisées. J'ai vite déchanté : en vingt ans, le plan de Paris avait à tel point changé que tout était bon à jeter.

Discuter avec Khoa me manque. Cet homme est plus insaisissable qu'un sentiment. Oui, qu'un sentiment…

Dimanche 10 janvier 2010

Enfant, j'exigeais de maman qu'elle remplisse ma tasse de café jusqu'à l'anse. Au-dessus ou au-dessous, je tournais fou.

Ha Giang, lundi 18 mars 2013, 14 heures

Comme avait coutume de dire sa grand-mère, Marcel avait « la tête en paupiette ». Obligé de partager son temps entre l'équipe d'Eulalie – dont il fallait calmer les ardeurs – et celle de Cindy – dont il fallait cadrer les humeurs –, il faisait des journées de cinquante heures et ne savait plus où il habitait. De toute sa carrière, jamais il ne s'était autant donné. Jamais. Même en Libye quand il avait fallu approcher Kadhafi pour lui revendre des usines d'assainissement des eaux usées.

Poussé à bout par la Niçoise – « Non, on ne pouvait pas envoyer quelqu'un à Hanoï acheter un vernis pailleté OPI » –, il s'était même emporté le troisième soir : « Dites-moi mes petits amis, où est-ce que vous vous croyez ici ? On est à Ha Giang, au Vietnam, en plein cœur de l'Asie. Pas à Hollywood, ni à Cinecittà ! On a juste deux misérables cadreurs pour fournir huit heures de programme. Pas de réalisateur. Pas de chef opérateur. Pas de maquilleur. Pas de coiffeur. Pas de gentils petits assistants corvéables à merci. Quant à moi, la télé, jusqu'à présent, je me suis toujours contenté de la regarder. Pas de la fabriquer. Alors je veux bien jouer les couteaux suisses pour dépanner, mais ne me demandez pas d'avoir les moyens d'un Spielberg et l'imagination d'un Besson. Remarquez, ça tombe plutôt bien parce que vous n'êtes ni Brigitte Bardot ni Jean Reno ! Alors, on fait au mieux avec ce qu'on a, c'est-à-dire pas grand-chose ! *Capito* ? »

Après cette mise au point ferme mais polie, les choses étaient à peu près rentrées dans l'ordre, ce qui signifiait que le tournage avait repris et que les premières images avaient pu être envoyées par DHL à Screen Production.

En attendant les instructions des ravisseurs, tout le monde piaffait d'impatience et le pauvre Marcel était obligé de déployer des trésors d'ingéniosité pour que personne ne se croise : si Don et Cindy soupçonnaient la présence d'Hippolyte et Eulalie, c'en était fini de lui. Et c'était le retour à Paris garanti.

Sur le front de l'enquête, identifier le guide qui avait loué ses services à l'équipe des *Nouveaux Aventuriers* avait été un jeu d'enfant. Le faire parler avait été une tout autre paire de manches. Acheté par

My Hiên, qui lui avait passé la soufflante du siècle lorsqu'elle l'avait surpris collaborant avec l'ennemi dans « ses » montagnes – « Comment peut-on trahir son peuple en restant droit dans ses tongs ?! » –, il avait refusé de révéler à Marcel dans quels villages il avait conduit les Français. La perspective d'une belle récompense n'y fit rien. « Je tiens à la vie, monsieur. Et bien que j'aie six bouches à nourrir, je ne peux pas courir le risque de déchaîner cette désaxée. Même pour cinquante euros. »

À la demande – appuyée – d'Eulalie, Hippolyte avait retrouvé le véhicule loué par l'équipe des *Nouveaux Aventuriers*. En évaluant le nombre de kilomètres parcourus au compteur, ils étaient parvenus à circonscrire sur une carte le secteur où Gaspard pouvait être claquemuré. Il correspondait en tous points à celui défini par les trois indicateurs de Marcel. Une zone reculée, difficile d'accès, où peu de guides s'aventuraient. Maintenant que tout commençait à se préciser, la sagesse commandait de patienter : partir sans savoir où aller aurait été de la folie pure.

Fidèle à elle-même, Eulalie éprouvait les plus grandes difficultés à rester en place. Pour se dégourdir les jambes, elle écopait les bazars et les marchés à la recherche d'objets susceptibles d'alimenter le fonds de sa brocante. Escortée par le chauffeur de sa cousine Simone – Huy, un ancien pilote de chasse quadrilingue anglais, français, chinois et vietnamien –, Eulalie se sentait en sécurité. Elle se sentait même tout émoustillée. Il était si galant. Et si bien éduqué. L'équipage qu'ils formaient était détonant et ne laissait personne indifférent : lui, amène, gominé et impeccablement cintré dans son costume en lin beige. Elle, piquante et toute légère dans sa longue robe imprimée de branches de cocotiers et d'oiseaux chamarrés. Déambulant bras dessus, bras dessous parmi les étals, on aurait cru une paire de tourtereaux en goguette. Seules ses racines grises trahissaient ses soixante-sept ans. Le départ de Paris avait été par trop précipité et elle n'avait pas eu le temps de se refaire une beauté.

« Prenez garde, Huy, lui avait soufflé un soir Hippolyte. Quand Eulalie désire quelque chose ou quelqu'un, rien ni personne ne lui résiste ! »

Une semaine après leur arrivée à Ha Giang, deux jolies filles se présentèrent à la porte d'Hippolyte et Eulalie. Poupines et coquines, c'est à peine si elles pouvaient respirer dans leur jean brodé plus qu'ajusté. Certain qu'elles faisaient fausse route, Hippolyte les invita – à regret – à passer leur chemin.

Sa tête lui tourna lorsque, friponnes, elles dézippèrent leur blouson.

Intriguée par cette absence prolongée, Eulalie abandonna son rocking-chair pour saisir ce qui s'ourdissait dans l'entrée. L'incoercible fou rire qui s'empara de la maîtresse des lieux encouragea les deux jeunes visiteuses à franchir le seuil de la chambre.

Revenue de sa crise nerveuse, Eulalie se précipita sur son portable et pressa Marcel de venir les rejoindre « dans les plus brefs délais ».

— Je ne veux… peux pas te dire de quoi il s'agit : c'est insensé. Laisse tomber tes deux boulets et ramène-toi fissa avec Tran, s'il te plaît. J'ai donné ses quartiers à Huy pour la journée et mes surprises ne parlent pas un mot d'anglais !

Quand il débarqua dix minutes plus tard, Marcel faillit s'étouffer. Le spectacle qu'offraient les deux jeunes filles était ensorcelant.

— Elles brûlent de savoir si vous les trouvez… convaincantes, traduisit l'interprète arrivé sur les lieux deux minutes plus tôt.

— De quoi parlent-elles ? De leurs arguments ou de leur tee-shirt ? Parce que moi, les deux me conviennent…

— Sois sérieux deux minutes, Marcel, se crispa Eulalie. C'est de passer tes journées avec l'autre pouffiasse qui te rend si con ?

— Non mais t'as vu leur plastique, Hippolyte ? renchérit Marcel.

Hippolyte acquiesça gêné sans oser croiser le regard furibond d'Eulalie.

— Tran, demandez à ces deux jeunes filles où elles se sont procuré ces… ces deux tee-shirts ?

— Ici même, à Ha Giang.

— Prends ton temps Tran, mais fais-leur cracher tout ce qu'elles savent…

Quelque part, à l'extrême nord du Vietnam

L'heure était venue d'enlever les attelles de Gaspard. Comme il s'y était engagé deux jours plus tôt, Khoa se présenta armé d'onguents et de ciseaux. Sur son visage, rien ne laissait transparaître leur nouvelle familiarité : c'était comme s'ils ne s'étaient jamais parlé. Déçu et un peu vexé, Gaspard refusa de se laisser miner. La froideur du vieillard ne devait pas gâcher ce moment tant attendu. Même si le temps était en fin de compte passé plus vite que prévu, cela faisait quand même deux mois qu'il attendait de retrouver l'usage de ses deux jambes.

Bien qu'il eût préféré être seul, la chambre de Gaspard était pleine à craquer : le spectacle s'annonçait prometteur et, dans ce village où tout se savait, chacun voulait pouvoir dire « J'y étais ! ».

Khoa, que la présence de la foule flattait plus qu'il n'osait l'avouer, exigea et obtint le silence. Pénétré de son importance, il soupesa cinq bonnes minutes les membres de Gaspard, les inspecta avec circonspection et, après un long soupir, taillada à grands coups d'Opinel les bandes de tissu qui maintenaient ses attelles. L'exclamation de joie et… de dégoût que poussa l'assemblée en découvrant ces jambes rachitiques, velues et pelées le fit beaucoup rire. Qu'importe qu'elles fussent laides et malodorantes, elles étaient là, entières, consolidées, et surtout elles allaient le soutenir : il le fallait.

Avec une infinie précaution, Khoa palpa les tibias de Gaspard. Il les tapota avec un petit marteau, les pinça et, satisfait de son travail, afficha un large sourire : il avait rempli sa mission avec brio et son malade était comme neuf. Gaspard jubilait : sa patience et sa docilité avaient payé.

Avant de l'autoriser à se mettre debout, Khoa, qui n'avait toujours pas émis un son, frictionna les jambes de Gaspard. Il tenait pour important de permettre au sang de circuler après une aussi longue immobilisation. La séance de massage finie, Gaspard, épaulé par Duy et Khôi, prit appui sur ses coudes puis se leva. Graduellement. La tête lui tournait. Ses cuisses le brûlaient. Ses chevilles craquaient. Ses pieds se tordaient. Et son cœur – plus serré qu'un corset – menaçait de perforer son thorax. Mais comme il était heureux !

Toucher terre lui sembla la plus belle chose qui soit. Plus belle encore que d'embrasser les lèvres tièdes de Sidonie. Sur un signe de Khoa, les deux hommes desserrèrent leur étreinte. Ils reculèrent ensuite d'un petit mètre, prêts à le rattraper au cas où il vacillerait… Il ne vacilla pas. Le public qui avait retenu son souffle jusque-là poussa un grand « ouf » de soulagement. Sa joie fut telle qu'il se déconcentra, perdit le contrôle de son corps et faillit tomber la tête la première. *In extremis*, il se rattrapa au bras de Duy.

Après une courte pause sur un tabouret, il enchaîna avec succès un premier pas… puis deux… puis trois. Certes, il avait des fourmis dans les jambes, ses mollets manquaient de force et ses chevilles étaient de bois, mais il remarchait ! S'il avait pu, il aurait enlacé un à un tous les témoins de sa résurrection. Faute de pouvoir contenter chacun, Gaspard, plus fier qu'Artaban, déposa un baiser sur les joues creuses de Khoa. Ce faisant, il lui glissa un discret « Merci, Cao Minh. Merci pour tout ce que vous avez fait pour moi. » En retour, le vieux docteur ébouriffa la tignasse de Gaspard du bout des doigts.

My Hiên, que son amour-propre pétrifiait et que le brouhaha isolait, s'étonna de cette soudaine proximité. Bien qu'elle eût donné cher pour savoir ce qu'ils manigançaient, elle remisa sa curiosité au placard et se recentra sur l'essentiel. C'est-à-dire l'histoire qu'elle entendait servir à « son » haut fonctionnaire du ministère de l'Équipement et qu'il fallait qu'elle peaufine pour le convaincre de les défendre face aux géants de l'électricité. Son rendez-vous était dans moins d'une semaine et elle avait prévu de partir le lendemain. Elle ne pouvait pas se permettre d'être en retard et tenait à s'acheter une nouvelle robe pour faire bonne impression.

Épuisé par tant d'efforts, Gaspard qui n'avait pu résister à la tentation de marcher jusqu'à la terrasse de la maison pour embrasser – enfin – le paysage dans son entier, se rassit sur le bord de son lit. Il fit poliment comprendre à l'assistance que, l'entracte risquant de durer, ils feraient mieux d'aller vaquer. Ce qui tombait bien, puisque chacun avait à faire.

Khoa, qui avait repris ses distances, pria My Hiên de bien vouloir expliquer à Gaspard qu'il devait impérativement utiliser les béquilles qu'il lui avait fait porter, multiplier les exercices autant qu'il pouvait et surtout s'écouter : lui seul connaissait ses limites. Avant de tirer sa révérence, le vieil homme prit le risque de lui murmurer, en français, à l'oreille : « Ne prends pas ton envol tout de suite, jeune Gaspard. Reste encore un peu parmi nous. Dix ou quinze jours. Si tu ne te remuscles pas, la descente vers Ha Giang aura raison de tes tibias. Crois-moi. »

Khoa sorti, My Hiên, livide, lui emboîta le pas.

Gaspard la retint par la main.

— Attendez… Je voulais vous…

— Quoi ? Me maudire ? Me frapper ? M'insulter ?

— P… p… pas du tout… Je voulais vous remercier.

— Arrête ton char, Ben Hur, tu n'attendais que ça : te mettre debout et te barrer ! Un petit conseil d'ami quand même : quitte pas le nid trop vite, il fait froid dehors et tes guiboles sont plus fragiles que du papier à clopes.

— Vous devez être bien désemparée pour être aussi…

Sur un ton soudainement angélique, My Hiên proposa sans même le laisser finir sa phrase :

— Tu ne voudrais pas venir faire un petit tour dehors avec moi ? Le village est si beau !

— Mais…

— Ah oui, c'est vrai, trop bête, il y a l'escalier à descendre ! Pauvre Gaspard. Demande à ton nouvel ami Khoa de t'assister. Branlant comme il est, vous allez faire une fine équipe. Dommage que je sois attendue à Hanoï : j'aurais adoré pouvoir applaudir votre numéro de clowns tristes.

Décidé à ne plus se laisser atteindre par ses sarcasmes, Gaspard se replia sur lui-même. Il réunit tout ce qui lui restait d'énergie pour fermer ses écoutilles et regagner son lit. Il devait se reposer pour recouvrer des forces. Plus vite il serait d'aplomb, plus vite il pourrait rentrer à Paris.

Mardi 12 janvier 2010

Pour favoriser le rapprochement des peuples et des cultures, je vais essayer d'enseigner à Luong et Phong les subtilités du croquet. Un jeu tout en adresse et en finesse qui m'a été enseigné par Paul Preedy, la seule personne à m'avoir tendu la main lorsque j'ai touché le fond après mes deux mois au sanatorium d'Aincourt.

Répétiteur d'anglais à l'École alsacienne, Paul Preedy préparait au bachot les terminales de l'établissement. Vieux garçon, il n'avait qu'une passion, dévorante : le croquet. Il mangeait croquet. Dormait croquet. Couchait croquet. Ancien membre de l'Oxford University Croquet Club, il organisait au jardin du Luxembourg des compétitions réservées aux seuls expatriés inscrits à l'ambassade.

Soucieux de préserver leur gazon, les gardiens du Luco voyaient d'un très mauvais œil cette activité. Mais Paul Preedy n'en avait cure : qu'il pleuve, neige, bruine ou vente, le premier dimanche de chaque mois il plantait ses douze arceaux sur les pelouses de l'Observatoire. Quand par hasard les agents municipaux venaient lui chercher des noises, il dégainait sa fiasque de whisky écossais. Et comme par prodige, tout s'arrangeait.

C'est après m'avoir hélé, tandis que je vagabondais, en tricot de corps en plein mois d'août, devant le 109, rue Notre-Dame-des-Champs, qu'il me proposa de me joindre à lui. Joindre seulement. Pas jouer. Je n'étais pas un sujet de sa majesté. Et le règlement ne souffrait aucune exception.

Pressentant à mon regard vide que je n'étais pas loin de faire une grosse bêtise, il entreprit de me distraire de mes sombres projets en me confiant trois missions stratégiques : distribuer les boules, tenir le mètre-ruban et sonner la fin de la partie avec mon petit sifflet en argent.

N'ayant jamais eu le droit de toucher un maillet, je me suis formé tout seul, sur le tas, en regardant les autres jouer. J'ai toutes les règles et tous les coups en tête. Sauf les plus compliqués que j'ai transposés sur papier.

Passer aujourd'hui de la théorie à la pratique m'excite au plus point. Depuis le temps que j'attends de pouvoir roquer, croquer et passer le besan ! À la demande générale, il a été décrété que nous organiserions des tournois sur la place du village. Jeunes contre vieux.

Ce serait frustrant que mon avance tactique ne me permette pas de leur coller la pâtée.

Vendredi 15 janvier 2010

Un métier épatant : « mirebalais ».

Au XVIIIe siècle, les « mirebalais » étaient chargés de contenter les dames lorsque au cours d'une partie galante leurs messieurs atteignaient leurs limites.

J'ai fait quelques recherches avant de partir pour le Vietnam et voilà ce qu'il m'en souvient : l'origine de ce mot serait à chercher du côté de Mirebeau-en-Poitou d'où étaient originaires la plupart de ces hommes chargés des « finitions ». Comme il aurait été déplacé de les nommer par leur fonction ou leur patronyme – ce qui serait revenu à enfreindre les codes de bienséance en vigueur à la cour –, on les nomma « mirebalais », du nom de leur commune de naissance. Originaires de Bonny-sur-Loire ou de Cussangis, on les aurait appelés « bonnychons » ou « cussangeois ».

Mardi 19 janvier 2010

En échange d'une chambre de bonne sous les toits, Charlène, la petite conseillère de vente de chez Bata, était chargée de faire dîner – et de border – une vieille princesse polonaise à la sénilité avancée. Aussi précieuse que capricieuse, rien jamais ne lui convenait. Surtout en matière de nourriture terrestre. C'était toujours ou trop dur ou trop mou, ou trop chaud ou trop froid, ou trop fort ou trop doux. Conclusion : ses assiettes demeuraient intouchées et la princesse se momifiait. Au point que ses médecins envisagèrent, pour la retaper, de la placer dans une structure spécialisée. Tétanisée à l'idée de se voir remercier, Charlène vint me quérir un midi au Pied de Vigne pour me demander de l'aider à trouver une solution pour conserver son emploi.

C'est rare qu'on me demande conseil. La plupart du temps, on snobe mes suggestions. Fier de sa confiance, je pris très à cœur ma mission.

Pour évaluer la situation, je m'invitai le soir même chez la princesse à l'heure du dîner. Assise contre une montagne de coussins, l'octogénaire entourée de six petits chiens boudait ostensiblement son dessert. Telle une gamine mal élevée, elle tenait sa bouche verrouillée en fixant le ciel de son baldaquin. Lui faire ingurgiter une demi-cuillère de yaourt bulgare dans de telles conditions relevait de l'impossible.

Aimanté par son camélia Chanel, sa montre Cartier et ses deux bagues Boucheron, j'eus soudain une idée. Une bonne idée ! Pressentant le pouvoir hypnotique que les marques exerçaient sur elle, je lui fis croire que le laitage que son auxiliaire lui présentait avait été acheté rue du Faubourg-Saint-Honoré.

— Faubourgue-Saint-Honorrrrré ? Herrrrrmès ? J'adorrrrre ! hurla la princesse en se frottant les mains.

En deux temps trois mouvements, la vieille dame engloutit son dessert, allant même jusqu'à nettoyer son pot à coups d'index crochu. Déconcertée autant que soulagée, Charlène profita de son appétit retrouvé pour lui faire avaler un « boudoir Prada », une « infusion Guerlain » et une « pâte de fruit Fendi ».

Depuis ce jour, la princesse se nourrit de « raviolis Tiffany », de « steaks hachés Givenchy » et de « pizzas Giorgio Armani ».

C'est pas bon pour sa santé, mais au moins la princesse a repris du poids et Charlène gardé sa chambre de bonne sous les toits.

Quant à moi, j'ai gagné sa reconnaissance éternelle. Pas mal pour un vieux croulant ignare et incompétent !

Jeudi 21 janvier 2010

Je me ferais bien incinérer si j'étais sûr que cela ne fait pas mal.

Lundi 8 février 2010

Ah, les vicissitudes de la vie…

Je suis au bout du rouleau. Exsangue. La malaria a encore frappé.

Comment ai-je pu me laisser surprendre ? Depuis trois jours, plus blanc qu'un blanc de poireau, je me traîne, apathique et pathétique.

Khoa m'a expliqué que cette saloperie – et encore, je pèse mes mots – était chronique. Qu'une fois qu'on avait attrapé le virus responsable de l'infection, il se logeait dans le foie et massacrait les globules rouges au moindre signe de faiblesse : rhino, coup de fatigue, angine, rhume, insolation, etc. Je viens donc de repasser deux semaines au lit où j'ai bien cru que ma dernière heure était – de nouveau – venue. Prétextant qu'il devait veiller sur moi, Khoa, qui n'est jamais aussi vert que lorsque je suis crevé, a passé tout son temps à mon chevet. Entre mes nausées et mes montées de fièvre, il a continué de se raconter, impossible à endiguer, mu par un incontrôlable besoin de se confier.

J'étais parfois si mal en point que je n'ai pas tout capté de sa logorrhée. Un fait touchant a cependant retenu mon attention : Khoa, un jour, a aimé.

En décembre 1990, impatient de présenter Gaspard à Khoa, Georges invita son guide et ami à venir habiter chez lui quelque temps. L'ethnologue prit tout en charge : son voyage, son hôtel et son nouveau complet. Le soir de Noël, entre les huîtres et la dinde, il lui proposa d'être le parrain de la prunelle de leurs yeux. Plus athée que Karl Marx et Friedrich Nietzsche réunis, Khoa refusa. Avec révérence mais sans laisser place au doute. Bluffés par tant d'honnêteté, Georges et Violette ne se formalisèrent pas et renvoyèrent aux calendes grecques le baptême du petit.

Les six mois que Khoa passa en France furent les six mois les plus heureux de toute son existence. Soucieux de mettre à profit son séjour, il alla au-devant de nombreux confrères, hanta les couloirs des hôpitaux, se constitua une trousse à pharmacie digne des plus grandes opérations humanitaires et voyagea. Beaucoup. Ses choix éclectiques déroutèrent et... divertirent ses hôtes : Cordes-sur-Ciel, Grignan, Saint-Guilhem-le-Désert, Bruges, Arras, Saint-Véran, Biarritz, Lourdes, Saint-Émilion, La Bourboule, Genève : il voulait voir, humer et fouler du pied la terre où avaient été signés les accords éponymes qui avaient mis fin à la guerre d'Indochine, le 20 juillet 1954.

Alors qu'il tentait de se figurer la hauteur du jet d'eau du lac Léman, une pimpante octogénaire l'aborda en vietnamien. Elle s'appelait Yvonne Lemaire et travaillait à la bibliothèque de l'École supérieure de médecine et de pharmacie quand Khoa y était étudiant. Réfugiée à Ivoire depuis la débâcle française de Diên Biên Phu, elle avait conservé un souvenir très précis de cet indigène si studieux.

Bouleversée de retrouver quelqu'un avec qui évoquer le passé, elle l'invita le soir même à dîner chez elle où elle lui présenta sa fille Marguerite, haut fonctionnaire au ministère des Affaires sociales.

Marguerite et Khoa étaient nés pour se rencontrer. Se compléter. S'imbriquer. Médecin contrariée, spécialiste de l'Asie, divorcée, insoumise, intrépide, peu soucieuse de l'approbation d'autrui, Marguerite appréciait tout en Khoa : sa droiture, son stoïcisme, ses silences, son abnégation, ses blessures, ses valeurs, son dévouement.

Elle rentra avec lui à Paris où ils s'aimèrent comme on aime quand on sait que le temps est compté. Avec avidité. Et passion. Leurs adieux à Roissy le 21 juin 1991 furent poignants. Elle lui promit de se faire muter. Il lui jura de l'attendre. En attendant son ordre de mission égaré dans les arcanes de l'administration, elle alla le retrouver deux fois par an à Nha Trang où elle louait une cabane de pêcheur sur un îlot isolé. Toujours la même. À flanc de rochers. Avec vue imprenable sur l'horizon.

À la mort de Georges et Violette, sans plus d'explications, Khoa lui adressa une lettre qui signifiait en substance : « Sois certaine que je n'ai jamais aimé avant toi. Et que je n'aimerai plus jamais. Pourtant, oublie-moi. N'essaye pas de me retrouver. Efface-moi de ta mémoire. Sois heureuse. Trouve-toi un gentil mari et fais de beaux petits… »

Faites ce que je dis. Pas ce que je fais.

Ha Giang, lundi 18 mars 2013, 14 h 30

À l'issue de la confession des deux jeunes filles, Tran partit chercher Hippolyte, Marcel et Eulalie, sortis prendre l'air sur le balcon. Heureusement qu'il était bon garçon. Et… qu'il avait beaucoup de respect pour la Française. Et… qu'il avait une conscience professionnelle. Autrement, il aurait gardé pour lui tout ce qu'il avait appris. C'eût été une excellente façon de se venger de Marcel et de ses attitudes de colon.

Parce qu'il n'y a pas de petite revanche, Tran le servile ne put s'empêcher, avant de se lancer, de taquiner l'ancien flic, dans son français le plus châtié :

— Monsieur Triballin, interroger ces dames m'a donné grand-soif. Auriez-vous l'extrême obligeance de bien vouloir me servir un grand verre de Coca bien frappé ? Ce que j'ai à vous livrer est trop important pour être raconté à gorge desséchée.

À la surprise générale, Marcel se précipita sur le Frigidaire du minibar.

— En préambule, madame, sachez que votre fils va très bien et qu'il est traité à l'égal d'un roi : il mange à sa faim, il dort sur un vrai matelas et il a plein de gens sympathiques pour lui tenir compagnie toute la journée. Il a juste… deux jambes cassées. Soigné par un ancien boucher autoproclamé chirurgien, il est en voie de guérison. Ces deux jeunes femmes ici présentes se prénomment My Kim et Bach Hâc. Elles vivent dans le village où Gaspard a été transporté après être tombé de son pick-up. Leur village est situé tout près de la frontière chinoise, à deux jours d'ici. Vous suivez ?

D'un même hochement de tête, chacun répondit par l'affirmative.

Content de lui, Tran précisa que c'étaient Duy et Khôi, les fiancés de My Kim et de Bach Hâc, qui avaient eu l'idée de monnayer la libération de Gaspard.

— Pressentant qu'il était une personnalité importante, ils ont suggéré à My Kim et Bach Hâc de photographier votre fils sous un prétexte fallacieux. Ils se sont ensuite amusés à faire courir le bruit dans Ha Giang qu'une pop-star anglaise était retenue par des trafiquants dans une forteresse abandonnée. La ruse a fonctionné selon leurs plans puisque, très vite, ils ont été approchés par les trois indicateurs de M. Triballin à qui ils ont remis les photos de Gaspard contre deux lecteurs MP3…

— Ah les petits enfoirés de leur race ! grommela Marcel.

— Une deuxième entrevue destinée à fixer le montant de la rançon était prévue ces jours-ci à l'Alo ! Café. C'est quand elles ont compris que jamais Duy et Khôi ne partageraient leur butin avec elles que My Kim et Bach Hâc se sont affranchies et sont parties, en cachette, à la recherche de vos trois indicateurs, monsieur Triballin. La fortune a voulu qu'elles vous croisent avant-hier sur le marché central, madame Fleury. Vous ne les remettez pas parce qu'elles portaient ce jour-là leur habit traditionnel mais elles, elles vous ont tout de suite reconnue.

— C'est impossible, on ne s'est jamais vues ! objecta Eulalie.

— Si c'est possible : Gaspard a fait un portrait de vous au fusain là-haut. Il est posé sur sa table de nuit.

Interdite, Eulalie s'assit. Et siffla cul sec le verre de Coca éventé de Tran.

— C'est après vous avoir suivie jusqu'ici qu'elles ont eu cette idée… étonnante de coudre… la photo de Gaspard sur leur tee-shirt…

Sans même jeter un regard à My Kim et Bach Hâc qui s'étaient retirées dans la cuisine, Eulalie embraya, cassante :

— Qu'exigent-elles pour nous accompagner jusqu'à Gaspard ?

— Que vous preniez en charge leur relooking, madame Fleury.

— C'est tout ?

— C'est tout.

— Mais… mais je n'y connais rien !

— Qu'importe. Elles veulent juste avoir accès à votre porte-monnaie pour faire du shopping. Telles que vous les voyez, c'est la première fois qu'elles sont habillées à l'occidentale. Elles n'ont jamais porté autre chose que des jupes noires plissées, des tuniques bariolées et des turbans écossais. C'est pour paraître plus crédibles à vos yeux qu'elles ont franchi le pas. Elles sont comme deux gamines en pleine crise de rébellion ! Achetez-leur trois shorts, un sac à main et une paire de fausses Ray-Ban et elles vous conduiront sur Mars.

— À Gaspard me suffira…

Le hurlement de joie que poussa Jean-Édouard de la Taille en apprenant l'heureuse nouvelle manqua percer le tympan de Marcel. À défaut de le perforer, il lui fit longtemps écho. « *Go, go, gooooooooooooo* !!! »

Était-ce de soulagement ? Eulalie, elle, craqua de toutes parts. Ce qui se manifesta par une violente migraine qui l'obligea à garder le lit trois jours. Le temps qu'il fallut à Huy et Hippolyte pour préparer leur voyage, c'est-à-dire : établir leur itinéraire en voiture puis à pied, décrocher les permis de circulation au Service de l'immigration, dégoter des chaussures de marche pour Eulalie, remplir les sacs à dos de vivres, de changes et de matériel de camping. Eulalie profita d'être au bord de l'agonie pour obtenir qu'ils bricolent une trousse de premiers secours et… une civière pliable. « Si les filles nous ont raconté des craques et si Gaspard est mal en point, au moins nous pourrons l'évacuer… »

C'est Hippolyte qui se chargea d'accompagner My Kim et Bach Hâc dans un magasin de vêtements. Elles en ressortirent avec des jeans taille basse troués, des petits Marcel en lycra, des baskets à talons compensés et un nécessaire de maquillage.

Le 22 mars au matin, c'est le cœur broyé que Marcel fit ses adieux – temporaires – à Eulalie.

Première étape : Yên Minh.

Quelque part, à l'extrême nord du Vietnam

Pour la première fois depuis deux mois, Gaspard était apaisé. Certes, il n'avait pas retrouvé ses parents vivants, mais au moins, maintenant, il savait. Pourquoi ils étaient morts. Dans quelles conditions. Et où leurs corps reposaient.

Surtout, il allait cesser de les imaginer surgissant à chaque coin de rue et pouvoir, enfin, commencer son travail de deuil.

Désormais convaincu que les raisons pour lesquelles il s'était inscrit – contre sa nature profonde et l'avis de tous – à *Un jour j'irai à Shanghai avec toi* étaient les bonnes, il se réjouit de ce séjour forcé aux confins du Vietnam et remercia My Hiên de l'avoir tiré de son ravin.

Trois jours après avoir retrouvé la terre ferme, Gaspard, qui n'en revenait toujours pas de se tenir à la verticale, rouvrit sa classe aux petits. Non pas couché dans son lit mais assis sur un tonneau, dehors, à l'air frais, sur la terrasse de sa maison. Une paire d'espadrilles – neuves – d'Hubert aux pieds.

Sur le point d'attaquer l'apprentissage des nombres en français, il aperçut au loin son ancienne taulière en train de courir derrière une ribambelle de porcelets échappés du rez-de-chaussée. Bien que très jeunes, ils refusaient de se laisser attraper et gambadaient en tous sens. Rouge comme un coquelicot, My Hiên, à bout de souffle, frôlait l'infarctus. Inquiet, Gaspard envoya les frères de Dung à la rescousse. Il leur fallut moins de dix minutes pour capturer les neuf monstres. Plus irritée que soulagée, My Hiên leur demanda de les ficeler puis de les jeter dans une charrette à bras. Trop faible pour descendre lui parler, Gaspard l'interpella, les mains en porte-voix. Il voulait discrètement vérifier que l'heure de son rendez-vous – et donc de sa libération – approchait.

— Vous êtes sur le départ, My Hiên ?

— Toujours aussi clairvoyant, mon bonhomme ! Mais dis-moi, toi, qu'est-ce que tu fais encore là ? Serait-ce que tu te plais ici ?

— S'il ne tenait qu'à moi, je serais depuis longtemps déjà dans l'avion. Sauf que je n'ai pas l'intention de me recasser les deux jambes en brûlant les… les étapes. Khoa m'a recommandé de ne pas trop forcer, alors je ne force pas trop.

— Pauvre petite chose fragile…

— Vous devriez vous regarder : c'est vous qui faites pitié. Nous serions en France, j'appellerais les pompiers.

— Voyez-vous ça, l'avorton se rebiffe !

— Ne comptez plus sur moi pour répondre à vos provocations, My Hiên : comme vous l'avez peut-être remarqué la dernière fois que vous vous êtes dé… défoulée, je me suis juré que je ne me laisserais plus atteindre par votre mépris. Je refuse d'être votre punching-ball : je laisse glisser.

— …

Comme s'il ne s'était rien dit de blessant, Gaspard reprit l'initiative de la conversation et poursuivit. Placide.

— Alors ça y est, votre sac est prêt ? Vous descendez ? Très chic, le foulard Iris façon Van Gogh que vous avez noué !

— …

— Vous savez ce que vous allez lui dire à votre ministre ? Souhaitez-vous qu'on… qu'on essaye de préparer ensemble votre entretien ? J'avais un parent d'élève à Paris qui faisait du média *trai*…

— Ta gueule !

Pour profiter de la fraîcheur du matin, My Hiên entama sa descente vers Dong Van le lendemain à l'aube. Avec pour seuls compagnons de voyage ses neuf porcelets enragés.

Quelques heures plus tard, Gaspard fut réveillé en sursaut par les cris de Duy et Khôi inquiets – et ulcérés – d'être sans nouvelles de leurs fiancées depuis plus de dix jours. Pour retrouver le sommeil, Gaspard se plongea dans le journal d'Hubert. L'heure du départ approchait. Il fallait qu'il se dépêche de l'achever.

Mardi 9 février 2010

Les samedis d'hiver, quand la nuit tombait à cinq heures et qu'il fallait brancher les convecteurs, nous avions coutume avec Edwige de nous offrir un kouglof de chez Schmid. Cette maison alsacienne fondée à Paris en 1904 proposait aux gourmands les meilleurs kouglofs de Paris. Lorsqu'ils étaient frais…

Chaque fois que je montais chez Schmid, je faisais un crochet par gare de l'Est pour consulter les horaires de train. Ma vie était à l'époque si millimétrée que je commençais toujours par me poster sous ce grand tableau pour m'offrir un bol d'air frais. Porté par ces destinations plus exotiques les unes que les autres, je m'imaginais roulant en toute liberté vers Strasbourg, Reims, Mulhouse, Sarreguemines ou – comble de l'ivresse – Woippy.

Un jour que je n'avais pas une envie folle de rentrer à la maison – nous nous étions, Edwige et moi, chamaillés au sujet d'une liaison qu'elle me prêtait avec la sœur de mon patron Christian Leloup –, j'ai commencé à papoter avec un retraité cheminot qui attendait un… autre retraité cheminot pour… « jouer au train ».

« Y a pas mieux pour se rappeler le bon vieux temps et échapper à nos nénettes. » J'étais, personnellement, pas loin de le croire. Même si l'idée de donner du « nénette » à Edwige sonnait faux à mes oreilles.

Épaté que l'on puisse s'adonner à ce type d'activité à soixante-dix ans passés, j'acceptai de les accompagner dans les entrailles de la gare, au foyer de l'Association des amis des chemins de fer (Afac).

Après avoir traversé un dédale de couloirs et d'escaliers, nous avons atterri dans un local hors d'âge qui sentait le renfermé. Partout des meubles – et des hommes – réformés de l'administration ferroviaire : casiers métalliques en fer-blanc, banquettes élimées, placards à rideaux coulissants, vieilles affiches publicitaires vantant « La douceur de l'hiver sur la Côte d'Azur », la plastique des premiers TGV, le confort du wagon-restaurant.

Après avoir lancé un bref salut à la cantonade, mes guides investirent le saint des saints. Grand comme quatre fois notre appartement, il abritait trois réseaux miniatures courant sur des centaines de mètres. Partout, des animaux, des arbres et des feux clignotants. Des cours d'eau, des tunnels et des bancs. Des passages à niveau, des gares et des champs. Il suffisait que je plisse les yeux pour que tout devienne étrangement réel. Étrangement vivant.

Après avoir suspendu nos manteaux dans une penderie en Formica, mes hôtes enfilèrent chacun une blouse bleu roi. D'un ton qui ne supportait pas la réplique, ils me signifièrent que si je désirais les regarder faire circuler les convois, je devais me poster derrière le mur prévu à cet effet. « Le prenez pas mal, mais faut être membre de l'Amicale pour nous rejoindre dans l'épicentre du circuit. Il en va ainsi depuis des décennies : le secteur est critique et vous pourriez nous causer des ennuis. Y a parfois des déraillements, le matériel coûte un bras et on a besoin de place pour actionner les aiguillages. » Je me souviens de m'être reculé sans rechigner : même relégué au second plan, le tableau était stupéfiant.

Avec le recul, je ne saurais dire qui des trains ou de leur propriétaire étaient les plus sidérants.

Mercredi 10 février 2010

Les kouglofs de chez Demoulin – boulevard Voltaire – sont pas mal aussi.

Mais les Demoulin ne sont pas alsaciens.

Vendredi 12 février 2010

Je donnerais cher pour me confesser. Non que j'aie grand-chose à me reprocher mais au moins j'aurais quelqu'un avec qui converser. Parce que ces jours-ci, au village, question dialogue c'est l'encéphalogramme plat.

Samedi 13 février 2010

J'étais jadis un grand adepte de la confession. Il n'y avait pas meilleure façon de me changer les idées quand Edwige m'exaspérait – et Dieu sait si elle pouvait m'exaspérer avec cette manie qu'elle avait de toujours appréhender le quotidien de manière si étrécie.

Trop poltron pour oser m'ouvrir de ma relation avec My Hiên – quelle image aurais-je donné de moi au père Taupin ? –, je m'inventais pour meubler des fautes semblables à celles listées par saint Thomas d'Aquin : acédie, orgueil, gourmandise, luxure, avarice, colère, envie. Quand j'étais à court d'imagination – se confesser plus de trois fois par semaine en requérait une sacrée dose –, je m'inspirais des frasques de M. André pour me fabriquer de faux péchés. Je n'en sortais pas grandi mais c'était toujours mieux que passer ma femme par la fenêtre. Noire par nature, Edwige n'aurait jamais saisi ce qui m'oppressait dans sa façon de voir la vie.

Pourvu que tout cela soit porté à mon dossier quand viendra le Jugement dernier. Parce que franchement, côté femmes, j'aurai dégusté.

Dimanche 14 février 2010

Une année, pour la Saint-Valentin, j'ai invité Edwige au Paradis latin.

Elle a détesté.

Moi pas.

Mardi 16 février 2010

Je me donne parfois l'impression d'être une bizarrerie de la nature.

Je suis en marge de tout. Toujours sur le fil.

Je n'ai rien construit. Je n'ai pas de progéniture. Pas de femme comme on l'entend.

Je ne réagis jamais comme on l'attend. Je me surprends moi-même tout le temps.

Et pas toujours en bien.

Vendredi 19 février 2010

En cherchant un peigne dans les affaires de Mme Hiên, je suis tombé hier soir sur mon porte-monnaie sabot en cuir bordeaux : Mme Hiên est encore plus peau de vache que je le suspectais.

Un ou deux ans avant notre départ avait ouvert, au rez-de-chaussée de notre immeuble, un petit restaurant africain – Dogon, pour être précis – au pied duquel, tous les matins, tractait un homme au regard triste et profond. Chargé de remplir l'établissement, il touchait un faible pourcentage sur l'addition de ses clients. Autant dire rien.

Originaire de Kaï, au Mali, Amassagou disait avoir vingt-huit ans. Il en paraissait vingt de plus. Il s'était échoué à Toulon quelques mois plus tôt, après un apocalyptique périple par la Mauritanie, le Maroc et l'Espagne. Il vivait la trouille au ventre chez un marchand de sommeil dans d'innommables conditions qui n'étaient pas sans m'évoquer celles de My Hiên à ses débuts.

À force de le croiser et de lui refuser son tract dont je ne savais que faire, nous nous liâmes d'amitié. Plus paranoïaque que Kim Jong-il et Ilham Aliyev réunis, Mme Hiên vit d'un très mauvais œil notre fraternité. Persuadée qu'il voulait « vider mon compte en banque » ou, pire, m'« empoisonner avec son ragoût de céréales », elle lui jetait des sorts chaque fois qu'elle le croisait. Sa tactique fonctionna tant et si bien qu'il n'osa bientôt plus ni me saluer ni me regarder.

Navré pour ce pauvre garçon, je décidai de faire acte de rébellion en rétablissant la communication avec des messages écrits sur des boulettes de papier que je « perdais » opportunément à ses pieds quand nous nous croisions.

La confiance rétablie, nous prîmes l'habitude de nous fréquenter en cachette de Mme Hiên au Pied de Vigne. Je le régalais d'une grande bière pression et d'une assiette de saucisson. Et lui abandonnais chaque fois ma petite monnaie. C'était pas le Pérou mais au moins ça améliorait son quotidien. En plus de la satisfaction de tendre la main à mon prochain, résister à ma fiancée me donnait l'illusion de m'encanailler.

Malheureusement, ce qui devait arriver arriva : un midi, Mme Hiên nous surprit et, après une scène digne de Feydeau, me fit jurer de ne plus jamais le fréquenter. « Faute de quoi, je me verrai dans l'obligation de te demander de choisir entre lui et moi ! »

Tiraillé entre mon serment et mon désir d'aider Amassagou, je mis au point une deuxième ruse, plus ingénieuse encore : chaque fois que Mme Hiên sortait de la maison, je lui balançais par la lucarne de notre appartement mon petit porte-monnaie en cuir bordeaux dans lequel je glissais un billet de cinq ou dix euros. À charge pour lui de me le rendre en le déposant chez M. André où j'allais le récupérer pour le regarnir quand j'étais en fonds. Aucun contact direct entre nous : je ne trahissais personne.

Ce petit jeu dura six mois. Et puis, un jour, Amassagou décampa. Avec mon porte-monnaie que j'avais garni d'un billet de cent euros – nous étions à la veille de Noël. Jamais je ne le revis. Ce qui me rendit maussade. Et me dégoûta – un temps – de faire le bien.

Quand je pense que tout ça, c'est à cause de Mme Hiên. Qu'a-t-elle bien pu lui dire ou lui promettre pour qu'il prenne la poudre d'escampette ? Il va falloir que j'élucide ce mystère.

En attendant je confirme : c'est une peau de vache.

Mardi 23 février 2010

Ce que j'aime dans la vie :

– Les croissants rassis.

– Passer mes incisives au fil dentaire.

– Observer sécher les rameaux sur la croix de Jésus plantée au-dessus de mon lit.

– Le colis de Noël de la mairie.

– Saint-Preux.

– Manger les Figolu par les rayures. Les Paille d'Or par trois. Les Petits Beurres par les coins.

– Les majorettes et leurs pompons.

– Éclater les bulles du plastique bulle.

– Récolter les coquilles Saint-Jacques à Erquy.

– Le rayon charcuterie de la Grande Épicerie de Paris.

– Boire à la paille rétractable.

– L'odeur du pain brûlé.

– Guider les touristes perdus dans Paris.

– Un doigt de porto, le dimanche midi, avant le gigot.

– Souffler sur les fleurs de pissenlit en graines.

– Les escargots. Pour le plaisir de saucer le beurre à l'ail.

– Attendre le rayon vert au bord de la mer.

– Faire pipi dans mon slip de bain. Ça réchauffe. Surtout dans le Finistère.

– Retourner plusieurs fois par nuit mes oreillers pour être toujours du côté frais.

– Les daguerréotypes érotiques.

– Faire chanter les coupes en cristal.

– Les mouchoirs en papier mentholés.

– Plonger mon œil droit dans un kaléidoscope. Le droit, pas le gauche : il est presbyte.

Mercredi 24 février 2010

Ce que je déteste dans la vie :

– La pluie. Ici, je suis servi.

– Les filets d'oranges qui annoncent 2 kilos et qui pourtant pèsent moins.

– À la télé, les intervieweurs qui parlent plus que les interviewés.

– Perdre mes cheveux. Déjà que j'en ai peu.

– Les femmes qui disent des horreurs sur leur mari après avoir communié. Et vice versa.

– Pousser quand il est écrit « Tirez ».

– Les chansons à boire.

– Les gens qui disent « croyent », « voyent » et « s'assoyent ».

– Les miettes de pain dans la confiture. Sur le beurre non plus c'est pas heureux.

– M'écorcher les mains sur les dents des distributeurs de PQ dans les toilettes publiques pour attraper la feuille qui me permettra de dérouler le rouleau.

– Les ciseaux qui ne coupent pas. Les couteaux qui ne coupent plus.

– Les modes d'emploi traduits dans un amphigourique sabir.

– La sirène des pompiers, à midi, le premier mercredi du mois.

– Les gens qui se récurent les oreilles avec leurs clés.

– Les pigeons. Et ceux qui les nourrissent. Ce sont des rats volants. (Les pigeons. Pas ceux qui les nourrissent.)

– Quand on me demande de quoi parle un livre. Depuis quand ça parle, un livre ?

– Prêter mes outils : on ne me les rend jamais. Ou incomplets. Ce qui est pire.

– Les plis des draps sur mon visage le matin au réveil.

– Les fourchettes qui crissent sur les assiettes.

– Faire la conversation à quelqu'un dont j'ai oublié le nom. Et le prénom.

– Les poseurs qui rendent les choses les plus simples compliquées.

Vendredi 26 février 2010

Je ne sais pas ce qui turlupine My Hiên ces jours-ci, mais elle fourre son nez partout, se mêle de tout, s'énerve de tout.

Lundi 1er mars 2010

Il tombe des hallebardes depuis vendredi.

Pour ne pas être trop déphasé, j'ai reproduit ici mon ingénieux système de brosses à dents élaboré à Paris. J'en ai emporté sept. De sept couleurs différentes : une pour chaque jour de la semaine. Ça me permet de les faire durer. Et d'égayer mes soirées parfois sombres.

Je n'en peux plus de cette pluie.

Mercredi 3 mars 2010

La dernière fois que j'ai évoqué les confidences de Khoa, j'ai oublié de préciser que, sans ce dernier, le fils de Georges et Violette aurait été placé en orphelinat. Parce qu'il y avait un post-scriptum capital à la fin de sa lettre de rupture : « S'il te plaît Marguerite, si tu ne me détestes pas complètement, au nom de ce que nous avons vécu, occupe-toi du petit Gaspard : ses parents Georges et Violette sont morts dans un accident au Vietnam, il n'a personne pour s'occuper de lui et j'étais leur seul ami. Tu as tout pouvoir au ministère des Affaires sociales pour faire en sorte qu'il soit placé dans une bonne famille. S'il te plaît, pour une fois, abuses-en. Pour lui. Pour moi. »

Bien qu'accablée de chagrin, Marguerite accéda à sa supplique. Sans chercher ni à le retrouver ni à comprendre ce qui avait provoqué ce brusque revirement. Elle fréquentait Khoa depuis assez longtemps pour savoir qu'il ne bluffait pas. Si elle ne mit que trois jours à localiser Gaspard, lui trouver une famille d'accueil digne de ce nom fut nettement plus ardu. Rien n'était assez bien pour le « filleul » de celui qu'elle aimait, jusqu'au jour où elle tomba sur le dossier d'Eulalie.

Ses perroquets, son atelier désaffecté et son estafette rouillée lui parurent... adaptés. Il n'y avait certes pas, dans cette maison, d'homme dans lequel il aurait pu se projeter, mais le caractère entier et la joie de vivre d'Eulalie l'encouragèrent à falsifier son dossier pour qu'elle puisse recueillir Gaspard. Sa mission terminée, elle adressa une dernière lettre à son ancien compagnon pour lui rendre compte de la situation et... le convaincre de sauter dans le premier avion pour Paris. Sans succès.

Malgré tout, comme elle s'était engagée à le faire, Marguerite veilla avec une infatigable attention à ce que le protégé de Khoa ne soit pas ballotté de foyer en foyer.

Sans que jamais personne ne sache ce qui les liait.

Paris, vendredi 22 mars 2013, 7 h 30

En l'église Saint-Louis-d'Antin, Jean-Édouard de la Taille faisait brûler des cierges par dizaines : il fallait au moins ça pour venir à bout de cette scoumoune qui ne les quittait plus depuis des mois. Il faut dire que pour retarder le départ de son « équipe officielle », Marcel n'y était pas allé par quatre chemins : plutôt que d'intoxiquer Don et Cindy « avec une bonne vieille salmonelle » – solution radicale mais hasardeuse compte tenu des piètres conditions sanitaires de la région –, il avait eu la riche idée de se laisser tomber de tout son poids – cent sept kilos – sur le sac des caméras. Le résultat avait été au-delà de ses espérances puisque quatre des six objectifs avaient été déclarés hors d'usage. Les cadreurs avaient beau être partis dans l'heure les faire réparer à Hanoï dans un magasin spécialisé, c'était autant de temps perdu.

Tandis que Don et Cindy, enfermés dans leur chambre d'hôtel, jouaient au poker déshabilleur en regardant la télé, Eulalie et les siens entamaient leur ascension vers Dong Van. Ascension qui, contre toute attente, s'apparenta à une partie de campagne : le 4 × 4 était moelleux, doté d'amortisseurs flambants neufs et Huy était un chauffeur émérite. À chaque tournant, Eulalie s'ébaubissait devant la « majesté » de ces paysages qui n'étaient pas sans rappeler – *dixit* Hippolyte qui avait potassé le *Lonely Planet* – « ceux des Andes péruviennes ». Quant à My Kim et Bach Hâc, elles riaient aux éclats chaque fois que le GPS indiquait de sa belle voix suave une nouvelle direction à suivre.

Arrivés à Dong Van, il fut décidé qu'une halte d'une journée s'imposait. C'était risqué parce qu'il fallait à tout prix arriver au village où Gaspard était retenu prisonnier avant l'équipe de télé, mais la petite troupe devait s'économiser pour affronter les deux jours de marche qui l'attendaient.

Le repas du soir – à base de porc salé et de petits pois mal écossés – fut pris en commun dans une gargote mal éclairée. Ce qui n'était pas plus mal tant l'hygiène laissait à désirer. Après dîner, Eulalie proposa à Huy « une promenade digestive » le long de la rue principale. C'est aux abords du fortin militaire que leur route croisa celle de My Hiên.

Les poches pleines de billets, elle venait de vendre ses trois derniers porcelets destinés à financer son voyage. Son regard, dur, fermé, rappela à Eulalie celui d'une Vietnamienne qui l'avait un jour accostée à la brocante du stade Charléty en 2005. L'année où elle avait gagné 170 000 euros au Millionnaire et pris un pas-de-porte pour en finir avec les foires et les marchés ouverts aux courants d'air. Voisine de stand, cette femme avait tenté – en vain – de lui refourguer une centaine de bagues de poulets morts. Des bagues qui ne lui appartenaient même pas, à en juger par la tête de six pieds de long que tirait son compagnon en retrait.

Sa première réaction fut de tenter une approche pour savoir d'où elles se connaissaient. Mais la mine lugubre, bilieuse de My Hiên l'en dissuada. Comme l'en dissuada l'injonction pleine de menaces qu'elle jeta à la face de Huy qui se fit tout petit. Interloquée par cet échange muet d'une rare dureté, Eulalie essaya de saisir ce qui se tramait. Mais le gentil Huy refusa toutes les perches qu'elle lui tendit. Elle se promit, intriguée, de le faire parler à la première occasion.

Le soir venu, par solidarité avec les Vietnamiens, les Français dormirent dans un temple abandonné.

Sur des nattes. Avec les crapauds buffles. « On ne vit qu'une fois, si je ne m'abuse », conclut, philosophe, Hippolyte. « Raison de plus pour vivre confort… » grogna Eulalie, qui n'était pas une inconditionnelle du camping. En même temps, c'était ça ou dormir à la belle étoile : toutes les chambres d'hôtel des environs avaient été réquisitionnées par la société de production d'Éric Bateau qui s'apprêtait à débarquer au grand complet pour la préparation du prochain tournage des *Nouveaux Aventuriers*.

La nuit fut courte et agitée. Hippolyte rendit ses petits pois jusqu'à la dernière graine et Eulalie – désormais convaincue d'avoir déjà croisé My Hiên – était en boucle : fallait-il voir dans cette femme si ténébreuse un bon ou un mauvais présage ? Pourquoi avait-elle invectivé son cher Huy ? Pourquoi cette violence ? Pourquoi cette haine ? Ils se connaissaient tous les deux, elle en aurait mis sa main à couper – mais alors comment expliquer que son chauffeur ait si peur d'elle ? Devait-elle le brusquer pour le faire avouer ? Feindre le détachement ? Ruser ?

Misc au tapis par ses propres conjectures, elle s'endormit peu après minuit.

Quelque part, à l'extrême nord du Vietnam

Grâce aux conseils prodigués par Khoa, Gaspard gagnait chaque jour un peu plus en autonomie. Le départ de My Hiên ayant considérablement détendu l'atmosphère, Gaspard eut envie de se risquer au-delà des frontières de sa tanière. Voyageur immobile depuis qu'il vivait au village, il ne voulait pas avoir à regretter un jour de n'avoir rien vu du bourg et de ses alentours.

Comme ce fut le cas lors de l'arrivée d'Hubert, une joyeuse bande d'enfants s'inscrivit dans son sillon dès qu'il s'aventura au-delà de l'immense fromager qui portait son ombre sur le toit de sa maison. Ils le suivaient de près, disposés à l'épauler au cas où il trébucherait. N'ayant aucune envie de se recasser les tibias, Gaspard cheminait prudemment. Et comme rien ne pressait, il prenait son temps. Appuyé sur ses béquilles, il se délectait du plaisir de sentir la terre humide sous ses pieds, de contourner les flaques nées des dernières pluies, de regarder les éperviers planer au-dessus de lui. Le fond de l'air était doux, la brise légère et la lumière cuivrée.

Le journal d'Hubert ayant attisé sa curiosité, il réserva sa première visite à la maison communale. Il voulait y admirer la paire de tambours de bronze sacrés qui faisait la fierté – et la richesse – du hameau. Sans regimber – et même avec une certaine fierté –, le chaman chargé de veiller sur eux en l'absence de My Hiên accepta de les déterrer de leur cachette pour les lui faire admirer. Gaspard eut le droit de les effleurer du plat de la main. De les retourner. De les soupeser. Mais pas de les faire résonner : cela aurait risqué d'impatienter les morts, ce qui était tout à fait déconseillé.

Après la maison communale, Gaspard fit un crochet par les champs pour saluer Luong et Phong occupés à réparer une charrue cassée. Après une pause en contrebas des rizières, il prit la direction du bosquet de bambous sous lequel Dung était enterré. Il lui déposa une odorante brassée de menthe sauvage et de verveine citronnelle. Gaspard pleura Dung sans fin sous le regard attendri des petits dont la plupart pleuraient aussi. Les minutes qui s'ensuivirent constituèrent un moment de grâce rare. Tout le monde se tenait par la taille en reniflant… et en riant au souvenir du bon vieux temps. Celui où Dung faisait des couettes à sa poupée et s'acharnait à prononcer sans accent « anticonstitutionnellement ».

Gaspard se recueillit ensuite devant la sépulture d'Hubert. Sans verser une larme. Sa vie à lui avait été dense, gaie et bien remplie. Hormis la mort de son père quelques mois après sa naissance, rien de grave ne lui était jamais arrivé. Il le remercia toutefois d'avoir aidé My Hiên à rentrer au pays, de l'avoir mise sur sa route, de lui avoir révélé combien Georges et Violette l'aimaient et surtout… surtout, de lui avoir permis de percer le secret de leur décès. Avant de repartir, il cacha au pied de sa croix – celle que My Hiên lui avait fait ériger par respect pour sa foi catholique – son étoile de shérif en argent qu'il dissimula sous un petit tas de cailloux blancs.

Fatigué par cette balade qu'il n'avait pas envisagée si nourrie, Gaspard se laissa convaincre de tester les « sanitaires » d'Hubert : il ne s'était jusque-là nettoyé qu'au gant et rêvait d'une douche bien glacée à la cascade. Lorsqu'il découvrit le paravent et les tuyaux de bambous réduits en copeaux par les buffles d'eau, il ne put cacher sa déception aux enfants qui l'encouragèrent à prolonger son effort jusqu'au réservoir commun. Celui qui permettait à tout un chacun de se laver… et de faire sa lessive.

Gaspard accepta avec joie tant il se sentait collant et poussiéreux. Ses ablutions lui prirent plus d'une heure. Les petits, qui n'avaient jamais croisé quelqu'un d'aussi pudique que lui, rirent comme des baleines en l'observant se battre avec sa serviette – il était hors de question qu'il se montre tout nu !

Se manucurer avec le Set Luxe 7 pièces Vogt & Barber d'Hubert fut un plaisir sans nom. Comme se laver les dents avec l'une de ses sept brosses à dents – en l'occurrence la marron.

Plus propre qu'une écuelle à chat, Gaspard rentra chez lui embaumant le Camay et l'eau de toilette Yves Rocher – de la gamme Nature. C'était l'heure la plus douce de l'après-midi. Celle où le ciel commence à s'embraser au-dessus des montagnes vert foncé.

Parce que après pareille promenade l'obscurité de sa chambre lui sembla insoutenable, il demanda aux enfants de tirer son vieux matelas sur la terrasse pour admirer le coucher de soleil sur les rizières. Le spectacle des femmes escaladant ces miroirs argentés sur lesquels se reflétaient les nuages joufflus le fascina et l'éblouit tout à la fois. Quant à leurs coiffes colorées – petits points mouvants à la surface de l'eau –, elles l'hypnotisèrent longtemps.

Gaspard sortit de sa léthargie à l'instant où l'étoile du berger fit son apparition au-dessus de la forêt. Moment que choisirent les sœurs de My Hiên pour lui porter son plat désormais préféré : une soupe de poulet à la citronnelle. Une soupe que sa geôlière avait pris soin de lui préparer avant de descendre à Hanoï retrouver son haut fonctionnaire avec ses neuf porcelets enragés.

En l'absence de sa traductrice, Gaspard anima la veillée en chansons. Il reprit une partie du répertoire d'Hubert – un répertoire assez proche de celui avec lequel Eulalie l'avait élevé – et y ajouta un peu de Trenet. En souvenir du petit Dung, qui lui manquait. Il remporta un vif succès auprès de son auditoire et fut même bissé sur *Boum*. Aphone mais comblé, il poursuivit pour lui le journal d'Hubert à la lumière de sa lampe frontale.

Dimanche 8 mars 2010

Aujourd'hui c'est la journée de la femme. Et j'aimerais rendre hommage à la mienne.

C'est vrai que la tendresse n'est pas ce qui la caractérise le mieux. Mais laisser d'elle l'image d'une femme despotique, assoiffée de revanche et dotée d'une pierre à la place du cœur me contrarierait.

Bien que les apparences jouent contre moi, je ne suis pas maso. Et je ne serais pas son chevalier servant depuis près de quinze ans si elle était aussi épouvantable que je le laisse parfois entendre. Affirmer que je croule sous ses preuves d'amour serait un tantinet exagéré mais quand My Hiên s'en donne la peine, elle peut faire des étincelles.

À froid, comme ça, j'ai du mal à trouver des exemples percutants. Il me revient cependant en mémoire un présent singulièrement touchant qu'elle était allée acheter à Norauto, à Brice-sous-Forêt : un « couvre-siège en billes de bois naturel ».

Évoquer ce cadeau m'émeut et m'impressionne. Parce que 1) fallait y penser et 2) fallait y aller à Brice-sous-Forêt ! Certes, le Norauto de Brice-sous-Forêt était le seul où il restait des « couvre-sièges en billes de bois naturel » en promo, mais quand même, le geste ne manquait pas de superbe. Du coup, quand j'ai vendu mon taxi, je ne me suis pas senti de le jeter. Et je l'ai conservé dans l'idée que je pourrais le recycler en le glissant sous mes draps pour m'auto-masser en dormant. Il a fini aux ordures : non seulement il glissait mais en plus il couinait.

L'affaire serait sans doute passée inaperçue si un SDF n'avait eu l'audace de l'extraire de sa poubelle. Quand Mme Hiên l'a découvert, vautré dessus, au milieu des détritus, elle a fait trois tours dans ses chaussettes.

Ce cadeau m'a coûté une fortune. Parce qu'il a bien sûr fallu que je le rachète pour enjôler My Hiên et la remettre dans de meilleures dispositions. Et comme il est en...

Stop ! Arrêtons-là les frais. Porté par l'envie de redorer son blason, je n'ai fait, malgré moi, que noircir son portrait ! Je me sens bête à manger du foin.

Comment diable ai-je pu en arriver là ?

Lundi 9 mars 2010

Une belle personne peut aligner les pires gros mots de la terre sans jamais paraître vulgaire.

Prenons cette citation de Marcel Bigeard : « Nous sommes dans la merde, mais c'est pas une raison pour la remuer. »

Prononcée par son auteur, elle est limite.

Prononcée par Edwige Feuillère – la comédienne, pas mon Edwige... quoique ! –, elle en deviendrait presque poétique.

Mercredi 11 mars 2010

Quand on sait qu'ici les jeunes filles sacrifient par tradition les plus belles années de leur vie – ainsi que leur dos, leurs doigts et leurs yeux – pour broder *une* robe de brocatelle qu'elles ne porteront que pour les grandes occasions, je me demande s'il ne vaudrait pas mieux qu'elles aient accès à la société de consommation.

My Hiên m'arracherait le foie si elle me surprenait à suggérer cela.

Dimanche 15 mars 2010

Je n'ai jamais fait la cuisine de ma vie. Enfant, maman me tenait loin des fourneaux. Célibataire, je mangeais au troquet sur le pouce. Marié, je me reposais sur les talents de mon épouse. Veuf, sur ceux de My Hiên. Un jour pourtant, pour parfaire son éducation française, je me suis lancé dans la confection d'un dessert. C'était quelque temps après son emménagement à la maison et je tenais à l'épater. L'amour donne parfois des ailes aux hommes les moins affinés.

Allez savoir quelle mouche m'a piqué, je me suis lancé dans la confection d'un… teurgoule. Je conservais un exquis souvenir de cette spécialité normande découverte à Houlgate la première fois que je vis la mer avec ma maman quand j'avais quinze ans. Il s'agit d'une sorte de riz au lait sucré à la cannelle. À première vue, ce plat n'est pas goûtu. Mais pour qui ose se montrer un tant soit peu aventureux, c'est extrêmement savoureux. Pour bien faire – ce que je fis –, il faut l'accompagner d'un verre de cidre et d'une part de fallue – une brioche normande levée deux fois. Peu au fait des proportions – c'est l'écueil quand on n'est pas cordon bleu –, je vis un peu trop grand et nous en mangeâmes jusqu'à écœurement.

Je me souviens néanmoins par cœur de la recette, que, ô miracle, je réussis du premier et du dernier coup – rapport à l'écœurement…

RECETTE DU TEURGOULE NORMAND

Ingrédients pour 4 personnes
65 g de riz rond
100 g de sucre roux
1 cuillère à café de cannelle ou 10 bâtons
1 pincée de sel
1 litre de lait entier de très belle qualité

Préparation
– Préchauffer le four à 150 °C.
– Porter à ébullition le lait avec le sucre, la cannelle et le sel.
– Déposer le riz rond dans un plat à teurgoule – une terrine en grès ou en terre cuite fera tout aussi bien l'affaire.
– Verser le lait parfumé bouillant sur le riz et mélanger délicatement.
– Mettre au four pendant trois heures et demie.

Conseil
En cuisant le teurgoule à une température inférieure et plus longtemps, on obtient une croûte plus colorée.

Post-scriptum
L'origine du mot « teurgoule » serait « se tordre la goule », c'est-à-dire « se tordre la gueule ». N'allez pas croire que c'est à cause de son mauvais goût. Bien au contraire ! Les plus gourmands avaient tendance à le manger trop chaud et donc à se brûler la gueule.

Quand je pense à la quantité de teurgoule que je pourrais préparer avec les tonnes de riz que nous produisons ici. Équipé, je suis sûr que j'aurais mon petit succès. C'est d'un désappointant.

Mardi 17 mars 2010

Quand Mme Hiên est pénible, elle ne fait pas semblant. Elle voudrait que je mette mon réveil à l'heure vietnamienne au prétexte qu'elle n'a pas de montre. Même sous la menace, je ne céderai pas. Jamais. Il en va de mon dernier lien avec la France.

Mercredi 18 mars 2010

Hier soir, Khoa m'a raconté un truc incroyable : le peuple de My Hiên compterait moins de deux mille représentants – sur une population vietnamienne totale de près de quatre-vingt-dix millions d'habitants. Plus incroyable encore : bien que descendu de Chine, il ne parle pas le chinois. Et bien qu'établi au Vietnam, il ne parle pas le vietnamien. Il s'exprime dans un dialecte qu'eux seuls comprennent et que je ne suis pas près de maîtriser !

Ce qui pourrait expliquer pourquoi, chaque fois que je dis « *Cảm ơn bạn !* » pour remercier, tout le monde se gondole.

Samedi 21 mars 2010

Sans vouloir me vanter, en matière d'amoureuses, je m'aperçois que je n'ai pas chômé. En près de cinquante ans de vie sexuellement active, si on exclut Edwige et My Hiên, j'ai fait sept conquêtes. Sept conquêtes à répartir en trois époques : l'époque célibataire, l'époque Edwige – sans conteste la plus active – et l'époque My Hiên.

Avant de me marier, si on exclut Suzanne – la péripatéticienne –, je n'ai pratiqué qu'Agathe, la plus aimable des jumelles de mon parrain Étienne Dubœuf.

Nos retrouvailles avec Agathe remontent au 21 août 1965. Je descendais le boulevard Saint-Michel qu'elle remontait d'un bon train, quand elle se jeta sur moi pour se pendre à mon cou. Sur le moment, je crus à une erreur de personne : aucune fille ne s'était jamais jetée sur moi. Et encore moins pendue à mon cou. Si Agathe ne m'avait pas décliné son identité, je ne l'aurais jamais remise. De cinq ans ma cadette, elle ne présentait plus rien de commun avec la fillette inodore, incolore et sans saveur que j'avais quittée à Curtafond. Chapeautée d'un joli petit bibi, elle portait une minijupe en coton or et des bottes en vinyle blanches qui la rendaient fort sexy. Inscrite en droit à la Catho, elle vivait chez une vieille duchesse censée la chaperonner.

Pour lui montrer que je connaissais Paris comme ma poche, je l'entraînai au Caveau de la Huchette où se produisait un collègue de chez Richard, cornet au sein du groupe Jazz O'Maniacs. S'ensuivirent de nombreuses autres virées au cours desquelles elle m'autorisa à la bécoter et même – suprême honneur – à la peloter. Je nageais dans le bonheur sans trop chercher à comprendre pourquoi elle m'avait désigné, moi, un garçon si falot.

Lorsqu'il eut vent de notre idylle, mon parrain sauta dans le premier train pour Paris. « Comment oses-tu poser tes mains sur ce qui m'est le plus cher au monde ? Elle pourrait être ta sœur. Quel manque de savoir-vivre. Après tout ce que j'ai fait pour toi. Oublie Agathe si tu ne veux pas être réduit en charpie. J'espère mieux pour ma fille qu'un jeune homme sans cervelle et sans le sou. Rappelle-toi Saint-Menoux.

N'as-tu rien saisi ? » Contrit, j'obéis et m'inclinai. Étienne était dans le vrai : je ne valais rien. Et elle valait tout.

Quand il apprit six mois plus tard qu'elle laissait tomber le droit pour vivre la bohème avec mon copain cornet – ah le salaud, il planquait bien son jeu ! –, il me supplia de la ramener à la raison. Ce que je m'abstins de faire avec toute l'inertie dont je pouvais être capable. Quand on est con, on est con.

Sinon, j'ai trompé six fois Edwige.

— Trois mois avec Angélique Boudin, la directrice de l'agence matrimoniale par le truchement de laquelle j'avais fait la connaissance de ma femme. C'était, justifiait-elle, sa façon de se faire pardonner sa grossière erreur de casting. Nymphomane, elle m'a asséché. À vrai dire, je n'étais pas équipé. Entre nous, je me demande qui l'aurait été. Elle avait un appétit d'ogresse.

— Deux jours avec Françoise de la Vallière, une belle femme de quinze ans mon aînée qui épluchait ses fruits à la fourchette et au couteau. Dans l'incapacité de me régler l'empaillage de son lévrier et soucieuse de préserver son rang, elle se proposa de me payer en nature. Étant donné sa classe et son âge avancé, refuser eût été outrageant.

— Quatre mois avec la tempétueuse Victoria Laplume. Une grande blonde aux yeux verts sacrément carrossée. Je la rencontrai chez Gibert, un jour que je présentais au patron un nouveau modèle d'agenda Clairefontaine. Surprise avec une boîte de trente-deux feutres lavables dans son slip, elle hurlait au complot. Convaincu qu'elle disait vrai, je réglai sa facture sur mes propres deniers. Pour me remercier, Victoria me paya un Cacolac. De Cacolac en Cacolac, j'atterris dans son clic-clac.

Le culot de Victoria était sans limites. Sa force de persuasion redoutable. Pour preuve : je fus le premier surpris lorsque je m'entendis lui proposer des échantillons de papier, de cahiers et de carnets qu'elle revendait à la sauvette à la sortie des lycées. Dépassée par son succès, elle m'encouragea à piocher dans les stocks de mes collègues. J'ai fini par me faire serrer. Sans l'intervention de Gaston – le beau-frère de mon ami Jean-Pierre Talon –, j'aurais été viré. Plutôt que de risquer de me retrouver au chômage, je la quittai au prétexte qu'Edwige craignait la précarité.

— Un an avec Sylvie Leloup, la sœur de mon « maître » et ami Christian. C'est sur la piste du Memphis où nous aimions valser le dimanche avec les Leloup que je la distinguai. Sa manière de danser seule, comme si rien d'autre n'existait, m'enflammait. Psycho-maniaco-dépressive, je la quittai après une neuvième tentative de suicide au gaz. C'était ça ou je partais avec elle. Et Edwige était trop vulnérable pour affronter le veuvage.

— Une nuit avec Arielle Bandeau. Hôtesse d'accueil à Europe n° 1, elle vivait à Sceaux chez sa mère dans l'appartement où elle était née. Sa passion, c'étaient les stars. Et rue Bayard, elle les voyait défiler toute la journée : France Gall, Petula Clark, Johnny Hallyday. Traumatisée par la misogynie de Montherlant dont elle avait pris pour argent comptant *Les Jeunes Filles*, elle refusait de s'attacher. Coucher plus de deux fois lui semblait si impliquant qu'elle me demanda de l'oublier sitôt l'acte consommé.

Je n'ai trompé qu'une fois My Hiên. Avec Lili. Dire que ce sont les occasions qui manquèrent serait faux mais je n'avais pas l'âme d'un kamikaze.

Lili, c'était l'entreprenante Taïwanaise rencontrée square du Temple. Prétextant vouloir m'inculquer les secrets du tai-chi-chuan, elle m'entraîna chez elle rue Bichat pour m'apprendre à me « brosser le genou », à « déployer mes ailes telle la grue blanche » et à « jouer du pipa ». C'est quand elle m'enseigna l'art de « caresser la crinière du cheval » que tout dérapa.

Mon aventure avec Lili correspond à l'une des périodes – neuf mois – les plus sereines de ma vie. Maternelle, apaisante et pleine d'énergie, elle était l'opposée de My Hiên avec qui elle avait moins de points communs que deux rails de train. Avec elle, je riais, je blaguais, je chantais. Je pouvais même émettre un avis sans craindre de me faire houspiller. Nous nous retrouvions une fois par semaine, le dimanche, à l'heure de la messe – l'église étant l'un de mes rares territoires que Mme Hiên respectait. Tout aurait pu aller pour le mieux dans le meilleur des mondes possibles si Lili n'avait pas été syllogomane. La syllogomanie consistant à accumuler de manière compulsive des objets inutiles, faire l'amour dans sa chambre de bonne encombrée relevait de la prouesse technique. Sans être une bête de sexe, il faut un minimum de place pour copuler à son aise. Le jour où je fus enseveli sous une avalanche de bigoudis, j'admis que quelque chose ne tournait pas très rond chez Lili. L'abandonner – et par voie de conséquence quitter le groupe de tai-chi-chuan – me coûta une petite dépression que je surmontai à coups d'infusions de millepertuis. Pour me booster, je me recentrai sur My Hiên qui coulait elle aussi.

C'est à cette époque que j'entrepris de la ramener au pays.

Que de chemin parcouru depuis.

Dimanche 22 mars 2010

Un jour, quelqu'un m'a dit :

— T'as déjà pensé que t'allais mourir ?

J'ai répondu :

— Non...

Il m'a rétorqué :

— C'est dommage, tu serais moins con !

Depuis, j'y pense tous les jours.

Mercredi 25 mars 2010

Le plus dur ici, c'est qu'on passe son temps à monter ou descendre. Des maisons. Des rizières. Des montagnes.

Dong Van, samedi 23 mars 2013, 6 h 30

Pour Eulalie qui n'avait dormi qu'une petite poignée d'heures, le réveil, à l'aube, fut violent. Glacée « jusqu'à la moelle épinière », percluse de courbatures, c'est à peine si elle avait pu se lever. Par chance, Huy avait été masseur, dans une autre vie. Masseur au Métropole Hôtel à Hanoï. Sans ses doigts de fée, la brocanteuse serait restée clouée sur sa paillasse à Dong Van. Ce qui n'était pas dans leur intérêt tant le temps pressait.

Jusqu'à ce qu'elle pratique les pistes vietnamiennes, Eulalie était convaincue que la pire chose qui puisse lui arriver un jour était de devoir embarquer dans un avion. Son trek à marche forcée lui prouva tout le contraire. Tandis que le terrain se dérobait sous ses pieds à chaque nouvelle enjambée, plus elle montait et plus son rythme cardiaque s'accélérait. Son chapeau conique lui sciait le cou et son bâton de marche lui creusait des ampoules aux mains. Tout cela était d'autant plus rageant que My Kim et Bach Hâc, elles, sautillaient comme deux petites brebis éprises de liberté. Et avalaient les kilomètres en tongs, sans cesser de babiller.

Étroite, escarpée, raide, la route semblait ne jamais vouloir finir. Hippolyte avait beau presser Eulalie, rien n'y faisait.

— Dépêchez-vous, je vous en conjure : les autres vont finir par nous rattraper.

— Eh bien, qu'ils nous rattrapent : plutôt mourir que continuer ! Je suis vieille ! Trop vieille pour entamer une carrière de guide de haute montagne !

De désespoir, la mère de Gaspard se laissa choir sur une fourmilière. L'arrière-train couvert de vilaines piqûres rouges, elle continua pourtant. Pour son fils.

À l'heure la plus chaude de la journée, Eulalie, à bout de forces, se coinça les pieds sous une racine et trébucha au bord d'un gouffre de pierres arrachées à la montagne. Sans la diligence de Huy qui ne la lâchait pas d'une semelle, elle se serait tuée. Sur proposition d'Hippolyte, on déplia la civière destinée à Gaspard. Stressé à l'extrême, le chauffeur se retournait tous les cent mètres pour vérifier qu'ils n'étaient pas suivis. Ce qui ralentissait dangereusement le cortège : au lieu de durer deux jours, l'ascension en dura trois. À leur décharge, il faisait une chaleur de cloporte. Et la reine mère – plus choyée qu'une rock-star, plus nerveuse qu'une Porsche – n'était pas légère. Tant s'en faut.

Si Eulalie avait accepté de prendre l'option internationale sur son téléphone – « Une dépense hors budget pour une utilisation par trop parcimonieuse... » –, leur randonnée aurait été tout autre.

C'est-à-dire nettement moins infernale. Parce qu'au moins ils auraient su. Su qu'ils faisaient la course en tête et qu'il était inutile de risquer l'infarctus pour arriver les premiers : ils avaient quatre jours d'avance sur l'équipe adverse qui entamait seulement son périple vers Dong Van.

À Paris, loin des cimes vietnamiennes, la tension était maximale. Et l'attente insupportable : Marcel avait coupé le contact avec la présidence de Sparkle TV qui le harcelait sur son téléphone satellitaire. « J'ai déjà bien assez à faire avec Don et Cindy pour ne pas avoir en plus à me manger le stress de Mme Maréchal ! On arrivera quand on arrivera ! »

Quant aux troncs de Saint-Louis-d'Antin, ils n'avaient jamais été aussi pleins.

Quelque part, à l'extrême nord du Vietnam

Assoiffé de lumière après trois mois de privation, Gaspard prenait l'air à la moindre occasion. Descendre et monter l'escalier de sa maison était excellent pour sa rééducation. Et son moral.

Encore trop instable pour s'aventurer loin de chez lui, il appréciait de pouvoir profiter de la lumière du jour, observer les enfants jouer à cache-cache dans les sentiers et les frères de My Hiên rivaliser au croquet.

Quel heureux hasard qu'Hubert leur ait enseigné les subtilités du seul « sport » qu'il pratiquait ! Lui, c'est Eulalie qui lui avait transmis le virus du croquet. Eulalie. Il n'y avait pas plus mauvaise perdante qu'elle. Peu importe que son adversaire fût un expert ou un néophyte, il fallait qu'elle gagne. Quitte à tricher en shootant dans un arceau ou en poussant une boule du pied. Sa mauvaise foi était si divertissante que Gaspard la laissait faire sans sourciller.

Appuyé sur son maillet, Gaspard tentait de persuader – par gestes – Luong et Phong qu'ils prenaient un peu trop de libertés avec les règles pourtant très strictes de ce jeu anglais quand son regard fut attiré par un imposant nuage de poussière claire. La main en visière, il plissa les yeux pour tenter de discerner ce qui pouvait bien engendrer ce surprenant phénomène. Il discerna un groupe d'hommes et de femmes éparpillés. Et crut reconnaître parmi eux Hippolyte et Eulalie. Déconcerté par cette vision fantastique, il se pinça le bras pour vérifier qu'il n'avait pas affaire à un mirage. Eulalie ne prenait pas l'avion. Eulalie vomissait la vie en communauté. Eulalie détestait marcher. Dans Paris, sur une plage, en forêt. Alors à la montagne, à l'étranger, par plus de trente degrés… Eulalie ne pouvait pas être ici. Cela ne rentrait dans aucun schéma intelligible possible.

Le joyeux « Saluuuuut ! » que lui lança son colocataire lui fit l'effet d'une bombe à fragmentation. Et l'obligea à se rendre à l'évidence : non, il ne rêvait pas. Eulalie et Hippolyte avaient bravé les éléments pour l'arracher à sa condition de prisonnier.

Terrassé par l'émotion, Gaspard eut les jambes coupées et se laissa tomber sur un tabouret que Phong eut la présence d'esprit de lui glisser sous les fesses.

La tension dramatique, formidable, était palpable pour qui savait ce qui se dénouait. Comme dans un film de série B, la terre suspendit sa rotation. Les oiseaux cessèrent leurs trilles. Et le ciel s'obscurcit. C'est seulement quand Eulalie – qui avait tenu à descendre de sa civière cent mètres avant l'arrivée – saisit les poignets de son fils et qu'elle les retourna pour les embrasser – lentement, comme elle avait l'habitude de le faire quand il était enfant – qu'il conçut l'idée que tout cela était bien réel.

Enfin, son cauchemar prenait fin.

Gaspard pleura longtemps dans les bras de sa mère. De tout son soûl. Sans gêne ni pudeur. Autour de lui, l'émoi était tel et le contentement si grand qu'Hippolyte éprouva le besoin de crier sa joie – et sa fierté – de l'avoir retrouvé. « On est des champions ! On l'a fait ! On a réussi ! Je nous aime ! Qu'est-ce que je nous aime… » Perplexes et désorientés, Luong et Phong demandèrent quelques éclaircissements à Tran et à Huy. La conversation, ponctuée de vives exclamations et de viriles claques dans le dos, dura vingt bonnes minutes. Des cris d'allégresse fusèrent. De surprise, de dégoût et de ravissement aussi.

Les Français, tenus à distance par la barrière de la langue, ne surent jamais ce qui fut dit ce jour-là. My Hiên, sans qui ses concitoyens n'auraient jamais connu Gaspard, avait-elle été malmenée ? Vouée aux gémonies ? Conspuée ? Ou bien avait-elle été épargnée ? Voire encensée ? Qu'importe : ils étaient ensemble. Et c'était tout ce qui comptait.

Telle une traînée de poudre, la prodigieuse nouvelle se répandit jusqu'aux tréfonds de la vallée. Les élèves de Gaspard, plus excités que jamais, débarquèrent les bras chargés de toutes sortes d'orchidées sauvages. De joie, ils les jetèrent très haut vers le ciel. Elles retombèrent en une délicate petite pluie rose pâle sur la place du village. C'était surnaturel.

Comme pour le retour d'Hubert après son hospitalisation, on fit la fête jusqu'au bout de la nuit. Au son du khên cette fois. En l'absence de la patronne, Khoa, l'ancêtre, joua les chefs d'orchestre. On ne fut avare ni en lanternes, ni en plats, ni en alcool. Vexés d'avoir été pris de court par leurs fiancées, Duy et Khôi se tinrent à l'écart des réjouissances. Chacun but plus que de raison. Mais qu'est-ce que c'était bon.

Bien décidés à rester ensemble jusqu'à leur retour en France, Hippolyte et Eulalie s'établirent dans la chambre de Gaspard. L'espace était réduit, il manquait d'intimité, ça empestait le feu mais c'était de loin la pièce la plus confortable et la plus civilisée du hameau.

Si cela n'avait tenu qu'à Huy, la petite troupe serait repartie sitôt arrivée. Hanoï commençait à lui manquer et cette rusticité qui lui rappelait le retard que son pays avait encore à rattraper l'accablait.

Après moult tractations, Gaspard obtint de ses compagnons de patienter jusqu'au retour de My Hiên. En dépit de tout ce qu'elle lui avait infligé, il avait de l'admiration pour sa cause, pour sa détermination ainsi que de l'estime pour son peuple. Il était également curieux de savoir si elle avait pu, ou non, suborner « son » haut fonctionnaire du ministère de l'Équipement. Et puis, il tenait à la remercier. Pour tout. Le pire qui l'avait fait mûrir. Et le meilleur qui l'avait fait grandir.

Trois jours après leur entrée triomphale, l'équipe de Marcel franchit à son tour la « ligne d'arrivée ». En tête, fraîche comme la rosée : Cindy et ses deux cadreurs. Un devant, un derrière. Pour être sûr de ne rien rater qui puisse nourrir la narration de cette épopée. En queue, rincés : Don et Marcel, soulagés de toucher enfin au but. Compères d'infortune, les deux sexagénaires ne pouvaient plus souffrir la Niçoise. Mais alors plus du tout. Décérébrés par ses saillies, excédés par ses caprices, leur aspiration commune se résumait à : « En finir au plus vite avec cette corvée. »

Alors qu'ils croyaient être accueillis en sauveurs, ils découvrirent un village vide de tous ses occupants. Dissimulée derrière les rideaux de la chambre de Gaspard, Eulalie, à l'initiative de cette désertion généralisée, exultait.

— Ah, elle est belle ta télé mon Gaspard ! Non mais, regarde-la…

— C'est pas *ma* télé, Eulalie.

— Comme tu voudras. En attendant, je me félicite d'avoir fait évacuer tout le monde. Vise un peu cette bande de va-nu-pieds. Ils sont à crever de rire !

— Tu pourrais pas faire montre d'un… d'un minimum de commisération ? Je te signale qu'ils viennent de vivre deux jours d'enfer juste pour me libérer.

— Tu veux dire pour exploiter ta détresse après t'avoir sacrifié sur l'autel des médias, oui ! Moi vivante, jamais je ne me laisserai filmer par ces tocards. Et je te conseille d'en faire autant, mon petit Gaspard ! Fie-toi à mon blair et souviens-toi que c'est moi qui ai failli me tuer mille fois pour te tirer de là. Moi, ta vieille mère. Pas eux.

Eulalie adorait réécrire l'histoire. C'est d'ailleurs ce qui faisait d'elle une si bonne commerçante.

La brocanteuse avait eu beau préparer Gaspard à la confrontation avec son ancienne coéquipière, la voir investir le village sans égard, pousser des portes sans frapper, fouiller des maisons sans demander la permission le chambarda plus qu'il ne l'avait imaginé. Écœuré, il concéda : « J'avais oublié combien la télé pouvait être vulgaire, mal élevée. Je… je ne sais pas si c'est parce que je suis cloîtré ici depuis des mois mais l'entendre hurler mon nom sur tous les tons dans… dans ce lieu si préservé me retourne le bide. »

My Hiên étant absente et Khoa occupé à collecter des plantes pour sa pharmacopée, Gaspard décréta – après une énième bataille intérieure – que c'était à lui et lui seul qu'incombait la responsabilité de sceller le sort de Sparkle TV : n'était-il pas le principal complice de sa geôlière ? L'unique détenteur de son secret ?

Partagé entre l'envie de se venger de Cindy et celle de la remercier de lui avoir, sans le savoir, permis de retracer les dernières heures de Georges et Violette, Gaspard ne savait plus sur quel pied danser. Convaincu que seule une véritable explication avec son ancienne coéquipière lui permettrait d'y voir plus clair, il envoya Hippolyte en émissaire. À charge pour lui de lui exposer la situation et de désarmer ses deux cadreurs, qui se laissèrent faire sans broncher :

ils étaient trop loin de tout pour se permettre de se retrouver de nouveau au chômage technique.

Considérant que leur mission était terminée – ou du moins suspendue –, Don et Marcel émirent, pour la forme, quelques réserves. Réserves qui s'évanouirent comme par enchantement lorsque Eulalie leur sortit une bonbonne d'alcool de riz.

D'abord outrée par ce qu'elle pressentait s'annoncer comme un piège, puis prête à tout pour obtenir le droit de poursuivre son tournage, Cindy prit sur elle. Elle s'accrocha un sourire de façade et prit d'assaut la volée de marches qui la séparait de son ancien coéquipier tapi dans son antre.

Rompu à ses simagrées, Gaspard, plus déterminé qu'un footballeur sur le point de marquer un tir au but un soir de finale de Coupe de France, ouvrit le feu le premier.

— Hippolyte et Eulalie m'ont tout raconté. Je… je sais que c'est toi qui m'as poussé hors du pick-up pour que je me blesse et sois renvoyé à Paris : tu voulais te débarrasser de moi parce que tu te disais qu'avec un loser de mon espèce tes chances d'être sur la ligne d'arrivée étaient proches de zéro.

— Ces propos n'engagent que toi, Gaspard.

— *Bullshit !* Je t'ai subie quarante jours et quarante nuits et… je… je sais qui tu es. Je sais même à quoi tu aspires et pourquoi tu y aspires !

Pour bien signifier que rien, absolument rien, ne l'atteignait, Cindy sifflota les premières notes du générique d'*Un jour j'irai à Shanghai avec toi*.

— Ne te la joue pas détachée, je connais ton secret.

— J'ai pas de secret, Gaspard ! Pour garder un secret, faut un cerveau et un cerveau j'en ai pas : je sonne creux !

Pour clouter ses propos, Cindy joignit le geste à la parole. Et frappa, sans ménagement, le haut de son crâne avec son poing serré.

— Tu rigoles, j'espère ! Je t'ai vue à la manœuvre Cindy : tu es suréquipée. Il ne te manque aucune option. Tu…

— Ta gueule, le mytho ! Je n'ai rien à cacher, moi, contrairement à toi.

— Je ne vois pas.

— J'ai feuilleté tous tes carnets ridicules…

Gaspard, qui n'en était plus à une traîtrise près, encaissa. Puis enchaîna. À pas comptés.

— Si t'as lu, comme tu dis, mes « carnets ridicules », alors tu sais qu'on a quelque chose en commun tous les deux…

— Ah ouais, quoi ? La scoumoune ?

— Non. On a en… en commun de n'avoir pas fait le jeu pour les raisons que tout le monde croit.

Pour que la Niçoise saisisse la portée de ses propos, Gaspard marqua une pause. Craignant de perdre contenance, il ouvrit au hasard son exemplaire de *Belle du Seigneur* et relut, en silence, un passage souligné par sa mère : « Un reste de cigarette fumée par lui hier soir, elle l'allumait, et c'était délicieux de tirer des bouffées de ce mégot sacré. »

Avec flegme, il porta l'estocade.

— Je t'ai vue filmer avec une GoPro quand personne ne te prêtait attention…

À l'évocation de sa GoPro, Cindy, déjà déstabilisée, tressaillit. À coups de dents, elle déchiqueta l'ongle de son petit doigt, l'arracha et le cracha par terre. Ses yeux lançaient des éclairs dans toutes les directions.

Furibarde, elle se dirigea vers la fenêtre, s'y pencha et respira à pleins poumons. Les sens en éveil, elle se laissa pénétrer par la splendeur du panorama qui s'offrait à elle. Son regard fut happé par une très vieille femme portant en écharpe sur son dos un bébé minuscule. Protégée du soleil par un grand parapluie violet, on ne voyait qu'elle au milieu des rizières aux reflets mordorés.

La plainte d'une tourterelle la tira de sa rêverie solitaire. Sans se retourner, la Niçoise exigea de Gaspard qu'il précise sa pensée.

— Mais avec plaisir, Cindy. Je te soupçonne de t'être inscrite à *Un jour j'irai à Shanghai avec toi* dans le seul but de tourner en caméra cachée un 52 minutes sur la face obscure de la téléréalité. T'essayes de faire croire que tu n'es qu'une pauvre fille assoiffée de… de reco… de reconnaissance alors que tu es l'une des journalistes les plus couillues de ta génération. J'ai lu ton article sur la prostitution chinoise à Paris. Tu as pris des risques in… insensés pour arriver à tes fins.

Abasourdie, la Niçoise se laissa glisser contre le mur. Arrivée au plancher, elle s'accroupit et embrassa du regard la chambre de Gaspard zébrée de rais de lumière. Une odeur de bois chaud emplissait l'air saturé de poussière.

— D'où sors-tu pareille ineptie, petit scarabée ?

Pour la première fois depuis qu'il la connaissait, Cindy venait de parler sans faire traîner ses fins de phrases et sans jurer. Sa voix, d'habitude si claire, était éraillée.

— D'Hubert, l'homme dont j'occupe la chambre, l'amoureux de My Hiên. Son coffre, sur lequel je suis assis, est un véritable bric-à-brac. Et au milieu de ce bric-à-brac, il y avait une enveloppe jaunie dans laquelle était rangé un article très instructif. Ou plutôt un… un portrait de toi. Un portrait de toi le jour où tu as été sacrée grand reporter de l'année pour ton travail sur les femmes de Dongbei. Même si tu portes des lentilles, des *push-up* et des fringues de cagole, je sais, moi, que Cindy Lelièvre et Anaïs Mercier ne font qu'une.

— …

— Comment tu as fait pour tous les leurrer ?

Lasse et confondue, Cindy *alias* Anaïs abdiqua. Non sans une certaine arrogance mâtinée de mépris.

— Tu sais, ils ne sont pas bien futés, les gens de télé. Ils te font signer des tas de papiers dans lesquels tu jures sur l'honneur plein de trucs débiles, mais ils ne contre enquêtent jamais pour savoir qui tu es. Je correspondais tellement bien à ce qu'ils recherchaient pour leur jeu de merde qu'ils n'allaient pas prendre le risque de me perdre. Ils me voulaient, ils m'ont prise. Sans se poser de questions.

— Bien joué. Mais il y a une chose que je n'arrive toujours pas à me figurer, c'est pourquoi tu m'as pou… poussé.

— Gaspard, comment peux-tu croire que j'aie fait une chose pareille ? T'es tombé tout seul, pendant ton sommeil, et on s'en est aperçus des centaines de kilomètres plus loin. C'est la source de Phil Pastor qui a inventé cette salade. Tous les journalistes l'ont reprise, sans rien vérifier. Comme d'hab' !

— Et comment cette source savait-elle que je voulais quitter la course pour retrouver mes parents ?

— Aucune idée. Peut-être a-t-elle, comme moi, fouillé ton sac à dos. Tu le laissais souvent ouvert.

— …

— Bon, on fait quoi maintenant que tu sais ? Tu me laisses finir mon enquête ou tu ruines tout ?

La mascarade avait assez duré. Sans aucune hésitation, Gaspard, pourtant généralement si hésitant, déclara :

— On arrête les frais. Tu ne filmes rien. Je me suis engagé à protéger ce village, je tiens mes engage… mes engagements. Tu as, je pense, assez de grain à moudre avec tout ce que tu as amassé depuis six mois.

Déterminée à obtenir ce pour quoi elle s'était « tapé douze heures d'avion, trois jours de voiture et deux jours de marche forcée avec deux vieux libidineux », Anaïs insista.

— Il me manque une chute, Gaspard. Une chute. Sans les images tournées depuis notre arrivée sur le sol vietnamien, mon travail ne vaut rien. *Un jour j'irai à Shanghai avec toi* s'est arrêté avant la finale à cause de toi. Tu ne peux pas me refaire le même plan ici !

— S'il te manque une chute, eh bien change ton fusil d'épaule et… et embrasse la cause de cette ethnie minoritaire. Des reportages à charge sur la télé, il en sort dix par an. Tandis que les dangers réels et imminents qu'encourent ces minorités ethniques, personne n'en parle. À part Éric Bateau. Mais lui, il fait dans la carte pos… postale.

— T'aurais pas pris un gros, gros coup de chaud ?

Quitte à en faire des tonnes, Gaspard, mû par une fougue dont il ne se croyait pas capable, se lança dans un long plaidoyer :

— Oublie-moi, tu veux ? C'est sérieux. Cette bulle hors du temps où nous avons atterri, où les hommes vivent en harmonie avec la nature, est un sanctuaire en voie de dis… disparition. Un Éden, un paradis en sursis. Ici, on vit au rythme du soleil, des saisons et de la pluie. Le riz, le porc, les volailles sont au… au centre de toutes les attentions. Les vieux élèvent les petits qui prennent soin des vieux. Ici, tout le monde se connaît, s'entraide, se respecte. Ici, le soir, plutôt que de passer des heures sur eBay pour acheter des trucs qui vont retourner sur eBay, on se retrouve sous un même toit, juste pour le plaisir de bavarder. Tout… tout… tout est prétexte à faire la fête : le retour d'un enfant au pays, une naissance, une guérison, une bonne récolte, l'éclosion d'un manguier.

— Arrête les violons, Gaspard : tu vas me faire chialer…

— C'est le but ! Et tu sais le pire ? Le gouvernement vietnamien a pour projet de faire monter l'électricité jusqu'au village, ce qui…

— Ce qui ne serait pas du luxe, parce que c'est la super dèche ici !

— C'est vrai que c'est « la super dèche ici », comme tu… tu dis. Et c'est pour ça que c'est bien. T'es déconnecté du quotidien, tu laisses ton esprit vagabonder. Rien ne vient polluer tes idées. La sérendipité, tu connais ?

— Oui merci, je ne m'appelle pas Cindy !

— Si tu ne t'appelles pas Cindy, essaye, *Anaïs*, de te mettre à la place de ces gens qui risquent de voir leur mode de vie détruit par l'arrivée de l'électricité.

— Je t'ai connu plus optimiste. Qu'est-ce qui t'arrive ?

— Il m'arrive que j'ai rien eu d'autre à foutre que réfléchir au cours de ces deux derniers mois, et que je me suis forgé l'intime conviction que j'étais plu… plutôt dans le juste.

— « Plutôt » ?

— Oui, « plutôt » ! Je ne suis pas idiot, je sais bien que tout n'est pas noir ou blanc ! Mais, au final, je veux croire que les laisser entre eux est ce qu'il y a de mieux pour leur équilibre.

Peu habituée à ce qu'on lui parle sur ce ton, Anaïs s'arrachait l'intérieur des joues. Un arrière-goût de sang à la bouche, elle tenta le tout pour le tout.

— Tu me fatigues, Gaspard. Et mon enquête ? Ces mois à me faire passer pour la conne de service, j'en fais quoi ? Je m'assois dessus et j'ferme ma gueule ?

— Fais ce que tu veux, mais perso je ne te rendrai pas tes rushes.

— Même pas mal. Les rushes que tu as saisis sont ceux de Sparkle TV. Les miens sont planqués dans…

— … le double fond de ton sac à dos Gucci qu'Hippolyte t'a tiré tout à l'heure quand tu fouillais les maisons sans demander la permission.

— Enfoirés !

— Écoute-moi, pour une fois. Change de cause. Imagine les titres de la presse : « La téléréalité au secours des petits paysans du Nord Vietnam : une femme seule contre tous… » C'est plus qu'à ta portée. Souviens-toi des filles de Dongbei ! T'as les cartes en main, Anaïs. Réfléchis. Nous, on bouge pas avant le retour de My Hiên…

— C'est qui celle-là déjà ?

— Celle qui s'occupe de moi depuis que je suis ici. Je te la présenterai si tu veux : elle est top. Top et… siphonnée de chez siphonnée !

— C'est chaud comme cet accident t'a transformé. T'es devenu hyper sûr de toi en deux mois. Quand je pense à comment t'étais avant : une vraie quiche !

Plus crispé par cette dernière remarque qu'il ne l'aurait souhaité, Gaspard ravala sa fierté et soutint son regard.

— Bon… Je vais essayer de me faire une vague idée de ce que valent tes petits copains. De toute façon, j'ai plus de boulot. Alors, ça ou autre chose…

— Super nouvelle !

— Je dors où si je reste ?

— Chez l'habitant. Rien de tel pour te mettre dans le bain.

— C'est mesquin.

— Tu es mal placée pour me faire la leçon. Pourrais-tu me rafraîchir la mémoire ? Qui a fait croire à *Azur-Matin* que tu m'avais dépucelé ?

— Pas moi.

— Mens pas. Eulalie m'a tout raconté.

— O.K., c'est moi. Pardon, j'ai été submergée par mon rôle de salope.

— On va dire que c'est ça…

— Tant que je n'ai pas arrêté ma décision, on fait toujours comme si j'étais Cindy. C'est assez drôle.

— Pas de souci.

— Et…

— Oui ?

— Quand t'auras un moment, tu me raconteras ce qui est arrivé à tes parents ?

— Si tu veux.

Contrairement au reste de son équipe, obligé de bivouaquer au bord du torrent, Anaïs fut hébergée par My Kim et Bạch Hâc qui lorgnaient sur son sac à dos Gucci depuis son arrivée. Leur virée shopping à Ha Giang avec Hippolyte avait stimulé leur appétit vestimentaire : elles crevaient de percer les secrets d'élégance de cette fille si distinguée.

My Hiên se fit attendre encore cinq jours. Cinq jours au cours desquels tous les visiteurs prirent le temps de s'acclimater. De recharger leurs batteries. De rattraper les semaines et les mois passés. Bien que presque plus personne de sensé ne l'écoutât, Eulalie ressassait. Intarissable, elle se plaisait à égrener les mensonges de Sparkle TV, les tarots « qui ne mentent jamais », le ralliement de Marcel, le Tranxène et les mignonnettes de whisky, l'impotence du consul et les « forfaitures de Cindy », qu'elle évitait de croiser « pour ne pas être tentée de lui coller une raclée ! ».

La mère de Gaspard fut éberluée – et terrifiée à rebours – d'apprendre que sans l'intercession de Khoa, qui ne se cachait désormais plus de parler français, « le petit ne lui aurait jamais été confié ». Elle lui jura « sur la houppe de Max et Marie » de tout mettre en œuvre pour localiser Marguerite Lemaire, son ancienne fiancée.

— C'est le moins que je puisse faire pour elle : je lui dois d'avoir donné un sens à ma vie…

Don et Marcel mirent à profit ces vacances improvisées pour conter fleurette à My Kim et Bach Hâc. Ils se prirent un joli râteau. Poli mais sans ambiguïté. Ils eurent en revanche plus de succès auprès de Duy et Khôi qu'ils initièrent aux mystères de leur téléphone satellitaire que Marcel avait fini par rallumer.

Les seize minutes d'entretien que Marie-France Maréchal leur accorda furent les seize minutes les plus glorieuses de toute leur carrière. D'autant plus glorieuses qu'ils omirent de préciser à la présidente de Sparkle TV que Gaspard – qui refusait de lui parler de peur de se laisser circonvenir – leur avait confisqué tout leur matériel. « Chaque chose en son temps », soupirèrent de concert les deux brigands en raccrochant.

Après trois jours passés à hurler sur tout ce qui bougeait – notamment et surtout sur Don et Marcel –, Anaïs prit Gaspard au mot et ne ménagea pas sa peine pour se familiariser avec les villageois. En un temps record, elle devint imbattable sur le fumage du porc, la traite des chèvres et la culture sur brûlis.

Le 3 avril après-midi, alors qu'Hippolyte, Gaspard et Anaïs étaient occupés à remplir des sacs de blé destinés à la communauté, My Hiên fit son entrée au village. Par la petite porte. Sans tambour ni trompette. À sa mine défaite, Gaspard – qui la guettait le ventre noué depuis plus de deux jours – comprit que les choses ne s'étaient pas passées comme elle l'avait escompté. Elle était si affligée, si absorbée par ses noires pensées que c'est à peine si elle remarqua la présence des Français. Plus rien ne comptait d'autre que cette douleur qui lui barrait le cœur.

Solidement planté sur ses deux jambes, Gaspard l'alpagua avant qu'elle ait le temps de poser son balluchon. Le regard plein de reproches qu'elle lui lança manqua lui couper les ailes.

Bravement pourtant, il l'affronta, loin des regards de son peuple pour qui l'heure des explications avait sonné.

— Je pré… sume que vous avez échoué.

— Quelle perspicacité. Tu supposes bien mon petit Gaspard. Très bien. C'est à peine si ce rond-de-cuir m'a écoutée. Non sans une pointe de cynisme, il m'a présenté le planning des festivités à venir et m'en a offert une copie qui fleure bon l'encre fraîche : d'ici trois ans nous serons reliés à l'électricité, et l'asphalte ne devrait pas tarder à être coulé. Avec un peu de veine, nous hériterons même d'une belle antenne relais vers 2018-2019…

— Et votre avocat ? Il dit quoi ?

— J'ai jamais eu d'avocat : c'est bien au-dessus de mes moyens.

— Je… je suis navré. Sincèrement.

— Je te crois, Gaspard. Mais tu constateras par toi-même qu'une fois de plus j'ai échoué dans ce que j'avais entrepris. Comme ai-je pu être aussi naïve ? Aussi orgueilleuse. Il en est ainsi chaque fois que j'essaye de faire quelque chose de bien.

— Arrêtez de vous autoflageller. Y a plus rien à tenter ?

— C'est réglé. Classé. Plié.

— Et c'est quoi, maintenant, vos projets ?

— Me jeter dans la rivière Ngo Que lestée d'un sac de pierres. Comme j'aurais dû le faire il y a près de quarante ans quand Thanh Thê m'a souillée…

— Et à part ça ?

— Je ne sais même pas s'il me reste assez de forces pour sauter dans cette eau glacée. Autre option : me pendre à un bananier ou me faire hara-kiri avec l'Opinel d'Hubert.

— Organisée comme vous l'êtes, si vous aviez voulu vous tuer, vous l'auriez déjà fait depuis des si… des siècles. Vous êtes une rebelle, My Hiên. Une *warrior* ! Passez à autre chose.

My Hiên s'était absentée. Son corps était bien là mais son esprit n'y était pas. Gaspard parlait dans le vide.

Sans prévenir, il annonça :

— Je vais partir.

— …

— Je vais partir !

— …

— Avec les Français qui font tremper leurs pieds dans le ruisseau, en rang d'oignons, derrière la maison.

— …

— Ils sont venus me chercher pour me raccompagner chez moi, à Paris. La femme qui parle fort et fait des moulinets quand elle s'exprime se prénomme Eulalie : c'est elle qui m'a élevé. Elle est comme ma mère. Le grand garçon blond, là-bas, qui fait un herbier, c'est… c'est Hippolyte, mon meilleur ami. Sans lui, Eulalie ne serait jamais montée jusqu'ici. Quant au gros type aux biceps tout tatoués qui fait briller son couteau suisse, c'est Marcel. Comme le vieux beau et la rousse échevelée qui nourrit les poules, en bas, il travaille pour Sparkle TV, la chaîne qui diffuse *Un jour j'irai à Shanghai avec toi*, le jeu de téléréalité grâce auquel j'ai retrouvé Khoa qui en réalité ne s'appelle pas Kho… Khoa, mais Cao Minh. Parce que ce que vous ne savez pas, c'est que…

— La ferme, Gaspard !

— Quoi ?

— T'as pas l'impression que j'ai décroché, là ? Que je ne te suis pas ? Tes copains, sûrement charmants, m'emmerdent royalement.

Comme chaque fois qu'elle était en mauvaise posture, My Hiên ne pouvait s'empêcher de se montrer sardonique.

— Ça ne vous fatigue pas de… de toujours jouer les vieilles teignes ? Je sais, moi, que vous êtes une belle personne.

— Tu es bien le seul.

— Hubert aussi partageait cet avis.

— Arrête de me regarder avec ces yeux de chien battu, Gaspard. Prends tes affaires et va-t'en. Reprends le cours de ta vie. Plus rien ne te retient ici. Le compte à rebours a commencé pour nous. Dans une poignée d'années, ce sera Disneyland dans nos contrées.

My Hiên écrasa une grosse larme qu'elle aurait préféré ravaler, se moucha dans son tee-shirt informe et amorça un départ.

Mû par une sorte de pressentiment, Gaspard la retint par la manche.

— Ne me cachez-vous rien de pire encore ?

— Rien qui vaille la peine d'être raconté. Ce voyage m'a tuée et j'ai besoin de m'étendre. Si tu as une once de considération pour moi, n'insiste pas.

Bien résolu à la faire accoucher de la vérité, Gaspard, bien que tenté par la retraite, maintint son cap. Valeureusement, il la relança :

— Parlez, My Hiên, sans vous inquiéter de… de ce que je pourrais penser : demain je serai loin. Très loin. Et il y a peu de risques qu'on se revoie un jour. Si vous gardez tout pour vous, ça risque de s'infecter. Croyez-en mon expérience…

— Ce que je cache est indicible…

— Courage, My Hiên. Vous en avez plus à revendre que n'importe qui ici. Et la barre est haute avec Eulalie. Je vous promets que tout ce que vous me direz restera entre là et là.

Gaspard pointa du doigt son cœur et sa tête.

— À la condition que tu me jures de demeurer une tombe. Envers et contre tout.

Pénétré de l'envie de bien faire, Gaspard leva la main droite, la posa sur une Bible invisible, cracha et jura.

— Ce que je vais te confier, je ne l'ai encore jamais confié à personne. Ne m'interromps pas pendant mon récit, sinon je ne trouverai jamais la force de me livrer jusqu'au bout.

— Vous pouvez compter sur moi.

— Quelques semaines après avoir rencontré Hubert, je suis tombée enceinte. De lui. Et…

— De… de lui ?

— De lui.

— Comment pouviez-vous en être aussi certaine, n'étiez-vous pas alors pros…

— Je savais que j'étais enceinte d'Hubert parce qu'il était à l'époque mon seul client. Je n'étais pas aussi bien roulée que j'aime à le raconter, si tu veux savoir. Mais on s'égare ! Tout ça pour dire que quand je me suis rendu compte de mon état, il était trop tard pour faire quoi que ce soit. Sans sécurité sociale ni papiers, j'ai fait le choix d'accoucher sous X. Je…

Chaviré, Gaspard s'écria :

— Mais… mais… mais pourquoi n'avoir rien dit à… à Hubert ?

— Arrête de tout le temps me couper la parole, Gaspard, s'il te plaît ! C'est déjà assez difficile comme ça. Je ne sais pas pourquoi je n'ai jamais rien dit à Hubert, moi ! Peut-être parce que je ne le connaissais pas assez au moment où nous avons conçu cet enfant. Qu'il n'était pas libre pour l'élever et… qu'il m'aurait obligée à cesser mes activités et que… et que… et que. On ne va pas refaire le monde. C'est loin tout ça.

— …

— Et puis, je me suis mise à faire des cauchemars. Et si un jour mon bébé me détestait ou se trouvait en souffrance à cause de cet abandon ? Ne devais-je pas le garder ? J'avais besoin de réconfort, de conseils. Je ne comprenais rien au prêchi-prêcha des assistantes sociales qui me parlaient comme si j'étais une demeurée. J'étais larguée. Déboussolée. Les seules personnes susceptibles de m'aider étaient mes premiers patrons français. Les propriétaires du Bouchon à Hanoï. Les Doignon. Comme ça faisait des années que je ne leur avais pas donné signe de vie – en même temps, était-ce une vie de tapiner la nuit à Paris ? –, j'ai dû me faire violence pour décrocher mon téléphone. J'étais acculée, comprends-tu ?

— Et ils vous ont reçue co… comment ?

— Généreuse et pragmatique comme à son habitude, Mme Doignon m'a adressée à un couvent de bonnes sœurs qu'elle connaissait dans l'Isère. Il fut convenu que j'y finirais ma grossesse et que je leur confierais mon bébé pour qu'il puisse être placé dans une bonne famille bien établie dans la région. Deux mois avant mon terme, le mari de Mme Doignon est décédé d'un cancer fulgurant. Et c'est pour donner un nouvel élan à sa vie qu'elle m'a proposé d'élever mon enfant. Au Vietnam. Je ne pouvais rêver mieux pour lui… Tu comprends ?

— Non.

— Tant pis… Anh est née le 10 juillet 1996 à la clinique des Cèdres, à Échirolles. Mme Doignon est venue la chercher quand elle avait trois jours. Je suis morte quand je la lui ai remise. Morte. Si je suis encore de ce monde aujourd'hui, c'est juste que mon cœur s'est entêté à pulser malgré mes prières répétées…

Ému, Gaspard buvait ses paroles. Il se retenait de pleurer mais les vannes étaient sur le point de céder.

— Elles se sont envolées pour Hanoï le 14 juillet, dotées de faux papiers fournis par sa cousine Marguerite, haut fonctionnaire au ministère des Affaires sociales.

— Marguerite comment ?

— Marguerite Lemaire. Pourquoi ?

— Con… con… con… continuez…

— Je m'étais juré de les rejoindre quand j'aurais redressé la barre. Craignant d'abuser de l'hospitalité des sœurs, je suis retournée faire le trottoir en août de la même année. La providence a voulu que je retombe sur Hubert en octobre, boulevard Ney. Pour nous deux, la suite, tu la connais. Elle est très bien décrite dans ses cahiers…

Désormais, Gaspard pleurait. Pour de vrai. Et sa voix n'était plus qu'un filet.

— Anh… Anh, elle sait que… que vous existez ?

Fragilisée, My Hiên, cette fois, ne le rabroua pas.

— Ma fille ne m'a jamais vue. Mais elle sait que j'existe. Que je suis sa mère biologique. Je lui écris chaque mois et je lui envoie des petits présents à Noël ainsi que pour chacun de ses anniversaires. Je n'en ai jamais manqué un. Mme Doignon, sa marraine, se charge de les lui transmettre. Pour Anh, je suis prothésiste ongulaire dans le XVIIe arrondissement et je ne gagne pas assez d'argent pour lui offrir une bonne éducation. Elle ne sait pas que je suis rentrée au pays il y a plus de quatre ans. Mme Doignon non plus, d'ailleurs. Mes présents – des parfums, des bijoux, des vêtements –, je les lui fais passer par des touristes qui rentrent en France, que je coince à l'aéroport de Noi Bai et que je paye pour qu'ils me les postent depuis chez eux. Elle doit penser que j'ai la bougeotte : je prends quiconque accepte de me relayer même s'il habite en province. Elle me répond à l'adresse d'une ancienne collègue domiciliée à

Gennevilliers qui elle-même me réexpédie les courriers. Comme tu vois, ce n'est pas simple mais c'est rodé… Tous les 15 du mois, je descends à Hanoï pour faire partir mes lettres et mes paquets et surtout la suivre et l'observer. J'avais pour projet, en rentrant au Vietnam, de me présenter à Anh et de tout révéler à Hubert…

— Et alors que s'est-il passé ?

— Le 14 mai 2009, à peine débarquée de l'avion, je me suis présentée chez les Doignon les bras chargés de cadeaux que j'avais achetés en France avec Hubert. Quand son chauffeur m'a ouvert la porte, Anh se tenait trois pas derrière. Je l'aurais reconnue entre mille. Grande, élancée, la peau claire, on aurait dit une princesse de dessin animé japonais. Foudroyée par tant de beauté, j'ai été incapable de me démasquer. Bien sûr, elle ne m'a pas reconnue. Comment aurait-elle pu ? Nous n'avons rien de commun. Rien. Elle a des lettres, une place dans la société, elle est soignée. Son univers est ultra-privilégié. Ultra-protégé. Le mien est pauvre, sale, à la dérive. Condamné à disparaître. Je ne suis qu'une vieille paysanne. Laide de surcroît. Mme Doignon est riche, cultivée et la meilleure mère qui soit.

Gaspard, l'orphelin, avait du mal à digérer ces aveux. Comment pouvait-on se priver du bonheur de serrer son enfant dans ses bras ? De le respirer. De le cajoler.

— Et Hubert dans tout ça ? Il comptait pour… pour rien ? Il vous était si dévoué, My Hiên. Si dévoué.

Gênée, la vieille Vietnamienne détourna le regard et entreprit de se gratter les jambes qu'elle avait sèches. De grandes zébrures blanches apparurent le long de ses chevilles et de ses mollets. Pour autant, Gaspard ne lâcha rien.

— Vous avez lu comme moi dans son journal de bord que le plus grand regret de sa vie était de ne pas avoir fondé de famille.

— Cela doit faire partie des lectures que tu as gardées pour toi. À moi, il ne s'est jamais ouvert de ce chagrin-là.

— C'est affreux. Je suis sûr qu'il aurait fait un ex… excellent papa.

— Pas de reproches inutiles, s'il te plaît. La mule est déjà bien chargée. Je n'ai rien dit à Hubert parce que je ne voulais pas l'obliger à mentir encore plus à sa femme. À la quitter, qui sait ! Je faisais déjà assez de mal comme ça. Et puis, que serait devenue Mme Doignon sans ma fille ? Elle était…

— Il faut que… que vous alliez tout raconter à Anh. Elle a besoin de vous. Elle vous aime et vous espère forcément.

Avant que Gaspard ne remonte au créneau, My Hiên, qui se reprochait déjà de s'être mise à nu, s'esquiva et fila tout droit vers la maison communale. Là-bas l'attendaient ses pairs pour une explication qui s'annonçait houleuse. Comme c'était prévisible, la Vietnamienne fut démise de ses fonctions de chef en trois minutes chrono. Et c'est bien malgré lui que son frère Luong fut nommé à sa place en attendant de nouvelles élections.

Gaspard aurait aimé expliquer à My Hiên que tout comme Anh, il avait bénéficié de l'entregent de Marguerite Lemaire. Mais elle ne lui en laissa pas l'occasion.

De manière assez peu fair-play, Eulalie profita qu'elle fût – provisoirement – à terre pour régler un ou deux vieux dossiers avec « celle qui l'avait obligée à monter dans un avion soûle comme un Polonais et à escalader des sommets à mains nues ». Rien ne fuita de cet entretien sous haute tension. La mère de Gaspard en ressortit plus secouée qu'elle ne l'aurait cru. Elle se jura même de ne « plus jamais regarder les putes chinoises de la même façon. Fussent-elles vietnamiennes… ».

Comme convenu depuis leur arrivée, les Français reprirent la route de Dong Van le lendemain de cette journée forte en émotions. Le voyage s'effectua à pied. Sauf pour Eulalie et Gaspard qui, escortés de Duy et de Khôi, goûtèrent – ou regoûtèrent, pour Gaspard – aux joies du char à bœufs.

Prenant tout le monde à contrepied, Don – peu pressé de rentrer se faire « émasculer » par la présidente de Sparkle TV – et Anaïs – convertie aux vertus de l'écologie – décidèrent de rester encore quelques semaines. Pour être en parfaite adéquation avec sa volonté d'intégration, la Niçoise troqua ses habits de ville contre une jupe plissée, une ample chemise et des guêtres en tissu. Elle poussa le détail assez loin puisqu'elle se fit prêter un cache-seins pour masquer son décolleté. My Kim et Bach Hâc vécurent cette métamorphose comme un coup de poignard. Une trahison.

Les adieux furent évidemment déchirants. Comme dix jours auparavant, tout le monde pleura. De tristesse cette fois. My Hiên, qui s'était recomposé un visage de marbre, remit à Gaspard les cahiers à spirale d'Hubert.

— Je compte sur toi pour qu'ils soient un jour publiés par une vraie maison d'édition et que tout le monde puisse les trouver en librairie ainsi qu'à la bibliothèque municipale du Xe arrondissement.

Avant de rejoindre son frère pour la passation de pouvoir, elle l'enlaça maladroitement et bredouilla de vagues excuses. C'est tout juste si Gaspard ne les refusa pas. Pour couper court à cette situation gênante, Gaspard lui confia Anaïs et lui exposa les bénéfices qu'elle pourrait tirer de ses talents de journaliste. Au point où elle en était rendue, My Hiên se rangea à son avis sans rechigner.

Peu enclin à s'épancher, Khoa se tapit dans un abri à outils la veille du départ de Gaspard. Il chargea Eulalie de lui remettre une canne gravée au nom de son père et un bout de papier sur lequel il avait reporté les coordonnées géographiques du puits dans lequel les corps de Georges et Violette avaient été précipités. C'est seulement quand la caravane devint un point d'aiguille à l'horizon que le vieux docteur s'autorisa à lâcher prise. Il dormit trois jours et trois nuits. Malgré tout ce qu'il prétendait, labourer le passé l'avait ébranlé. Et amoindri.

La descente fut plus calme que la montée. Même si Marcel fit une crise de tétanie à mi-parcours. Crise qui obligea tout le monde à bivouaquer dans la grotte où My Hiên et Hubert avaient campé lors de leur première ascension. En découvrant leurs initiales entrelacées sur un tronc d'arbre sec, Gaspard vit un encouragement à improviser une ultime veillée. Comme presque chaque nuit depuis son arrivée au village, il invita ses troupes à se réunir autour de lui et, à la lumière d'un feu de camp, relut les pages qui parlaient de lui. Personne ne l'interrompit. Pas même Eulalie qui s'endormit, enroulée dans son poncho guatémaltèque, la tête posée sur les genoux de Huy.

Avant de reprendre l'avion pour Paris, tout le monde dormit à Hanoï chez la cousine Simone de Givors. Quand Gaspard entendit qu'elle s'appelait Simone Doignon et comprit qu'elle était l'ancienne patronne restauratrice de My Hiên, c'est-à-dire la femme qui avait élevé Anh, la fille d'Hubert et de My Hiên, il fit un malaise vagal. Sa – brève – perte de connaissance fut mise sur le compte du surmenage. Et de ses fémurs éprouvés par le voyage en char à bœufs qui étonnamment n'était toujours pas doté de suspensions. Tenu par sa promesse, il garda le silence toute la soirée. Et eut le vague à l'âme jusqu'au coucher. Personne ne comprit pourquoi. À part Huy, qui depuis qu'il avait croisé le regard plein d'épines de My Hiên un soir au marché de Dong Van avait fait le lien entre Anh et la femme qui rôdait à Hanoï autour de « mademoiselle » : leur nez, leurs yeux et leurs pommettes étaient faits du même bois.

Content de pouvoir faire valoir son expérience à la DST, Marcel suggéra qu'il pouvait s'agir du syndrome de Stockholm – « rapport aux liens qu'il a tissés au cours de son incarcération avec la Vietnamienne énervée » ! Il se fit vertement renvoyer dans les cordes par Simone et Eulalie, plus complices que jamais. Piqué au vif, il sortit de ses gonds et dit ses quatre vérités à son ancienne fiancée qui, pour une fois, ne sut quoi répliquer. Cela lui fit un bien fou. Depuis le temps qu'il en rêvait.

C'est alors qu'une chose merveilleuse, inespérée, magique se passa. Était-ce à cause de ses attraits ? De sa vulnérabilité ? De ce qui les liait et qu'elle ignorait ? Gaspard, qui n'avait jamais vraiment aimé jusque-là, éprouva un véritable coup de foudre pour Anh. Trop timide pour oser se confier, chacun garda ses sentiments – et ses papillons dans le ventre – pour soi. Anh avait son baccalauréat à réviser. Et Gaspard était attendu par Sparkle TV qui commençait à trouver le temps long. Comme Phil Pastor et le groupe de soutien sur Facebook qui avoisinait désormais les 98 000 membres.

Roissy, mardi 10 avril 2013, 6 h 40

Ce matin-là, au Terminal 2G, les paparazzis étaient presque plus nombreux que les passagers. Et pourtant, il bruinait. Et c'était un 747.

Pendant près de trois jours, *La Fabuleuse Aventure de Gaspard l'orphelin* – réécrite par une Chiara Ponti plus en verve que jamais – fit la une de tous les journaux papier, radio et télévisés.

À peine débarqué, Gaspard fut conduit en ambulance à l'Hôpital américain où il subit une palette d'examens complète. Rien que du très routinier. Simple bilan de santé. Contrairement aux idées reçues de certains médecins, le « jeune rescapé » avait été très bien soigné par Khoa. Ses fractures étaient parfaitement réduites. Et une cinquantaine de séances de kiné devaient lui permettre de retrouver toute sa mobilité.

Gaspard fut prié de ne donner aucune interview. Avec une mention toute spéciale pour Phil Pastor. Soucieux de signifier sa désapprobation, le trublion du PAF entama une grève de la faim, enchaîné à une plaque d'égout, au pied du CSA. Ça tombait bien, il avait quelques kilos à perdre.

Paris, lundi 16 avril 2013, 12 h 30

Dans la salle à manger présidentielle de Sparkle TV, Marie-France Maréchal et Jean-Édouard de la Taille trinquaient « au retour de leur héros national ! ».

Autour de la table, les serveurs de Botel & Chapot virevoltaient. Marcel, Gaspard et Eulalie – peu sensible aux marques de faveur de leurs hôtes – se prêtaient au jeu des questions-réponses avec plus ou moins de bonne volonté.

La brocanteuse en voulait encore à Sparkle TV de s'être permis de « jouer avec la vie de la prunelle de ses yeux ». Néanmoins désireuse de se faire payer un nouvel aller-retour pour Hanoï, elle accepta – non sans s'être largement fait brosser dans le sens du poil par Jean-Édouard de la Taille – de participer à l'émission *Un jour j'irai à Shanghai avec toi : tout est bien qui finit bien.* Elle avait encore tant de choses à partager avec Simone.

Programmée la seconde quinzaine de juin, l'émission *Un jour j'irai à Shanghai avec toi : tout est bien qui finit bien* devait être tournée à Ha Giang. Et l'Alo ! Café serait réquisitionné pour l'occasion.

Sur une idée d'Augustin Trappier, Rosenvallon serait aux commandes du programme en duplex du restaurant avec Gaspard, Marcel et Eulalie. Melody – enceinte jusqu'aux yeux depuis son insémination réussie en Belgique – serait à la présentation à la Plaine Saint-Denis. Autour de l'animatrice vedette de la chaîne : Marcel, une douzaine de candidats d'*Un jour j'irai à Shanghai avec toi*, le directeur de la fondation des Orphelins apprentis d'Auteuil, six élèves de Gaspard, trois SDF ainsi que Sidonie. Même s'ils ne sortaient plus ensemble depuis la veille de son départ pour la course, ça permettait d'offrir aux téléspectateurs une mini-séquence émotion dans l'émission. L'appel à témoins lancé à travers toute l'Irlande pour retrouver Piwi, l'ancienne fille au pair de Gaspard, ne donna rien. Au grand désespoir d'Augustin Trappier qui ambitionnait de revendre son programme aux Anglo-Saxons.

Gaspard dit « oui » à tout. À la condition formelle qu'aucune caméra ne fût plantée au-delà de Dong Van. Il fallait préserver le peu d'intimité qui restait au village de My Hiên.

Un pacte – solide cette fois – fut passé avec Anaïs pour qu'elle renonce à son reportage sur la face obscure de la téléréalité en échange du financement de son enquête qui nécessitait qu'elle s'immerge une année au Nord Vietnam.

L'émission, diffusée en prime time le 29 juin 2013, fournit aux actionnaires de Sparkle TV la meilleure audience de toute l'histoire de la chaîne. Toutes catégories confondues.

À l'issue de cette mémorable soirée, Marie-France Maréchal et Jean-Édouard de la Taille furent confirmés dans leurs fonctions. Et le nombre de leurs stock-options doublé.

De leur côté, My Hiên et Anaïs Mercier furent reçues en grandes pompes par le Premier ministre vietnamien qui leur organisa un rendez-vous avec le nouveau ministre de l'Équipement.

Quelque part, à l'extrême nord du Vietnam

Quand il se présenta à My Hiên le 11 août 2013, Gaspard était plus trempé qu'une soupe.

Occupée à écosser des petits pois dans l'ancienne chambre de son ancien « prisonnier », la vieille femme ne vit pas tout de suite qu'il était accompagné. D'Anh. La faute à l'obscurité. Et à sa vue qui baissait.

Quand elle percuta que la belle jeune fille aux yeux de braise était *sa* fille, son premier réflexe fut de se précipiter vers la fenêtre pour tenter de se jeter dehors. D'un mot, Gaspard l'en empêcha.

— Vous n'allez pas perdre Anh une deuxième fois ?

— …

— L'ascension jusqu'ici a été coton, vous savez. Nous n'avions jamais affronté pareille pluie. Ni elle. Ni moi. Le terrain était glissant. J'ai failli me recasser les deux tibias par trois fois.

— …

— Je lui ai tout raconté. Et elle ne vous en veut de rien. Bien au contraire.

— …

— Donnez-lui sa chance de vous aimer.

— …

— Vous avez remarqué ?

— Quoi ?

— Écoutez.

Avec une infinie délicatesse, Gaspard passa son bras autour de la taille de sa bien-aimée et récita, d'une traite, sans buter sur la moindre syllabe :

Mignonne, allons voir si la rose
Qui ce matin avait déclose
Sa robe de pourpre au soleil,
À point perdu cette vesprée
Les plis de sa robe pourprée,
Et son teint au vôtre pareil.

Las ! Voyez comme en peu d'espace,
Mignonne, elle a dessus la place,
Las ! las ses beautés laissé choir !
Ô vraiment marâtre Nature,
Puisqu'une telle fleur ne dure
Que du matin jusques au soir !

Donc, si vous me croyez, mignonne
Tandis que votre âge fleuronne
En sa plus verte nouveauté,
Cueillez, cueillez votre jeunesse :
Comme à cette fleur, la vieillesse
Fera ternir votre beauté.

Épilogue

Muté à Hanoï après une année sabbatique consacrée à l'apprentissage du vietnamien aux Langues orientales, Gaspard fera sa première rentrée au lycée français Alexandre-Yersin en septembre 2014.

Anh et Gaspard se marieront à la cathédrale Saint-Joseph de Hanoï, le 1er juillet 2016. Hubert-Khoa, leur fils, verra le jour neuf mois plus tard, le 1er avril 2017.

En bonne grand-mère, My Hiên quittera ses montagnes pour s'installer chez sa fille et s'occuper – avec Simone – de son premier petit-fils.

Leur entente ne sera pas toujours cordiale.

Toute sa petite enfance, Hubert-Khoa se réveillera de ses siestes au son de *Gaspard de la Nuit*, de Maurice Ravel.

Grâce aux indications fournies par Khoa, Gaspard fera remonter du puits de Memot les corps de

Georges et Violette. Ils seront enterrés au cimetière de Buôn Ma Thuôt, près de leurs chers Mnong Gar.

Gaspard passera de nombreuses années à tenter de reconstituer leurs derniers jours. Les pièces fournies par Lam, la logeuse, seront une véritable mine d'or. En dépit de tous ses efforts, les circonstances exactes de leur décès ne seront jamais élucidées. Et les trafiquants comme les policiers jamais inquiétés.

Sur ordre du ministre de la Recherche français – « soufflé par le destin tragique de ces deux chercheurs émérites » –, une plaque commémorative sera érigée à leur mémoire à l'entrée de la bibliothèque de l'ASEMI (bibliothèque de l'Asie du Sud-Est et du monde insulindien) – hébergée par l'université de Nice Sophia-Antipolis.

Eulalie et Huy, établis rue du Square-Montsouris, séjourneront jusqu'à la fin de leur vie trois mois par an à Hanoï. Débarrassée de sa peur panique de l'avion, Eulalie ira même jusqu'à passer son brevet de pilote. Et c'est aux commandes d'un biplan loué tout exprès à Windhoek qu'elle emmènera Gaspard survoler la Namibie pour ses trente ans.

Persuadé d'avoir une « sérieuse touche » avec Simone Doignon, Marcel, par l'entremise d'un ancien collègue de la DST, se fera embaucher à la Direction de la sécurité de l'ambassade de France à Hanoï.

Affaire à suivre…

Bien qu'extrêmement juste et émouvant, le documentaire d'Anaïs Mercier diffusé en deuxième partie de soirée sur une chaîne du câble passera inaperçu dans le paysage audiovisuel français. Convertie par My Hiên et convaincue de la justesse de son combat, la journaliste continuera à défendre les minorités ethniques menacées avec son cœur et sa caméra. Les Dani de la vallée de Baliem, les Indiens Yanomami des rives de l'Orénoque, les Pygmées Bedzan du Ngambé-Tikar, les Tibétains du royaume de Mustang et les Tchouktches de la République de Yakoutie conservent tous un souvenir ému de ses profonds décolletés.

Ses documentaires, suivis de débats animés par d'éminents spécialistes, sont tous téléchargeables sur Internet. Gratuitement.

Piqué par le virus du voyage, Hippolyte, son diplôme de pharmacien en poche, donnera dix ans de sa vie à Pharmaciens sans frontières. C'est au Bengladesh, après de terribles inondations, qu'il rencontrera sa future épouse, engagée comme lui dans l'humanitaire. Une Irlandaise à la chevelure de feu, fille d'une dénommée Piwi.

Marguerite Lemaire, ordonnée religieuse dans l'Isère en 1995, pleurera à chaudes larmes en découvrant la véritable histoire de Cao Minh. Le vieux docteur sera emporté par un cancer généralisé avant qu'elle ait pu entamer les premières démarches pour aller le rejoindre.

Jusqu'à sa mort, le 25 juin 2015, Eulalie se fera un devoir de lui rendre visite les premiers samedis de chaque mois. Elle lui devait bien ça : sans son intercession, Gaspard aurait peut-être fini délinquant et sa belle-fille, Anh, aurait grandi sur le sol français.

Sans le soutien financier de Gaspard, Duy et Khôi, avec leurs fiancées My Kim et Bach Hâc, n'auraient jamais ouvert le premier Internet café de Dong Van. Leur succès, immédiat, attisera encore un peu plus la querelle des anciens et des modernes.

Au grand dam de My Hiên.

Couronné par le prix des lectrices de *Mademoiz'Elle* dans la section « Essais & Documents », *Les Tribulations d'Hubert Butillon*, préfacées par Gaspard de Ronsard, seront un inattendu succès d'édition.

Don Weston, tombé amoureux de la France, prendra sa retraite à Saint-Tropez. Emporté par une embolie pulmonaire à l'âge de soixante-douze ans, le Dîner en Blanc qu'il organisera place des Lices pour les dix ans de la mort d'Eddy Barclay sera son chant du cygne. C'est au cours de cette garden-party que Marie-France Maréchal et Jean-Édouard de la Taille feront leur coming-out. « La télé n'a jamais été notre dada. Nous ce qu'on aime, c'est le papier. C'est pourquoi nous avons le plaisir de vous annoncer le rachat – sur nos fonds propres – d'*Azur-Matin*, dont nous entendons faire un quotidien respectable… »

Du coffre d'Hubert, Gaspard ne conservera qu'un Opinel en acier inoxydable n° 10 et une pellicule Kodak 36 poses non développée. Elle révélera des photos floues, délavées et mal cadrées d'une famille de cochons d'Inde empaillés.

Gaspard ne bégaie plus… ou seulement quand il est très heureux.

Hormis son alliance, Anh ne porte qu'un seul bijou : le jonc en or de Violette.

Au village de My Hiên, on attend toujours l'arrivée de l'électricité. Les tournois de croquet ont remplacé les veillées. Personne n'a encore abandonné la culture du riz. Ni l'élevage du porc. Il semblerait que l'acheminement de l'électricité dans la région ne soit plus une des priorités du groupe Électricité du Vietnam.

Signification des prénoms vietnamiens

Anh : Rayon de soleil
Bach Hâc : Grue Blanche
Cao Minh : Grande Intelligence
Duy : Unique
Khoa : Diplômé
Khôi : Bel homme
Lam : Bleue
Luong : Honnête
My Hiên : Beauté et douceur
My Kim : Métal d'argent
Phong : Vent
Thanh Thê : Célébrité et influence

REMERCIEMENTS

Pour leur confiance :
Caroline L., Charlotte von E., Karina H., Théophile B.

Pour leur aide et leur soutien sans faille :
Anne-France R., Astrid de L., Capucine R., Claudine J., Delphine de V., Emmanuel C., Jean-Joseph J., Jean-Marc R., Julie D., Karine V., Lola M., Luc mon amour, Manuel P., Marie-Noëlle R., Olivia de L., Orlane V.

Pour ma petite table privatisée entre le radiateur et la baie vitrée, mon café au lait toujours parfaitement allongé, la multiprise pour mon ordi et le code secret de leur wifi :
Ben et Nacera F., heureux patrons du Pied de Vigne.

Du même auteur :

NOS ÉTOILES ONT FILÉ, Stock, 2010 ; J'ai Lu, 2011 (Grand Prix des lectrices de *Elle*).

67/5277/7

PAPIER À BASE DE FIBRES CERTIFIÉES

Le Livre de Poche s'engage pour l'environnement en réduisant l'empreinte carbone de ses livres. Celle de cet exemplaire est de :
400 g éq. CO_2
Rendez-vous sur www.livredepoche-durable.fr

Composition réalisée par PCA

Achevé d'imprimer en février 2018, en France sur Presse Offset par
Maury Imprimeur – 45330 Malesherbes
N° d'imprimeur : 225023
Dépôt légal 1re publication : avril 2018
LIBRAIRIE GÉNÉRALE FRANÇAISE – 21, rue du Montparnasse – 75298 Paris Cedex 06